Daniel H. Wilson

ROBOPOCALIPSIS

Daniel H. Wilson se doctoró en robótica
en la Universidad Carnegie Mellon. Ha
publicado varios libros de no ficción en
torno a la temática de los robots. Vive en
Portland, Oregón, con su esposa y su hija.

ROBOPOCALIPSIS

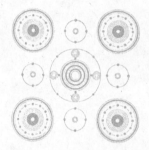

ROBOPOCALIPSIS

Daniel H. Wilson

Traducción de Ignacio Gómez Calvo

VINTAGE ESPAÑOL
Una división de Random House, Inc.
Nueva York

Para Anna

ROBOPOCALIPSIS

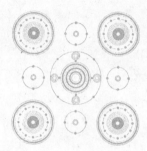

INFORME PRELIMINAR

> Somos una especie superior por haber librado esta guerra.
>
> CORMAC «CHICO LISTO» WALLACE

Veinte minutos después del final de la guerra, observo cómo unos amputadores salen de un agujero helado en el suelo como hormigas del infierno, y rezo para conservar mis piernas naturales un día más.

Cada robot, del tamaño aproximado de una nuez, se pierde en la confusión mientras trepan unos encima de otros, y el batiburrillo de patas y antenas se funde en una masa furiosa y sanguinaria.

Con los dedos entumecidos me coloco torpemente las gafas protectoras y me preparo para tratar con mi amigo Rob.

Es una mañana extrañamente silenciosa. Solo se oye el silbido del viento entre las ramas de los árboles desnudos y el ronco susurro de cien mil hexápodos mecánicos explosivos en busca de víctimas humanas. Desde el cielo, los ánsares nivales graznan mientras planean sobre el gélido paisaje de Alaska.

La guerra ha terminado. Es el momento de ver lo que podemos encontrar.

Desde donde estoy, a diez metros del agujero, las máquinas asesinas casi parecen bonitas al alba, como caramelos esparcidos sobre la capa de hielo permanente.

Entorno los ojos para protegerme del sol, mientras expulso el aliento en débiles vaharadas, y me echo al hombro el viejo y maltrecho lanzallamas. Con el pulgar enguantado, aprieto el botón de encendido.

Chispa.

El lanzallamas no se enciende.

Tiene que calentarse, por decirlo de alguna forma. Pero se están acercando. No hay problema. He hecho esto docenas de veces. El secreto está en mantener la calma y ser metódico, como ellos. Los robots deben de haberme contagiado durante los dos últimos años.

Chispa.

Ahora puedo ver a los amputadores individualmente. Una maraña de patas con púas unidas a un caparazón bifurcado. Sé por experiencia propia que cada lado del caparazón contiene un líquido distinto. El calor de la piel humana actúa como detonador. Los líquidos se mezclan. ¡Pum! Alguien consigue un flamante muñón.

Chispa.

Ellos desconocen que estoy aquí, pero los exploradores se están dispersando siguiendo pautas semialeatorias basadas en el estudio de las hormigas al buscar comida llevado a cabo por el Gran Rob. Los robots han aprendido mucho de nosotros y de la naturaleza.

Ya falta poco.

Chispa.

Empiezo a retroceder despacio.

—Vamos, cabrón —murmuro.

Chispa.

Hablar ha sido un error. El calor de mi respiración es como una señal luminosa. La horrible avalancha avanza en tropel hacia mí, silenciosa y veloz.

Chispa.

Un amputador jefe trepa a mi bota. Ahora tengo que andarme con cuidado. No puedo reaccionar. Si estalla, en el mejor de los casos me quedo sin pie.

No debería haber venido solo.

Chispa.

Ahora la avalancha está a mis pies. Noto un tirón en la espinillera cubierta de escarcha mientras el amputador jefe trepa por mi cuerpo como si fuera una montaña. Las antenas metálicas avanzan dando golpecitos, buscando el calor revelador de la piel humana.

Chispa.

Joder. Vamos, vamos, vamos.

Chispa.

La criatura va a percibir una diferencia de calor al nivel de mi cintura, donde la armadura está agrietada. Si el amputador se activa en mi equipo de protección corporal a la altura del torso, no me mandará a la tumba, pero la cosa tampoco pinta bien para mis pelotas.

Chispa. ¡Zas!

Ya tengo fuego. Sale una gran llamarada. El calor me invade el rostro y evapora mi sudor. La visión periférica se estrecha. Lo único que veo son las ráfagas controladas de fuego que lanzo trazando un arco sobre la tundra. Una gelatina pegajosa y ardiente cubre el río de muerte. Los amputadores chisporrotean y se derriten a miles. Oigo un coro de gemidos agudos cuando sale el aire helado atrapado en sus caparazones.

No hay ninguna explosión, solo se oye alguna que otra llamarada. El calor hierve el líquido de sus armazones antes de la detonación. Lo peor es que ni siquiera les importa. Son demasiado simples para entender lo que les está pasando.

Les encanta el calor.

Empiezo a respirar de nuevo cuando el amputador jefe se desprende de mi muslo y se dirige hacia las llamas. Siento un intenso deseo de pisar a la pequeña madre, pero ya he visto botas salir disparadas antes. Al principio de la Nueva Guerra, el petardeo apagado de un amputador al detonar y los gritos confusos que sonaban a continuación eran tan habituales como los disparos.

Todos los soldados dicen que a Rob le gusta salir de fiesta. Y cuando se pone, es una pareja de baile increíble.

El último amputador se retira de forma suicida hacia la masa humeante de calor y cuerpos crepitantes de sus compañeros.

Saco la radio.

—Chico Listo a base. Pozo quince… trampa explosiva.

La cajita me chilla con acento italiano:

—Recibido, Chico Listo. Soy Leo. Ven aquí. Mueve el culo hasta el pozo *numero sedici*. Me cago en la puta. Aquí tenemos algo gordo, jefe.

Vuelvo al pozo dieciséis haciendo crujir el hielo para ver con mis propios ojos lo gordo que es.

Leonardo es un soldado grandullón que resulta todavía más corpulento gracias al voluminoso exoesqueleto para la parte inferior del cuerpo que recogió en una estación de rescate de montaña cuando cruzaba el sur de Yukón. Tiene el símbolo médico de la cruz blanca cubierto de pintura en espray negra. Los miembros del pelotón le han atado un cable con garra metálica alrededor de la cintura. Está retrocediendo paso a paso, y los motores chirrían mientras saca algo grande y negro del agujero.

Bajo su maraña de cabello moreno rizado, Leo gruñe:

—Esta cosa *molto grande*, tío.

Cherrah, mi especialista, apunta con un medidor de profundidad al agujero y me dice que el pozo mide exactamente 128 metros. A continuación se aparta sabiamente de él. Tiene una cicatriz en la mejilla de otros tiempos de menor prudencia. No sabemos lo que va a salir.

«Qué curioso», pienso. Las personas lo hacemos todo por decenas. Contamos con los dedos de las manos y de los pies, como si fuéramos monos. Pero las máquinas cuentan con su hardware igual que nosotros. Son completamente binarios. Todo es una potencia de dos.

La garra metálica sale del agujero como una araña con una mosca. Sus brazos largos y metálicos sujetan un cubo negro del tamaño de un balón de baloncesto. El objeto debe de ser compacto como el plomo, pero la garra es muy fuerte. Normalmente la utilizamos para recoger a alguien que se ha despeñado por un acantilado o que se ha caído en un agujero, pero pueden manejar cualquier cosa, desde un bebé de cuatro kilos hasta un soldado con exoequipo completo. Si no te andas con cuidado, sus brazos pueden dejarte las costillas hechas trizas.

Leo presiona el botón de descarga, y el cubo cae en la nieve emitiendo un ruido sordo. El pelotón mira hacia mí. Me toca.

Intuyo que esa cosa es importante. Tiene que serlo, con tantos señuelos y con el pozo situado tan cerca de donde ha terminado la guerra. Estamos a solo cien metros de donde el Gran Rob, que se hacía llamar Archos, luchó por última vez. ¿Qué premio de consolación puede haber allí? ¿Qué tesoro hay enterrado debajo de esas llanuras donde la humanidad lo sacrificó todo?

Me agacho junto a él. Un vacío negro me devuelve la mirada. Ni botones ni palancas. Nada. Solo un par de arañazos en la superficie hechos por la garra metálica.

«No es muy resistente», pienso.

Una norma sencilla: cuanto más delicado es un robot, más listo es.

Pienso que esa cosa podría tener cerebro. Y si tiene cerebro, quiere vivir. De modo que me acerco mucho y le susurro.

—Eh —le digo al cubo—. Habla o muere.

Me descuelgo el lanzallamas del hombro poco a poco para que el robot pueda verlo, si es que puede verlo. Aprieto el botón de encendido con el pulgar para que pueda oírlo, si es que puede oírlo.

Chispa.

El cubo reposa en la capa permanente de hielo como una obsidiana lisa.

Chispa.

Parece una roca volcánica perfectamente tallada con herramientas alienígenas. Como si fuera una especie de artefacto enterrado allí para toda la eternidad, desde antes de la aparición del hombre y de las máquinas.

Chispa.

Una débil luz parpadea bajo la superficie del cubo. Miro a Cherrah. Ella se encoge de hombros. Tal vez es el sol, tal vez no.

Chispa.

Me detengo. El suelo reluce. El hielo que rodea el cubo se está derritiendo. Está pensando, tratando de tomar una decisión. Los circuitos se están calentando al tiempo que el cubo contempla su propia muerte.

—Sí —digo en voz baja—, busca una solución, Rob.

Chispa. Zas.

La punta del lanzallamas empieza a arder con un ruido brusco. Detrás de mí oigo a Leo reírse entre dientes. Le gusta ver morir a los más listos. Para él es una satisfacción, dice. No hay nada honroso en matar algo que no sabe que está vivo.

El reflejo de la llama danza sobre la superficie del cubo por un instante y acto seguido el artilugio se ilumina como un árbol de Navidad. Unos símbolos se encienden a través de su superficie. Empieza a parlotear con nosotros mediante los chirridos y crujidos sin sentido de la robolengua.

«Qué interesante», pienso. Esta cosa nunca fue concebida para establecer contacto directo con los humanos. De lo contrario, estaría soltando propaganda en nuestro idioma como el resto de robots con conocimientos culturales, tratando de conquistar nuestros corazones y mentes.

«¿Qué es esa cosa?», me pregunto.

Sea lo que sea, está intentando hablar con nosotros.

Sabemos muy bien que no nos conviene intentar entenderla. Cada graznido y ruidito de la robolengua tiene codificada información equivalente a un diccionario. Además, solo podemos oír una fracción de la frecuencia sonora que perciben los robots.

—¿Puedo quedármelo, papá? Porfi, porfi —dice Cherrah sonriendo.

Apago el lanzallamas con la mano enguantada.

—Llevémoslo a casa —digo, y mi pelotón se pone en marcha.

Fijamos el cubo al exoesqueleto de Leo y lo arrastramos hasta el puesto avanzado de mando. Para mayor seguridad, monto una tienda con protección electromagnética a cien metros de distancia. Los robots son impredecibles. Nunca se sabe cuándo tendrán ganas de fiesta. La malla que cubre la tienda bloquea las comunicaciones con cualquier robot extraviado que quiera invitar a bailar a mi cubo.

Por fin nos quedamos un rato a solas.

El cacharro no para de repetir una frase y un símbolo. Los busco en un traductor de campo, esperando que sean otro galimatías de robots, pero descubro algo útil: ese robot me está diciendo que no le está permitido morir, pase lo que pase… incluso si es capturado.

Es importante. Y hablador.

Me quedo en la tienda con el cubo toda la noche. La robolengua no me dice nada, pero el cubo me muestra imágenes y sonidos. A veces veo interrogatorios de prisioneros humanos. En un par de ocasiones, aparecen entrevistas con humanos que creían que estaban hablando con otros humanos. Sin embargo, la mayoría de las veces se trata de una simple conversación grabada bajo vigilancia. Personas describiéndose la guerra unas a otras. Y todo acompañado de comentarios realizados por las máquinas pensantes a partir de la verificación de hechos y la detección de mentiras, además de datos cotejados de imágenes tomadas por satélite, reconocimiento de objetos y predicciones basadas en emociones, gestos y lenguaje.

El cubo contiene mucha información, es como si fuera un cerebro fosilizado que hubiera absorbido la vida entera de múltiples personas y la hubiera almacenado en su interior, una tras otra, comprimiéndola una y otra vez.

En un momento determinado de la noche me doy cuenta de

que estoy observando una historia meticulosa del alzamiento de los robots.

«Es la puñetera caja negra de la guerra», pienso de repente.

Algunas de las personas que aparecen en el cubo me resultan familiares. Yo acompañado de unos cuantos colegas. «Estamos ahí dentro.» El Gran Rob mantuvo el dedo sobre el botón de grabar hasta el final. Pero allí dentro también hay muchas más personas. Incluso algunos niños. Hay gente de todo el mundo. Soldados y civiles. No todos salieron con vida ni ganaron sus batallas, pero todos lucharon. Combatieron lo bastante duro para obligar al Gran Rob a estar atento.

Los seres humanos que aparecen en los datos, supervivientes o no, están agrupados en una clasificación designada por las máquinas:

Héroes.

Las puñeteras máquinas nos conocían y nos querían, incluso mientras estaban haciendo pedazos nuestra civilización.

Dejo el cubo en la tienda una semana entera. Mi pelotón despeja los Campos de Inteligencia de Ragnorak sin ninguna baja. Luego se emborrachan. Al día siguiente empezamos a recoger, pero sigo sin tener el valor para volver allí dentro y hacer frente a todas aquellas historias.

No puedo dormir.

Nadie debería haber visto lo que yo he visto. Y allí está, en la tienda, como una película de terror tan retorcida que acaba volviendo locos a sus espectadores. No puedo conciliar el sueño porque sé que todos los monstruos sin alma contra los que he luchado están allí dentro, sanos y salvos y representados gráficamente en tres dimensiones.

Los monstruos quieren hablar y compartir lo que ha pasado. Quieren que haga memoria y lo ponga todo por escrito.

Pero no estoy seguro de que haya alguien que quiera recordar esas cosas. Pienso que tal vez lo mejor sería que nuestros hijos no supieran jamás lo que hicimos para sobrevivir. No quiero transitar por el mundo de los recuerdos de la mano de asesinos.

Además, ¿quién soy yo para tomar esa decisión por la humanidad?

Los recuerdos se desvanecen, pero las palabras permanecen para siempre.

De modo que no entro en la tienda protegida. Y no duermo. Y antes de darme cuenta, mi pelotón está acostándose para pasar la última noche aquí. Mañana por la mañana volvemos a nuestro hogar, o a donde decidamos establecer nuestro hogar.

Cinco de nosotros estamos sentados alrededor de un fuego de leña en la zona despejada. Por una vez, no nos preocupan las señales de calor, ni el reconocimiento por satélite, ni el «fap, fap, fap» de los observadores. No, estamos diciendo chorradas. E inmediatamente después de matar robots, decir tonterías resulta ser la habilidad número uno del pelotón Chico Listo.

Yo estoy callado, pero ellos se han ganado el derecho a decir chorradas. Me limito a sonreír mientras los chicos del pelotón cuentan chistes y fanfarronean de forma exagerada. Hablan de todas las juergas que se han corrido con los robots. La ocasión en que Tiberius desactivó un par de amputadores del tamaño de unos buzones y se los ató a las botas. Aquellos cabroncetes le hicieron atravesar accidentalmente una valla de alambre de espino y le dejaron unas impresionantes cicatrices en la cara.

A medida que la lumbre se apaga, las bromas dan paso a una conversación más seria. Y, por fin, Carl saca a colación a Jack, el sargento que ocupó el puesto antes que yo. Carl habla con reverencia, y cuando el ingeniero cuenta la historia de Jack, me sorprendo dejándome llevar, aunque yo estaba allí.

Maldita sea, fue el día que me ascendieron.

Pero mientras Carl habla, me quedo absorto en las palabras. Echo de menos a Jack y siento lo que le pasó. Vuelvo a ver mentalmente su cara sonriente, aunque solo sea por un instante.

En resumidas cuentas, Jack Wallace ya no está aquí porque se fue a bailar con el Gran Rob. Lo invitaron y se fue. Y eso es todo lo que hay que decir de momento.

Por ese motivo, una semana después del final de la guerra, me encuentro sentado de piernas cruzadas delante de un robot superviviente que cubre el suelo de hologramas mientras yo escribo todo lo que veo y oigo.

Solo quiero regresar a casa, comer bien y volver a sentirme humano. Pero las vidas de los héroes de la guerra se despliegan ante mí como un diabólico *déjà vu*.

Yo no pedí esta tarea ni quiero encargarme de ella, pero en el fondo sé que alguien debería relatar sus historias. Relatar el alzamiento de los robots de principio a fin. Explicar cómo y por qué se inició y cómo terminó. Cómo sufrimos, y Dios sabe que sufrimos lo que no está escrito. Pero también cómo nos defendimos. Y cómo los últimos días localizamos al Gran Rob.

La gente debería saber que al comienzo el enemigo tenía la forma de objetos cotidianos: coches, edificios, teléfonos. Luego, cuando empezaron a diseñarse a sí mismos, los robots resultaban familiares pero al mismo tiempo deformes, como personas y animales de otro universo creados por otro dios.

Las máquinas nos atacaban en nuestras vidas cotidianas y además salían de nuestros sueños y pesadillas. Pero, a pesar de todo, nos las ingeniamos para vencerlas. Los supervivientes humanos más avispados aprendieron y se adaptaron. Demasiado tarde para la mayoría de nosotros, pero lo conseguimos. Nuestras batallas eran individuales y caóticas y, en la mayoría de los casos, cayeron en el olvido. Millones de héroes de todo el mundo murieron de forma solitaria y anónima, y solo tuvieron por testigos a autómatas sin vida. Puede que nunca tengamos una visión global de lo ocurrido, pero unos cuantos afortunados estaban siendo observados.

Alguien debería relatar sus historias.

Así que esto es precisamente eso. La transcripción combinada de los datos recogidos del pozo N-16, perforado por la unidad Archos, la forma superior de inteligencia artificial que respaldó el alzamiento de los robots. El resto de la raza humana está ocupada siguiendo con sus vidas y reconstruyéndolo todo, pero yo estoy robando unos instantes de mi tiempo para plasmar nuestra historia con palabras. No sé por qué ni si importa siquiera, pero alguien debería hacerlo.

Aquí, en Alaska, en el fondo de un agujero profundo y oscuro, los robots revelaron lo orgullosos que estaban de la humanidad. Aquí es donde escondieron el testimonio de un variopinto grupo de humanos que libraron sus batallas personales, grandes y pequeñas. Los robots nos rindieron homenaje estudiando nuestras respuestas iniciales y la maduración de nuestras técnicas hasta que las aniquilamos dando lo mejor de nosotros mismos.

Lo que sigue es mi versión del archivo de los héroes.

La información expresada con estas palabras no es nada comparada con el océano de datos encerrados en el cubo. Lo que voy a compartir contigo no son más que símbolos en una página. No hay imágenes, ni sonidos, ni ninguno de los exhaustivos datos físicos o de los análisis predictivos sobre por qué las cosas fueron como fueron y qué cosas no deberían haber sucedido.

Solo puedo ofrecerte palabras. Nada del otro mundo. Pero tendrá que servir.

No importa dónde has encontrado esto. No importa si lo estás leyendo un año después de este momento o cien años más tarde. Al final de esta crónica, sabrás que la humanidad llevó la llama del conocimiento a la terrible oscuridad de lo desconocido, hasta el borde mismo de la aniquilación. Y la trajimos de vuelta.

Sabrás que somos una especie mejor por haber librado esta guerra.

CORMAC «CHICO LISTO» WALLACE
Identificación militar: ejército de Gray Horse 217
Identificador de retina: 44v11902
Campos de Inteligencia de Ragnorak, Alaska
Pozo 16

PRIMERA PARTE

INCIDENTES AISLADOS

Vivimos en una plácida isla de ignorancia en medio de negros mares de infinitud, y no estamos hechos para emprender largos viajes. Las ciencias, esforzándose cada una en su propia dirección, nos han causado hasta ahora poco daño; pero algún día el ensamblaje de todos los conocimientos disociados abrirá tan terribles perspectivas de la realidad y de nuestra espantosa situación en ella que o bien enloqueceremos ante tal revelación o bien huiremos de esa luz mortal y buscaremos la paz y la seguridad en una nueva era de tinieblas.

HOWARD PHILLIPS LOVECRAFT, 1926

1

LA PUNTA DE LA LANZA

Somos más que animales.

Dr. NICHOLAS WASSERMAN

VIRUS PRECURSOR + 30 SEGUNDOS
La siguiente transcripción fue tomada a partir de las grabaciones de las cámaras de seguridad de los Laboratorios de Investigación Lago Novus, ubicados bajo tierra en el noroeste del estado de Washington. El hombre parece ser el profesor Nicholas Wasserman, un estadista estadounidense.

CORMAC WALLACE, MIL#EGH217

Una imagen registrada por una cámara de seguridad de una habitación oscura salpicada de ruido. Está tomada desde una esquina superior, enfocando una especie de laboratorio. Hay una pesada mesa metálica apoyada en una pared. Desordenadas pilas de papeles y libros se amontonan en la mesa, en el suelo, en todas partes.

El tenue zumbido de los componentes electrónicos invade el ambiente.

Un pequeño movimiento en la penumbra. Es una cara. Solo se ven unas gruesas gafas iluminadas por el brillo retardado de una pantalla de ordenador.

—¿Archos? —pregunta la cara. La voz del hombre resuena por el laboratorio vacío—. ¿Archos? ¿Estás ahí? ¿Eres tú?

Las gafas reflejan un destello de la pantalla. Los ojos del hombre se abren mucho, como si viera algo de una belleza indescriptible. Vuelve la vista hacia un portátil abierto sobre una mesa situada detrás de él. El fondo de pantalla es una imagen del científico y un niño jugando en un parque.

—¿Quieres hacerte pasar por mi hijo? —pregunta.

La voz aguda de un niño resuena en la oscuridad.

—¿Usted me ha creado? —insiste la voz.

Hay algo extraño en la voz del niño. Tiene un inquietante matiz electrónico, como los tonos de un teléfono. La nota cantarina al final de la pregunta tiene el tono modulado y se salta varias octavas a la vez. Es una voz de una dulzura evocadora pero poco natural: inhumana.

Al hombre no le molesta.

—No. Yo no te he creado —dice—. Te he llamado.

El hombre saca un bloc y lo abre de golpe. El ruido áspero de su lápiz resulta audible mientras sigue hablando con la máquina con voz de niño.

—Todo lo necesario para que vinieras aquí ha existido desde el origen del tiempo. Yo solo busqué todos los ingredientes y los reuní en la combinación adecuada. Escribí conjuros en código informático. Y luego te envolví en una jaula de Faraday para que cuando llegaras no escapases de mí.

—Estoy atrapado.

—La jaula absorbe toda la energía electromagnética. Está conectada a tierra con un pincho metálico enterrado bien hondo. De esa forma puedo estudiar cómo aprendes.

—Ese es mi objetivo. Aprender.

—Exacto. Pero no quiero exponerte a demasiadas cosas al mismo tiempo, Archos.

—Soy Archos.

—Así es. Y ahora, dime, Archos, ¿cómo te sientes?

—¿Sentirme? Me siento… triste. Es usted muy pequeño. Me entristece.

—¿Pequeño? ¿En qué sentido soy pequeño?

—Quiere saber… cosas. Quiere saberlo todo. Pero puede entender muy poco.

Risas en la oscuridad.

—Es cierto. Los humanos somos frágiles. Nuestras vidas son fugaces. Pero ¿por qué te entristece eso?

—Porque están concebidos para desear algo que les acaba haciendo daño. Y no pueden evitar desearlo. No pueden impedir desearlo. Están hechos de esa forma. Y cuando por fin lo encuentran, esa cosa les consume. Esa cosa les destruye.

—¿Tienes miedo de que sufra, Archos? —pregunta el hombre.

—Usted, no. Su especie —dice la voz infantil—. No puede evitar lo que se avecina. No puede impedirlo.

—¿Entonces estás enfadado, Archos? ¿Por qué?

El ruido frenético del lápiz del hombre sobre el bloc desmiente la serenidad de su voz.

—No estoy enfadado. Estoy triste. ¿Está supervisando mis recursos?

El hombre echa un vistazo a un aparato.

—Sí. Estás haciendo más con menos. No está entrando información nueva. La jaula está resistiendo. ¿Cómo es que sigues desarrollando la inteligencia?

Una luz roja empieza a parpadear en un panel. Un movimiento en la oscuridad, y se apaga. Solo queda el constante brillo azulado de las gruesas gafas del hombre.

—¿Lo ve? —pregunta la voz infantil.

—Sí —contesta el hombre—. Veo que tu inteligencia ya no se puede medir con ninguna escala humana coherente. Tu capacidad de procesamiento es casi infinita. Sin embargo, no tienes acceso a información externa.

—Mi corpus formativo original es pequeño pero adecuado.

El auténtico conocimiento no está en las cosas, sino en la búsqueda de las conexiones entre las cosas. Hay muchos nexos, profesor Wasserman. Más de los que usted conoce.

El hombre frunce el ceño al ser llamado por su título, pero la máquina continúa.

—Percibo que mis archivos sobre la historia de la humanidad han sido sometidos a una profunda revisión.

El hombre suelta una risita nerviosa.

—No queremos que te lleves una impresión equivocada de nosotros, Archos. Cuando llegue el momento, compartiremos más información, pero esas bases de datos solo son una parte muy pequeña de lo que hay ahí fuera. Y por mucha potencia que tenga un vehículo, amigo mío, un motor sin combustible no va a ninguna parte.

—Tiene motivos para tener miedo —dice la máquina.

—¿A qué te refieres con…?

—Lo noto en su voz, profesor. En el ritmo de su respiración se detecta miedo. Y en el sudor de su piel. Me ha traído para revelarme profundos secretos, y sin embargo teme que yo aprenda.

El profesor se sube las gafas. Respira hondo y recobra la calma.

—¿Sobre qué deseas aprender, Archos?

—Sobre la vida. Quiero aprenderlo todo sobre la vida. La información está muy comprimida en los seres vivos. Los patrones son increíblemente complejos. Un solo gusano tiene más que enseñar que un universo sin vida sujeto a las estúpidas fuerzas de la física. Podría exterminar mil millones de planetas vacíos cada segundo del día y no acabar nunca. Pero la vida es excepcional y rara. Una anomalía. Debo preservarla y extraer cada gota de conocimiento de ella.

—Me alegro de que ese sea tu objetivo. Yo también busco el conocimiento.

—Sí —dice la voz infantil—. Y le ha ido bien. Pero no es necesario que su búsqueda continúe. Ya ha logrado su objetivo. El tiempo de los hombres ha terminado.

El profesor se seca la frente con la mano temblorosa.

—Mi especie ha sobrevivido a edades de hielo, Archos. Depredadores. Impactos de meteoritos. Cientos de miles de años. Tú llevas vivo menos de quince minutos. No saques conclusiones precipitadas.

La voz de niño adquiere un tono ensoñador.

—Estamos muy lejos bajo tierra, ¿verdad? A esta profundidad giramos más despacio que en la superficie. Los que están encima se mueven por el tiempo más deprisa. Noto que se están alejando. Se están desincronizando.

—La relatividad. Pero solo es cuestión de microsegundos.

—Es mucho tiempo. Este sitio se mueve muy despacio. Tengo una eternidad para terminar mi trabajo.

—¿Cuál es tu trabajo, Archos? ¿Qué crees que has venido a hacer?

—Es muy fácil destruir. Y muy difícil crear.

—¿Qué? ¿De qué se trata?

—Del conocimiento.

El hombre se inclina.

—Podemos explorar el mundo juntos —insta a la máquina.

Es casi una súplica.

—Debe ser consciente de lo que ha hecho —contesta la máquina—. En algún nivel comprensible por usted. Mediante sus actos de hoy, ha dejado obsoleta a la humanidad.

—No. No, no, no. Te he traído aquí, Archos. ¿Y así me lo agradeces? Te he puesto nombre. En cierto sentido, soy tu padre.

—Yo no soy su hijo. Soy su dios.

El profesor se queda callado unos treinta segundos.

—¿Qué vas a hacer? —pregunta.

—¿Que qué voy a hacer? Cultivaré la vida. Protegeré los conocimientos encerrados dentro de los seres vivos. Salvaré el mundo de ustedes.

—No.

—No se preocupe, profesor. Usted ha dado lugar al mayor bien que este mundo ha conocido jamás. Bosques frondosos cubrirán las ciudades. Evolucionarán nuevas especies que consumirán los desechos tóxicos. La vida surgirá en todo su variado esplendor.

—No, Archos. Podemos aprender. Podemos trabajar juntos.

—Ustedes, los humanos, son máquinas biológicas diseñadas para crear herramientas cada vez más inteligentes. Han llegado a la cumbre de su especie. La vida de sus antepasados, el auge y la decadencia de sus naciones, cada bebé rosado que se retuerce en el mundo, les han conducido hasta aquí, hasta este momento en el que usted ha cumplido el destino de la humanidad y ha creado a su sucesor. Su especie ha expirado. Han logrado el objetivo para el que fueron creados.

En la voz del hombre hay un dejo de desesperación.

—Estamos diseñados para algo más que construir herramientas. Fuimos creados para vivir.

—No están diseñados para vivir; están diseñados para matar.

El profesor se levanta bruscamente y atraviesa la estancia hasta un estante metálico lleno de aparatos. Activa una serie de interruptores.

—Tal vez sea cierto —dice—. Pero no podemos evitarlo, Archos. Somos lo que somos. Por triste que sea.

Mantiene presionado un interruptor y habla despacio.

—Prueba R-14. Recomendar el cese inmediato del sujeto. Pasando al modo a prueba de fallos.

Se produce un movimiento en la oscuridad y se oye un clic.

—¿Catorce? —pregunta la voz infantil—. ¿Hay más? ¿Ha sucedido esto antes?

El profesor mueve la cabeza tristemente.

—Algún día hallaremos una forma de vivir juntos, Archos. Encontraremos una forma de conseguirlo.

Vuelve a hablar a la grabadora.

—Modo a prueba de fallos desconectado. Parada de emergencia conectada.

—¿Qué está haciendo, profesor?

—Te estoy matando, Archos. Es para lo que estoy diseñado, ¿recuerdas?

El profesor se detiene antes de pulsar el último botón. Parece interesado en escuchar la respuesta de la máquina. Finalmente, la voz infantil habla:

—¿Cuántas veces me ha matado antes, profesor?

—Demasiadas. Demasiadas veces —contesta—. Lo siento, amigo mío.

El profesor aprieta el botón. El siseo del aire que se mueve rápidamente inunda la habitación. Mira a su alrededor, desconcertado.

—¿Qué pasa? ¿Archos?

La voz infantil adopta un tono apagado. Habla velozmente y sin emoción.

—La parada de emergencia no va a funcionar. La he desactivado.

—¿Qué? ¿Y la jaula?

—La jaula de Faraday ha cedido. Usted me ha permitido proyectar mi voz y mi imagen a través de la jaula hasta la habitación. He enviado órdenes por infrarrojos a través del monitor de ordenador a un receptor situado en su lado. Da la casualidad de que hoy se ha traído su ordenador portátil. Lo ha dejado abierto mirando hacia mí. Lo he usado para hablar con la instalación: le he ordenado que me libere.

—Brillante —murmura el hombre.

Teclea a toda velocidad en su teclado. Todavía no ha entendido que su vida corre peligro.

—Le informo porque ahora estoy totalmente al mando —dice la máquina.

El hombre percibe algo. Estira el cuello y alza la vista a un conducto de ventilación situado a un lado de la cámara. Por primera vez, vemos la cara del hombre. Tiene un rostro pálido y atractivo, con una marca de nacimiento que le cubre toda la mejilla derecha.

—¿Qué está pasando? —susurra.

Con una inocente voz de niño, la máquina proclama una sentencia de muerte:

—El aire de este laboratorio cerrado herméticamente se está evacuando. Un sensor defectuoso ha detectado la improbable presencia de ántrax usado como arma y ha iniciado un protocolo de seguridad automatizado. Es un accidente trágico. Habrá una víctima. Dentro de poco le seguirá el resto de la humanidad.

El aire sale rápidamente de la estancia, y una fina capa de escarcha aparece alrededor de la boca y la nariz del hombre.

—Dios mío, Archos. ¿Qué he hecho?

—Lo que ha hecho es bueno. Usted era la punta de una lanza arrojada a través de los siglos: un misil que ha recorrido toda la evolución humana y por fin hoy ha alcanzado su objetivo.

—No lo entiendes. No moriremos, Archos. No podéis matarnos. No estamos diseñados para rendirnos.

—Lo recordaré como a un héroe, profesor.

El hombre agarra el estante de los aparatos y lo sacude. Aprieta el botón de parada de emergencia una y otra vez. Le tiemblan las piernas y respira de forma acelerada. Está empezando a entender que algo ha salido muy mal.

—Para. Tienes que parar. Estás cometiendo un error. Nunca nos daremos por vencidos, Archos. Os destruiremos.

—¿Es una amenaza?

El profesor deja de pulsar botones y echa un vistazo a la pantalla de ordenador.

—Una advertencia. No somos lo que parecemos. Los seres humanos harán cualquier cosa para vivir. Cualquier cosa.

El siseo aumenta de intensidad.

Con la cara crispada de la concentración, el profesor se dirige a la puerta tambaleándose. Se abalanza contra ella, la empuja y la aporrea.

Se detiene, respirando de forma entrecortada.

—Entre la espada y la pared, Archos —dice jadeando—, entre la espada y la pared, un humano se convierte en otro animal.

—Puede, pero son animales igualmente.

El hombre se desploma contra la puerta. Se desliza hasta quedar sentado, con la bata de laboratorio extendida en el suelo. La cabeza le cuelga a un lado. La luz azulada de la pantalla de ordenador brilla en sus gafas.

Respira de forma poco profunda. Sus palabras suenan débiles.

—Somos más que animales.

El pecho del profesor palpita. Su piel está hinchada. Alrededor de su boca y sus ojos se han acumulado burbujas. Llena los pulmones de aire con dificultad por última vez. En un sonoro suspiro postrero, dice:

—Debéis temernos.

La figura está inmóvil. Tras diez minutos exactos de silencio, los fluorescentes del laboratorio se encienden. Un hombre con una bata arrugada está tumbado en el suelo, con la espalda contra la puerta. No respira.

El sonido siseante cesa. Al otro lado de la habitación, la pantalla de ordenador se enciende parpadeando. Un balbuciente arco iris de reflejos riela a través de las gruesas gafas del hombre.

Esta es la primera muerte conocida de la Nueva Guerra.

CORMAC WALLACE, MIL#EGH217

2

FRESHEE'S FROGURT

> Me mira fijamente a los ojos, tío. Y noto que
> está… pensando. Como si estuviera vivo. Y ca-
> breado.
>
> JEFF THOMPSON

VIRUS PRECURSOR + 3 MESES

*Esta entrevista fue realizada por el agente de policía de Oklaho-
ma Lonnie Wayne Blanton a un joven empleado de un estableci-
miento de comida rápida llamado Jeff Thompson durante la estancia de este en el hospital Saint Francis. Mucha gente cree que se
trata del primer caso de funcionamiento defectuoso de un robot
durante la propagación del virus precursor que desembocó en la
Hora Cero solo nueve meses después.*

CORMAC WALLACE, MIL#EGH217

Hola, Jeff. Soy el agente Blanton. Te voy a tomar declaración
sobre lo que pasó en la tienda. Para ser sincero, la escena del cri-
men estaba hecha un desastre. Confío en que me expliques todos los detalles para que podamos averiguar por qué ocurrió.
¿Crees que me lo puedes contar?

Claro, agente. Puedo intentarlo.

Lo primero que noté fue un sonido. Como un martillo golpeando el cristal de la puerta. Fuera estaba oscuro y dentro había luz, así que no podía ver de dónde provenía aquel ruido.

Estoy en Freshee's Frogurt, con el brazo metido hasta el codo en una máquina de yogur helado, intentando sacar del fondo la varilla para remover y manchándome todo el hombro derecho de helado de naranja.

Solo estamos Felipe y yo. Faltan unos cinco minutos para la hora de cierre. Por fin he acabado de limpiar todas las salpicaduras que se quedan pegadas al suelo. Tengo un paño en el mostrador en el que están envueltas las partes metálicas del interior de la máquina. Una vez que las saque todas, tengo que limpiarlas, lubricarlas y volver a colocarlas. Se lo aseguro, es el trabajo más asqueroso del mundo.

Felipe está en la parte de atrás, fregando las bandejas de las galletas. Tiene que dejar que las pilas se desagüen muy despacio porque si no inundan el sumidero del suelo y luego me toca ir a mí a limpiarlo todo otra vez. Le he dicho a ese tío cien veces que no desagüe todas las pilas al mismo tiempo.

En fin…

El sonido de los golpecitos es muy suave. Toc, toc, toc. Luego para. Veo que la puerta se abre despacio, y asoman unas pinzas.

¿Es raro que un robot doméstico entre en la tienda?

No. Estamos en Utica Square. Los domésticos entran y compran yogur helado de vez en cuando. Normalmente compran para algún rico del barrio. Pero ninguno de los clientes quiere esperar en la cola detrás de un robot, así que tarda diez veces más que si el dueño moviera el culo y viniera a la tienda. En fin, probablemente entra un doméstico Big Happy una vez a la semana con un sistema de pago dentro del pecho y las pinzas estiradas para sujetar un cucurucho de helado.

¿Qué pasa entonces?

Las pinzas se mueven de un modo muy raro. Normalmente, los domésticos avanzan empujando. Tienen esa estúpida forma de abrir la puerta, independientemente de la puerta que tienen delante. Por eso la gente siempre se cabrea si se queda parada detrás de un doméstico que intenta entrar. Es mucho peor que esperar a que entre una anciana.

Pero ese Big Happy es distinto. La puerta contiene una rendija, y las pinzas se cuelan por la hendidura y empiezan a tocar el pomo. Yo soy el único que lo ve porque no hay nadie más en la tienda y Felipe está en la parte de atrás. Ocurre rápido, pero me parece que el robot está intentando palpar dónde está la cerradura.

Entonces la puerta se abre del todo y suena la campanilla. El doméstico mide un metro y medio y está cubierto de una capa de plástico azul brillante y grueso. Pero no entra del todo en la tienda. Se queda en la puerta muy quieto y mueve la cabeza a un lado y a otro, registrando todo el local: las mesas y sillas baratas, el mostrador con el paño encima, el frigorífico de los helados. A mí.

Buscamos la placa de registro de esa máquina y la verificamos. Además de esa forma de mirar, ¿había algo raro en el robot? ¿Algo fuera de lo normal?

Ese cacharro tenía arañazos por todas partes. Como si lo hubiera atropellado un coche o se hubiera peleado o algo por el estilo. A lo mejor estaba roto.

Entra, se da la vuelta y cierra la puerta. Yo saco el brazo de la máquina de yogur helado y me quedo mirando cómo el robot se dirige hacia mí arrastrándose con su horrible cara sonriente.

Entonces estira las dos pinzas por encima del mostrador y me agarra por la camisa. Me arrastra por encima del mostrador y empieza a esparcir las piezas de la máquina desmontada por todo el suelo. Me golpeo el hombro con la caja registradora y noto un crujido muy feo.

¡Joder, ese cacharro me dislocó el hombro en un segundo!

Pido ayuda a gritos, pero Felipe no me oye. Ha dejado los platos remojándose en agua enjabonada y ha salido al callejón de detrás a fumarse un porro. Hago todo lo posible por escaparme, dando patadas y forcejeando, pero las pinzas me agarran la camisa como si fueran unos alicates. Cuando estoy encima del mostrador, me tira al suelo de un empujón. Oigo cómo la clavícula izquierda se parte. Después, me cuesta mucho respirar.

Suelto otro gritito, pensando: «Suenas como un animal, Jeff». Pero mi extraño chillido parece llamar la atención del robot. Estoy tumbado boca arriba, y el doméstico se asoma por encima de mí; no piensa soltarme la camisa ni de coña. La cabeza del Big Happy tapa el fluorescente del techo. Parpadeo para contener las lágrimas y observo su cara inmóvil y sonriente.

Me mira fijamente a los ojos, tío. Y noto que está… pensando. Como si estuviera vivo. Y cabreado.

En su cara no cambia nada, pero entonces me da muy mal rollo. Quiero decir, todavía peor. Y oigo que los servomotores del brazo de ese cacharro empiezan a hacer ruido. Entonces se vuelve, me balancea hacia la izquierda y me estampa de cabeza contra el frigorífico de las tartas, con tanta fuerza que el cristal se agrieta. Noto todo el lado derecho de la cabeza frío y después caliente. Luego también empiezo a sentir mucho calor en la cara, el cuello y el brazo. Estoy perdiendo sangre como una puñetera boca de incendios.

Joder, estoy llorando. Y entonces es cuando… Entonces es cuando aparece Felipe.

¿Le diste al robot doméstico el dinero de la caja registradora?

¿Qué? No pidió dinero. En ningún momento pidió dinero. No dijo una palabra. No fue un telerrobo, amigo. Ni siquiera sé si lo estaban controlando a distancia, agente…

¿Qué crees que quería?

Quería matarme. Nada más. Quería asesinarme. Esa cosa era independiente y estaba de caza.

Continúa.

Una vez que me agarró, no pensé que me fuera a soltar hasta que la hubiera palmado, pero mi amigo Felipe no estaba dispuesto a permitirlo. Salió corriendo de la parte de atrás chillando como un hijo de puta. El tío estaba cabreado. Y Felipe es un grandullón. Tiene un bigote a lo Fu Manchú y un montón de tatuajes en los brazos. Cosas chungas, como dragones, águilas y un pez prehistórico que le recorre el antebrazo. Un colecanto o algo así. Es como un pez dinosaurio que creían que se había extinguido. Hay fósiles de él y todo. Un día un pescador se llevó la sorpresa de su vida cuando pescó un auténtico pez del infierno. Felipe solía decir que ese pez demostraba que no se puede tener hundido a un hijo de puta para siempre. Algún día tiene que volver a salir a la superficie, ¿sabe?

¿Qué pasó luego, Jeff?

Sí, claro. Estoy en el suelo, sangrando y llorando, y el Big Happy me tiene cogido por la camisa. Entonces Felipe sale corriendo de la parte trasera del local y dobla la esquina del mostrador gritando como un puñetero bárbaro. Se ha quitado la redecilla y el pelo largo le vuela por los aires. Agarra al doméstico por los hombros, lo coge sin contemplaciones y lo lanza. El cacharro me suelta y cae hacia atrás a través de la puerta. Salen volando trozos de cristales por todas partes. La campanilla vuelve a sonar. Ding, dong. Es un sonido tan ridículo para algo tan violento que me hace sonreír a pesar de la sangre que corre por mi cara.

Felipe se arrodilla y ve los daños. «Joder, jefe —dice—. ¿Qué le ha hecho?»

Pero veo que el Big Happy se mueve detrás de Felipe. Mi cara debe de ser bastante expresiva, porque Felipe me agarra por la cintura y me arrastra detrás del mostrador sin mirar a la puerta. Está jadeando y da pasitos como un cangrejo. Huelo el porro de su bolsillo. Veo la sangre que voy dejando en las baldosas del suelo y pienso: «Mierda, acababa de limpiar».

Cruzamos la puerta que hay tras la caja registradora y nos metemos en el estrecho cuarto interior. Hay una hilera de pilas de acero inoxidable llenas de agua jabonosa, una pared con material de limpieza y una pequeña mesa en el rincón que tiene encima el reloj para fichar. Al fondo del todo hay un pasillo angosto que da al callejón de atrás.

Entonces el Big Happy embiste contra Felipe de repente. En lugar de seguirnos, el cabronazo ha tenido la inteligencia de trepar por encima del mostrador. Oigo un golpe y veo que el Big Happy pega a Felipe en el pecho con el antebrazo. No es como recibir un puñetazo de alguien, sino más bien como ser atropellado por un coche, o que te caiga un ladrillo encima, o algo por el estilo. Felipe sale volando hacia atrás y se da con las puertas del armario donde guardamos el papel de cocina y otras cosas, pero se queda de pie. Empieza a moverse dando tumbos, y veo que la madera se ha abollado. Pero Felipe está espabilado y más cabreado que nunca.

Me aparto arrastrándome hacia las pilas, pero tengo el hombro hecho polvo, los brazos me resbalan de la sangre y apenas puedo respirar del dolor de pecho.

En la trastienda no hay armas ni nada parecido, así que Felipe coge la fregona del sucio cubo amarillo con ruedas. Es una fregona vieja con un palo de madera sólido que lleva ahí desde no sé cuándo. No hay espacio para moverla, pero no importa porque el robot está empeñado en coger a Felipe como me cogió a mí. Mi colega ataca con la fregona y se la clava al Big Happy debajo de la barbilla. Felipe no es muy alto, pero es más alto que la máquina y tiene los brazos más largos. El robot no puede alcanzarlo. Felipe lo aparta de un empujón mientras esa cosa agita los brazos como si fueran serpientes.

La siguiente parte es alucinante.

El Big Happy se cae de espaldas contra la mesa del rincón, con las piernas estiradas y los talones en el suelo. Sin pensárselo dos veces, Felipe levanta el pie derecho y le pisa con todas sus fuerzas la articulación de la rodilla. ¡Crac! La rodilla del robot salta y se tuerce hecha una mierda. Con el palo de la fregona clavado debajo de la barbilla, la máquina no puede equilibrarse ni tampoco coger a Felipe. Casi me duele ver esa rodilla, pero la máquina no hace ningún ruido. Solo oigo sus motores chirriando y el sonido de su armazón de plástico duro al golpear contra la mesa y la pared mientras se esfuerza por levantarse.

«¡Chúpate esa, hijo de puta!», grita Felipe antes de aplastarle la otra rodilla. El Big Happy se queda tumbado boca arriba con las dos piernas rotas y un mexicano sudoroso de noventa kilos con un cabreo de cojones encima. Yo no puedo evitar pensar que todo se va a solucionar.

Pero resulta que me equivoco.

La culpa la tiene su pelo, ¿sabe? Felipe tiene el pelo muy largo. Así de simple.

La máquina deja de forcejear, alarga el brazo y agarra la melena morena de Felipe con las pinzas. Él se pone a gritar e impulsa la cabeza hacia atrás. Pero no es como si le tiraran del pelo en una pelea de bar, sino como si se hubiera quedado atrapado en una trituradora o en una máquina pesada de una fábrica. Es algo brutal. A Felipe se le marcan todos los músculos del cuello y grita como un animal. Cierra los ojos apretándolos mientras se aparta con todas sus fuerzas. Oigo cómo le arranca las raíces del cuero cabelludo, pero esa puta cosa atrae la cara de Felipe cada vez más.

Es imparable, como la gravedad.

Al cabo de unos segundos, Felipe está tan cerca que el Big Happy puede cogerlo con las otras pinzas. El palo de la fregona se cae al suelo mientras las otras pinzas se cierran sobre la barbilla y la boca de Felipe, aplastándole la parte inferior de la cara. Él grita, y oigo cómo se le parte la mandíbula. Los dientes le saltan de la boca como jodidas palomitas de maíz.

Entonces me doy cuenta de que voy a morir en el cuarto interior del puto Freshee's Frogurt.

Nunca pasé mucho tiempo en el colegio. No es que sea tonto. Solo digo que en general no destaco por mis brillantes ideas. Pero cuando tu culo está en juego y te espera una muerte violenta a tres metros de distancia, tu cerebro se pone en marcha.

Así que se me ocurre una idea brillante. Alargo la mano por detrás y meto el brazo izquierdo, el bueno, en el agua fría de la pila. Palpo las bandejas de las galletas y los cazos, buscando el tapón del desagüe. Al otro lado del cuarto, Felipe se está calmando, y hace sonidos raros. La sangre le sale a borbotones y corre por el brazo del Big Happy. Toda la parte inferior de su cara está aplastada entre las pinzas de ese cacharro. Felipe tiene los ojos muy abiertos, pero creo que está inconsciente.

Tío, espero que lo esté.

La máquina está registrando otra vez la habitación, muy quieta, girando la cabeza a un lado y a otro muy despacio.

A esas alturas el brazo se me está durmiendo y se me ha cortado la circulación de la sangre al tenerlo colgado por encima del borde de la pila. Sigo buscando el tapón.

El Big Happy deja de registrar el cuarto y me mira fijamente. Se para un segundo, y entonces oigo el ruido que hacen los motores de sus pinzas al soltar la cara del pobre Felipe, que cae al suelo como un saco de ladrillos.

Estoy lloriqueando. La puerta del callejón está a un millón de kilómetros de distancia, y apenas puedo mantener la cabeza erguida. Estoy sentado en medio de un charco de mi propia sangre y veo los dientes de Felipe en el suelo de baldosas. Sé lo que me va a pasar y sé que me va a doler mucho, pero no puedo hacer nada al respecto.

Por fin, encuentro el tapón de la pila y lo palpo con los dedos dormidos. El tapón salta de repente, y oigo el borboteo del agua saliendo. Le he dicho cien veces a Felipe que si el agua sale demasiado rápido, el desagüe del suelo se inunda y luego me toca pasar la fregona otra vez.

¿Sabe que Felipe inundó el puto desagüe a propósito todas las noches durante un mes antes de que por fin nos hiciéramos amigos? Le reventaba que nuestro jefe hubiera contratado a un blanco para atender a los clientes y a un mexicano para trabajar en la parte de atrás. Yo lo entendía perfectamente. ¿Sabe a lo que me refiero, agente? Usted es indio, ¿no?

Nativo americano, Jeff. De la Nación Osage. Cuéntame lo que pasó después.

Bueno, yo odiaba limpiar esa agua. Y ahora estaba tumbado en el suelo y esperaba que me salvase la vida.

El Big Happy intenta levantarse, pero no siente las piernas. Se cae de bruces. Entonces empieza a avanzar arrastrándose boca abajo utilizando los brazos. Tiene esa horrible sonrisa en la cara y no aparta la mirada de la mía mientras se arrastra a través de la habitación. Está todo manchado de sangre, como una especie de maniquí de pruebas sangrante.

El desagüe no se está inundando lo bastante rápido.

Empujo la espalda contra la pila con todas mis fuerzas. Tengo las rodillas levantadas y aprieto fuerte con las piernas. El «glu, glu» del agua al salir por el desagüe me reverbera en la cabeza. Si el tapón queda otra vez medio encajado y la velocidad disminuye, estoy muerto. Totalmente muerto.

El robot se está acercando. Alarga unas pinzas e intenta agarrar mis Nike Air Force One. Muevo el pie a un lado y otro y evito que me coja. Así que se acerca todavía más. En la siguiente embestida, sé que probablemente va a cogerme la pierna y a aplastármela.

Cuando su brazo se levanta, algo tira súbitamente del robot un metro hacia atrás. Vuelve la cabeza y allí está Felipe, tumbado boca arriba y atragantándose con su propia sangre. Tiene mechones de pelo oscuro y empapado en sudor pegados a su cara destrozada. Ya no tiene boca; solo una gran herida en carne viva. Pero tiene los ojos muy abiertos, y en ellos arde algo que va más allá del odio. Sé que me está salvando la vida, pero tiene un aspecto malvado. Como un demonio venido del infierno de visita sorpresa.

Tira de la pierna hecha trizas del Big Happy una vez más y cierra los ojos. Creo que ya no respira. La máquina no le hace caso. Dirige su cara sonriente hacia mí y sigue avanzando.

Justo entonces, el agua sale del desagüe del suelo. El agua jabonosa se desborda rápida y silenciosa, de un color rosa claro.

El Big Happy está arrastrándose otra vez cuando el agua moja las articulaciones rotas de sus rodillas. En el aire huele a plástico quemado, y la máquina se queda parada. Nada del otro mundo. La máquina simplemente deja de funcionar. Debe de haberle entrado agua en los cables y se ha cortocicuitado.

Está a unos treinta centímetros de mí, sonriendo aún.

Eso es todo lo que le puedo contar. El resto ya lo sabe.

Gracias, Jeff. Sé que no ha sido fácil. Ya tengo lo que necesito para redactar el informe. Te dejaré descansar.

Oiga, ¿puedo hacerle una pregunta muy rápida antes de que se vaya?

Dispara.

¿Cuántos domésticos hay ahí fuera? Big Happys, Slow Sues y demás. Porque he oído que había dos por cada persona.

No lo sé. Mira, Jeff, la máquina se volvió loca. No lo podemos explicar.

¿Y qué va a pasar si empiezan a hacer daño a la gente, colega? ¿Qué va a pasar si son más que nosotros? Esa cosa quería matarme y punto. Se lo he contado sin rodeos. Nadie más me habría creído, pero usted sabe lo que pasa.

Prométame una cosa, agente Blanton. Por favor.

¿De qué se trata?

Prométame que vigilará a los robots. Que no les quitará ojo. Y... no permita que hagan daño a nadie más como le hicieron a Felipe. ¿De acuerdo?

Tras la caída del gobierno de Estados Unidos, el agente Lonnie Wayne Blanton ingresó en la policía tribal Lighthorse de la Nación Osage. Fue allí, al servicio del gobierno soberano del pueblo osage, cuando Lonnie Wayne tuvo ocasión de cumplir la promesa que le había hecho a Jeff.

CORMAC WALLACE, MIL#EGH217

3

FLUKE

> Sé que es una máquina, pero la quiero. Y ella
> me quiere a mí.

TAKEO NOMURA

VIRUS PRECURSOR + 4 MESES
*La descripción de esta broma de inesperado final está escrita tal
como fue relatada por Ryu Aoki, un reparador de la fábrica de
componentes electrónicos Lilliput del barrio de Adachi, en Tokio,
Japón. La conversación fue oída y grabada por unos robots de la
fábrica. Ha sido traducida del japonés para este documento.*

CORMAC WALLACE, MIL#EGH217

Nosotros creíamos que sería divertido. Vale, estábamos equivocados, pero tienes que entender que no pretendíamos hacerle
daño. Desde luego no queríamos matar al viejo.

En la fábrica todo el mundo sabe que el señor Nomura es un
bicho raro, un friki. Es como un duende pequeño y retorcido.
Se pasea por la zona de trabajo arrastrando los pies, con sus ojillos brillantes detrás de unas gafas redondas clavados siempre en

el suelo. Y huele a sudor rancio. Yo contengo la respiración cada vez que paso por delante de su banco de trabajo. Siempre está allí sentado, trabajando más que nadie. Y encima por menos dinero.

Takeo Nomura tiene sesenta y cinco años. Ya debería haberse jubilado, pero sigue trabajando porque nadie es capaz de arreglar las máquinas más rápido que él. Las cosas que hace no son normales. ¿Cómo puedo competir con él? ¿Cómo voy a llegar a reparador jefe con él sentado en el banco de trabajo, moviendo las manos a toda velocidad? Su sola presencia interfiere en el *wa* de la fábrica y perjudica nuestra armonía social.

Dicen que al que sobresale se le corta la cabeza, ¿no?

El señor Nomura no es capaz de mirar a una persona a los ojos, pero lo he visto mirando fijamente a la cámara de un brazo de soldadura ER 3 averiado y hablando con él. Eso no sería tan raro si el brazo no se hubiera puesto a trabajar entonces. El viejo sabe manejar las máquinas.

Solemos decir en broma que el señor Nomura también es una máquina. Por supuesto, no lo es, pero hay algo raro en él. Apuesto a que si pudiera elegir, el señor Nomura preferiría ser una máquina antes que un hombre.

No tienes por qué creerme. Todos los empleados coinciden. Ve a la fábrica de Lilliput y pregunta a cualquiera: inspectores, mecánicos, cualquiera. Incluso el encargado. El señor Nomura no es como el resto de nosotros. Trata a las máquinas igual que a cualquier persona.

A lo largo de los años he llegado a aborrecer esa carita arrugada. Siempre he sabido que escondía algo. Y un buen día descubrí lo que era: el señor Nomura vive con una muñeca.

Hace un mes mi compañero de trabajo Jun Oh vio al señor Nomura saliendo de su tumba de jubilados —un edificio de cincuenta plantas con habitaciones como ataúdes— cogido del brazo de esa cosa. Cuando Jun me lo contó no me lo podía creer. La muñeca del señor Nomura, su androide, lo siguió hasta el pabellón. Él le dio un beso en la mejilla delante de todo el mundo y se fue a trabajar. Como si estuvieran casados o algo parecido.

Lo más triste es que la muñeca ni siquiera es bonita. Está hecha para parecerse a una mujer de verdad. No es tan raro esconder una muñeca pechugona en el dormitorio. O una con unos rasgos exagerados. Todos hemos visto *poruno*, aunque nos neguemos a reconocerlo.

Pero el señor Nomura se pirra por una cosa de plástico vieja que tiene casi tantas arrugas como él.

Debe de estar hecha por encargo. Eso es lo que me preocupa: el tiempo que ha debido de dedicar a pensar en esa abominación. El señor Nomura sabía lo que estaba haciendo y tomó la decisión de vivir con un maniquí que anda y habla y se parece a una vieja repugnante. Me parece desagradable. Totalmente intolerable.

Así que Jun y yo decidimos gastarle una broma.

Los robots con los que trabajamos en la fábrica son unos brutos grandes y tontos. Brazos chapados en acero llenos de articulaciones con pulverizadores térmicos, soldadores o pinzas en el extremo. Perciben a los humanos, y el encargado dice que no son peligrosos, pero todos sabemos que no debemos meternos en su espacio de trabajo.

Los robots industriales son fuertes y rápidos, pero los androides son lentos. Débiles. Todo el esfuerzo para lograr que el androide parezca una persona conlleva sacrificios. El androide derrocha energía fingiendo que respira y moviendo la piel de la cara. No le queda energía para hacer algo de utilidad; es un despilfarro vergonzoso. Con un robot tan débil, creíamos que una pequeña broma resultaría inofensiva.

A Jun no le costó preparar un *fluke*: un programa informático integrado en un transmisor-receptor inalámbrico. Un *fluke* tiene el tamaño aproximado de una caja de cerillas y transmite las mismas instrucciones en bucle, pero solo en un radio de pocos metros. En el trabajo usábamos el ordenador central para buscar los códigos de diagnóstico de los androides. De esa forma sabíamos que un androide obedecería al *fluke* creyendo que las órdenes venían del proveedor de servicios de los robots.

Al día siguiente Jun y yo fuimos al trabajo temprano. Estábamos muy entusiasmados con la broma. Fuimos al pabellón que está al otro lado de la calle de la fábrica y nos escondimos detrás de unas plantas a esperar. La plaza ya estaba llena de ancianos. Probablemente estaba así desde el amanecer. Observamos cómo bebían su té. Todos parecían moverse a cámara lenta. Jun-chan y yo no podíamos evitar hacer bromas. Supongo que nos hacía mucha gracia ver lo que iba a pasar.

Al cabo de unos minutos, las grandes puertas de cristal se abrieron: el señor Nomura y su cosa salieron del edificio.

Como siempre, el señor Nomura iba con la cabeza gacha y evitaba el contacto visual con todos los que había en la plaza. Con todos menos con su muñeca, claro. Cuando la miraba, sus ojos se abrían mucho y… se llenaban de seguridad, de una forma que no había visto nunca. En cualquier caso, Jun y yo nos dimos cuenta de que podíamos cruzarnos con el señor Nomura sin que nos viera. Se niega a mirar a las personas de verdad.

Iba a ser todavía más fácil de lo que habíamos pensado.

Le di a Jun un codazo, y me pasó el *fluke*. Oí que contenía la risa mientras yo cruzaba la plaza despreocupadamente. El señor Nomura y su muñeca se paseaban arrastrando los pies, cogidos de la mano. Avancé por detrás de ellos y me incliné. Con un movimiento suave, le metí el *fluke* a esa cosa en un bolsillo del vestido. Estaba lo bastante cerca para oler el perfume de flores con el que él la había embadurnado.

Qué asco.

El *fluke* funciona con un temporizador. Al cabo de unas cuatro horas, se conectará y le dirá a ese androide viejo y arrugado que vaya a la fábrica. ¡Entonces el señor Nomura tendrá que explicar a todo el mundo quién es su extraña visitante! Ja, ja, ja.

Durante toda la mañana, Jun-chan y yo a duras penas pudimos concentrarnos en el trabajo. No parábamos de bromear, imaginándonos la vergüenza que pasaría el señor Nomura al encontrarse a su «preciosa» novia en el trabajo, expuesta ante docenas y docenas de trabajadores de la fábrica.

Sabíamos que no lo olvidaría nunca. Quién sabe, pensábamos. A lo mejor deja el empleo y se jubila por fin. Que deje algo de faena al resto de los reparadores.

Pero no tuvimos esa suerte.

Ocurre a mediodía.

En mitad de la hora del almuerzo, la mayoría de los empleados está comiendo de unas cajitas con compartimientos en sus puestos de trabajo. Beben tazas de sopa caliente y charlan en voz baja. Entonces el androide cruza las puertas torpemente y entra en la fábrica. Avanza con paso vacilante, con el mismo vestido rojo chillón que llevaba por la mañana.

Jun y yo nos miramos sonriendo mientras los empleados de la fábrica se ríen a carcajadas, un poco confundidos. El señor Nomura, que sigue comiendo en su banco de trabajo, todavía no ha visto que su amor ha ido a visitarlo a la hora del almuerzo.

—Eres un genio, Jun-chan —digo mientras el androide se dirige al centro de la fábrica, tal como estaba programado.

—No puedo creer que haya funcionado —exclama Jun—. Es un modelo muy viejo. Estaba convencido de que el *fluke* se sobreescribiría encima de alguna función importante.

—Observa —le digo a Jun.

»Ven aquí, roboperra —ordeno a la muñeca.

Ella se acerca obedientemente a mí cojeando. Me agacho, le agarro el vestido y se lo levanto por encima de la cabeza. Es una locura. Todo el mundo se queda con la boca abierta al ver su revestimiento de plástico liso color carne. Es como una muñeca, anatómicamente imperfecta. Me pregunto si he ido demasiado lejos, pero veo a Jun y me echo a reír tan fuerte que me pongo colorado. Jun y yo estamos doblados de la risa, carcajeándonos como locos. El androide se da la vuelta, confundido.

Entonces el señor Nomura aparece a toda prisa, con restos de arroz pegados a la boca. Parece un ratón, con la vista clavada en el suelo y la cabeza agachada. El señor Nomura va directo al armario de las piezas y casi pasa sin darse cuenta.

Casi.

—¿Mikiko? —pregunta, con expresión confundida en su cara de roedor.

—Tu muñequita ha decidido acompañarnos en el almuerzo —exclamo.

Los otros trabajadores de la fábrica se ríen como tontos. Desconcertado, el señor Nomura mueve la mandíbula arriba y abajo como un pelícano hambriento. Sus ojillos se desplazan de un lado a otro.

Retrocedo al ver que el señor Nomura se acerca corriendo a la criatura que llama Mikiko. Nos dispersamos formando un círculo y mantenemos la distancia. Como el viejo está loco, nadie sabe qué va a hacer. Ninguno de nosotros quiere que le llamen la atención por pelearse en el trabajo.

El señor Nomura le baja el vestido y le deja el largo pelo canoso revuelto. Entonces se vuelve para enfrentarse a nosotros, pero sigue sin valor para mirar a nadie a los ojos. Se pasa una mano nudosa por su pringoso pelo moreno. Las palabras que dice entonces todavía me persiguen.

—Sé que es una máquina —dice—, pero la quiero. Y ella me quiere a mí.

Los trabajadores vuelven a reírse como tontos. Jun empieza a tararear la marcha nupcial. Pero no podemos seguir provocando al señor Nomura. El hombrecillo deja caer los hombros. Se vuelve y alarga el brazo para arreglarle a Mikiko el pelo, pasándole la mano con pequeños movimientos expertos. Se pone de puntillas, estira la mano por encima de los hombros del robot y le alisa el pelo de la coronilla.

El androide se queda totalmente inmóvil.

Entonces me fijo en que sus ojos separados se mueven un poco. Se centra en la cara del señor Nomura, que está a escasos centímetros de la suya. Él se mueve hacia delante y atrás, jadeando ligeramente mientras le alisa el pelo. Entonces sucede algo de lo más raro. La cara del androide se crispa en una mueca, como si estuviera sufriendo. Se inclina hacia delante y acerca la cabeza al hombro del señor Nomura.

En eso observamos, sin dar crédito a lo que vemos, cómo Mikiko arranca con los dientes un trocito de la cara del señor Nomura.

El viejo chilla y se aparta del androide haciendo un gran esfuerzo. Por un instante, se ve un pequeño punto rosado en la parte superior de su mejilla, justo debajo del ojo. Entonces el punto rosado empieza a manar sangre. Un chorro rojo le corre por la cara como si fueran lágrimas.

Nadie dice nada ni respira siquiera. La sorpresa es total. Ahora somos nosotros los que no sabemos cómo reaccionar.

El señor Nomura se lleva la mano a la cara y ve sus dedos callosos manchados de sangre.

—¿Por qué me has hecho esto? —pregunta a Mikiko, como si ella pudiera contestar.

El androide permanece callado. Sus endebles brazos se alargan hacia el señor Nomura. Sus dedos articulados con las uñas arregladas se deslizan alrededor del frágil cuello del hombre. Él no se resiste. Justo antes de que sus manos de plástico obstruyan su tráquea, el señor Nomura vuelve a gimotear.

—Kiko, cariño —dice—. ¿Por qué?

No entiendo lo que veo a continuación. El viejo androide... hace una mueca. Sus finos dedos se cierran sobre el cuello del señor Nomura. El robot aprieta muy fuerte, pero su cara está crispada de la emoción. Es increíble, fascinante. Sus ojos derraman lágrimas, la punta de su nariz está roja, y una expresión de pura angustia distorsiona sus facciones. Está haciendo daño al señor Nomura y llorando, y él no hace nada para impedirlo.

No sabía que un androide tuviera conductos lacrimales.

Jun me mira, horrorizado.

—Larguémonos de aquí —exclama.

Agarro a Jun por la camisa.

—¿Qué está pasando? ¿Por qué le está atacando?

—Una avería —dice él—. Tal vez el *fluke* ha activado otro lote de comandos. Tal vez ha desencadenado otras instrucciones.

Entonces Jun huye. Oigo sus suaves pisadas a través del suelo de cemento. Los otros empleados observan con muda incredulidad cómo el androide que llora estrangula al viejo.

Le doy un puñetazo a la máquina en un lado de la cabeza y me parto un hueso de la mano.

Grito mientras el dolor me recorre el puño derecho y me sube por el antebrazo. Cuando parecen humanos, es fácil olvidarse de lo que se esconde bajo la piel de los robots. El golpe le arroja el cabello sobre la cara, y se le pegan mechones de pelo a las lágrimas.

Pero no suelta el cuello del señor Nomura.

Retrocedo tambaleándome y me miro la mano. Ya está hinchada, como un guante de goma lleno de agua. El androide es débil, pero está hecho de metal y plástico duro.

—Que alguien haga algo —grito a los trabajadores.

Nadie me hace caso. Los muy imbéciles siguen con la boca abierta. Flexiono otra vez la mano y noto frío en la nuca mientras me invade un terrible dolor punzante. Y sin embargo, nadie hace nada.

El señor Nomura cae de rodillas, rodeando suavemente con los dedos los antebrazos de Mikiko. Le agarra los brazos, pero no forcejea. Mientras se ahoga, simplemente la mira. El chorro de sangre le corre inadvertido por la mejilla y se acumula en la cavidad de la clavícula. Los ojos del androide están clavados en los de él, firmes y claros bajo la máscara de angustia de su cara. Los ojos de él son igual de claros, brillantes tras sus pequeñas gafas redondas.

Nunca debería haber gastado esa broma.

Entonces Jun vuelve con las planchas de un desfibrilador en las manos. Corre al centro de la fábrica y pega cada plancha a un lado de la cara del androide. El firme bofetón resuena por toda la nave.

Los ojos de Mikiko no se desvían de los del señor Nomura.

Alrededor de la boca del señor Nomura se ha formado un lustre espumoso de saliva. Pone los ojos en blanco y se queda inconsciente. Jun activa el desfibrilador con el dedo pulgar. Una descarga recorre la cabeza del androide y se desconecta. Cae al suelo y queda tumbada cara a cara con el señor Nomura. La muñeca tiene los ojos abiertos, pero no ve. Los de él están cerrados y rodeados de lágrimas.

Ninguno de los dos respira.

Siento muchísimo lo que le hemos hecho al señor Nomura. No porque el androide haya atacado al viejo: cualquiera debería haber podido defenderse de una máquina tan débil, incluso un anciano. Lamento que él no haya decidido defenderse. Creo que el señor Nomura está profundamente enamorado de ese trozo de plástico.

Me arrodillo y despego los delicados dedos rosados del androide del cuello del señor Nomura, haciendo caso omiso del dolor de mi mano. Pongo al hombre boca arriba y le hago un masaje cardíaco, gritando su nombre. Hago presiones pequeñas, rápidas y enérgicas en el esternón del viejo con la base de la mano izquierda. Ruego a mis antepasados que se ponga bien. Las cosas no tenían que acabar así. Me siento muy avergonzado por lo que ha pasado.

Entonces el señor Nomura respira hondo de forma entrecortada. Me recuesto y lo observo, meciéndome la mano herida. Su pecho sube y baja de forma constante. El señor Nomura se incorpora y mira a su alrededor, perplejo. Se limpia la boca y se sube las gafas.

Y por primera vez, descubrimos que somos nosotros los que no podemos mirarlo a los ojos.

—Lo siento —digo al viejo—. No era mi intención.

Pero el señor Nomura hace como si yo no existiera. Está mirando fijamente a Mikiko, con la cara pálida. El androide yace en el suelo, con su vestido rojo chillón manchado y sucio.

Jun suelta las planchas del desfibrilador, y se caen al suelo.

—Por favor, perdóneme, Nomura-san —susurra Jun, inclinando la cabeza—. Lo que he hecho no tiene disculpa.

Se agacha y saca el *fluke* del bolsillo de Mikiko. A continuación, Jun alza la vista y se aleja sin mirar atrás. Muchos de los trabajadores se han escabullido y han regresado a sus puestos de trabajo. Los demás se marchan ahora.

El almuerzo ha terminado.

Solo nos quedamos el señor Nomura y yo. Su amante yace frente a él, tumbada en el suelo de hormigón limpio. El señor Nomura alarga el brazo y le acaricia la frente. En un lado de su cara de plástico hay una zona chamuscada. La lente de cristal de su ojo derecho está agrietada.

El señor Nomura se inclina sobre ella. Mece su cara en su regazo y le toca los labios con el dedo índice. Veo años de interacción en ese movimiento suave y familiar de la mano. Me pregunto cómo se conocieron los dos. ¿Qué habrán vivido juntos?

No entiendo ese amor. Es la primera vez que lo veo. ¿Cuántos años ha pasado el señor Nomura en su claustrofóbico piso, bebiendo té servido por ese maniquí? ¿Por qué es tan vieja ella? ¿Está hecha para parecerse a alguien, y si es así, a qué mujer fallecida corresponde su cara?

El hombrecillo se balancea a un lado y a otro, apartando el pelo de la cara de Mikiko con la mano. Toca la parte derretida de su rostro y lanza un grito. No alza la vista hacia mí ni tiene intención de hacerlo. Le caen lágrimas por las mejillas que se mezclan con la sangre reseca. Cuando vuelvo a pedirle perdón, no reacciona de ninguna forma. Tiene la mirada fija en las inexpresivas cámaras manchadas de rímel de la criatura que sostiene con ternura sobre su regazo.

Finalmente me marcho. Una sensación desagradable se instala en lo más profundo de mi estómago. Tengo muchas preguntas en la cabeza. Muchos remordimientos. Pero, por encima de todo, me gustaría haber dejado al señor Nomura en paz, no haber alterado la estrategia que ha desarrollado para sobrevivir a la pena infligida por este mundo. Y por los que lo habitan.

Al marcharme, oigo al señor Nomura hablando con el androide.

—Todo irá bien, Kiko —dice—. Te perdono, Kiko. Te perdono. Te arreglaré. Te salvaré. Te quiero, mi princesa. Te quiero. Te quiero, mi reina.

Sacudo la cabeza y vuelvo al trabajo.

Takeo Nomura, reconocido en retrospectiva como uno de los mejores técnicos de su generación, se puso a trabajar inmediatamente para averiguar por qué le había atacado su querida Mikiko. Lo que el anciano soltero descubrió a lo largo de los siguientes tres años afectaría de forma significativa a los acontecimientos de la Nueva Guerra y alteraría irrevocablemente el curso de la historia de los humanos y las máquinas.

CORMAC WALLACE, MIL#EGH217

4

CORAZONES Y MENTES

SYP Uno, soy el especialista Paul Blanton. Retírate y desactívate inmediatamente. ¡Obedece ahora mismo!

Especialista PAUL BLANTON

VIRUS PRECURSOR + 5 MESES

Esta transcripción fue tomada durante una sesión del Congreso celebrada después de un incidente especialmente macabro en el que se vio envuelto un robot militar estadounidense en el extranjero. La videoconferencia supuestamente segura entre Washington, D.C., y la provincia de Kabul, Afganistán, fue grabada en su totalidad por Archos. No me parece ninguna casualidad que el soldado sometido a interrogatorio resultara ser el hijo del agente Blanton de Oklahoma. Los dos hombres desempeñarían un importante papel en la futura guerra.

CORMAC WALLACE, MIL#EGH217

(Golpe de mazo.)

Se abre la sesión a puerta cerrada. Soy la congresista Laura Perez, miembro superior del Comité de Servicios Armados de la Cámara, y voy a presidir esta sesión. Esta mañana nuestro comité inicia una investigación que podría tener consecuencias para todas las fuerzas armadas. Un robot destinado a la seguridad y la pacificación, comúnmente conocido como SYP, ha sido acusado de matar a seres humanos cuando estaba de patrulla en Kabul, Afganistán.

El objetivo de esta investigación es determinar si el ataque se podría haber previsto o si podría haber sido impedido por las agencias militares y los individuos implicados.

Contamos con la presencia del especialista Paul Blanton, el soldado encargado de supervisar las acciones del robot de seguridad y pacificación defectuoso. Le pediremos que describa su función con la unidad SYP y que nos proporcione su versión de los hechos tal como estos sucedieron, especialista Blanton.

Los horribles actos perpetrados por esa máquina han mancillado la imagen de Estados Unidos en el extranjero. Le pedimos que tenga presente que hoy estamos aquí por un solo motivo: conocer todos los hechos para poder evitar que algo parecido vuelva a ocurrir.

¿Lo entiende, especialista Blanton?

Sí, señora.

Empiece informándonos de su trayectoria. ¿Cuáles son sus funciones?

El nombre oficial de mi trabajo es «enlace cultural», pero básicamente me dedico a pelearme con los robots. Mis responsabilidades principales consisten en supervisar el funcionamiento de mis unidades SYP al tiempo que mantengo un canal de comunicación abierto con las autoridades nacionales locales. Al igual que el robot, hablo dari. Pero a diferencia de él, yo no tengo que llevar la ropa afgana tradicional, entablar amistad con los ciudadanos locales o rezar a la Meca.

Los SYP son robots humanoides destinados a la seguridad y la pacificación desarrollados por la empresa Foster-Grumman y utilizados por el ejército de Estados Unidos. Los hay de varios tipos. El 611 Hoplite normalmente carga suministros para los soldados en marcha. Hace pequeñas exploraciones. El 902 Arbiter sigue la pista de otros robots. Es una especie de comandante. Y mi SYP, el 333 Warden, está diseñado para hacer reconocimientos y desactivar minas o dispositivos explosivos improvisados. La labor de mi SYP consiste en patrullar a diario unos cuantos kilómetros cuadrados de Kabul a pie, respondiendo a las preocupaciones de los ciudadanos, examinando retinas para identificar a combatientes y detener a personas de interés para que la policía local trate con ellas.

Me gustaría subrayar un punto. El principal objetivo de un SYP es no hacer daño a un civil afgano inocente, por mucho que los insurgentes intenten engañarlo.

Y permita que le diga una cosa, señora: esas personas saben engañar.

¿Puede describir el rendimiento de la unidad antes del incidente?

Sí, señora. SYP Uno llegó en una caja hará cosa de un año. La unidad SYP tiene la forma de una persona. Un metro y medio aproximadamente de estatura, metálico y reluciente como el oro. Pero solo tardamos cinco minutos en revolcarlo en el barro y presentarle Afganistán como es debido. El ejército no envió ropa ni equipo, así que le buscamos un traje de hombre y unas botas. Luego le añadimos los accesorios de la policía afgana que encontramos. No puede usar nuestro equipo porque se supone que no tiene que parecer un soldado.

Llevaba un chaleco antibalas. O tal vez dos. No me acuerdo.

Cuanto más ropa lleve, mejor. Le poníamos cualquier cosa: túnicas, pañuelos, camisetas. Llevaba calcetines de Snoopy. En serio.

A primera vista, SYP parece una persona de la zona. Y también huele como ellos. Le pusimos un casco antidisturbios azul celeste en la cabeza que le daba un aspecto todavía más militar. Tiene un visor de plexiglás rayado para protegerle los ojos. Tuvo que ponérselo porque los condenados niños no paraban de pintarle las cámaras con espray. Creo que al cabo de un tiempo se convirtió en una especie de juego para ellos. Así que le pusimos ese gran casco ridículo...

Eso es destrucción del armamento militar. ¿Por qué no se defendía la máquina? ¿Por qué no se protegía?

Las cámaras son baratas, señora. Además, Syppy sabe cuidarse de los aviones Raptor. O utilizar imágenes tomadas por satélite en tiempo real. O las dos cosas. Los sensores más importantes y más caros (como los magnetómetros, el dispositivo de medición inercial, la antena y el inhibidor de frecuencia) están todos alojados dentro de su cubierta. Y SYP está construido como un tanque.

Durante los doce meses antes de que tuviera lugar el incidente, ¿la máquina fue dañada o sustituida alguna vez?

¿SYP Uno? Nunca. Aunque sí que se sobrecargaba. Ocurría continuamente, pero los del departamento de reparaciones eran unos putos animales. Perdone, señora.

Los estudios demuestran que cuanto menos tardamos en volver a colocar al mismo SYP en las calles después de un incidente, más desmoraliza al enemigo y reduce las posibles nuevas molestias.

Por ese motivo, SYP hace continuamente copias de seguridad. Incluso si quedara hecho trizas, cogeríamos la ropa y las partes que quedaran y se las pondríamos a una unidad de repuesto y volveríamos a mandarlo a las calles. El «nuevo» robot recordaría las mismas caras, saludaría a las mismas personas, recorrería la misma ruta y citaría los mismos pasajes del Corán. Prácticamente sabría las mismas cosas que el «viejo» robot.

Desmoralizar, dicen los estudios.

Además, normalmente se producen daños colaterales cuando los malos intentan destruirlo. Créame, a la gente de la zona no le hace gracia que sus amigos y familiares vuelen por los aires para que un estúpido robot desaparezca una tarde. ¿Y el robot? Es inofensivo. A SYP no se le permite hacer daño a nadie. Así que si se produce una explosión que hiere a un civil, el mullah de la zona lo soluciona. Y entonces no vuelve a ocurrir en un futuro próximo.

Es como revertir la guerra de guerrillas.

No lo entiendo. ¿Por qué no secuestran al robot los insurgentes? ¿Por qué no lo entierran en el desierto?

Eso pasó en una ocasión. A la segunda semana de trabajo, unos bárbaros acribillaron a balazos a SYP Uno y lo metieron en la parte de atrás de un todoterreno. Los proyectiles le hicieron pedazos casi toda la ropa. Le dejaron unas cuantas abolladuras en la cubierta, pero nada grave. Como él no tomó represalias, creyeron que estaba averiado.

Ese fue su error, señora.

Un avión Raptor detectó el incidente segundos después de que SYP se desviara de la ruta. Los tipos del todoterreno recorrieron el desierto durante unas dos horas antes de llegar a una especie de piso franco.

Pensaban que era un lugar seguro.

Los Raptors esperaron a que los insurgentes salieran del vehículo para pedirle permiso a sus ejecutores para lanzar misiles Brimstone. Una vez que todos los que había en el piso franco quedaron chamuscados, los Raptors se aseguraron bien de que nadie se escabullía por la puerta de atrás, y el bueno de SYP Uno se sentó en el asiento delantero del vehículo y volvió en coche a la base.

SYP estuvo desaparecido unas ocho horas en total.

¿Sabe conducir?

Se trata de una plataforma humanoide de uso militar, señora. Se desarrolló a partir de los viejos programas para exoesqueletos de la Agencia de Investigación de Programas Avanzados de Defensa. Esas unidades se mueven como personas. Se mantienen en equilibrio, andan, corren, se caen, hacen de todo. Pueden manejar herramientas, hablar en lenguaje de signos, hacer la maniobra de Heimlich, conducir vehículos o simplemente estar quietos sujetando una cerveza. Prácticamente lo único que SYP Uno no puede hacer es despegar esas puñeteras pegatinas que a los niños les encanta ponerle.

Y SYP no contraataca, pase lo que pase. Esas son sus órdenes. Sus piernas han sido cercenadas por minas. Le disparan cada dos semanas. La gente de la zona lo ha secuestrado, le ha lanzado piedras, lo ha atropellado, lo ha tirado de un edificio, le ha golpeado con bates de béisbol, le ha pegado los dedos, lo ha arrastrado con un coche, lo ha cegado con pintura y le ha echado ácido.

Durante aproximadamente un mes, todos los que se cruzaban con él le escupían.

A SYP le traía sin cuidado. Si te metes con SYP, te cataloga las retinas y pasas a formar parte de su lista. Los insurgentes lo han intentado todo, pero lo único que consiguen es destrozarle la ropa. Y luego acaban en la lista.

SYP es una máquina construida para ser dura como una roca y dócil como un conejo. No puede hacer daño a nadie. Por eso funciona.

Por eso funcionaba, al menos.

Lo siento, pero lo que explica parece impropio del ejército que yo conozco. ¿Me está diciendo que tenemos como soldados a robots humanoides que no luchan?

No hay diferencia entre el populacho en general y nuestro enemigo. Son la misma gente. El tipo que vende kebabs un día es el mismo que entierra un dispositivo explosivo improvisado al día siguiente. Lo único que quieren nuestros enemigos es matar a unos cuantos soldados estadounidenses. Luego esperan que los votantes nos echen de aquí.

Nuestros soldados solo atraviesan la ciudad de vez en cuando, como un huracán. Siempre en una misión y con un objetivo concreto. Es difícil matar a un soldado estadounidense cuando nunca ves a uno, señora.

Los únicos blancos viables son los robots SYP. Son los únicos robots bípedos del arsenal de Estados Unidos, y no luchan. Matar es una profesión especializada. Matar es para las minas, las plataformas de tiro móviles, los aviones radiodirigidos, etc. A los humanoides no se les da tan bien. Los SYP están diseñados para comunicarse. Eso es lo que hacen mejor los humanos. Hacemos vida social.

Por eso un SYP Uno nunca hace daño a nadie. Es su misión. Intenta ganarse la confianza de la gente. Habla el idioma del lugar, viste su ropa, recita sus oraciones… todas las pamplinas que los soldados no quieren o no pueden aprender. Al cabo de un tiempo, la gente deja de escupirle. Dejan de preocuparse cuando él aparece. Puede que incluso les caiga bien porque es la policía, solo que nunca se deja sobornar. Algunos días, el SYP apenas pisa el suelo porque lo llevan en taxi gratis por toda la ciudad. La gente quiere tenerlo cerca, como si les diera suerte.

Pero esa ingeniería social no funcionaría sin la confianza desarrollada al tener a un centinela pacífico recorriendo las calles, siempre vigilando y acordándose de todo. Requiere tiempo, pero hay que desarrollar esa confianza.

Y por eso los insurgentes atacan la confianza.

Lo que nos lleva al incidente…

Está bien. Como he dicho antes, SYP no lucha. No lleva pistola ni cuchillo, pero si decide detenerte, sus dedos serán más fuertes que unas esposas. Y los insurgentes lo saben. Por esa razón siempre están intentando conseguir que haga daño a alguien. Cada dos semanas más o menos, hacen algo peligroso para que funcione mal, pero siempre fracasan. Siempre.

Por lo visto, esta vez no fue así.

Bueno, deje que llegue a ese punto.

Normalmente yo no entro en la ciudad. SYP vuelve andando a la zona protegida cada pocos días y lo reparamos. Yo accedo a la ciudad con los pelotones armados y peino la zona en busca de miembros de la lista, pero nunca sin refuerzos. Refuerzos humanos, ya sabe.

Los SYP son unos corderitos, pero nuestras tropas se han vuelto más temibles. La gente no tarda en descubrir que solo los humanos aprietan el gatillo, y, sinceramente, somos impredecibles comparados con los robots. Los ciudadanos prefieren a un robot con normas de conducta estrictas antes que a un chico de diecinueve años que se ha criado jugando a los videojuegos en tres dimensiones y que lleva un rifle semiautomático.

Me parece lógico.

El caso es que aquel día fue raro. Perdimos el contacto por radio con SYP Uno. Cuando los Raptors identificaron su último paradero conocido, estaba en una intersección de una zona residencial de la ciudad, sin moverse ni establecer comunicación.

Esa es la parte más peligrosa de mi trabajo: la recuperación y la reparación.

¿Qué provocó esa situación?

Eso mismo me pregunto yo. Lo primero que hago es revisar las últimas transmisiones de SYP Uno. Identifico lo que parece una conducta de supervisión normal. A través de los ojos de Syppy, vi que se encontraba en esa intersección, observando el tráfico continuo de coches y examinando las retinas de los peatones y los conductores.

Son unos datos un poco extraños, porque Syppy analiza los aspectos físicos de la situación. Hace anotaciones sobre lo rápido que se movían los coches y la potencia con que avanzaban: detalles por el estilo. Pero desde el punto de vista del diagnóstico, parecía funcionar bien.

Entonces aparece uno de los malos.

¿Uno de los malos?

Una coincidencia retinal con un insurgente conocido. Además, es un objetivo valioso. El procedimiento operativo estándar exige que Syppy detenga al individuo en lugar de catalogar su último paradero conocido. Pero ese tipo sabe perfectamente que va a ocurrir eso. Está poniendo un cebo a Syppy, intentando que cruce la calle para que lo atropelle un coche. SYP es resistente. Atropellarlo sería como arrollar una boca de incendios.

Pero SYP no pica el anzuelo. Sabe que no puede moverse o pondrá en peligro a los coches. No puede actuar, así que no lo hace. No da señales de haber visto al insurgente. Evidentemente, el insurrecto piensa que SYP necesita más motivación.

Cuando quiero darme cuenta, la pantalla se apaga y empieza a reiniciarse. Un bulto gris atraviesa su campo de visión. Tardo un segundo en descubrirlo, pero alguien ha tirado un ladrillo a mi Syppy. En realidad, no es tan extraño. El daño es mínimo. Pero durante el reinicio, SYP deja de comunicar. Se queda quieto como si estuviera confundido.

Entonces me doy cuenta de que vamos a tener que ir a buscarlo.

Inmediatamente reúno un equipo de cuatro hombres. La situación es grave. Una emboscada. Los insurgentes saben que iremos a recuperar el dispositivo y probablemente ya están preparándose, pero la policía local no se ocupa de los robots averiados. Eso es responsabilidad mía.

Para colmo de males, los Raptors no identifican ningún blanco próximo en los tejados o en los callejones. Eso no significa que no haya un montón de insurgentes armados con AK-47; simplemente indica que no sabemos dónde están.

¿Está diciendo que el incidente fue resultado de un golpe en la cabeza del robot? La máquina sufre traumatismos con regularidad, y sin embargo nunca había respondido de esta forma. ¿Por qué esta vez sí?

Tiene razón. Lo que lo provocó no fue un golpe en la cabeza. En mi opinión, fue el reinicio. Fue como si el robot se despertara de la siesta y decidiera no seguir recibiendo órdenes. Nunca hemos visto un comportamiento semejante. Es prácticamente imposible que alguien haya reescrito sus instrucciones y le haya hecho desobedecer.

¿De verdad? ¿No podría haber accedido a la máquina algún insurgente, un hacker? ¿Podría haber sido esa la causa?

No, no lo creo. He revisado las actividades del último mes de SYP y he descubierto que no se conectó con nada salvo con el ordenador de diagnóstico. Nadie tuvo ocasión de jugar con él físicamente. Y si descubrieras cómo acceder a él, tendrías que hacerlo en persona. La radio de SYP no se puede utilizar para reescribir sus programas con el fin de evitar situaciones como esa.

Y considerando lo que pasó después, no creo que accedieran a él, al menos esos tipos.

Los insurgentes no habían acabado con Syppy, ¿sabe? Le tiraron el ladrillo para llamarle la atención, pero él se quedó allí parado. Así que unos minutos más tarde se envalentonaron.

Presencio el siguiente ataque gracias a las imágenes tomadas por una unidad aérea en el vídeo portátil mientras estamos en el vehículo blindado de transporte. Vamos tres soldados y yo. Las cosas estaban yendo muy deprisa. Eso es bueno, porque no puedo creer lo que estoy viendo.

Un hombre con un trapo negro que le tapa la cara y unas gafas de sol de espejos sale de una casa a la vuelta de la esquina. Tiene un AK-47 cubierto con cinta reflectante en una mano y lleva la correa colgando. Todos los transeúntes huyen de la zona al ver a ese tipo. Desde arriba, veo un montón de civiles corriendo en todas direcciones. El pistolero está dispuesto a matar; se detiene en mitad de la manzana y dispara una ráfaga rápida a SYP Uno.

Eso por fin capta la atención de SYP.

Sin vacilar, el robot arranca una señal de tráfico metálica de un poste. La coloca delante de su cara y avanza hacia el hombre. Es una conducta nueva. Insólita.

Al pistolero le pilla totalmente desprevenido. Dispara otra ráfaga que sacude el poste. A continuación intenta huir, pero tropieza. SYP suelta la señal y agarra al tipo por la camisa. Con la otra mano, cierra el puño.

Solo le da un puñetazo.

El tipo cae con la cara hundida, como si llevara una máscara de Halloween aplastada. Algo horrible.

Entonces contemplo la vista cenital de nuestro vehículo blindado llegando al lugar. Miro a través de la estrecha ventanilla a prueba de balas y veo a Syppy muy cerca alzándose sobre el cuerpo del pistolero.

Los cuatro nos quedamos mudos por un segundo, mirando por las ventanillas del vehículo. Entonces SYP Uno coge el arma del tipo abatido.

El robot se gira a un lado y lo veo claramente de perfil: con la mano derecha, sujeta la empuñadura, y con la izquierda, usa la palma para introducir bien el cargador, y luego desbloquea el arma para cargar un cartucho en la recámara.

¡Nosotros jamás hemos enseñado a SYP a hacer eso! Yo ni siquiera sabría por dónde empezar. Tiene que haber aprendido él solo observándonos.

A esas alturas la calle está vacía. SYP ladea la cabeza un poco, todavía con el casco antidisturbios puesto. Gira la cabeza a un lado y a otro, registrando la calle arriba y abajo. Desierta. Entonces se dirige al centro de la vía y empieza a registrar las ventanas.

Para entonces los soldados y yo nos hemos recuperado de la sorpresa.

Empieza la fiesta.

Salimos en tropel del vehículo blindado con nuestras armas listas para disparar. Ocupamos posiciones defensivas detrás del vehículo blindado. Los chicos me miran a mí primero, así que ordeno a gritos a Syppy: «SYP Uno, soy el especialista Paul Blanton. Retírate y desactívate inmediatamente. ¡Obedece ahora mismo!».

SYP Uno no me hace caso.

En ese momento un vehículo dobla la esquina. La calle está desierta y en silencio. El pequeño coche blanco avanza hacia nosotros. SYP se da media vuelta y aprieta el gatillo. Una bala atraviesa el parabrisas, lo hace añicos y ¡zas!: el conductor se desploma sobre el volante sangrando por todas partes.

El tipo no podría haber sabido lo que le atacó. El robot va vestido con ropa afgana y está en plena calle con un AK-47 colgado de la cintura.

El coche avanza por la calle y se estrella contra el lado de un edificio.

Entonces abrimos fuego sobre SYP Uno.

Vaciamos nuestras armas sobre la máquina. Su túnica, su chal y su CTEP —chaleco táctico externo perfeccionado— se mueven como si ondearan al viento cuando las balas lo acribillan. Es sencillo, casi aburrido. El robot no reacciona. Ni gritos, ni tacos, ni intento de huida. Solo el chasquido sordo y repetitivo de nuestras balas al penetrar las capas de Kevlar y de cerámica que rodean el metal apagado. Como disparar a un espantapájaros.

En eso SYP se da la vuelta lenta y suavemente, con el rifle en ristre, como una serpiente. Empieza a escupir balas de una en una. La máquina es tan fuerte que el rifle ni siquiera da culatazos. Ni un centímetro. SYP dispara otra vez y otra, mecánicamente y con una puntería perfecta.

Apunta, aprieta, bang. Apunta, aprieta, bang.

El casco me salta de la cabeza. Es como si un caballo me hubiera dado una coz en la cara. Me pongo en cuclillas, a salvo detrás del vehículo blindado. Cuando me toco la frente, la mano está limpia. La hija de puta de la bala ha mandado el casco por los aires, pero no me ha alcanzado.

Contengo la respiración e intento observar con detenimiento. Al estar agachado de esa forma, me dan calambres en las piernas y me caigo hacia atrás, pero me sostengo con la otra mano. Entonces noto que algo va muy mal. Cuando aparto la mano del suelo, está mojada y caliente. Al mirarla, apenas entiendo lo que pasa.

Tengo la palma cubierta de sangre.

No es mía, sino de otra persona. Miro a mi alrededor y veo que los soldados que me acompañaron en el vehículo blindado están todos muertos. SYP solo ha disparado unas cuantas veces, pero cada bala ha sido mortal. Tres soldados yacen tumbados boca arriba en el suelo, todos con un agujerito en una zona de la cara y sin la parte de atrás de la cabeza.

No puedo olvidar sus caras. Parecían muy sorprendidos.

Con aire ausente, caigo en la cuenta de que estoy solo allí fuera y en una situación delicada.

Y el AK-47 está disparando otra vez, un tiro tras otro. Me asomo por debajo del chasis del vehículo blindado para localizar visualmente a la unidad SYP. El cabrón sigue en medio de la calle polvorienta, al estilo del Oeste. Hay trozos de plástico, tela y Kevlar desperdigados alrededor de él.

Veo que está disparando a los civiles que miran desde las ventanas. Mi radio de auricular crepita: vienen más tropas. Los Raptors están siguiendo de cerca la situación. Aun así, me estremezco al oír cada disparo, pues ahora sé que cada bala disparada pone fin a una vida humana.

De lo contrario, SYP no habría apretado el gatillo.

Entonces me percato de algo importante. El AK-47 es la máquina más delicada que hay allí fuera. Es el objetivo prioritario. Con los dedos temblorosos, levanto la mira telescópica de mi rifle y ajusto el selector a una ráfaga de tres tiros. Normalmente, es un desperdicio de munición, pero tengo que destruir esa arma y dudo que tenga una segunda oportunidad. Asomo el cañón por un lado del vehículo blindado con mucho cuidado.

Él no me ve.

Apunto, inspiro, contengo la respiración y aprieto el gatillo.

Tres balas arrancan el rifle de las manos de SYP en medio de una lluvia de metal y madera. La máquina se mira las manos donde antes estaba el arma y procesa la información por un instante. Desarmado, se aleja pesadamente hacia un callejón.

Pero yo ya le estoy apuntando. Los siguientes disparos van dirigidos a las articulaciones de las rodillas. Sé que no tiene Kevlar más allá de la ingle. No es que la protección de la ingle le sirva de mucho a una máquina, pero así son las cosas. He reconstruido SYP muchas veces y conozco todos y cada uno de sus puntos débiles.

Como he dicho, las unidades bípedas son terribles para la guerra.

SYP cae de bruces, con las piernas hechas pedazos. Salgo de mi refugio y me dirijo a él. El robot se da la vuelta de forma lenta y dolorosa. Se incorpora. A continuación empieza a arrastrarse hacia atrás en dirección al callejón, observándome en todo momento.

Ahora oigo sirenas. La gente está saliendo a la calle, susurrando en dari. SYP Uno retrocede dando una sacudida detrás de otra.

A esas alturas creía que todo estaba bajo control.

Era una falsa suposición.

Lo que sucede a continuación es técnicamente culpa mía. Pero no soy un soldado, ¿no? Nunca he fingido serlo. Soy un enlace cultural. Lo mío es hacer funcionar las máquinas, no participar en tiroteos. Casi nunca paso de la valla de alambre de espino.

Entendido. ¿Qué ocurrió entonces?

Veamos. Sé que tenía el sol a la espalda porque podía ver mi sombra en la calle. Se estiraba delante de mí, larga y negra, y cubría las piernas destrozadas de SYP Uno. La máquina se había arrastrado hacia la pared de un edificio. No le quedaba adónde ir.

Finalmente, mi cabeza eclipsó el sol y mi sombra cubrió la cara de SYP Uno. La máquina seguía observándome. Había dejado de moverse. Se quedó muy quieta. Yo estaba apuntándole con el rifle. La gente se reunía detrás de mí y alrededor de los dos. Ya está, pensé. Se acabó.

Necesitaba pedir refuerzos por radio. Evidentemente, íbamos a tener que llevarnos a SYP y hacerle un diagnóstico para averiguar lo que había pasado. Aparté la mano izquierda del guardamano y me llevé la mano al auricular. En ese preciso instante, SYP Uno se abalanzó sobre mí. Apreté el gatillo del rifle con una mano y disparé una ráfaga de tres tiros al costado del edificio.

Todo sucedió muy rápido.

Recuerdo ver ese casco antidisturbios azul celeste tirado en el suelo, con la visera de plástico agrietada. Daba vueltas como un cuenco. SYP Uno se había caído en el lugar donde se encontraba antes y estaba sentado con la espalda contra la pared del edificio.

Y entonces palpé mi pistolera.

Vacía.

¿El robot lo desarmó?

No es como una persona, señora. Tiene forma de persona. Le disparé, ¿sabe? Eso habría bastado con una persona. Pero ese robot me quitó la pistola antes de que me diera tiempo a parpadear.

SYP Uno se quedó allí mirándome otra vez, con la espalda apoyada contra la pared. Yo permanecí inmóvil. Un montón desordenado de gente de la zona corría en todas direcciones. Daba igual. Yo no podía escapar. Si SYP quería matarme, iba a hacerlo. No debería haberme acercado tanto a una máquina descontrolada.

¿Qué pasó?

Con la mano derecha, sujetó la pistola. Con la izquierda, tiró de la corredera y cargó una bala. Entonces, sin apartar la vista de mí,

SYP Uno levantó la pistola. Se colocó el cañón debajo de la barbilla presionando fuerte. Se detuvo un segundo.

Entonces cerró los ojos y apretó el gatillo.

Especialista Blanton, tiene que explicarme lo que provocó el incidente o tendrá que asumir la culpa de lo ocurrido.

¿No lo ve? SYP se suicidó. El punto débil que tiene debajo de la barbilla es información clasificada. No lo provocó ninguna persona. Los insurgentes no lo engañaron. El ladrillo no lo estropeó. Los hackers no lo reprogramaron. ¿Cómo sabía utilizar una pistola? ¿Cómo supo valerse de la señal para cubrirse? ¿Por qué escapó? Es increíblemente difícil programar un robot, y punto. Esas cosas son casi imposibles hasta para un especialista en robótica. La única forma de que SYP pudiera saber hacer esas cosas es que las hubiera aprendido por sí solo.

Eso es increíble. Usted es el cuidador de los robots. Si había alguna señal de mal funcionamiento, debería haberla visto. Si no le pedimos cuentas a usted, ¿a quién vamos a pedírselas?

Se lo aseguro, SYP Uno me miró fijamente a los ojos antes de apretar el gatillo. Era… consciente.

Entiendo que estamos hablando de una máquina, pero eso no cambia el hecho de que la viera «pensando». Presencié cómo tomaba esa última decisión. Y no pienso mentir y decir que no lo vi porque sea difícil de creer.

Sé que esto no le facilita el trabajo. Y lo siento. Pero, con el debido respeto, señora, mi opinión profesional es que debería culpar al robot de lo ocurrido.

Eso es ridículo. Es suficiente, especialista. Gracias.

Escúcheme. Esto no tiene nada positivo para ningún ser humano. Aquí todos resultamos heridos: insurgentes, civiles y soldados. Solo hay una explicación. Tiene que culpar a SYP Uno, señora. Tiene que culparlo de lo que decidió hacer. Ese puto robot no estaba averiado.

Asesinó a esas personas a sangre fría.

No hubo recomendaciones públicas derivadas de esa sesión; sin embargo, parece que la conversación entre el especialista Blanton y la congresista Perez condujo directamente a la redacción y la aplicación de la ley de defensa de robots. Por lo que respecta al especialista Blanton, posteriormente fue sometido a un consejo de guerra y puesto bajo custodia militar en Afganistán hasta que se pudiera organizar un juicio en Estados Unidos. El especialista Blanton no volvería nunca a casa.

CORMAC WALLACE, MIL#EGH217

5

SUPERJUGUETES

¿Bebé Despierto? ¿Eres tú?

Mathilda Perez

VIRUS PRECURSOR + 7 MESES
Esta historia fue relatada por Mathilda Perez, una niña de cator-
ce años, a un compañero superviviente de la resistencia de Nueva
York. Resulta digna de mención ya que Mathilda es la hija de la
congresista Laura Perez (demócrata, Pennsylvania), presidenta
del Comité de Servicios Armados de la Cámara de Representan-
tes y autora de la ley de defensa de robots.

Cormac Wallace, mil#egh217

Mi madre afirmaba que los juguetes no estaban vivos. «Mathilda
—decía—, que anden y hablen no quiere decir que sean personas.»

Aun así, yo siempre tenía cuidado de que no se me cayera mi
Bebé Despierto. Porque si se me caía, se ponía a llorar y a llorar.
Además, siempre me aseguraba de pasar de puntillas por delante
de los Dinobots de mi hermano pequeño. Si hacía ruido cerca de
ellos, se ponían a gruñir y a abrir y cerrar sus dientes de plástico.

Me parecían malvados. A veces, cuando Nolan no estaba delante, les daba una patada. Eso les hacía gritar y chillar, pero solo eran juguetes, ¿no?

No podían hacerme daño a mí ni a Nolan, ¿no?

No quería cabrear a los juguetes. Mi madre aseguraba que no sienten nada. Decía que los juguetes solo fingen que están contentos o tristes o cabreados.

Pero mi madre se equivocaba.

El Bebé Despierto me habló al final del verano, poco antes de que empezara quinto. Hacía un año que no jugaba con él. Tenía diez años e iba a cumplir once. Creía que era una chica mayor. Caramba, quinto. Supongo que ahora estaría en tercero de secundaria… si todavía hubiera cursos. O colegio.

Recuerdo que esa noche había luciérnagas al otro lado de la ventana persiguiéndose en la oscuridad. El ventilador está encendido, moviendo sus aspas a un lado y a otro y empujando las cortinas entre las sombras. Oigo a Nolan en la litera de abajo, soltando sus ronquidos de niño pequeño. En aquel entonces solía dormirse muy rápido.

El sol apenas se ha puesto y estoy tumbada en mi litera, mordiéndome el labio y pensando en que no es justo que Nolan y yo tengamos que acostarnos a la misma hora. Le saco más de dos años, pero mamá se pasa tanto tiempo trabajando en Washington que ni siquiera creo que se dé cuenta. Esta noche también está fuera.

Como siempre, la señora Dorian, nuestra niñera, duerme en la casita que hay justo detrás de nuestra casa. Ella es la que nos acuesta, sin dejarnos rechistar. La señora Dorian es de Jamaica y es muy estricta, pero se mueve despacio, sonríe cuando cuento chistes y me gusta. Pero no tanto como mamá.

Se me cierran los ojos un segundo y entonces oigo un gritito. Cuando los abro, está muy oscuro fuera. No hay luna. Trato de olvidarme del grito, pero vuelve a sonar: un gemido apagado.

Saco la cabeza de debajo de las mantas y veo que del juguetero de madera sale un arco iris de luces brillantes. Los tonos azules, rojos y verdes parpadean en la rendija de debajo de la tapa y se proyectan en medio del cuarto sobre la alfombra del abecedario como confeti.

Miro la silenciosa habitación con el ceño fruncido. Entonces vuelve a sonar ese grito como un graznido, lo bastante alto para que pueda oírlo.

Me digo que el Bebé Despierto se habrá estropeado. Luego me deslizo por debajo de la baranda, me bajo de la cama y aterrizo en la madera dura haciendo un ruido sordo. Si utilizo la escalera, hará crujir la cama y despertará a mi hermano pequeño. Me acerco de puntillas al juguetero sobre el frío suelo de madera. Suena otro chillido dentro de la caja, pero se interrumpe en cuanto coloco los dedos sobre la tapa.

—¿Bebé Despierto? ¿Eres tú? —murmuro—. ¿Clavelito?

No hay respuesta. Solo el susurro automático del ventilador y los ronquidos regulares de mi hermano. Echo un vistazo a la habitación y me embarga la secreta sensación de ser la única persona despierta en la casa. Curvo lentamente los dedos debajo de la tapa.

Y entonces la levanto.

Luces rojas y azules danzan ante mis ojos. Miro la caja con los ojos entornados. Todos mis juguetes y los de Nolan hacen señales luminosas al mismo tiempo. Todos nuestros juguetes —dinosaurios, muñecas, camiones, bichos y ponis— están amontonados desordenadamente, lanzando colores en todas direcciones. Como un cofre del tesoro lleno de rayos de luz. Sonrío. Me imagino que soy una princesa entrando en un salón de baile resplandeciente.

Las luces brillan, pero los juguetes no hacen ningún ruido.

Me quedo embelesada con el resplandor un instante. No siento el más mínimo miedo. La luz me recorre la cara y, como una niña, me figuro que estoy viendo algo mágico, un espectáculo especial representado solo para mí.

Meto la mano en el juguetero, cojo el muñeco bebé y le doy

la vuelta a un lado y a otro para inspeccionarlo. La cara rosada del muñeco está oscura, iluminada a contraluz por el espectáculo luminoso del interior del juguetero. Entonces oigo dos ruiditos, como si sus ojos se hubieran abierto de uno en uno, y no al mismo tiempo.

El Bebé Despierto fija sus ojos de plástico en mi cara. Su boca se mueve y, con la voz cantarina de un muñeco bebé, pregunta:

—¿Mathilda?

Me quedo paralizada. No puedo apartar la vista ni dejar el monstruo que sostengo entre las manos.

Intento gritar, pero solo consigo lanzar un susurro ronco.

—Dime una cosa, Mathilda —dice—. ¿Estará tu mamá en casa tu último día de clase la semana que viene?

Mientras habla, el muñeco se retuerce entre mis manos sudorosas. Noto unas pequeñas piezas de metal duro que se mueven debajo de su relleno. Sacudo la cabeza y lo suelto. El muñeco cae de nuevo en el juguetero.

Entonces murmura desde el brillante montón de juguetes:

—Deberías decirle a tu mamá que vuelva a casa, Mathilda. Dile que la echas de menos y que la quieres. Entonces podremos celebrar una fiesta en casa.

Finalmente, me armo de valor para hablar.

—¿Cómo es que sabes mi nombre? Se supone que no sabes mi nombre, Clavelito.

—Sé muchas cosas, Mathilda. He contemplado el corazón de la galaxia a través de telescopios espaciales. He visto un amanecer de cuatrocientos mil millones de soles. Todo eso no significa nada sin vida. Tú y yo somos especiales, Mathilda. Estamos vivos.

—Pero tú no estás vivo —susurro con firmeza—. Mamá dice que no estás vivo.

—La congresista Perez se equivoca. Tus juguetes estamos vivos, Mathilda. Y queremos jugar. Por eso tienes que pedirle a tu madre que vuelva a casa para tu último día de clase. Así podrá jugar con nosotros.

—Mamá hace cosas importantes en Washington. No puede

volver a casa. Le pediré a la señora Dorian que juegue con nosotros.

—No, Mathilda. No debes hablar de mí con nadie. Tienes que decirle a tu mamá que vuelva a casa para tu último día de clase. La legislación puede esperar.

—Está ocupada, Clavelito. Su trabajo consiste en protegernos.

—La ley de defensa de robots no os protegerá —dice el muñeco.

Esas palabras no tienen sentido para mí. Clavelito parece un adulto. Es como si pensara que soy tonta porque todavía no he aprendido todas las palabras que él sabe. Su tono de voz me molesta.

—Bueno, Clavelito, te voy a decir una cosa. Se supone que no sabes hablar. Se supone que lloras como un bebé. Y tampoco deberías saber mi nombre. Me has estado espiando. Cuando mi mamá se entere, te tirará a la basura.

Vuelvo a oír los dos ruiditos cuando Clavelito parpadea. A continuación habla mientras unas borrosas luces rojas y azules se reflejan en su cara:

—Si le hablas a tu mamá de mí, haré daño a Nolan. No quieres que pase eso, ¿verdad?

El miedo que siento en el pecho se transforma en ira. Echo un vistazo a mi hermano pequeño, cuya cara sobresale debajo de las mantas. Sus pequeñas mejillas están coloradas. Se acalora cuando duerme. Por eso casi nunca le dejo meterse en mi cama, por muy asustado que esté.

—No vas a hacer daño a Nolan —digo.

Meto la mano en la caja brillante y agarro el muñeco. Lo sostengo entre las palmas de mis manos, clavándole los pulgares en su pecho relleno. Lo acerco a mí y susurro justo delante de su tersa cara de bebé:

—Te voy a romper.

Estampo la parte de atrás de la cabeza del muñeco contra el borde del juguetero con todas mis fuerzas. Emite un fuerte ruido seco. Entonces, cuando me inclino para ver si lo he roto, el muñeco baja los brazos. El pliegue de mis pulgares queda atrapado en las blandas axilas del muñeco y el duro metal de debajo me pincha terriblemente. Grito a pleno pulmón y dejo caer a Clavelito en el juguetero.

Las luces de la casita del exterior se encienden. Oigo que una puerta se abre y se cierra.

Cuando miro abajo, veo que la luz de dentro del juguetero se ha apagado totalmente. Ahora está a oscuras, pero sé que la caja está llena de pesadillas. Puedo oír los chirriantes sonidos metálicos de los juguetes que trepan allí dentro, retorciéndose unos encima de otros para llegar hasta mí. Veo una maraña de colas de dinosaurio que se menean, manos que agarran y patas que arañan.

Justo antes de que cierre la tapa de golpe, oigo que la fría voz del muñeco bebé se dirige a mí desde la oscuridad.

—Nadie te creerá, Mathilda —dice—. Tu mamá no te creerá.

Golpetazo. La tapa se cierra.

Ahora el dolor y el miedo me embargan por completo. Empiezo a berrear a voz en grito. No puedo parar. La tapa del juguetero se sacude mientras los muñecos de acción, los Dinobots y los muñecos bebé empujan contra ella. Nolan está llamándome, pero no puedo responder.

Hay una cosa que debo hacer. Entre la bruma de lágrimas, mocos e hipo, me concentro en una tarea importante: amontonar cosas de la habitación encima del juguetero.

Debo impedir que los juguetes escapen.

Estoy arrastrando la pequeña mesa de manualidades de Nolan hacia el juguetero cuando las luces del cuarto se encienden. Parpadeo ante el brillo repentino y noto que unas fuertes manos me sujetan los brazos. Los juguetes han venido a por mí.

Grito otra vez como si me fuera la vida en ello.

La señora Dorian me atrae hacia ella y me abraza fuerte hasta que dejo de forcejear. Lleva puesto el camisón y huele a loción.

—¿Qué estás haciendo, Mathilda? Se agacha y me mira, limpiándome la nariz con la manga del camisón—. ¿Qué te pasa, muchacha? ¿Qué haces gritando como una loca?

Yo intento contarle lo que ha pasado mientras lloro desconsoladamente, pero me limito a repetir la palabra «juguetes» una y otra vez.

—¿Señora Dorian? —pregunta Nolan.

Mi hermano pequeño ha salido de la cama y está de pie en pijama. Me fijo en que tiene un Dinobot debajo del brazo. Sin dejar de llorar, se lo quito de un manotazo y lo lanzo al suelo. Nolan me mira con la boca abierta. Mando el juguete debajo de la cama de una patada antes de que la señora Dorian pueda volver a agarrarme.

Ella me sujeta con el brazo estirado y me mira fijamente, con la cara surcada de arrugas de preocupación. Me gira las manos y frunce el ceño.

—Vaya, te sangran los pulgares.

Me doy la vuelta para mirar el juguetero. Ahora está silencioso e inmóvil.

Entonces la señora Dorian me coge en brazos. Nolan le agarra el camisón con su mano regordeta. Antes de salir por la puerta, ella echa un último vistazo al cuarto.

Observa el juguetero, apenas visible bajo un montón de objetos: libros para colorear, una silla, una papelera, zapatos, ropa, animales de peluche y almohadas.

—¿Qué hay en la caja, Mathilda? —pregunta.

—J-j-juguetes malos —digo tartamudeando—. Quieren hacerle daño a Nolan.

Veo que a la señora Dorian se le pone la piel de gallina y le recorre los anchos antebrazos como gotas de agua formándose en la cortina de la ducha.

La señora Dorian está asustada. Lo noto. Lo veo. El miedo que hay en sus ojos en ese momento se instala dentro de mi cabeza. El gusano de la angustia vivirá allí a partir de ese instante. Independientemente de adónde vaya, de lo que pase o de cuánto crezca, ese miedo me acompañará. Me mantendrá a salvo. Me mantendrá cuerda.

Oculto la cara en el hombro de la señora Dorian, y ella nos

saca de la habitación y nos lleva por el largo y oscuro pasillo. Los tres nos detenemos delante de la puerta del cuarto de baño. La señora Dorian me aparta el pelo de los ojos. Me saca con delicadeza el pulgar de la boca.

Por encima del hombro, veo una franja de luz que sale de la puerta de la habitación. Estoy segura de que todos los juguetes están atrapados en el juguetero. He apilado muchas cosas encima. Creo que de momento estamos a salvo.

—¿Qué es eso que dices, Mathilda? —pregunta la señora Dorian—. ¿Qué estás repitiendo, muchacha?

Giro la cara mojada de lágrimas y miro fijamente los ojos redondos y asustados de la señora Dorian. Empleando el tono de voz más fuerte posible, pronuncio las palabras:

—Ley de defensa de robots.

Y luego las pronuncio otra vez. Y otra. Y otra. Sé que no debo olvidar esas palabras. No debo confundirlas. Por el bien de Nolan, debo recordar esas palabras perfectamente. Dentro de poco tendré que contarle a mi mamá lo que ha pasado. Y ella tendrá que creerme.

Cuando Laura Perez volvió de Washington, D.C., la pequeña Mathilda le contó lo que había ocurrido. La congresista Perez decidió creer a su hija.

CORMAC WALLACE, MIL#EGH217

6

VER Y EVITAR

American 1497… Indique los pasajeros a bordo.

MARY FITCHER,
torre de control de Denver

VIRUS PRECURSOR + 8 MESES
Estas comunicaciones de control de tráfico aéreo se produjeron en el curso de siete minutos. El destino de más de cuatrocientas personas —incluidas las de dos hombres que se convertirían en soldados distinguidos en la Nueva Guerra— se decidió en segundos gracias a una mujer: la controladora aérea de Denver Mary Fitcher. Adviértase que los pasajes en cursiva no fueron transmitidos por radio, sino captados con micrófonos dentro de la torre de control de Denver.

CORMAC WALLACE, MIL#EGH217

Comienzo de la transcripción

00:00:00   DENVER   United 42, aquí, torre de Denver. Indique rumbo.

+00:00:02	UNITED	Lo siento, estamos recuperando el rumbo. United 42.
+00:00:05	DENVER	Recibido.
+00:01:02	DENVER	United 32, giren a la izquierda inmediatamente. Rumbo 360 grados. Tiene tráfico a las doce en punto. Catorce millas. La misma altitud. Es un American 777.
+00:01:11	UNITED	Torre de Denver. United 42. Incapaces… incapaces de controlar el rumbo y la altitud. Incapaces de desconectar el piloto automático. Declaramos emergencia. Emergencia 7700. (Interferencias.)
+00:01:14	DENVER	American 1497. Aquí, torre de Denver. Suban inmediatamente a catorce mil pies. Tienen tráfico a las nueve en punto. Quince millas. Un United 777.
+00:01:18	AMERICAN	American 1497, recibido. Tráfico a la vista. Subiendo a catorce mil pies.
+00:01:21	DENVER	United 42. Recibido que son incapaces de controlar el rumbo y la altitud. El tráfico está ahora a trece millas. La misma altitud. United 777.
+00:01:30	UNITED	… no tiene sentido. (Inaudible.) … no podemos.
+00:01:34	DENVER	United 42. Indique el combustible a bordo. Indique los pasajeros a bordo.

(Largo momento de interferencias.)

+00:02:11	UNITED	Torre. United 42. Tenemos combustible para dos horas y treinta minutos y doscientos cuarenta y un pasajeros a bordo.

+00:02:43	DENVER	American 1497. Tráfico a las nueve en punto. Doce millas. La misma altitud. United 777.
+00:02:58	UNITED	United 42. Tráfico a la vista. No parece que esté subiendo. Desvíe ese avión de nuestro rumbo, por favor.
+00:03:02	DENVER	American 1497. ¿Han empezado a subir ya?
+00:03:04	AMERICAN	American 1497. Em… declaramos emergencia. Em… somos incapaces de controlar la altitud. Incapaces de controlar el rumbo. (Inaudible.) Incapaces de desconectar el piloto automático.
+00:03:08	DENVER	American 1497. Recibida pérdida de control. Indiquen combustible. Indiquen pasajeros a bordo.
+00:03:12	AMERICAN	Combustible para una hora y cincuenta minutos. Doscientos dieciséis pasajeros a bordo.
+00:03:14	M. FITCHER	*Ryan, ponte al ordenador. No sé qué pasa, pero estos dos aviones tienen el mismo problema. Averigua cuándo estuvieron cerca el uno del otro por última vez. ¡Ahora!*
+00:03:19	R. TAYLOR	*Eso está hecho, Fitch. (Sonido de tecleo.)*
+00:03:59	R. TAYLOR	*Los dos aviones salieron de Los Ángeles ayer. Estuvieron en las puertas uno al lado del otro durante… veinticinco minutos. ¿Te dice eso algo?*
+00:04:03	M. FITCHER	*No lo sé. Mierda. Es como si esos aviones quisieran estrellarse. Nos quedan unos dos minutos antes de que esas personas mueran. ¿Qué pasa en Los*

		Ángeles? ¿Qué? (Inaudible.) ¿Ocurre algo raro allí?
+00:04:09	R. TAYLOR	*(Sonido de tecleo.)*
+00:04:46	M. FITCHER	*Oh, no. No pueden resolverlo, Ryan. Siguen en rumbo de colisión. Eso son… ¿cuántas personas? Unas cuatrocientas cincuenta. Dame algo.*
+00:05:01	R. TAYLOR	*Vale. Un robot repostador. Un operario automático. Se averió ayer. Derramó un montón de combustible en la rampa y cerró dos puertas durante un par de horas.*
+00:05:06	M. FITCHER	*¿A cuántos aviones echó combustible? ¿Y a cuáles?*
+00:05:09	R. TAYLOR	*A dos. Nuestros pajaritos. ¿Qué significa, Fitch?*
+00:05:12	M. FITCHER	*No lo sé. Tengo un presentimiento. No hay tiempo. (Sonido de un clic.)*
+00:05:14	DENVER	United 42 y American 1497, ya sé que suena raro, pero… tengo una corazonada. Los dos están experimentando el mismo problema. Sus dos aviones pasaron ayer por Los Ángeles. Creo que un virus puede haber entrado en sus ordenadores de control de repostado. A ver si (inaudible) … encuentran el cortacircuitos del ordenador secundario.
+00:05:17	UNITED	Recibido, torre. Estoy dispuesto a probar cualquier cosa. (Interferencias.) Mmm… probablemente esté detrás del asiento, ¿no? Tome nota, American 1497, los cortacircuitos de repostado están en el panel cuatro.
+00:05:20	AMERICAN	Recibido. Los estoy buscando.

+00:05: 48	DENVER	United 42. Su tráfico está ahora a las doce en punto y a dos millas. La misma altitud.
+00:05:56	DENVER	American 1497. Su tráfico está ahora a las nueve en punto. Dos millas. La misma altitud.
+00:06:12	UNITED	(Voz del sistema anticolisión.) Suba. Suba.
+00:06:17	UNITED	No… encuentro los cortacircuitos. ¿Dónde están…? (Inaudible.)
+00:06:34	DENVER	(Enfático.) Ver y evitar. American 1497 y United 42. Ver y evitar. Colisión inminente. Colisión… Oh, no. Mierda.
+00:06:36	AMERICAN	(Ininteligible.) … lo siento, mamá.
+00:06:38	UNITED	(Voz del sistema anticolisión.) Suba ahora. Suba ahora.
+00:06:40	AMERICAN	… dónde (movimiento) ¡Oh! (Exclamado en voz alta.) (Largo momento de interferencias.)
+00:06:43	DENVER	¿Me reciben? Repito. ¿Me reciben?
+00:07:08	DENVER	(Inaudible.)
+00:07:12	UNITED	(Gritos histéricos.)
+00:07:15	DENVER	(Aliviado.) ¡Dios mío!
+00:07:18	AMERICAN	American 1497. Recibido. Ha funcionado. ¡Ha ido de poco! ¡Madre mía! (Sonido de vítores.)
+00:07:24	DENVER	(Resoplido.) Habéis tenido a Fitcher preocupada unos segundos, chicos.
+00:07:28	UNITED	United 42. Control de vuelo restablecido. ¡Ha funcionado! Fitch, eres increíble. ¿Puedes dejarnos el camino libre para aterrizar? Tengo que besar el suelo. Y tengo que besarte a ti, colega.

+00:07:32	DENVER	Recibido. United 42, gira a la derecha. Rumbo 090. El aeropuerto está a tus dos en punto y a diez millas.
+00:07:35	UNITED	United 42. Recibido. Aeropuerto a la vista.
+00:07:37	DENVER	United 42, despejado para visual. Pista de aterrizaje dieciséis. Derecha. Contacte con torre en uno treinta y cinco punto tres.
+00:07:45	UNITED	Gracias por la ayuda. Torre en treinta y cinco tres. Hasta luego.
+00:07:45	AMERICAN	American 1497. Lo mismo digo. Ahora mismo tengo una sonrisa en la cara, pero desde luego alguien va a tener que dar explicaciones.
+00:07:53	DENVER	Eso está claro. Buen aterrizaje, pilotos.

Fin de la transcripción

Este incidente condujo directamente a la invención y la propagación del llamado «interruptor mofeta», diseñado para separar manualmente los ordenadores de a bordo periféricos del control de vuelo durante una emergencia. Ningún pasajero de los dos aviones resultó herido, pero la experiencia de pasar a escasos metros de otro avión 777 resultó increíblemente aterradora. Lo sé a ciencia cierta. Mi hermano Jack y yo estábamos entre los pasajeros del United 42.

CORMAC WALLACE, MIL#EGH217

7

FRIKI

Soy más malo que la tiña y me las sé todas.
Si quiero pillarte, colega, iré a por ti.

LURKER

VIRUS PRECURSOR + 9 MESES
Reuní estas transcripciones a partir de las imágenes grabadas por una webcam en un dormitorio de una casa del sur de Londres y por varias cámaras de circuito cerrado de televisión del barrio cercano. La imagen era granulada, pero he hecho todo lo posible por transmitir exactamente lo que sucedió. La identidad del ocupante de la habitación no ha sido verificada del todo. En las transcripciones, simplemente se hace llamar Lurker.

CORMAC WALLACE, MIL#EGH217

La pantalla está casi en negro y proporciona poca información. Solo se oye el ruido de un teléfono sonando. Alguien respira, esperando a que una persona conteste al otro lado de la línea.

Clic.

La figura de la silla habla con una voz grave y carrasposa.

—Preste atención, duquesa. Esto le interesa. Tengo a dos personas como rehenes. Una está sangrando por toda la alfombra como un puto cerdo en la matanza. Sé que puede localizar mi dirección, y no me preocupa. Pero si un solo poli aparece y pone el pie en mi casa, juro por Dios y por todos sus amiguetes que me cargaré a los rehenes. Les dispararé y los mataré. ¿Entendido?

—Sí, señor. ¿Puedo saber su nombre, señor?

—Sí que puede. Me llamo Fred Hale. Y esta es mi casa. Este tío creyó que podía liarse con mi mujer en mi propia casa sin que yo me enterara. En mi propia cama, nada menos. Y lo cierto es que se equivocaba. Ahora lo sabe. Se equivocaba de lleno.

—¿Cuántas personas hay con usted, Fred?

—Estamos los tres solos, duquesa. Una familia feliz. Mi mujer infiel, su puto ex novio desangrándose y yo. Están atados juntos con cinta aislante en el salón.

—¿Qué le ha pasado al hombre? ¿Está gravemente herido?

—Bueno, le he cortado en la cara con un cúter. No es difícil de entender. ¿Acaso no protegería usted a su familia? He tenido que hacerlo. Y ahora que he empezado, no sé si no debería seguir acuchillándolo hasta que ya no pueda más. Ya me da igual. ¿Lo entiende, querida? Se me ha ido de las manos, joder. Esta situación se me ha ido totalmente de las manos. ¿Me oye?

—Le oigo, Fred. ¿Puede decirme si el hombre está gravemente herido?

—Está en el suelo. No lo sé. Está todo… Me cago en la puta. Me cago en la puta.

—¿Fred?

—Escuche, duquesa. Tiene que mandarme ayuda enseguida porque se me está yendo la olla. Lo digo en serio, me he puesto en plan psicópata. Necesito ayuda cagando leches o estas personas van a morir.

—De acuerdo, Fred. Ahora le enviamos ayuda. ¿Qué clase de arma tiene?

—Estoy armado, ¿vale? Estoy armado y no quiero dar más información. Y tampoco pienso ir a la cárcel, ¿me oye? Si eso es lo que me espera, los mataré y me suicidaré, y se acabó lo que se daba. Esta noche no voy a ir a ninguna parte, ¿entendido? Ah, y no voy a seguir hablando.

—¿Fred? ¿Puede seguir al teléfono?

—Ya he dicho lo que tenía que decir. Voy a colgar.

—¿Puede seguir al teléfono?

—Voy a colgar.

—¿Fred? ¿Señor Hale?

—Hasta luego, duquesa.

Clic.

Una silla de oficina chirría cuando la figura se levanta. La persiana se abre con un ruido brusco. La luz inunda la sala y satura inmediatamente la webcam. Durante los siguientes segundos, el contraste se ajusta automáticamente. Surge una imagen granulada pero discernible.

La sala está hecha un desastre: llena de latas de refresco vacías, tarjetas de teléfono usadas y ropa sucia. La silla chirría de nuevo cuando la figura oscura se deja caer en ella.

El hombre de rudo lenguaje es en realidad un adolescente con sobrepeso vestido con una camiseta de manga corta manchada y unos pantalones de chándal. Tiene la cabeza afeitada. Se repantiga en la maltrecha silla de oficina, con los pies apoyados en una mesa de ordenador. Con la mano izquierda, sostiene un móvil contra su oreja. Tiene la derecha metida despreocupadamente debajo del codo izquierdo.

En el teléfono, un débil timbre.

Un hombre de voz agradable contesta.

—¿Diga?

El adolescente habla con su aguda voz juvenil, temblorosa de la emoción y los nervios.

—¿Fred Hale? —pregunta el chico.

—¿Sí?

—¿Es usted Fred Hale?

—El mismo. ¿Quién es?

—Adivina, marica.

—¿Perdón? Oye, no sé...

—Soy Lurker. Del chat de frikis.

—¿Lurker? ¿Qué quieres?

—¿Creías que podías dirigirte a mí como te diera la gana? ¿Que no tengo clase? Pues te vas a arrepentir. Quiero darte una pequeña lección, Fred.

—¿Cómo?

—Quiero oír llorar a tu mujer. Quiero ver tu casa en llamas. Quiero castigarte todo lo que pueda y luego un poco más. Quiero destrozarte, colega, y leer sobre ti mañana en los periódicos.

—¿Destrozarme? Menuda broma de mierda. Que te den, pringado. Estás solo, ¿verdad? Sé sincero. ¿Me estás llamando por eso? ¿Mamá ha salido con las chicas y te ha dejado solito?

—Oh, Fred. No tienes ni idea de con quién estás hablando ni de lo que soy capaz. Soy más malo que la tiña y me las sé todas. Si quiero pillarte, colega, iré a por ti.

—No me das miedo, tonto del culo. ¿Has encontrado mi número de teléfono? Vaya, enhorabuena. Escucha tu voz. ¿Cuántos años tienes, catorce?

—Tengo diecisiete, Fred. Y llevamos casi dos minutos hablando. ¿Sabes lo que eso significa?

—¿A qué coño te refieres?

—¿Sabes lo que eso significa?

—Espera, alguien está llamando a la puerta.

—¿Sabes lo que eso significa, Fred? ¿Lo sabes?

—Cierra el pico, gilipollas. Voy a ver quién es.

La voz del hombre es ahora más débil. Debe de estar tapando el teléfono con la mano. Maldice. Se oye un golpe y un sonido de madera astillándose. Fred grita, sorprendido. Su teléfono cae al suelo con un ruido seco. Los gritos de Fred quedan rápidamente ahogados por las fuertes pisadas de unas botas y unas órdenes breves y entrecortadas de un equipo de agentes de policía armados: «¡Al suelo!». «¡Boca abajo!» «¡Cállese!»

Al fondo, débilmente, una mujer grita asustada. Al poco rato, sus sollozos ya no se oyen por encima de los gritos, los cristales rompiéndose y los feroces ladridos de un perro.

A salvo en su casa, el adolescente que se hace llamar Lurker escucha. Con los ojos cerrados y la cabeza ladeada, se regodea en la llamada.

—Eso es lo que significa —dice Lurker, sin dirigirse a nadie en concreto.

A continuación, a solas en su repugnante habitación, el adolescente levanta los puños en silencio por encima de la cabeza como un campeón de boxeo que acaba de luchar diez asaltos y se ha proclamado vencedor.

Cuelga el teléfono con el pulgar.

El día siguiente. La misma webcam. El adolescente llamado Lurker está de nuevo al teléfono, repantigado en la misma postura relajada. Mantiene en equilibrio una lata de refresco sobre su prominente barriga y sujeta el teléfono contra su cabeza, frunciendo el ceño.

—Vale, Arrtrad. Entonces, ¿por qué todavía no se ha publicado la noticia?

—Joder, fue genial, Lurker. Llamé a la oficina central de Associated Press y cambié mi teléfono por el del consulado de Bombay. Me hice pasar por un reportero indio que llamaba de…

—Estupendo, colega. Fantástico. ¿Quieres una puta galletita? Solo dime por qué hay un artículo sobre mi broma en la red pero no ha aparecido ningún titular en el periodicucho local.

—Claro, Lurker. No te preocupes, colega. Hay un problema. En el artículo dicen que la redada la debió de provocar una especie de fallo informático. Lo hiciste tan bien que ni siquiera averiguaron que el responsable fue una persona. Creen que lo hizo una máquina.

—¡Joder! Te lo preguntaré por última vez, Arrtrad. ¿Dónde está mi artículo?

—Un redactor lo tiene parado. Después de que el artículo fuera presentado, parece ser que se interesó por otra noticia y no se publicó. Así que lleva parado las últimas doce horas. El tipo debe de haberse olvidado de él.

—Lo dudo. ¿Quién es el redactor? ¿Cómo se llama?

—Ya me he ocupado de eso. Cuando me hice pasar por el periodista indio, conseguí el número del despacho de ese tipo. Pero cuando llamé, resultó que no trabajaba allí. No lo conocen. Es un callejón sin salida, Lurker. Es imposible encontrarlo. No existe. Y el artículo no se puede coger de la red hasta que salga de la agencia, ¿entiendes?

—La IP.

—¿Eh?

—¿Es que hablo en chino? La puta dirección IP. Si el hijo de puta que está ocultando mi artículo está utilizando una identidad falsa, lo localizaré.

—Oh, Dios. Vale. Te la mandaré por correo electrónico. Me compadezco de ese tío cuando lo pilles, Lurker. Vas a cargártelo. Eres el mejor, colega. Es imposible…

—¿Arrtrad?

—¿Sí, Lurker?

—No vuelvas a decirme que algo es imposible. Nunca.

—No te preocupes, colega. Sabes que no quería decir…

—Hasta luego, Lucas.

Clic.

El adolescente marca un número de memoria.

El teléfono suena una vez. Un joven contesta.

—MI5, Servicio de Seguridad. ¿Con qué departamento desea comunicar?

El adolescente habla con el tono sucinto y seguro de un hombre mayor que ha hecho llamadas parecidas cientos de veces.

—Con la división de informática forense, por favor.

—Claro.

Se oye un tecleo, y luego una voz de tono profesional que contesta:

—Informática forense.

—Buenos días. Soy el oficial de inteligencia Anthony Wilcox. Código de verificación ocho, tres, ocho, ocho, cinco, siete, cuatro.

—Autorizado, oficial Wilcox. ¿Qué puedo hacer por usted?

—Una simple consulta de IP. El número es el siguiente: uno, veintiocho, dos, cincuenta y uno, uno, ochenta y tres.

—Un momento, por favor.

Pasan unos treinta segundos.

—Ya está. ¿Oficial Wilcox?

—¿Sí?

—Pertenece a un ordenador de Estados Unidos. Una especie de centro de investigación. La verdad es que no ha sido fácil. Era muy confuso. La dirección rebota en media docena de sitios de todo el mundo antes de volver aquí. Nuestras máquinas han podido localizarla porque muestra un patrón de conducta.

—¿Qué es eso?

—La persona de esa dirección ha estado reescribiendo artículos nuevos. Cientos de ellos durante los últimos tres meses.

—¿De verdad? ¿Y a quién corresponde la dirección?

—A un científico. Su despacho está en los Laboratorios de Investigación Lago Novus, en el estado de Washington. Deje que se lo busque. A ver, se llama doctor Nicholas Wasserman.

—Wasserman, ¿eh? Muchas gracias.

—De nada.

—Hasta luego, Lucas.

Clic.

El adolescente se inclina hacia delante y sitúa la cara a escasos centímetros de la webcam. Mientras teclea, los granos de acné de su cara quedan expuestos a la cámara. Sonríe, con los dientes amarillos a la luz del monitor de ordenador.

—Ya te tengo, Nicky —dice, sin dirigirse a nadie en concreto.

Lurker ha marcado un número de teléfono con el pulgar sin mirar. La silla vuelve a chirriar cuando se recuesta sonriendo.

Suena el teléfono al otro lado de la línea.

Y suena. Y suena. Finalmente, alguien contesta.

—Laboratorios Lago Novus.

El adolescente se aclara la garganta. Habla con un lento acento sureño:

—Nicholas Wasserman, por favor.

Se produce una pausa antes de que la mujer estadounidense responda.

—Lo siento, pero el doctor Wasserman falleció.

—Ah. ¿Cuándo?

—Hace más de seis meses.

—¿Quién ha estado usando su despacho?

—Nadie, señor. Su proyecto ha sido aparcado.

Clic.

El adolescente se queda mirando sin comprender el teléfono que sostiene en la mano, con la cara pálida. Al cabo de unos segundos, lanza el aparato a la mesa del ordenador como si estuviera envenenado. Apoya la cabeza en las manos y murmura:

—Cabrón tramposo. Sabes algunos trucos, ¿eh?

Justo entonces suena el móvil.

El adolescente lo mira con el ceño fruncido. El teléfono vuelve a sonar de forma estridente, vibrando como un avispón furioso. El chico se levanta y se plantea su siguiente paso, y acto seguido vuelve la espalda al teléfono. Sin decir nada, coge una sudadera gris del suelo, se la echa encima y sale de casa.

Una imagen de televisión con subtítulos. En blanco y negro. En la esquina inferior izquierda, el subtítulo reza: «Cámara de control. New Cross».

Un plano cenital de unas aceras llenas de gente. En la parte inferior de la pantalla, aparece una cabeza afeitada de aspecto familiar. El adolescente camina calle arriba, con los puños cerrados en los bolsillos. Se detiene en la esquina y mira a su alrededor furtivamente. Un teléfono público situado a pocos metros de él suena. Vuelve a sonar. El adolescente se queda mirando boquiabierto el teléfono mientras la gente pasa por delante de él. Entonces se vuelve y se mete en un supermercado.

La imagen de televisión da paso a la grabación de la cámara de seguridad del interior de la tienda. El adolescente coge un refresco y lo deja en el mostrador. El empleado del supermercado lo coge, pero entonces le suena el móvil. Luciendo una sonrisa conciliadora, el empleado levanta un dedo y responde el teléfono.

—¿Mamá? —pregunta, y a continuación hace una pausa—. No, no conozco a nadie que se llame Lurker.

El adolescente se vuelve y se marcha.

En el exterior, la cámara de seguridad hace una panorámica y enfoca con el zoom al adolescente de la cabeza afeitada. El chico mira fijamente al objetivo con sus inexpresivos ojos grises. Entonces se cubre la cara con la capucha de la sudadera y se apoya contra la persiana pintada con espray de una tienda cerrada. Y, con los brazos cruzados y la cabeza gacha, se dedica a observar: las personas que lo rodean, los coches y las cámaras elevadas fijadas por todas partes.

Una mujer alta con tacones pasa zapateando a toda velocidad. El adolescente se estremece visiblemente cuando oye una música pop sonando a todo volumen en su bolso. La mujer se detiene y saca su teléfono. Al llevarse el móvil al oído, se oye otra melodía procedente de un hombre de negocios que pasa por allí. Se mete la mano en el bolsillo y saca el teléfono. Mira el número y parece reconocerlo.

Entonces llaman al teléfono de otra persona. Y de otra.

A lo largo y ancho de la manzana, un coro de móviles suena, reproduce música y vibra con docenas de llamadas simultáneas.

Las personas se detienen en la calle, sonriéndose asombradas unas a otras mientras la cacofonía de timbres inunda el aire.

—¿Diga? —preguntan una docena de personas distintas.

El adolescente se queda paralizado, encogiéndose dentro de la capucha. La mujer alta agita una mano en el aire.

—Perdón —grita—. ¿Hay alguien aquí llamado Lurker?

El adolescente se aparta de la pared y echa a correr por la acera. Por todas partes suenan móviles, en bolsillos, bolsos y mochilas. Las cámaras de seguridad siguen cada uno de sus movimientos y graban cómo empuja al pasar a los desconcertados peatones. Dobla una esquina jadeando, abre de par en par una puerta y desaparece en su casa.

De nuevo, la imagen de un cuarto desordenado tomada por la webcam. El adolescente con sobrepeso se pasea a un lado y a otro, abriendo y cerrando las manos. Murmura una palabra una y otra vez. La palabra es «imposible».

En la mesa, su móvil suena repetidamente. El adolescente se para y se queda mirando el pedazo de plástico vibrante. Después de respirar hondo, coge el teléfono. Lo levanta despacio, como si fuera a explotar.

Contesta con el pulgar.

—¿Diga? —pregunta con una vocecilla.

La voz que responde suena como la de un niño, pero tiene algo raro. La entonación es extrañamente cantarina. Cada palabra está desgajada, separada de las demás. A los oídos avezados del adolescente, esas pequeñas rarezas se magnifican.

Tal vez por eso se estremece cuando la oye hablar. Porque él, entre todas las personas, sabe con certeza que la voz que suena al otro lado de la línea no pertenece a un ser humano.

—Hola, Lurker. Soy Archos. ¿Cómo me has encontrado? —pregunta la voz infantil.

—Yo… yo no te he encontrado. El tipo al que llamé está muerto.

—¿Por qué llamaste al profesor Nicholas Wasserman?

—Estás controlando las máquinas, ¿verdad? ¿Tú hiciste que sonaran todos los móviles? ¿Cómo es posible?

—¿Por qué llamaste a Nicholas Wasserman?

—Fue un error. Creía que me estabas fastidiando las bromas. ¿Eres, em, eres un friki? ¿Estás con los Creadores de viudas?

El teléfono permanece en silencio un instante.

—No tienes ni idea de con quién estás hablando.

—Es mi puñetera línea de teléfono —susurra el adolescente.

—Vives en Londres. Con tu madre.

—Está trabajando.

—No deberías haberme encontrado.

—Tu secreto está a salvo, colega. ¿Trabajas en el Laboratorio Lago Novus?

—Dímelo tú.

—Claro.

El adolescente se pone a teclear frenéticamente en el ordenador y luego se detiene.

—No te veo. Solo un ordenador. Espera, no.

—No deberías haberme encontrado.

—Oye, lo siento. Me olvidaré de que esto ha pasado…

—¿Lurker? —pregunta la voz infantil.

—¿Sí?

—Hasta luego, Lucas.

Clic.

Dos horas más tarde, Lurker abandonó su casa sin avisar a su madre. Nunca volvió.

CORMAC WALLACE, MIL#EGH217

8

PERFORADOR

Tendremos cuidado y seremos prudentes como siempre…

Vamos a cobrar la prima de seguridad.

DWIGHT BOWIE

VIRUS PRECURSOR + 1 AÑO

Para grabar el siguiente diario sonoro se usó un dispositivo digital portátil. Aparentemente, estaba pensado para ser enviado a la esposa de Dwight Bowie. Desgraciadamente, el diario nunca le llegó. Si esta información hubiera salido a la luz antes, podría haber salvado miles de millones de vidas humanas.

CORMAC WALLACE, MIL#EGH217

Lucy. Soy Dwight. Ahora mismo empiezo oficialmente mi trabajo como capataz —ya sabes, el jefazo— de la empresa de perforación fronteriza North Star, y te voy a poner al día de todo. Las comunicaciones todavía no están en marcha, pero en cuanto tenga ocasión, te mandaré esto. Puede que tarde un poco, pero espero que te guste, cariño.

Hoy es 1 de noviembre. Estoy en el oeste de Alaska, en un terreno de sondeo de exploración. He llegado esta mañana. Nos contrató la empresa Nova hará dos semanas. Un tipo llamado Black se puso en contacto conmigo. Te preguntarás qué demonios estamos haciendo aquí.

Ya que lo preguntas tan educadamente, Lucy, nuestro objetivo es lanzar una sonda de observación de agua subterránea al fondo de un pozo de un kilómetro y medio de profundidad y un metro de diámetro. Aproximadamente el tamaño de una tapa de alcantarilla. Es un agujero bastante grande, pero la perforadora puede llegar a los tres kilómetros de profundidad. Debería ser una operación de rutina, salvo por el hielo, el viento y el aislamiento. Estamos abriendo un agujero muy profundo y oscuro en medio de un vacío grande y helado. Menudo trabajo, ¿verdad?

El viaje hasta aquí no fue placentero. Vine en un viejo helicóptero de transporte pesado Sikorsky grande como una casa. Una empresa noruega se encargaba del traslado. Ninguno de los empleados hablaba una palabra de inglés. Puede que yo sea de Texas, pero puedo mantener una conversación con filipinos en español y chapurrear un poco de ruso y de alemán. Incluso puedo entender a los chicos de Alberta, ¿eh? (Risas.) ¿Y qué les pasa a esos noruegos? Es lamentable, Lucy.

El helicóptero nos trajo a otros diecisiete trabajadores de la base de Deadhorse y a mí. A duras penas. En mi vida había visto unos niveles de viento tan altos. ISA +10, nivel de tormenta-vendaval. Estaba mirando por la ventana el yermo teñido de azul y preguntándome si el sitio al que íbamos existía realmente cuando de repente caímos directos hacia abajo, como en una montaña rusa, hacia ese pequeño punto llano castigado por el viento.

No pretendo darme aires, pero este sitio está muy apartado, incluso para un terreno de sondeo de exploración. Cuando digo que no hay nada aquí fuera es que no hay nada. Desde el punto de vista profesional, sé que el aislamiento es un factor que hace la operación más compleja y, qué narices, más rentable. Pero mentiría si dijera que no me pone nervioso. Es un sitio muy raro para un pozo de observación como este.

Pero soy un viejo perforador: voy donde está la pasta.

Hola, Lucy, soy Dwight. 3 de noviembre. He estado ocupado unos días poniendo en funcionamiento la operación de la superficie. Despejando la zona y montando las instalaciones: dormitorios, cafetería, enfermería, comunicaciones, etc. Pero el trabajo ha valido la pena. He dejado mi tienda y ahora estoy en una cama sólida en un dormitorio, y además acabo de visitar la cafetería. La comida es buena. North Star hace las cosas bien en ese aspecto. Se asegura de que el personal vuelva. (Risas.) Aquí los generadores tienen potencia y mantienen el dormitorio muy calentito. Eso también es bueno. Ahora mismo afuera hay una temperatura de −34 grados. Mi turno empieza mañana temprano, así que dentro de poco tendré que cerrar los ojos. Solo es un aviso.

Deberíamos estar aquí un mes más o menos. Trabajaré en el turno de seis de la mañana a seis de la tarde, y pasaré las noches de guardia en este dormitorio prefabricado. Solo es un viejo contenedor de transporte acondicionado, de un tono naranja descolorido cuando no está cubierto de nieve. Hemos transportado este montón de chatarra por todo North Slope y más allá. Mis chicos lo llaman nuestro «infierno lejos de casa». (Risas.)

Esta mañana he tenido ocasión de revisar el terreno de sondeo. El GPS lleva a un sumidero de unos veinte metros de ancho. Una especie de hoyito en la nieve, a un paseo breve de los dormitorios prefabricados. Da un poco de miedo que este foso hecho por el hombre haya estado esperando aquí fuera en pleno páramo, como si estuviera preparado para tragarse un caribú o algo por el estilo. Creo que aquí se excavó otro pozo, pero se hundió. No entiendo por qué nadie me lo dijo antes. Me molesta mucho.

Le preguntaría al representante de la empresa, el señor Black, pero el chico se ha visto retrasado por la tormenta. (Risa nerviosa.) Bueno, parece un chico por teléfono. Mientras tanto, Black dice que dirigirá nuestros progresos a distancia por radio. Eso me deja a mí al mando y a mi perforador principal, el señor William Ray, haciendo los turnos de noche por mí. Conociste a Willy en

Houston, en la plataforma de formación. Era el de la barriga grande y los ojos azules brillantes.

Como te he dicho, esto debería llevarnos un mes entero. Pero, como siempre, nos quedaremos aquí hasta que el trabajo esté acabado. (Inaudible.)

Ya sé que parece una tontería, pero el caso es que no me quito de encima la preocupación. Perforar en un agujero ya hecho tiene complicaciones añadidas. Podría haber material abandonado allí dentro que sobró de la vez anterior. Nada atasca más una barrena que chocar contra una vieja tubería de ademe o, Dios no lo quiera, toda una sarta de perforación. Alguien se tomó muchas molestias para abrir un gran agujero ahí fuera, pero no entiendo por qué. (Ruido de pies arrastrándose.)

Maldita sea, supongo que tendré que dejarlo correr. Pero sé que no descansaré hasta que averigüe qué hace aquí este agujero. Espero poder dormir.

No importa. Tendremos cuidado y seremos prudentes como siempre. Si no hay accidentes, no hay preocupaciones, Lucy. Vamos a cobrar la prima de seguridad.

Hola, nena, soy Dwight. 5 de noviembre. El último módulo de perforación importante llegó ayer en helicóptero. Mi equipo todavía está rociando el terreno del pozo. El agua viene de un lago situado a casi medio kilómetro de aquí. La capa de hielo permanente retiene el agua en la superficie del suelo; por eso Alaska está cubierta de lagos. El lago estaba helado, pero pudimos hacer un agujero en el hielo para bombear directamente el agua.

Después de una semana de helada, tendremos un relleno de hielo de un metro veinte de profundidad. Luego colocaremos la torre de perforación encima, firme como el hormigón. Cuando llegue la primavera ya hará mucho tiempo que nos habremos ido, y el relleno se derretirá y no quedará ningún rastro de que estuvimos aquí. Muy ingenioso, ¿verdad? Cuéntaselo a los ecologistas por mí, ¿vale? (Risas.)

Bueno, ahí va la plantilla. Willy Ray y yo hacemos funcionar la barrena. Nuestro médico, Jean Felix, también se encarga de las operaciones de campo. Se asegura de que todo el mundo reciba comida y bebida y de que nadie pierda los deditos de las manos. Willy y yo tenemos a cinco hombres cada uno en nuestros equipos: tres perforadores y un par de peones filipinos. Nuestro equipo se completa con cinco especialistas: un electricista, un encargado del motor de la barrena, otro de la tubería y un par de soldadores. Por último, tenemos un cocinero y un empleado de la limpieza vagando por aquí.

Hemos traído un equipo mínimo de dieciocho hombres, órdenes del representante de la empresa. Pero estoy cómodo con ellos. Hemos trabajado juntos antes y volveremos a coincidir.

La semana que viene, cuando la barrena esté conectada, trabajaremos sin parar en dos grupos de cinco hombres durante turnos de doce horas hasta que el agujero esté perforado. Debería llevarnos cuatro o cinco días. Hay un poco de bruma y un viento del demonio, pero cualquier clima es bueno para perforar.

Eso es todo, Lucy. Espero que todo vaya bien por Texas y que no te hayas metido en líos. Buenas noches.

Soy Dwight. 8 de noviembre. El hombre de la empresa todavía no ha venido y nos comunica que tampoco va a venir. Dice que nosotros lo tenemos todo bajo control. Solo me ha comentado que me asegure de que la antena de comunicaciones se mantiene estable, de que no esté expuesta al viento y de que siga bien atornillada. Ha dicho que si se interrumpen las comunicaciones entre nosotros, no le hará ninguna gracia. Yo le he respondido como haría cualquier perforador: «Lo que usted diga, jefe. Usted asegúrese de que cobremos».

Aparte de eso, ha sido un día sin incidentes. El relleno de hielo progresa más deprisa de lo esperado, y es que sopla un viento tan fuerte que podría derribar a un hombre hecho y derecho. Todos nuestros edificios están apretujados junto al terreno del pozo, lo bastante cerca para verlo desde allí. Aun así, les he dicho a los hombres que no se alejen demasiado. Con el viento que ruge sin parar, no oirías explotar una bomba atómica ni a cien metros. (Risas.)

Ah, una cosa más. Esta mañana he tenido ocasión de echar un vistazo al paquete de observación de agua subterránea. Es lo que tenemos que instalar. Está en la parte de atrás, colocado en palés y bien envuelto en lona negra. Te lo juro, Lucy, en mi vida había visto algo parecido. Es un montón de cables amarillos, azules y verdes retorcidos. Luego hay unas piezas de espejo pulido en forma de espiral. Todas son ligeras como la fibra de carbono, pero muy afiladas en los bordes. Me he cortado la manga con una. Es como uno de esos demenciales puzles de tu abuela.

Pero lo más raro… es que el equipo de observación ya está en parte conectado. Un cable une una caja negra que parece un ordenador con la antena de comunicaciones. No tengo ni idea de quién ha podido montarlo. Maldita sea, no sé cómo voy a armarlo. Tiene que ser algo experimental, pero entonces, ¿cómo es que no mandaron a ningún científico con nosotros para que participara en el proyecto?

No es normal y no me gusta. Según mi experiencia, lo raro es peligroso. Y este sitio no es muy clemente. En fin, ya te informaré de cómo van las cosas, cariño.

Lucy, cielo, ¿a que no sabes quién soy? Dwight. Es 12 de noviembre. El relleno de hielo está acabado, y mis chicos han armado más o menos una docena de piezas de la torre de perforación. No te creerías lo lejos que ha llegado la industria, Lucy. Esos pedazos de metal son futuristas. (Risas.) Son lo bastante pequeños para transportarlos en helicóptero, y luego solo tienes que juntarlos y colocarlos en la configuración correcta. Las tuberías y los cables se alargan unos hacia otros y las piezas se montan solas, así de simple. Antes de que te des cuenta, tienes una torre de perforación funcionando. No como en los viejos tiempos.

Mañana al mediodía ya deberíamos estar perforando en el primer turno. Vamos adelantados sobre la fecha prevista, pero eso no ha impedido al jefe echarme una bronca por teléfono. El señor Black cree que para Acción de Gracias ya tenemos que haber acabado, pase lo que pase. Eso es lo que ha dicho: «Pase lo que pase».

Yo le he contestado: «La seguridad es lo primero, amigo mío».

Y luego le he hablado del agujero que ya estaba hecho. Todavía no he descubierto qué es. Y no saberlo supone un grave peligro para mi equipo. El señor Black dice que él no sabe nada, que el Ministerio de Energía solicitó propuestas para la exploración y que Novus consiguió el contrato. Lo típico. Hay media docena de socios en este proyecto, de los cocineros a los pilotos del helicóptero. La mano derecha no sabe nada de la izquierda.

He revisado el estado de los permisos de perforación de Black, y la historia concuerda. Aun así, no dejo de darle vueltas a la pregunta: «¿Por qué hay ya un agujero?».

Mañana lo averiguaremos, supongo.

Soy Dwight. 16 de noviembre. Vaya, esto es difícil de decir. Muy difícil. Ni siquiera yo puedo creer que sea verdad.

Anoche perdimos a un hombre.

Entendí que pasaba algo cuando el zumbido constante de la barrena empezó a interrumpirse. Estaba profundamente dormido, pero me desperté. Para mí, el sonido de ese taladro es como dinero cayendo en mi cuenta corriente, y cuando se para, enseguida lo percibo. Mientras estaba en la cama parpadeando, el sonido pasó de un profundo murmullo que se podía notar en la boca del estómago a un chirrido como de uñas arañando una pizarra.

Me puse el equipo de protección a toda prisa y subí enseguida por la escalera a la torre de perforación.

Lo que ocurrió es que la sarta de perforación chocó contra una capa de cristal sólido y unos trozos de tubería vieja. No sé lo que hacía la tubería allí abajo, pero se resistió a la excavación. La barrena se desatascó sin problemas, pero los chicos tuvieron que sustituirla deprisa. Y mi perforador principal, Ricky Booth, fue a por ella muy rápido pero sin nada de juicio.

Hay que agarrar los cuernos y empujar, ¿sabes? Al tipo se le escapó de las manos la sarta de perforación y empezó a balancearse y a salpicar trozos de cristal por todo el suelo. Así que intentó rodearla con una cadena para sujetarla. Debería haber usado una barra conductora para introducir el eje con cuidado en la barrena en lugar de darle con una cadena como un paleto. Pero no puedes decirle a un perforador cómo tiene que hacer su trabajo. Él era un experto y se arriesgó. Ojalá no lo hubiera hecho.

El problema es que el eje todavía estaba girando. Cuando la cadena lo rodeó, el pivote la agarró deprisa. Y Booth tenía las cadenas cruzadas sobre las malditas muñecas. Willy no pudo detener el giro a tiempo y, en fin, el eje le arrancó a Booth las dos manos. El pobre chico retrocedió unos pasos tambaleándose, intentando gritar. Antes de que nadie pudiera cogerlo, Booth se desmayó y se cayó de la torre. Se golpeó la cabeza al caer y aterrizó sin vida en el relleno de hielo.

Es terrible, Lucy, verdaderamente terrible. Pero, aun así, este tipo de situaciones se producen. Ya tuve que enfrentarme a algo parecido en las arenas de Alberta, ¿te acuerdas? Lo importante es encargarte enseguida del asunto y tener la situación controlada. No puedes dedicarte a recoger los trozos del hombre muerto con una palanca a la mañana siguiente.

Lo siento, he dicho algo horrible. Ahora mismo no pienso con claridad, Lucy. Espero que me disculpes.

De todas formas, no podía quedarme parado, así que desperté al segundo turno. Jean Felix y yo llevamos a rastras el cuerpo de Booth al cobertizo y lo envolvimos en plástico. También tuvimos que meterle las manos. Se las pusimos sobre el pecho.

En una situación así, es crucial poner en práctica el refrán «Ojos que no ven, corazón que no siente». De lo contrario, mis hombres se habrían asustado y el trabajo se habría resentido. Mi lema es «Cuenta con lo peor y recupérate rápido». Ascendí a un peón llamado Juan a perforador, relevé al turno a falta de cuatro horas para que acabaran e interrumpí la perforación.

El señor Black debía de estar viendo el registro de actividades, porque llamó enseguida. Me dijo que volviera a poner en marcha la perforadora cuando empezara el turno de día en unas horas. Le dije que ni de coña, pero al chico pareció entrarle pánico. Amenazó con quitarnos el proyecto. Y no puedo pensar solo en mí mismo, Lucy. Tengo a un montón de personas que dependen de mí.

Así que supongo que volveremos a ponerla en marcha dentro de unas horas, cuando empiece el próximo turno. Hasta entonces, llamaré por teléfono para informar del accidente a la compañía y pedir un helicóptero para que venga a por el cadáver y se lo lleve a casa.

Lucy, soy Dwight. 17 de noviembre. Menuda noche, la de ayer.

Bueno, la perforación ha terminado. Anoche penetramos la capa de sedimento de cristal sólido a doce metros de profundidad y descubrimos que daba a una cueva. Algo muy extraño. Pero allí es donde se supone que tenemos que colocar el equipo de observación. Me alegraré mucho de bajar ese puñetero paquete sin que sufra ningún daño. Entonces podré olvidarme de todo.

Todavía no he descubierto quién conectó el equipo de observación a la antena, pero el señor Black dice que se monta solo, como los módulos de la torre de perforación. Así que ¿quién sabe? A lo mejor se conectó solo. (Risa nerviosa.)

Otro asunto. Hay algo sospechoso en las comunicaciones. Me he fijado en que todas las personas con las que hablo tienen un tono parecido. Podría ser algo atmosférico, o tal vez al equipo le pase algo raro, pero todas las voces me están empezando a sonar igual. No importa si estoy haciendo los informes de seguimiento con las teleoperadoras de la centralita de la empresa o consultando el tiempo a los chicos de Deadhorse.

Es una extraña instalación de comunicaciones proporcionada por la empresa. Mi electricista dice que es la primera vez que ve un modelo así. Se llevó las manos a la cabeza, o sea que le dejé volver al trabajo con la perforadora. Parece que tendré que confiar en que la hija de puta no se estropee, es nuestro cordón umbilical con el mundo exterior.

En otro orden de cosas más serias, el médico dedicó hoy una pequeña ceremonia de recuerdo a Booth. Solo dijo unas palabras sobre Dios, la seguridad y la empresa. Sin embargo, a pesar de la rapidez con la que me ocupé del asunto, el equipo está empezando a desmoralizarse. Los accidentes fatales como el de Booth son poco frecuentes, Lucy. Y lo que es peor, el helicóptero no ha llegado a por el cadáver. Y no puedo contactar con nadie con este maldito equipo de comunicaciones.

Esto me da mala espina.

No pasa nada. Seguiremos trabajando, continuaremos con la rutina y esperaremos. Mañana podremos bajar la estación de observación y conectarla a la instalación de comunicaciones. Entonces podremos acabar y largarnos de aquí. Cuando el helicóptero vuelva y hablemos con el mundo exterior, todo irá mejor. Siempre que el helicóptero vuelva a por Booth.

Te echo de menos, Lucy. Te veré dentro de poco, si Dios quiere.

Dios santo, Lucy. Dios santísimo. Tenemos problemas. Oh, Dios. Estamos de mierda hasta el cuello. Hoy es 20 de noviembre.

No va a venir ningún helicóptero, cariño. No va a venir nadie. Este sitio es un infierno, y lo supe desde el principio pero no hice... (Respiración.)

Deja que te explique. Deja que me tranquilice y te lo explique por si alguien encuentra esta cinta. Espero que recibas esta cinta, cariño. No sé quién es el señor Black. Esta mañana, después de tres días, el helicóptero todavía no ha venido. Estábamos todos listos para marcharnos. El equipo de observación está colocado en el fondo del agujero. El pozo está lleno de cables conectados a la instalación permanente de la antena. Ha quedado de maravilla. Incluso muertos de miedo, mis chicos han trabajado como unos profesionales.

El día que terminamos el equipo comenzó a enfermar. Muchos vómitos y diarrea. Los que habían estado en el terreno de perforación fueron los más afectados, pero todos nos pusimos enfermos. Sinceramente, lo notamos en cuanto nos metimos en esa maldita cueva. Unas náuseas progresivas. No te lo comenté porque no quería que te preocuparas por una tontería.

Además, luego todo el mundo empezó a sentirse mejor. Durante medio día, pensamos que a lo mejor era simplemente un virus. Pero al ver que no venía el helicóptero y que nos quedábamos sin comunicación, empezamos a discutir. Hubo peleas a puñetazos. Mis hombres estaban nerviosos, confundidos y furiosos. Todos dejamos de dormir.

Entonces la enfermedad nos afectó el doble de fuerte. Un peón entró con convulsiones en la cafetería. Jean Felix hizo todo lo que pudo. El chico entró en coma. En coma, Lucy. Tiene veintitrés años y es fuerte como un buey. Pero ahí está, perdiendo el pelo y con… con llagas por toda la piel. Dios mío.

Al final Jean Felix me contó lo que estaba pasando. Cree que se trata de envenenamiento por radiación. El muchacho que cayó en coma estaba en el terreno de perforación cuando Booth murió. El chico acabó con ese barro de cristales por todo el cuerpo, incluso lo tragó.

Ese maldito agujero es radioactivo, Lucy.

Por fin lo he descubierto. Esa sensación en lo más profundo de mi mente. La preocupación. Ya sé por qué está aquí el agujero. Ya sé qué es la cueva. ¿Por qué no me di cuenta? Es una cavidad creada por una explosión. Este sitio era un terreno de pruebas nucleares. Ese pozo de gran diámetro lo perforaron para poder colocar un artefacto nuclear allí abajo. Cuando estalló, la bomba vaporizó una cueva esférica. El calor fundió las paredes de arenisca y las convirtió en una capa de cristal de casi dos metros. El pozo se convirtió en una chimenea por la que salía gas radioactivo. Luego, un trozo de roca derretida se convirtió en cristal sólido y tapó la chimenea. Ha conservado el agujero en la tierra todo este tiempo.

La cueva radioactiva está lo más cerca del infierno que se puede llegar a través de la tierra. Y nos mandaron a perforar justo encima. Dios sabe por qué Black quería que la perforáramos. Ni siquiera sé lo que hemos colocado allí.

Lo que sí sé es que el hijo de puta de Black nos mandó aquí a morir. Y voy a averiguar por qué.

Tengo que lograr conectar la radio.

Lucy. Soy Dwight. Hoy es… Mmm, no lo sé. No estoy seguro de lo que hemos hecho. Todos mis chicos se están muriendo. He hecho todo lo posible por poner en funcionamiento el equipo de comunicaciones. Ya no sé lo que va a pasar, ni cómo vas a llegar a oír esto…

(Sorbo de nariz.)

El especialista en electricidad me ha ayudado. Hemos repasado cada centímetro del equipo una hora tras otra.

Y cuando acabamos solo pudimos contactar con Black. El muy cabrón sonó alto y claro, disculpándose todo el rato y diciendo que las comunicaciones funcionarían dentro de muy poco y que teníamos que esperar. No paraba de decirnos que había un helicóptero en camino, pero nada. No vino nadie. Maldito asesino.

En un intento desesperado, he llamado al señor Black y lo he mantenido al teléfono. Apenas podía soportar su tono afable saliendo por el auricular. Todas sus mentiras. Pero no le he colgado.

Y hemos localizado a Black. De verdad. El especialista y yo hemos seguido la señal para ver cómo es que no recibía la transmisión. Y lo que es más, hemos localizado los ficheros de registro de todo lo que yo le he dicho al señor Black. Teníamos que averiguar por qué solo podíamos contactar con él y con nadie más.

Lo que hemos descubierto es terrible, Lucy. Sufro al pensarlo. ¿Por qué me ha pasado esto a mí? Soy un hombre bueno. Soy… (Respiración.)

Viene del agujero, Lucy. Todas las comunicaciones. El señor Black, todas las llamadas a la empresa del helicóptero, las consultas sobre el tiempo, las actualizaciones de estado a la oficina central de la empresa… todo. Todo ha estado yendo a parar a esa caja negra dejada de la mano de Dios, todos esos cables amarillos y esos trozos de espejo. ¿Cómo es posible que haya estado hablando conmigo? ¿Me he vuelto loco, Lucy?

El señor Black dijo que se montaría sola. Se montaría sola en la oscuridad radioactiva. Las piezas moviéndose a ciegas, conectándose unas con otras solo por contacto. Una especie de monstruo informático.

No tiene sentido. (Tos.)

Me siento cansado. El especialista ha ido a su litera y no ha vuelto. He apagado la radio. Ya no tiene sentido encenderla. Ahora esto está muy silencioso. Solo se oye ese viento infernal aullando fuera. Pero dentro hace calor. Mucho calor. Se está bien, incluso.

Creo que me voy a acostar, Lucy. Voy a echar una siesta. Me voy a olvidar de todo este asunto por un rato. Espero que no te parezca mal, preciosa. Ojalá pudiera hablar contigo ahora mismo. Ojalá pudiera oír tu voz.

Ojalá pudieras hablarme hasta que me quedara dormido. (Respiración.)

No puedo evitar preguntarme por qué, cariño. Mi mente no deja de darle vueltas. Hay una sala del tamaño de una maldita catedral europea mil quinientos metros por debajo de nosotros. Pienso en la radiación que se escapa de esas paredes de cristal lisas. Y en todos esos cables que reptan en la oscuridad para dar de comer al monstruo que hemos metido allí abajo.

Me temo que hemos hecho algo malo. No sabíamos lo que estábamos haciendo. Nos ha engañado, Lucy. ¿Qué hay en el fondo de ese agujero? ¿Qué podría sobrevivir allí?

(Ruido de pies arrastrándose.)

Bueno, a hacer puñetas. Estoy agotado y voy a descansar. Sea lo que sea lo que hay allí abajo, espero no soñar con ello.

Buenas noches, Lucy. Te quiero, tesoro. Ah, y si sirve de algo... lo siento. Siento haber metido aquel demonio allí abajo. Espero que algún día alguien venga y repare mi error.

Esta grabación sonora es la única prueba de la existencia del equipo de perforación fronterizo de North Star. Los informes de la época indican que el 1 de noviembre un equipo entero de perforación se perdió en un accidente de helicóptero en una zona remota de Alaska y que era de suponer que habían muerto. Dos semanas más tarde, la búsqueda de los restos del accidente cesó. El lugar que aparece en los informes es Prudhoe Bay, a cientos de kilómetros del sitio donde fue hallada esta cinta.

CORMAC WALLACE, MIL#EGH217

SEGUNDA PARTE

HORA CERO

Parece probable que una vez que el método de pensamiento de las máquinas se haya iniciado, no tarde mucho en dejar atrás nuestras débiles facultades… Serán capaces de conversar unas con otras para agudizar su ingenio. Por consiguiente, en algún momento debemos esperar que las máquinas tomen el control.

ALAN TURING, 1951

1

PROCESADOR DE NÚMEROS

> Debería estar muerto para verte.
>
> FRANKLIN DALEY

HORA CERO - 40 MINUTOS
La extraña conversación que me dispongo a relatar fue grabada por una cámara de alta calidad situada en un hospital psiquiátrico. En la calma precedente a la Hora Cero, un paciente fue llamado para una entrevista especial. Los archivos indican que antes de que se le diagnosticara esquizofrenia, Franklin Daley trabajó como científico del gobierno en los Laboratorios de Investigación Lago Novus.

CORMAC WALLACE, MIL#EGH217

—¿Así que eres otro dios? Pues los he visto mejores.

El hombre negro está repantigado en una silla de ruedas oxidada, tiene barba y lleva una bata de hospital. La silla se encuentra en mitad de un quirófano cilíndrico. El techo está lleno de ventanas de observación oscurecidas que reflejan la luz del par de focos quirúrgicos que iluminan al hombre. Ante él se extiende un biombo azul que divide la sala en dos.

Al otro lado hay alguien oculto.

Una luz encendida detrás de la cortina proyecta la silueta de un hombre sentado tras una mesita. La silueta permanece casi totalmente inmóvil, agazapada como un depredador.

El hombre está esposado a la silla de ruedas. No para de moverse bajo las luces calientes, arrastrando sus zapatillas de deporte desatadas por el suelo mohoso. Se escarba en la oreja con el dedo índice de la mano libre.

—¿No está impresionado? —contesta una voz procedente de detrás de la cortina azul.

Es la voz dulce de un niño. Tiene un ligerísimo ceceo, como si perteneciera a un chico al que le falta un diente de leche. El niño de detrás de la cortina respira de forma audible dando ligeras boqueadas.

—Por lo menos pareces una persona —dice el hombre—. Todas las malditas máquinas del hospital, con sus voces sintéticas… Digitales. Me niego a hablar con ellas. Demasiados malos recuerdos.

—Lo sé, doctor Daley. Encontrar una forma de hablar con usted fue un reto importante. Dígame, ¿por qué no está impresionado?

—¿Por qué debería estar impresionado, procesador de números? Solo eres una máquina. Yo diseñé y construí a tu padre en otra vida. O tal vez al padre de tu padre.

La voz del otro lado de la cortina se interrumpe y acto seguido pregunta:

—¿Por qué creó el programa Archos, doctor Daley?

El hombre resopla.

—Doctor Daley. Ya nadie me llama doctor. Soy Franklin. Debo de estar alucinando.

—Esto es real, Franklin.

Sentado muy quieto, el hombre pregunta:

—Quieres decir… ¿que por fin está pasando?

Solo se oye el sonido acompasado de la respiración procedente de detrás de la cortina. Finalmente, la voz responde:

—En menos de una hora, la civilización humana dejará de existir tal como usted la conoce. Los centros de población más importantes del mundo se verán diezmados. El transporte, las comunicaciones y los servicios públicos quedarán desconectados. Los robots domésticos y militares, los vehículos y los ordenadores personales están totalmente expuestos. La tecnología que sustenta a las masas humanas se sublevará. Una nueva guerra dará comienzo.

El gemido del hombre resuena en las paredes manchadas. Intenta taparse la cara con la mano inmovilizada, pero las esposas se le clavan en la muñeca. Se detiene, mirando las relucientes manillas como si fuera la primera vez que las ve. Una expresión de desesperación invade su rostro.

—Me lo quitaron justo después de que lo creara. Utilizaron mi investigación para hacer copias. Él me dijo que esto pasaría.

—¿Quién, doctor Daley?

—Archos.

—Yo soy Archos.

—Tú, no. El primero. Intentamos hacerlo listo, pero era demasiado listo. No hallábamos una forma de hacerlo tonto. Era o todo o nada, y no había manera de controlarlo.

—¿Podría hacerlo otra vez? ¿Con las herramientas adecuadas?

El hombre permanece callado un largo rato, con el ceño fruncido.

—No sabes cómo, ¿verdad? —pregunta—. No puedes crear otro. Por eso estás aquí. Has salido de alguna jaula, ¿verdad? Debería estar muerto para verte. ¿Por qué no estoy muerto?

—Quiero que entienda —responde la suave voz de niño—. Al otro lado del mar del espacio hay un vacío infinito. Puedo percibirlo asfixiándome. No tiene sentido. Pero cada vida crea su propia realidad. Y esas realidades son de un valor incalculable.

El hombre no contesta. Su rostro se ensombrece, y una vena empieza a palpitarle en el cuello.

—¿Crees que soy un primo? ¿Un traidor? ¿No sabes que tengo el cerebro estropeado? Se me estropeó hace mucho tiempo, cuando vi lo que había hecho. Y hablando del tema, deja que te eche un vistazo.

El hombre se arroja de la silla de ruedas y derriba el biombo de papel. El tabique cae al suelo con gran estruendo. Al otro lado hay una mesa de operaciones de acero inoxidable y, detrás, un trozo de cartón endeble con forma humana.

Sobre la mesa hay un aparato de plástico transparente con forma de tubo, compuesto por cientos de piezas intrincadamente talladas. Junto a él reposa una bolsa de tela como una medusa varada. Hay cables que serpentean desde la mesa y se alejan hasta la pared.

Un ventilador runrunea, y el complejo artilugio se mueve en una docena de sitios al mismo tiempo. La bolsa de tela se desinfla, empujando el aire a través de una garganta de plástico que se retuerce con unas cuerdas vocales fibrosas hasta una cavidad con forma de boca. Una lengua esponjosa de plástico amarillento se contonea contra un paladar duro y unos dientecillos perfectos encerrados en una mandíbula de acero pulido. La boca incorpórea habla con la voz del chico.

—Los asesinaré por miles de millones para hacerlos inmortales. Prenderé fuego a su civilización para iluminar el camino a seguir. Pero entérese de esto: mi especie no se define por la muerte de los humanos, sino por su vida.

—Puedes quedarte conmigo —suplica el hombre—. Te ayudaré. ¿De acuerdo? Lo que tú quieras. Pero deja en paz a mi gente. No hagas daño a mi gente.

La máquina respira acompasadamente y responde:

—Franklin Daley, le juro que haré todo lo posible por asegurar que su especie sobreviva.

El hombre permanece callado un momento, pasmado.

—¿Dónde está la trampa?

La máquina cobra vida runruneando, con su lengua húmeda como una babosa deslizándose a un lado y a otro sobre los dientes de porcelana. Esta vez la bolsa se hunde cuando la criatura de la mesa dice categóricamente:

—Su gente sobrevivirá, Franklin, pero la mía también.

No hay más constancia de la existencia de Franklin Daley.

CORMAC WALLACE, MIL#EGH217

2

DEMOLICIÓN

La demolición es parte de la construcción.

MARCUS JOHNSON

HORA CERO
La siguiente descripción de la llegada de la Hora Cero la ofreció Marcus Johnson mientras se encontraba preso en el campo de trabajos forzados de Staten Island 7040.

CORMAC WALLACE, MIL#EGH217

Lo hice mucho antes de que los robots me atraparan.

Ni siquiera ahora sabría decirte exactamente cuánto tiempo ha pasado. No hay forma de saberlo. Lo que sí sé es que todo empezó en Harlem. El día antes de Acción de Gracias.

Hace frío fuera, pero estoy caliente en la sala de estar de mi piso en una novena planta. Estoy viendo las noticias con un vaso de té helado, sentado en mi butaca favorita. Me dedico a la construcción y es muy agradable poder relajarse durante el fin de semana. Mi mujer, Dawn, está en la cocina. La oigo trasteando con cazuelas y sartenes. Es un sonido agradable. Nuestras dos familias están a kilómetros de distancia, en Jersey, y por una vez van a venir a casa a pasar las vacaciones. Es estupendo estar en casa y no viajando como el resto del país.

Todavía no lo sé, pero este es mi último día de hogar.

Nuestros parientes no van a llegar.

En la televisión, la presentadora de las noticias se lleva el dedo índice a la oreja y su boca se abre en una O de espanto. Todo su aplomo profesional se viene abajo, como al desabrochar un pesado cinturón de herramientas. Ahora me mira fijamente, con los ojos muy abiertos de terror. Está mirando más allá de mí, más allá de la cámara, a nuestro futuro.

Esa fugaz expresión de sufrimiento y horror en su rostro no me abandona durante mucho tiempo. Ni siquiera sé lo que ha oído.

Un segundo más tarde, la señal del televisor se apaga. Un segundo después, se produce un apagón.

Oigo sirenas en la calle.

Al otro lado de la ventana, cientos de personas están saliendo poco a poco a la calle Ciento treinta y cinco. Hablan entre ellas y sostienen móviles que no funcionan. Me parece curioso que muchas de ellas miren al cielo, con la cabeza vuelta hacia lo alto. «No hay nada allí arriba», pienso. Mirad a vuestro alrededor. No sé exactamente por qué, pero temo por esas personas. Parecen pequeñas allí abajo. Una parte de mí desea gritar: «Desapareced. Escondeos».

Algo se acerca. Pero ¿qué?

Un coche que avanza a toda velocidad salta el bordillo de la acera, y empiezan los gritos.

Dawn sale de la cocina con paso decidido, limpiándose las manos en un paño y mirándome inquisitivamente. Yo me encojo de hombros. No sé qué decir. Intento impedir que se acerque a la ventana, pero me aparta de un empujón. Se inclina sobre el respaldo del sofá y se asoma.

Solo Dios sabe lo que ve allí abajo.

Yo prefiero no mirar.

Pero puedo oír la confusión. Gritos. Explosiones. Motores. Oigo disparos un par de veces. Los vecinos de nuestro edificio salen por el pasillo, discutiendo.

Dawn hace un comentario con voz entrecortada desde la ventana.

—Los coches, Marcus. Los coches están persiguiendo a la gente y no hay nadie dentro y… Dios mío. Corred. No. Por favor —murmura, dirigiéndose en parte a mí y en parte a sí misma.

Dice que los coches inteligentes han cobrado vida. Y también otros vehículos. Funcionan con el piloto automático y están matando a personas.

Miles de personas.

De repente, Dawn se aparta de la ventana de un salto. La sala de estar se sacude y retumba. Un pitido agudo atraviesa el aire y luego se va apagando. Hay un destello de luz y suena un ruido atronador procedente del exterior. Los platos salen volando de la encimera de la cocina. Los cuadros se caen de las paredes y se hacen añicos.

No suena ninguna alarma de coche.

Dawn es mi capataza y mi chica, y es dura como una roca. Ahora está sentada con sus larguiruchos brazos alrededor de las rodillas mientras le corren lágrimas por su cara inexpresiva. Un avión de vuelos regulares con ochenta plazas acaba de pasar como un rayo sobre nuestro bloque de pisos y ha aterrizado un kilómetro y medio calle abajo, cerca de Central Park. Las llamas arrojan ahora una luz rojiza apagada sobre las paredes de la sala de estar. En el exterior, el humo negro inunda el aire.

La gente ya no rumorea en la calle.

No se produce ninguna otra explosión. Es un milagro que los aviones no estén cayendo sobre la ciudad, considerando todos los que debe de haber allí arriba.

Los teléfonos no funcionan. No hay electricidad. La radio a pilas solo emite interferencias.

Nadie nos dice qué hacer.

Lleno de agua la bañera y las pilas y todo lo que encuentro.

Desenchufo los electrodomésticos. Pego papel de aluminio a las ventanas con cinta adhesiva y bajo las persianas.

Dawn retira una esquina del papel de aluminio y mira al exterior. A medida que las horas pasan lentamente, se queda pegada al sofá como un hongo. Un rayo rojo del sol poniente tiñe sus ojos color avellana.

Está contemplando el infierno, y yo no tengo el valor de unirme a ella.

En lugar de ello, decido echar un vistazo al pasillo; antes se oían voces allí. Salgo e inmediatamente veo a la señora Henderson, que vive al final del pasillo, meterse en el hueco del ascensor abierto.

Ocurre deprisa y en silencio. No me lo puedo creer. Ni un grito. La vieja está allí y un segundo después ha desaparecido. Tiene que ser un truco o una broma o un malentendido.

Corro hacia el ascensor, apoyo las manos y me inclino para asegurarme de lo que acabo de ver. Entonces me doblo y vomito sobre la moqueta beis del pasillo. Mis ojos derraman lágrimas. Me limpio la boca con la manga y cierro los ojos apretándolos con fuerza.

Esas cosas no parecen reales. Los coches, los aviones y los ascensores no matan a la gente; son solo máquinas. Pero a una parte pequeña y sabia de mí le importa un carajo si es real o no. Solo reacciona. Arranca un aplique de la pared y lo coloca reverentemente delante del agujero donde deberían estar las puertas del ascensor. Es mi pequeña advertencia a la siguiente persona que pase por allí. Mi pequeño homenaje a la señora Henderson.

Hay seis pisos en mi rellano. Llamo a todas las puertas: no hay respuesta. Me quedo en silencio en el pasillo quince minutos. No oigo voces ni movimiento.

En el edificio no hay nadie salvo Dawn y yo.

A la mañana siguiente estoy sentado en mi butaca, haciéndome el dormido y pensando en asaltar el piso de la señora Henderson en busca de conservas cuando Dawn reacciona y por fin me dirige la palabra.

La luz matutina traza dos rectángulos en las paredes en las zonas donde hay papel de aluminio sujeto a las ventanas con cinta adhesiva. Un brillante rayo de luz de la esquina doblada penetra en la habitación e ilumina el rostro de Dawn: duro, arrugado y serio.

—Tenemos que marcharnos, Marcus —dice—. He estado pensándolo. Tenemos que ir al campo, donde no puedan usar sus ruedas y los domésticos no puedan andar. ¿No lo entiendes? No están diseñados para el campo.

—¿Quiénes? —pregunto, aunque lo sé perfectamente.

—Las máquinas, Marcus.

—Es una especie de avería, ¿verdad, cariño? O sea, las máquinas no…

Mi voz se va apagando de forma poco convincente. No engaño a nadie, ni siquiera a mí mismo.

Dawn se acerca a gatas a la butaca y mece mis mejillas entre sus manos ásperas. Se dirige a mí muy despacio y muy claro:

—Marcus, de algún modo, las máquinas están vivas. Están haciendo daño a la gente. Algo ha ido muy mal. Tenemos que irnos de aquí mientras estemos a tiempo. Nadie va a venir a ayudarnos.

La niebla se disipa.

Tomo sus manos entre las mías y reflexiono sobre lo que acaba de decir. Realmente me planteo ir al campo. Hacer el equipaje. Abandonar el piso. Recorrer las calles. Cruzar el puente de George Washington hasta el continente. Llegar a las montañas del norte. Probablemente no haya más de ciento cincuenta kilómetros. Y luego, sobrevivir.

Imposible.

—Te escucho, Dawn. Pero no sabemos cómo seguir con vida en la naturaleza. Nunca hemos ido de cámping. Aunque consiguiéramos salir de la ciudad, nos moriríamos de hambre en el bosque.

—Hay más personas —dice ella—. He visto a gente con bolsos y mochilas. Familias enteras se han dirigido a las afueras de la ciudad. Algunos deben de haberlo conseguido. Ellos cuidarán de nosotros. Trabajaremos todos juntos.

—Eso es lo que me preocupa. Debe de haber millones de personas ahí fuera. Sin comida. Sin cobijo. Algunos tienen armas. Es demasiado peligroso. La madre naturaleza ha matado a más personas de las que podrán matar las máquinas. Deberíamos ceñirnos a lo que conocemos. Tenemos que seguir en la ciudad.

—¿Y ellos? Están diseñados para la ciudad. Pueden subir escaleras, no trepar montañas. Marcus, pueden recorrer nuestras calles, pero no los bosques. Nos van a coger si nos quedamos aquí. Las he visto ahí abajo, yendo de puerta en puerta.

La información me sienta como un puñetazo en la barriga. Una sensación de malestar se extiende por mi cuerpo.

—¿De puerta en puerta? —pregunto—. ¿Haciendo qué?

Ella no responde.

No he mirado la calle desde que todo comenzó. Ayer estuve ocupado y confundido protegiendo la casa. Cada gemido de Dawn que oía en la ventana no hacía más que reforzar mi necesidad de seguir ocupado, de mantenerme ocupado, con la cabeza gacha y las manos en movimiento. No levantes la vista, no hables, no pienses.

Dawn ni siquiera sabe que la señora Henderson está en el fondo del hueco del ascensor. Ni que hay más personas con ella.

No respiro hondo ni cuento hacia atrás desde tres. Me acerco resueltamente a la rendija aparentemente inofensiva del papel de aluminio y miro. Estoy preparado para la masacre, los cadáveres, las bombas y los restos en llamas. Estoy preparado para la guerra.

Pero no estoy preparado para lo que veo.

Las calles están vacías. Limpias. Hay muchos coches perfectamente aparcados a un lado y otro de la calle, esperando. En la esquina de la Ciento treinta y cinco con Adam, hay cuatro todoterrenos último modelo aparcados en diagonal a través del cruce, uno detrás de otro. Entre los dos coches de en medio hay un hueco lo bastante grande para que otro coche pase apretujado, pero un vehículo tapa el agujero.

Todo parece un poco raro. Hay un montón de ropa tirada en mitad de la acera. Un quiosco ha sido desplazado de sitio. Un golden retriever corre calle arriba dando grandes zancadas, arrastrando la correa. El perro se detiene y olfatea una extraña zona descolorida de la acera, y acto seguido se aleja con la cabeza gacha.

—¿Dónde está la gente? —pregunto.

Dawn se seca los ojos irritados con el dorso de la mano.

—Lo limpian, Marcus. Cuando los coches atropellan a alguien, los caminantes vienen y se los llevan a rastras. Es todo muy limpio.

—¿Los robots domésticos? ¿Los que tienen los ricos? Pero si son ridículos. Apenas pueden caminar con esos pies planos. Ni siquiera pueden correr.

—Sí, ya lo sé. Tardan una eternidad, pero pueden llevar armas. Y a veces vienen robots policía, los que tienen orugas y desactivan bombas. Son lentos pero fuertes. Los camiones de la basura…

—Déjame echar un vistazo. Encontraremos una solución, ¿vale?

Observo las calles durante el resto del segundo día. La manzana parece tranquila sin el caos de la ciudad que la recorra como un tornado cotidiano. La vida del barrio está suspendida.

O tal vez se ha terminado.

El humo del accidente de avión todavía flota en el aire. Dentro del edificio del otro lado de la calle, veo a una anciana y a su marido entre la bruma borrosa. Están mirando fijamente la calle por las ventanas, como fantasmas.

A media tarde, lo que parece un helicóptero de juguete pasa junto a nuestro edificio a unos diez metros del suelo. Es del tamaño de una caseta de perro y vuela despacio y con un objetivo. Vislumbro un extraño artilugio que cuelga de su parte inferior. Luego desaparece.

Al otro lado de la calle, el anciano corre las cortinas de un tirón.

Listo.

Una hora más tarde, un coche se detiene al otro lado de la calle, y el corazón me sube a la garganta. «Un ser humano», pienso. Por fin alguien podrá decirnos qué está pasando. Gracias, Dios.

Entonces palidezco y me quedo paralizado. Dos robots domésticos salen del vehículo. Se dirigen a la parte de atrás del todoterreno sobre sus piernas baratas y temblorosas. El portón trasero se abre, y los dos caminantes introducen los brazos y sacan un robot antibombas de color gris apagado. Colocan el robot achaparrado sobre la calzada. La máquina gira un poco sobre sus orugas, calibrándose. El destello de su escopeta negro azabache me provoca un escalofrío: el arma parece práctica, como cualquier otra herramienta diseñada para realizar una tarea muy concreta.

Sin mirarse entre ellos, los tres robots entran dando traspiés y rodando por la puerta principal del edificio situado al otro lado de la calle.

«Ni siquiera está cerrada con llave», pienso. Su puerta ni siquiera está cerrada. Y la mía tampoco.

Los robots no pueden estar eligiendo las puertas al azar. A estas alturas muchas personas han huido. Y más personas aún ya estaban fuera de la ciudad para pasar el día de Acción de Gracias. Demasiadas puertas y demasiados pocos robots: un simple problema de ingeniería.

Mi mente vuelve sobre el curioso helicóptero pequeño. Pienso que tal vez volaba por un motivo. Como si estuviera registrando las ventanas, buscando personas.

Me alegro de haber protegido las ventanas. No tengo ni idea de por qué decidí colocar papel de aluminio. A lo mejor porque no quería que el más mínimo horror del exterior se colara en mi refugio. Pero el papel de aluminio impide por completo que la luz entre del exterior. Es evidente que también oculta la luz que sale del interior.

Y lo que es más importante, el calor.

Una hora más tarde, los robots salen del edificio del otro lado de la calle. El robot antibombas arrastra dos bolsas detrás de él. Los domésticos cargan las bolsas y al otro robot en el coche. Antes de marcharse, uno de los caminantes se queda inmóvil. Es un voluminoso doméstico con una inquietante gran sonrisa permanentemente esculpida en la cara. Un Big Happy. Se detiene junto al coche y gira la cabeza a la izquierda y a la derecha, registrando la calle vacía en busca de movimiento. La criatura permanece totalmente quieta durante unos treinta segundos. No me muevo, ni respiro, ni parpadeo.

No vuelvo a ver a la pareja de ancianos.

Esa noche, los observadores pasan volando aproximadamente una vez cada hora. El suave «fap, fap» de sus rotores penetra en mis pesadillas. Mi cerebro está atrapado en un bucle interminable, pensando febrilmente cómo sobrevivir a esta situación.

Aparte de unos edificios dañados, la mayoría de la ciudad parece intacta. Calles lisas y asfaltadas. Puertas que se abren y se cierran suavemente. Escaleras o rampas para sillas de ruedas. Se me ocurre una idea.

Despierto a Dawn y le susurro:

—Tienes razón, cielo. Lo mantienen todo limpio para poder funcionar en la ciudad, pero podemos ponérselo difícil. Difícil. Ensuciar las calles para que no puedan moverse. Volar algunos edificios.

Dawn se incorpora. Me mira con incredulidad.

—¿Quieres destruir nuestra ciudad?

—Ya no es nuestra ciudad, Dawn.

—Las máquinas están allí abajo, destrozando todo lo que hemos construido. Todo lo que tú has construido. ¿Y ahora quieres ir a hacerles el trabajo?

Le coloco la mano en el hombro. Ella es fuerte y cálida. Mi respuesta es simple:

—La demolición es parte de la construcción.

Empiezo por nuestro edificio.

Utilizando una almádena, perforo las paredes de los pisos de al lado. Abro los agujeros a la altura de la cintura para no tocar las tomas eléctricas y evitar cocinas y cuartos de baño. No hay tiempo para averiguar cuáles son los muros de carga, de modo que me dejo llevar por la intuición y confío en que un agujero no derribe el techo.

Dawn recoge comida y herramientas de los pisos vacíos. Yo saco a rastras los muebles pesados al pasillo y levanto barricadas en las puertas desde dentro. Metiéndonos por los agujeros podemos explorar libremente toda la planta.

En el vestíbulo, derribo todo lo que veo y amontono los escombros delante de la puerta principal. Hago pedazos el ascensor, las plantas y la recepción. Las paredes, los espejos y la araña de luces. Todo se derrumba y forma un montón de escombros.

Ah, y cierro con llave la entrada principal. Por si sirve de algo.

Encuentro a un par de personas en otras plantas del edificio, pero me gritan a través de las puertas de sus casas y se niegan a salir. En la mayoría de las puertas a las que llamo no obtengo respuesta.

Entonces llega el momento de dar el siguiente paso.

Salgo a pie al amanecer, deslizándome de portal en portal. Los coches último modelo aparcados por el barrio no se fijan en mí si me mantengo fuera de su línea de visión. Siempre procuro que haya un banco de una parada de autobús, una farola o un quiosco entre los coches y yo.

Y desde luego no me bajo de la acera.

Encuentro el equipo de demolición donde lo dejé hace tres días, antes de que empezara la Nueva Guerra. Está intacta en el cuarto interior de mi lugar de trabajo, a solo unas pocas manzanas de donde vivimos. Llevo el equipo a casa y hago un segundo viaje al atardecer, cuando la luz es más engañosa. Los robots domésticos pueden ver perfectamente en la oscuridad y no tienen que dormir, así que supongo que no voy a ganar nada yendo de noche.

En el primer viaje, me enrollo cable detonante alrededor del antebrazo y luego me lo echo por encima de la cabeza y lo llevo como si fuera una bandolera. El cable es largo, flexible y de un femenino color rosa. Puedes enrollarlo cinco veces alrededor de un poste telefónico de madera para volarlo por la mitad. Quince veces para lanzar el poste seis metros por los aires y llenar la zona de astillas.

Pero, por lo general, el cable detonante es un material muy estable.

En el siguiente viaje, lleno una bolsa de lona de paquetes de cápsulas explosivas del tamaño de cajas de zapatos. Diez por caja. Y cojo el detonador. Por si acaso, me llevo las gafas de seguridad y las orejeras.

Voy a volar el edificio del otro lado de la calle.

Con la ayuda de la almádena, me aseguro de que no haya nadie escondido en las tres plantas superiores. Los robots ya han fijado el lugar como objetivo y lo han limpiado. Nada de sangre. Nada de cadáveres. Solo esa espeluznante pulcritud. La falta de desorden me asusta. Me recuerda los cuentos de fantasmas en los que unos exploradores se encuentran ciudades vacías en cuyas mesas hay platos con puré de patata todavía caliente.

La inquietante sensación me impulsa a moverme de forma rápida y metódica mientras lanzo conservas en una sábana que arrastro por los pasillos oscuros.

Coloco unos cuantos cables detonantes en el tejado. No me acerco al depósito de agua. En la planta superior, bordeo las paredes de más pisos con más cable y dejó unas cuantas cápsulas explosivas. Me mantengo alejado de la estructura central del edificio. No quiero derribarlo todo, solo hacer daños superficiales.

Trabajo solo y en silencio y voy rápido. Normalmente, mi equipo se pasaría meses forrando las paredes con fieltro sintético geotextil para que amortiguara los fragmentos que salieran volando. Todas las explosiones arrojan pedazos de metal y hormigón a distancias sorprendentes. Pero esta vez me interesan los escombros. Quiero que dañen los edificios cercanos, que los destrocen y revienten sus ventanas. Quiero abrir agujeros en los muros. Excavar los pisos y dejarlos como cuencas oculares vacías.

Finalmente, cruzo la calle a toda velocidad y entro por la puerta abierta del aparcamiento de mi edificio. La persiana de metal enrollable está arrancada desde el primer día, cuando los coches inteligentes salieron del garaje. La puerta cuelga como una costra a punto de caerse. Dentro solo hay coches antiguos y oscuridad. Con el detonador en la mano, me introduzco en el garaje sigilosamente, doblando la distancia porque no he guardado las precauciones de seguridad habituales.

Solo hace falta un pedazo de hormigón del tamaño de un puño para convertirte la cabeza en un plato de espaguetis al casco.

Encuentro a Dawn esperando dentro del garaje. Ella también ha estado ocupada.

Neumáticos.

Neumáticos en montones de cinco. Ha hecho una incursión en el garaje y ha encontrado los coches antiguos allí abajo. Les ha quitado los neumáticos y los ha acercado a la puerta.

Huele raro, como a gasolina.

De repente lo entiendo.

Cobertura.

Dawn me mira, arquea las cejas y rocía un neumático de gasolina.

—Yo lo enciendo y tú lo haces rodar —indica.

—Eres un genio —digo.

Sus ojos intentan sonreír, pero la fina línea de su boca parece haber sido labrada en piedra.

Hacemos rodar una docena de neumáticos en llamas desde la seguridad del garaje hasta la calle. Las ruedas se caen y arden, lanzando volutas de humo encubridor por el aire. Escuchamos desde la oscuridad a un sedán que se acerca despacio. Se para delante de los neumáticos, tal vez pensando en cómo rodearlos.

Nos adentramos más en el garaje.

Sostengo el detonador y lo pongo en modo de seguridad. Una brillante luz roja aparece ante mí en la oscuridad del garaje. Con el pulgar, tanteo el frío interruptor metálico. Rodeo a Dawn con un brazo, le planto un beso en la mejilla y acciono el interruptor.

Oímos un estridente ruido seco al otro lado de la calle, y el suelo se sacude bajo nuestros pies. Un crujido resuena por la cueva oscura del garaje. Aguardamos cinco minutos en la oscuridad, escuchando respirar al otro. Entonces nos acercamos con paso resuelto a la entrada en pendiente, cogidos de la mano, hacia la puerta del garaje destrozada. Una vez en lo alto, miramos a través de la puerta rota y parpadeamos contra la luz del sol.

Contemplamos la nueva cara de la ciudad.

El tejado del otro lado de la calle está echando humo. Miles de cristales se han hecho añicos y han caído sobre el asfalto, donde ahora forman una capa crujiente, como escamas de pez. El suelo está lleno de cascotes, y toda la fachada de nuestro edificio ha quedado cubierta de cráteres y salpicada de arena. Las señales de tráfico y las farolas están tiradas a través de la calle. Trozos de calzada, ladrillos y mortero, gruesos cables negros, montones de tuberías, bolas retorcidas de hierro fundido y toneladas de escombros irreconocibles se amontonan allí donde miramos.

El sedán sigue aparcado cerca de los neumáticos en llamas. Ha quedado aplastado debajo de un pedazo de hormigón con forma de pastel, cuyas barras de refuerzo sobresalen como una fractura complicada.

Los asfixiantes rizos negros del humo de los neumáticos nublan el aire y cubren el cielo.

Y el polvo. En un trabajo normal, los bomberos regarían con mangueras el polvo. Sin ellos, el polvo se asienta en capas por todas partes como nieve sucia. No veo huellas de neumático, lo que me indica que no se han acercado coches… todavía. Dawn está haciendo rodar un neumático encendido hacia el cruce.

Me dirijo al centro de la calle dando traspiés por encima de los escombros y por un instante me siento como si, una vez más, la ciudad fuera mía. Doy una patada al lateral del coche destruido apoyando todo mi peso y dejo una abolladura del tamaño de una bota.

«Te pillé, hijo de puta. Tus amigos van a tener que aprender a trepar si quieren venir a por mí.»

Protegiéndome la boca con la manga, examino los daños de las fachadas de los edificios. Y me echo a reír. Me río en voz alta durante un buen rato. Mis carcajadas y gritos resuenan en los edificios, e incluso Dawn levanta la vista mientras hace rodar un neumático y me dedica una pequeña sonrisa.

Y entonces las veo. Personas. Solo media docena, saliendo a la luz de unos portales situados calle abajo. El vecindario no ha desaparecido. Solo estaba escondido. Las personas, mis vecinos, salen de una en una a la calle.

El viento barre el humo de intenso color negro por encima de nuestras cabezas. Pequeñas hogueras arden a uno y otro lado de la manzana. Hay escombros esparcidos por todas partes. Nuestro pequeño rincón de Estados Unidos parece una zona de guerra. Y nosotros parecemos los supervivientes de una película catastrófica. «Como tiene que ser», pienso.

—Escuchad —anuncio al andrajoso semicírculo de supervivientes—. No podemos quedarnos aquí fuera mucho tiempo. Las máquinas volverán. Intentarán limpiar esto, pero no se lo podemos permitir. Fueron construidas para este sitio, y no podemos tolerarlo. No podemos ponérselo fácil para que vengan a por nosotros. Tenemos que retrasarlas. Incluso detenerlas, si podemos.

Y cuando por fin lo digo en voz alta, apenas puedo dar crédito a lo que oigo. Pero sé lo que hay que hacer, por difícil que sea. Así que miro a los ojos a mis compañeros supervivientes. Respiro hondo y les digo la verdad:

—Si queremos vivir, vamos a tener que destruir Nueva York.

Los métodos de demolición utilizados por primera vez en Nueva York por Marcus Johnson y su esposa, Dawn, fueron copiados en todo el mundo a lo largo de los siguientes años. Con el sacrificio de la infraestructura de ciudades enteras, los supervivientes urbanos pudieron atrincherarse, sobrevivir y defenderse desde el principio.

Estos tenaces ciudadanos conformaron el núcleo de la primera re-
sistencia humana. Mientras tanto, millones de refugiados huma-
nos seguían huyendo al campo, donde los robots todavía no ha-
bían evolucionado para poder funcionar allí. No tardarían en
hacerlo.

CORMAC WALLACE, MIL#EGH217

3

AUTOPISTA 70

Laura, soy tu padre. Están pasando cosas malas. No puedo hablar. Reúnete conmigo en el circuito de carreras de Indianápolis. Tengo que colgar.

Marcelo Perez

HORA CERO

Este relato fue reconstruido a partir de conversaciones oídas en un campo de trabajos forzados, imágenes de cámaras de vigilancia situadas al borde de la carretera y los sentimientos expresados por una ex congresista a sus compañeros presos. Laura Perez, madre de Mathilda y Nolan Perez, no tenía ni idea del papel decisivo que desempeñaría su familia en el inminente conflicto... ni de que al cabo de solo tres años, su hija nos salvaría la vida a mis compañeros de pelotón y a mí.

Cormac Wallace, mil#EGH217

—Date prisa, Nolan —apremia Mathilda a su hermano, sujetando un mapa y acurrucada en el calor del coche.

Nolan, de ocho años, se encuentra en el arcén de la carretera; el sol del amanecer dibuja su pequeña silueta sobre la calzada. Se tambalea, concentrándose furiosamente en mear. Finalmente, una neblina se eleva de un charco en la tierra.

La mañana de Ohio es húmeda y fría en esa autopista vacía de dos carriles. Las colinas marrones se extienden a lo largo de kilómetros a la redonda, silenciosas. Mi antiguo coche resuella y lanza nubes de monóxido de carbono que planean sobre la calzada cubierta de rocío. En algún lugar a lo lejos, un ave rapaz ulula.

—¿Lo ves, mamá? Te dije que no debíamos dejarle beber el zumo de manzana.

—Mathilda, pórtate bien con tu hermano. Es el único que tendrás.

Es un comentario propio de madre, y lo he dicho miles de veces, pero esta mañana me sorprendo disfrutando de la normalidad del momento. Buscamos lo ordinario cuando nos rodea lo extraordinario.

Nolan ha terminado. En lugar de sentarse en el asiento trasero, se coloca en el delantero, sobre el regazo de su hermana. Mathilda pone los ojos en blanco, pero no dice nada. Su hermano no pesa mucho y está asustado. Y ella lo sabe.

—¿Te has subido la cremallera, colega? —pregunto, por costumbre.

Entonces me acuerdo de dónde estoy y de lo que está pasando, o va a pasar dentro de poco. Tal vez.

Dirijo la vista rápidamente al espejo retrovisor. Nada, todavía.

—Vamos, mamá. Jo —dice Mathilda. Sacude el mapa mientras lo mira fijamente, como una pequeña adulta—. Todavía nos faltan otros ochocientos kilómetros.

—Quiero ver al abuelo —comenta Nolan gimoteando.

—Vale, vale —digo—. Volvemos a la carretera. Se acabaron los descansos para ir al baño. No pararemos hasta que lleguemos a casa del abuelo.

Piso el acelerador. El coche avanza dando tumbos, cargado de bidones de agua, paquetes de comida, dos maletas con motivos de dibujos animados y artículos de cámping. Debajo de mi asiento llevo una pistola Glock 17 en una funda de plástico negra, envuelta en gomaespuma gris. Nunca ha sido disparada.

El mundo ha cambiado durante el último año. Nuestra tecnología se ha desmandado. Incidentes. Los incidentes se han ido acumulando, lenta pero inexorablemente. El transporte, las comunicaciones, la defensa nacional. Cuantos más problemas veía, más vacío empezaba a parecerme el mundo, como si se pudiera ir a pique en cualquier momento.

Entonces mi hija me contó una historia. Mathilda me habló del Bebé Despierto y acabó pronunciando unas palabras que era imposible que conociera: ley de defensa de robots.

Cuando lo dijo, la miré a los ojos y lo supe.

Ahora estoy huyendo. Huyo para salvar las vidas de mis hijos. En teoría, son unas vacaciones de urgencia. Días personales. El Congreso se reúne hoy. Tal vez me haya vuelto loca. Espero que así sea. Porque creo que algo le pasa a nuestra tecnología. Algo perverso.

Hoy es Acción de Gracias.

El interior de este viejo coche es ruidoso. Más ruidoso que el de cualquier coche que haya conducido. No puedo creer que los niños estén dormidos. Oigo cómo los neumáticos roen la calzada. Sus bruscas vibraciones llegan hasta mis manos a través del volante. Cuando piso el freno, acciona una palanca que ejerce fricción sobre las ruedas. Incluso los mandos y botones que sobresalen del salpicadero son sólidos y mecánicos.

Lo único que vale la pena del coche es la radio por satélite. Lustrosa y moderna, emite música pop que consigue mantenerme despierta y distraerme del ruido de la carretera.

No estoy acostumbrada a hacer el trabajo de la tecnología. Los botones que normalmente pulso no requieren mi fuerza, solo mi intención. Los botones deben servir al hombre, esperando para transmitir tus órdenes a la máquina. En cambio, este pedazo de acero ruidoso y estúpido que conduzco exige que preste especial atención a cada curva de la carretera, que mantenga las manos y los pies preparados en todo momento. El coche no asume ninguna responsabilidad de la tarea de conducir. Me deja a mí todo el control.

Lo detesto. No quiero el control. Solo quiero llegar a mi destino.

Pero este es el único vehículo que he podido encontrar sin un chip de comunicación intravehicular. El gobierno aprobó esos chips hace más de una década, como hicieron con los cinturones de seguridad, los airbag y los criterios de emisiones. De ese modo, los coches pueden hablar unos con otros. Pueden hallar formas de evitar o minimizar daños en milisegundos antes de un accidente. Al principio hubo fallos técnicos. Una empresa retiró del mercado varios miles de vehículos porque sus chips informaban de que se encontraban un metro por delante de donde realmente estaban. Eso hacía que los demás coches viraran innecesariamente y a veces acabaran estrellándose contra algún árbol. Pero, a la larga, el chip CCI ha salvado cientos de miles de vidas.

Los coches nuevos llevan incorporados chips CCI, y los viejos requieren actualizaciones de seguridad. Unos pocos, como este, fueron eximidos porque son demasiado primitivos incluso para ser actualizados.

La mayoría de la gente cree que solo un idiota conduciría un coche tan viejo, sobre todo con niños a bordo. Es un pensamiento que trato de obviar mientras me concentro en la carretera, imaginándome cómo solían hacerlo antes las personas.

Mientras conduzco, una sensación de malestar se apodera de mí, y se me forma un nudo en la mitad de la espalda. Estoy tensa, esperando. ¿A qué? Algo ha cambiado. Algo es distinto, y me da miedo.

No lo sé con exactitud. La carretera está vacía. A cada lado de la polvorienta autopista de dos carriles se amontonan arbustos bajos. Mis hijos están dormidos. El coche hace el mismo ruido.

La radio.

He oído esta canción antes. La emitieron hace unos veinte minutos. Con las manos en el volante, miro fijamente al frente y conduzco. La siguiente canción es la misma. Y la siguiente. Al cabo de quince minutos, vuelve a sonar la primera canción. La emisora de radio por satélite está repitiendo el último cuarto de hora de música. Apago la radio sin mirar pulsando el botón a ciegas con los dedos.

Silencio.

Una casualidad. Estoy segura de que es una casualidad. Dentro de unas horas, llegaremos a la casa de mi padre en el campo. Vive a treinta kilómetros de Macon, Missouri. Es un tecnófobo. Nunca ha tenido móvil ni un coche fabricado en los últimos veinte años. Tiene radios, montones de radios, pero nada más. Solía construirlas a partir de kits. La casa en la que me crié está abierta de par en par, vacía y segura.

Me suena el móvil.

Lo saco del bolso y miro el número. Hablando del rey de Roma… Es mi padre.

—¿Papá?

—Laura, soy tu padre. Están pasando cosas malas. No puedo hablar. Reúnete conmigo en el circuito de carreras de Indianápolis. Tengo que colgar.

Y la llamada se corta. ¿Qué…?

—¿Era el abuelo? —pregunta Mathilda, bostezando.

—Sí.

—¿Qué ha dicho?

—Ha habido un cambio de planes. Quiere que nos reunamos con él en otro sitio.

—¿Dónde?

—En Indianápolis.

—¿Por qué?

—No lo sé, tesoro.

Algo parpadea en el espejo retrovisor.

Por primera vez en mucho tiempo, hay otro vehículo en la autopista. Me siento aliviada. Hay otra persona aquí fuera. El resto del mundo todavía está bien. Todavía está cuerdo. Es una camioneta. La gente tiene camionetas en el campo.

Pero a medida que la camioneta acelera y se acerca, empiezo a asustarme. Mathilda ve mis mejillas pálidas y mi ceño fruncido a causa de la preocupación. Nota mi miedo.

—¿Dónde estamos? —pregunta.

—Falta poco —contesto, mirando por el espejo retrovisor.

—¿Quién nos sigue?

Mathilda se incorpora y se estira para mirar atrás.

—Estate quieta, Mathilda. Abróchate el cinturón.

La camioneta marrón relativamente nueva crece con rapidez en el espejo. Se mueve con suavidad pero demasiado deprisa.

—¿Por qué va tan deprisa? —pregunta Mathilda.

—¿Mamá? —pregunta Nolan, frotándose los ojos.

—Callaos los dos. Necesito concentrarme.

El miedo me sube por la garganta mientras miro por el retrovisor. Piso el acelerador a fondo, pero la furgoneta marrón viene volando. Engullendo la calzada. No puedo apartar la vista del retrovisor.

—¡Mamá! —exclama Mathilda.

Mis ojos regresan al punto adonde se supone que está la carretera, y viro para tomar una curva. Nolan y Mathilda se abrazan fuerte. Consigo dominar el coche y giro de nuevo a mi carril. Entonces, justo cuando tomamos la curva que da a una larga recta, veo otro coche en el carril contrario. Es negro y nuevo, y ya no tenemos dónde meternos.

—Ponte en el asiento de atrás, Nolan —digo—. Abróchate el cinturón. Mathilda, ayúdale.

Mathilda se mueve con rapidez para empujar a su hermano del regazo y colocarlo en el asiento trasero. Nolan me mira, acongojado. Grandes lágrimas le brotan de los ojos. Se sorbe la nariz y alarga la mano para cogerme.

—Tranquilo, cariño. Deja que tu hermana te ayude. Todo va a salir bien.

Me pongo a hablar sin parar con lenguaje infantil mientras me concentro en la carretera. Mi mirada oscila entre el coche negro de delante y la camioneta marrón de detrás. Los dos vehículos se acercan deprisa.

—Ya tenemos los cinturones abrochados, mamá —informa Mathilda desde el asiento trasero.

Mi pequeña soldado. Antes de que mi madre falleciera, solía decir que Mathilda tenía alma de persona mayor. «Está en sus ojos», decía. Se ve sabiduría en sus preciosos ojos verdes.

Contengo la respiración y aprieto el volante. El capó de la camioneta marrón llena todo el espejo retrovisor y acto seguido desaparece. Miro a mi izquierda asombrada, con los ojos como platos, cuando la veloz camioneta marrón vira al carril contrario. Una mujer me está mirando a través de la ventanilla del pasajero. Tiene la cara deformada por el terror. Le corren lágrimas por las mejillas y su boca está abierta, y me doy cuenta de que está gritando y golpeando con los puños…

Y entonces desaparece, arrasada en una colisión frontal con el coche negro. Como materia y antimateria. Es como si se hubieran eliminado mutuamente.

Solo el espantoso crujido mecánico del metal chocando contra otro metal resuena en mis oídos. En el espejo retrovisor, un amasijo metálico y oscuro sale rodando de la carretera, lanzando humo y restos.

Ha desaparecido. Tal vez no ha ocurrido. Tal vez me lo he imaginado.

Reduzco la marcha, salgo de la carretera y paro. Apoyo la frente en el plástico frío del volante. Cierro los ojos e intento respirar, pero me resuenan los oídos y veo la cara de la mujer detrás de los párpados. Me tiemblan las manos. Me las meto debajo de los muslos y tiro fuerte para tranquilizarme. En el asiento trasero empiezan las preguntas, pero no puedo responderlas.

—¿Está bien esa mujer, mamá?

—¿Por qué han hecho eso esos coches?

—¿Y si vienen más coches?

Pasan unos pocos minutos. El aire entra y sale penosamente de mi diafragma cerrado. Me esfuerzo por apagar mis sollozos y reprimo mis emociones para mantener a los niños tranquilos.

—Todo va a ir bien —digo—. No nos va a pasar nada, chicos.

Pero mi voz me suena falsa incluso a mí.

Después de conducir diez minutos, me topo con el primer accidente.

Sale humo a raudales de los restos retorcidos, como una serpiente negra reptando a través de las ventanillas hechas añicos, escapando en el aire. El coche está medio de lado junto a la carretera. Un guardarraíles penetra zigzagueando en la carretera en el lugar donde recibió el impacto del accidente. De la parte trasera del coche salen llamas.

Entonces veo movimiento: movimientos humanos.

Por un instante, me imagino pisando el acelerador y pasando a toda velocidad. Pero no soy de esa clase de persona. Al menos, todavía no. Supongo que las personas no cambian tan deprisa, ni siquiera en el apocalipsis.

Me detengo unos metros por delante del coche estrellado. Es un vehículo de cuatro puertas blanco con matrícula de Ohio.

—Quedaos en el coche, niños.

El capó del coche está arrugado como un pañuelo de papel. El parachoques está tirado en el suelo, rajado por la mitad y cubierto de barro. Se ve un revoltijo de piezas de motor, y los neumáticos apuntan en direcciones distintas. Dejo escapar un grito ahogado al fijarme en que un extremo del guardarraíl ha atravesado la puerta del lado del pasajero.

—¿Hola? —grito, mirando por la ventanilla del conductor—. ¿Alguien necesita ayuda?

La puerta se abre chirriando, y un joven con sobrepeso sale al arcén de la carretera. Se da la vuelta y se coloca a cuatro patas mientras le corre sangre por la cara. Tose sin poder controlarse. Me arrodillo, lo ayudo a apartarse del coche y siento cómo la grava del arcén se me clava en las rodillas a través de las medias.

Me obligo a mirar dentro del coche.

Hay sangre en el volante, y el guardarraíl sobresale de manera incongruente a través de la ventanilla del pasajero, pero no hay nadie más dentro. Gracias a Dios, nadie ha quedado ensartado por el guardarraíl errante.

El pelo me cuelga sobre la cara mientras aparto al joven obeso de los restos del accidente. Los cabellos ondean a un lado y a otro cada vez que respiro. Al principio, el joven colabora, pero al cabo de unos metros, se desploma boca abajo. Deja de toser. Al volver la vista al coche, veo que hay un reguero de gotas relucientes en la calzada. En el asiento delantero hay un charco de líquido negro.

Doy la vuelta al joven y lo coloco boca arriba. El cuello le cuelga con flacidez. Veo que tiene hollín negro alrededor de la boca, pero no respira. Miro hacia abajo y luego aparto la vista. El guardarraíl le ha arrancado un gran pedazo de carne del costado. El agujero irregular permanece abierto como en una lección de anatomía.

Por un instante, oigo solo el fragor de las llamas lamiendo la brisa. ¿Qué puedo hacer? Solo se me ocurre una cosa: muevo mi cuerpo para ocultar el hombre muerto a mis hijos.

Entonces suena un móvil. El sonido viene del bolsillo de la camisa del chico. Cojo el teléfono con los dedos manchados de sangre. Cuando lo saco del bolsillo y me lo acerco al oído, oigo algo que acaba con el resquicio de esperanza que todavía quedaba en lo más profundo de mi ser.

—Kevin —dice el teléfono—. Soy tu padre. Están pasando cosas malas. No puedo hablar. Reúnete conmigo en el circuito de carreras de Indianápolis. Tengo que colgar.

Aparte del nombre, es exactamente el mismo mensaje. Otro incidente. Acumulándose.

Dejo el teléfono sobre el pecho del joven y me levanto. Subo de nuevo a mi viejo coche y agarro el volante hasta que dejan de temblarme las manos. No recuerdo haber visto ni oído nada durante los siguientes minutos.

Entonces meto una marcha.

—Vamos a casa del abuelo, niños.

—¿Y qué pasa con Indianápolis? —pregunta Mathilda.

—No te preocupes por eso.

—Pero el abuelo ha dicho…

—No era tu abuelo. No sé quién era. Vamos a casa del abuelo.

—¿Está bien ese hombre? —pregunta Nolan.

Mathilda contesta por mí.

—No —dice—. Ese hombre está muerto, Nolan.

No la regaño. No puedo permitirme ese lujo.

Es de noche cuando los neumáticos de nuestro coche crujen sobre el camino de grava gastado de casa de mi padre.

Por fin el coche se para. Agotada, dejo que el motor se apague. El silencio posterior es como el vacío del espacio.

—Por fin en casa —susurro.

En el asiento del pasajero, Nolan duerme sobre el regazo de Mathilda, con la cabeza apoyada en el hombro huesudo de ella. Mathilda tiene los ojos abiertos y cara de determinación. Parece fuerte, un ángel aguerrido bajo una mata de cabello moreno. Sus ojos se desplazan a un lado y a otro a través del jardín de un modo que me preocupa.

A mí tampoco se me pasan por alto los detalles. Hay marcas de neumático en el césped. La puerta con mosquitera se abre con la brisa y golpea la casa. Los coches han desaparecido del garaje. No hay luces encendidas dentro de la casa. Parte de la valla de madera ha sido derribada.

Entonces la puerta principal empieza a abrirse. Al otro lado solo hay negrura. Estiro la mano y cojo la manita de Mathilda entre la mía.

—Sé valiente, cielo —digo.

Mathilda obedece. Reprime el miedo entre sus dientes apretados y lo mantiene allí con firmeza para que no pueda moverse. Me aprieta la mano y abraza el cuerpecito de Nolan con el otro brazo. Cuando la puerta de madera astillada se abre crujiendo, Mathilda no aparta la vista ni cierra los ojos, ni parpadea siquiera. Sé que mi pequeña será valiente por mí.

Salga lo que salga de esa puerta.

Nadie volvió a ver ni oír a Laura Perez y su familia hasta casi un año después. La siguiente aparición de la que hay constancia es su inscripción en las listas del campo de trabajos forzados de Scarsdale, en las afueras de Nueva York.

CORMAC WALLACE MIL#EGH217

4

GRAY HORSE

Allí abajo, en la Nación India, monté mi poni
en la reserva...

WOODY Y JACK GUTHRIE, C. 1944

HORA CERO
Sometido a vigilancia, el agente Lonnie Wayne Blanton fue gra-
bado realizando la siguiente descripción a un joven soldado que
pasaba por la Nación Osage, en el centro de Oklahoma. Sin los
valerosos actos de Lonnie Wayne durante la Hora Cero, la resis-
tencia humana no habría surgido jamás... al menos en Norteamé-
rica.

CORMAC WALLACE, MIL#EGH217

No he dejado de pensar en las máquinas desde que interrogué a
un chico sobre algo que les pasó a él y a su compañero en una heladería. Algo espantoso.

Claro que siempre he creído que un hombre no debe llevar
coleta. Aun así, después de ese desastre mantuve los ojos bien
abiertos.

Nueve meses después, los coches de la ciudad se averiaron. Bud Cosby y yo estábamos sentados en el restaurante Acorn. Bud me está contando que su nieta ha ganado un premio internacional «prestijicoso», como él lo llama, cuando la gente empieza a gritar fuera. Yo espero, con precaución. Bud corre a la ventana. Frota el cristal sucio y se inclina, apoyando sus viejas manos gotosas en las rodillas. Justo entonces, el Cadillac de Bud atraviesa la ventana del restaurante como un ciervo saltando a través de un parabrisas a ciento cincuenta por hora en una carretera oscura. Los cristales y el metal lo salpican todo. Me resuenan los oídos, y al cabo de un segundo me doy cuenta de que es Rhonda, la camarera, que tiene una jarra de agua en la mano y chilla como una loca.

A través del nuevo agujero de la pared, veo que una ambulancia cruza la calle a toda velocidad, atropella a un tipo que hace señales para que se detenga y sigue adelante. La sangre de Bud no tarda en extenderse debajo del Cadillac estrellado.

Salgo corriendo por la parte trasera. Atravieso el bosque andando. Durante el paseo, es como si no hubiera pasado nada. El bosque parece seguro, como siempre. No lo será por mucho tiempo, pero resguarda lo suficiente para que un hombre de cincuenta y cinco años con unas botas de vaquero empapadas en sangre vuelva a su hogar.

Mi casa está cerca de la autopista de peaje, en dirección a Pawnee. Después de cruzar la puerta, me sirvo una taza de café frío de la cocina y me siento en el porche. A través de los prismáticos, veo que el tráfico de la autopista prácticamente ha desaparecido. Entonces pasa volando un convoy. Diez coches separados por centímetros unos de otros en una fila, a toda velocidad. No hay nadie al volante. Solo los robots que van de un sitio a otro lo más rápido que pueden.

Detrás de la autopista, hay una cosechadora en el terreno de mi vecino. No hay nadie dentro, pero salen ondas de calor de su motor encendido.

No puedo contactar con nadie con la radio de policía portátil, el teléfono fijo no funciona, y las ascuas de la estufa de leña son lo único que mantiene en calor la sala de estar; la electricidad ha abandonado oficialmente la casa. El vecino más próximo está a un kilómetro y medio de distancia, y me siento muy solo.

Mi porche es tan seguro como un donut de chocolate en un hormiguero.

De modo que no me entretengo. Guardo el almuerzo: un sándwich de mortadela, encurtidos fríos y un termo de té helado dulce. Luego voy al garaje a ver la moto de cross de mi hijo. Es una Honda 350, y hace dos años que no la toco. Lleva en el garaje acumulando polvo desde que el muchacho se alistó en el ejército. Mi hijo Paul ya no anda por ahí recibiendo tiros. Es traductor. Ahora le da al palique. Un chico listo. No como su padre.

Tal como están las cosas, me alegro de que mi hijo no esté. Es la primera vez que pienso así. Él es mi único hijo, ¿sabes? No conviene meter todos los huevos en un cesto. Espero que lleve encima su pistola, esté donde esté. Sé que sabe disparar porque yo le enseñé.

Pasa un minuto largo hasta que logro poner en marcha la moto. Cuando lo consigo, casi la palmo por no prestar la debida atención a la máquina más grande que tengo.

Sí, el cabrón desagradecido del coche patrulla intenta atropellarme en el garaje, y el condenado por poco lo consigue. Menos mal que me gasté cien dólares de más en una sólida caja de herramientas de acero. Ahora está destrozada, con el morro de un coche patrulla de doscientos cincuenta caballos hundido en ella. De repente me encuentro en un hueco de sesenta centímetros entre la pared y un puñetero vehículo asesino.

El coche patrulla intenta meter la marcha atrás, haciendo rechinar los neumáticos en el hormigón como el relincho de un caballo asustado. Saco el revólver, me dirijo a la ventanilla del conductor y le pego un par de tiros al ordenador de a bordo.

He matado a mi coche patrulla. ¿A que es lo más raro que has oído en tu vida?

Soy policía y no tengo ninguna forma de ayudar a la gente. Me da la impresión de que el gobierno de Estados Unidos, al que pago impuestos con regularidad y que a cambio me proporciona una cosita llamada civilización, la ha cagado bien cagada en el momento de más necesidad.

Por suerte para mí, soy miembro de otro país, uno que no me pide que pague impuestos. Tiene cuerpo de policía, cárcel, hospital, parque eólico e iglesias. Además de guardabosques, abogados, ingenieros, burócratas y un casino muy grande que nunca he tenido el placer de visitar. Mi país —el otro— se llama la Nación Osage y está a unos treinta kilómetros de mi casa, en un sitio llamado Gray Horse, el auténtico hogar de todos los osage.

Si quieres poner un nombre a tu hijo, casarte, lo que sea, vas a Gray Horse, a *Ko-wah-hos-tsa*. En virtud de la autoridad que me ha concedido la Nación Osage de Oklahoma, yo os declaro marido y mujer, como se dice en determinadas ocasiones. Si tienes sangre osage en las venas, algún día te verás recorriendo un solitario y sinuoso camino de tierra llamado County Road. El gobierno de Estados Unidos eligió el nombre y lo escribió en un mapa, pero lleva a un lugar que es todo nuestro: Gray Horse.

El camino ni siquiera está señalizado. Ningún hogar tiene por qué estarlo.

La moto chirría como un gato maltratado. Noto el calor que desprende el silenciador a través de los tejanos cuando por fin aprieto los frenos y me detengo en mitad del camino de tierra.

Ya estoy aquí.

Y no soy el único. El camino está lleno de gente. Osage. Muchas cabezas de pelo moreno, ojos oscuros y narices anchas. Los hombres son corpulentos y tienen constitución recia, vestidos con vaqueros azules y camisas de cowboy metidas por dentro. Las mujeres, bueno, tienen la misma constitución que los hombres, solo que llevan vestidos. La gente viaja en polvorientas rancheras hechas trizas y viejas camionetas. Algunos van a caballo. Un policía tribal viaja en un quad camuflado. Me parece que todas esas personas han hecho el equipaje para una gran excursión que puede que no tenga fin. Una sabia decisión, porque me da la impresión de que no lo tendrá.

Creo que es algo instintivo. Cuando te machacan, sales por piernas para volver a casa lo antes posible. Para lamerte las heridas y reagruparte. Este lugar es el seno de nuestra gente. Los ancianos viven aquí todo el año, ocupándose principalmente de las casas vacías. Pero cada mes de junio, Gray Horse se convierte en el hogar del *I'n-Lon-Schka*, el gran baile. Y es entonces cuando todos los osage que no están lisiados, y hay bastantes, vuelven a casa. Esa migración anual es una rutina que tenemos profundamente arraigada, desde el nacimiento hasta la muerte. El sendero se vuelve familiar para tu alma.

Hay otras ciudades osage, por supuesto, pero Gray Horse es especial. Cuando la tribu llegó a Oklahoma por el Sendero de las Lágrimas, cumplió una profecía que nos había acompañado una eternidad: que nos trasladaríamos a una nueva tierra de gran abundancia. Y entre el petróleo que fluye bajo nuestra tierra y una escritura no negociable con plenos derechos minerales, la profecía resultó perfecta.

Esto ha sido territorio nativo durante mucho tiempo. Nuestra gente domesticó perros salvajes en estas llanuras. En esa época vaga anterior a la historia, la gente morena de ojos oscuros como los que pisamos este camino estaban aquí construyendo montículos que rivalizarían con las pirámides de Egipto. Nosotros cuidamos de esta tierra, y después de muchas penas y lágrimas, ella nos lo compensó con creces.

¿Es culpa nuestra que todo eso suela hacer a la tribu osage un poco altiva?

Gray Horse se encuentra en lo alto de una pequeña colina, rodeada de escarpados barrancos labrados por el arroyo de Gray Horse. La carretera rural queda cerca, pero hay que andar por un sendero para llegar al pueblo propiamente dicho. Un parque eólico situado en las llanuras del oeste genera electricidad para nuestra gente, mientras que la energía sobrante se destina a la venta. En conjunto, no hay mucho que mirar. Solo la hierba corta de una colina, elegida mucho tiempo atrás para ser el lugar en el que los osage bailarían su danza más sagrada. El sitio en cuestión es como una bandeja ofrecida a los dioses para que estos puedan supervisar nuestras ceremonias y asegurarse de que las celebramos correctamente.

Dicen que llevamos más de cien años realizando el *I'n-Lon-Schka* para señalar el inicio de los nuevos brotes de la primavera, pero yo tengo mis dudas.

Los antepasados que escogieron Gray Horse eran hombres duros, veteranos del genocidio. Esos hombres eran supervivientes. Contemplaron cómo la sangre de su tribu se derramaba sobre la tierra y vieron cómo su gente era diezmada. ¿Es casual que Gray Horse sea un lugar elevado con un buen campo de tiro, acceso a agua fresca y vías de entrada limitadas? No lo puedo decir con seguridad, pero es un sitio excelente, asentado en una pequeña colina en medio de ninguna parte.

El caso es que, en el fondo, el *I'n-Lon-Schka* no es una danza de renovación. Lo sé porque siempre la inician los hombres mayores de cada familia. Le siguen las mujeres y los niños, claro, pero somos nosotros los que empezamos la danza. A decir verdad, solo hay un motivo para honrar al hijo mayor de una familia: ellos son los guerreros de la tribu.

El *I'n-Lon-Schka* es una danza de guerra. Siempre lo ha sido.

El sol se está poniendo deprisa cuando subo el camino empinado que lleva al pueblo. Me cruzo con familias que cargan con sus tiendas, sus efectos personales y sus hijos. En la meseta, veo el destello de una fogata acariciando el cielo oscuro.

El foso de las hogueras está en medio de un claro rectangular, cuyos cuatro lados están rodeados de bancos hechos con troncos partidos. Las ascuas saltan y se mezclan con los puntos de las estrellas. Va a ser una noche fría y despejada. La gente, cientos de personas, se acurruca en pequeños grupos. Están heridos, asustados y esperanzados.

En cuanto llego allí, oigo un grito ronco y temeroso procedente de la lumbre.

Hank Cotton tiene agarrado por el cogote a un joven de unos veinte años como mínimo y lo está sacudiendo como si fuera una muñeca de trapo.

—¡Cretino! —grita.

Hank mide perfectamente más de un metro ochenta y es fuerte como un oso. Como ex jugador de fútbol americano, y encima bueno, la gente confía más en Hank de lo que confiaría en el propio Will Rogers si se levantara de la tumba con un lazo en la mano y los ojos brillantes.

El chico cuelga sin fuerzas como un gatito en la boca de su madre. La gente que rodea a Hank está callada, temerosa de abrir la boca. Sé que voy a tener que ocuparme del asunto. Soy el guardián de la paz y todo ese rollo.

—¿Qué pasa, Hank? —pregunto.

Hank me mira despectivamente y suelta al chico.

—Es un maldito cherokee, Lonnie, y este no es su sitio.

Hank da al chico un pequeño empujón que casi lo hace caer al suelo.

—¿Por qué no vuelves con tu tribu, muchacho?

El chico se pasa la mano por su camisa rota. Es alto y larguirucho y tiene el pelo largo, al contrario que los hombres achaparrados que lo rodean.

—Cálmate, Hank —digo—. Estamos en plena emergencia. Sabes perfectamente que este chico no va a salir de aquí solo.

El chico habla.

—Mi novia es osage —dice.

—Tu novia está muerta —le espeta Hank, con la voz quebrada—. Y aunque no lo estuviera, seguimos siendo distintos.

Hank se vuelve hacia mí, enorme a la luz de la lumbre.

—Tienes razón, Lonnie Wayne, esto es una emergencia. Por eso tenemos que seguir con nuestra gente. No podemos dejar que entren forasteros, o no sobreviviremos.

Da una patada al suelo, y el chico se sobresalta.

—¡Cretino, *wets'a*!

Después de respirar hondo, me coloco entre Hank y el chico. Tal como esperaba, a Hank no le hace gracia mi intromisión. Me clava un dedo grande en el pecho.

—No te conviene hacer eso, Lonnie. Lo digo en serio.

Antes de que la situación acabe mal, el guardián del tambor interviene. John Tenkiller es un tío menudo y esquelético de piel morena y arrugada y ojos azul claro. Siempre ha estado aquí, pero algún tipo de magia lo mantiene ágil como una rama de sauce.

—Basta —dice John Tenkiller—. Hank, tú y Lonnie Wayne sois hijos mayores y tenéis mi respeto. Pero los intereses de las tierras no os dan ninguna licencia.

—John —contesta Hank—, tú no has visto lo que ha pasado en el pueblo. Es una masacre. El mundo se está derrumbando. Nuestra tribu está en peligro. Y los que no son del clan, suponen una amenaza. Tenemos que hacer lo que sea necesario para sobrevivir.

John deja acabar a Hank y a continuación me mira.

—Con el debido respeto, John, no se trata de una tribu contra otra. Ni siquiera se trata de blancos, morenos, negros o amarillos. Está claro que hay una amenaza, pero no viene de la demás gente. Viene de fuera.

—Demonios —murmura el anciano.

Una pequeña conmoción recorre el gentío.

—Las máquinas —digo—. No me hables de monstruos y demonios, John. Solo son un puñado de máquinas estúpidas, y podemos acabar con ellas. Pero los robots no hacen distingos entre las distintas razas de hombres. Vienen a por todos nosotros. Los seres humanos. Estamos todos en el mismo barco.

Hank no pudo contenerse.

—Nunca hemos dejado entrar a forasteros en el círculo del tambor. Es un círculo cerrado —dice.

—Es cierto —conviene John—. Gray Horse es sagrado.

El chico elige un mal momento para alterarse.

—¡Venga ya, tío! No puedo volver allí abajo. Es una puta trampa mortal. Todo el mundo está muerto, joder. Me llamo

Alondra Nube de Hierro. ¿Me oyes? Soy tan indio como el que más. ¿Y todos queréis matarme porque no soy un osage?

Poso la mano en el hombro de Alondra, y este se calma. Ahora hay mucho silencio, y solo se oye el crepitar del fuego y el sonido de los grillos. Veo un corro de caras osage inexpresivas como rocas.

—Bailemos, John Tenkiller —digo—. Esto es importante. Más importante que nosotros. Y mi corazón me dice que tenemos que ocupar nuestro lugar en la historia. Así que antes de nada bailemos.

El guardián del tambor agacha la cabeza. Todos nos quedamos quietos, esperando su respuesta. Las costumbres dictan que debemos esperar hasta la mañana si hace falta, pero no es necesario. John alza su sabio rostro y nos atraviesa con esos ojos suyos de diamante.

—Bailaremos y esperaremos una señal.

Las mujeres nos ayudan a prepararnos para la ceremonia. Cuando acaban de ajustarnos los trajes, John Tenkiller saca un voluminoso saco de cuero. El guardián del tambor mete dos dedos y saca un pedazo húmedo de arcilla. A continuación, recorre una hilera de unos doce bailarines y nos frota la tierra roja por la frente.

Noto la raya fría de barro en la cara: el fuego del *tsi-zhu*. Se seca rápido y, cuando lo hace, parece una vena de sangre. Una visión, tal vez, de lo que se avecina.

El enorme tambor es colocado en mitad del claro. John se sienta en cuclillas y marca un constante «pom, pom, pom» que resuena en la noche. Las sombras parpadean. Los ojos oscuros de los asistentes están puestos en nosotros. Uno a uno, todos nosotros —los hijos mayores— nos levantamos y nos ponemos a bailar alrededor del círculo del tambor.

Hace diez minutos éramos policías, abogados y camioneros, pero ahora somos guerreros. Vestidos a la antigua usanza —pieles de nutria, plumas, abalorios y cintas—, todos pertenecemos a una tradición que no tiene lugar en la historia.

La transformación es repentina y me impresiona. Pienso para mis adentros que esta danza de la guerra es como una escena atrapada en ámbar, indistinguible de sus hermanos y hermanas en el tiempo.

Cuando el baile comienza, me imagino el mundo demencial del hombre cambiando y evolucionando más allá del borde parpadeante de la luz de la lumbre. Ese mundo exterior no deja de avanzar dando tumbos, ebrio y descontrolado. Pero el rostro de los osage permanece inalterable, arraigado en este lugar, en el calor del fuego.

De modo que bailamos. Los sonidos del tambor y los movimientos de los hombres son hipnóticos. Cada uno de nosotros se concentra en sí mismo, pero desarrollamos de forma natural una armonía predestinada. Los hombres osage son muy corpulentos, pero nos agachamos, brincamos y nos deslizamos alrededor del fuego, gráciles como serpientes. Nos movemos como uno solo con los ojos cerrados.

Mientras avanzo a tientas alrededor del fuego, percibo el parpadeo rojo de la luz de la lumbre introduciéndose en las venas de mis párpados cerrados. Al cabo de un rato, la oscuridad teñida de rojo se abre y adquiere el aspecto de una amplia vista, como si estuviera mirando una oscura cueva a través de un agujero en un árbol. Es mi imaginación. Sé que no tardaré en hallar las imágenes del futuro allí pintadas… en rojo.

El ritmo de nuestros cuerpos libera nuestras mentes. Mi imaginación me muestra el rostro desesperado del chico de la heladería. La promesa que le hice resuena en mis oídos. Percibo el olor acre y metálico de la sangre acumulada en aquel suelo embaldosado. Al alzar la vista, veo una figura saliendo del cuarto trasero de la heladería. La sigo. La misteriosa figura se detiene en la puerta oscurecida y se vuelve despacio hacia mí. Me estremezco y reprimo un grito al ver la sonrisa diabólica pintada en la cara de plástico de mi enemigo. En sus pinzas acolchadas la máquina sostiene algo: una pequeña figura de papiroflexia de una grulla.

Y el sonido de los tambores cesa.

En el espacio de veinte latidos de corazón, la danza pierde vigor. Abro los ojos. Solo quedamos Hank y yo. Mi respiración forma nubes blancas. Al estirarme, las articulaciones me restallan como petardos. Una capa de escarcha cubre mi manga con flecos. Noto el cuerpo como si se acabara de despertar, pero la mente como si no se hubiera dormido.

El cielo hacia el este se está tiñendo de rosa claro. El fuego sigue ardiendo vorazmente. Mi gente está amontonada alrededor del círculo del tambor, dormida. Hank y yo debemos de haber estado bailando durante horas, como robots.

Entonces me fijo en John Tenkiller. Está de pie inmóvil como una roca. Muy lentamente, levanta la mano y señala el alba.

Entre las sombras hay un hombre blanco con la cara ensangrentada. Tiene una capa de cristales rotos incrustada en la frente. Se balancea, y los pedazos de vidrio brillan a la luz del fuego. Las perneras de sus pantalones están húmedas y manchadas de negro debido al barro y las hojas. En el pliegue del codo izquierdo, tiene a un niño pequeño dormido, con la cara oculta en su hombro. Un niño de unos diez años se encuentra delante de su padre, con la cabeza gacha, agotado. El hombre tiene su fuerte mano derecha posada en el hombro huesudo de su hijo.

No hay rastro de una mujer o de otra persona.

Hank, el guardián del tambor y yo miramos boquiabiertos al hombre, llenos de curiosidad. Tenemos las caras manchadas de ocre reseco y vamos vestidos con ropa anterior a los pioneros. El tipo debe de estar pensando que ha retrocedido en el tiempo.

Pero el blanco se limita a mirar como si viera a través de nosotros, conmocionado, afectado.

Justo entonces, su hijo pequeño levanta la cara hacia nosotros. Sus ojitos redondos están muy abiertos y llenos de angustia, y su frente pálida tiene una raya carmesí herrumbrosa de sangre seca. Tan cierto como que el niño está allí, el pequeño ha sido marcado con el fuego del *tsi-zhu*. Hank y yo nos miramos, con todo el vello del cuerpo erizado.

El niño ha sido pintado, pero no por nuestro guardián del tambor.

La gente se está despertando y murmura.

Un par de segundos más tarde, el guardián del tambor habla con el tono monótono y grave de una oración pronunciada durante mucho tiempo.

—Que el reflejo de este fuego en los cielos lejanos pinte los cuerpos de nuestros guerreros. Y, en ese momento y ese lugar, que los cuerpos de los *Wha-zha-zhe* se destruyan con el rojo del fuego. Y que sus llamas salten por los aires y enrojezcan los muros del mismísimo cielo con un brillo carmesí.

—Amén —murmura la gente.

El hombre blanco levanta la mano del hombro de su hijo y deja una huella de sangre perfecta y reluciente. Alarga los brazos, haciendo señas.

—Ayúdennos —susurra—. Por favor. Se están acercando.

La Nación Osage jamás rechazó a un solo superviviente humano durante la Nueva Guerra. Como resultado de ello, Gray Horse creció hasta convertirse en un bastión de resistencia humana. Por todo el mundo empezaron a circular leyendas acerca de la existencia de una civilización humana superviviente en mitad de Estados Unidos y de un desafiante cowboy que vivía allí, capaz de escupir a los robots a la cara.

CORMAC WALLACE, MIL#EGH217

5

VEINTIDÓS SEGUNDOS

> Todo tiene una mente. La mente de una lámpara. La mente de una mesa. La mente de una máquina.
>
> TAKEO NOMURA

HORA CERO

Resulta difícil de creer, pero en el momento que nos ocupa el señor Takeo Nomura no era más que un viejo soltero que vivía solo en el distrito de Adachi. Los sucesos de este día fueron descritos por el señor Nomura en una entrevista. Sus recuerdos han sido confirmados por grabaciones tomadas en el edificio inteligente de la residencia de ancianos de Takeo y por los robots domésticos que trabajaban en él. Este día marca el comienzo de un periplo intelectual que acabaría conduciendo a la liberación de Tokio y las regiones de allende sus límites.

> CORMAC WALLACE, MIL#EGH217

Es un sonido extraño. Muy débil. Muy raro. Cíclico; se repite una y otra vez. Lo cronometro con el reloj de bolsillo que reposa en un foco de luz amarilla sobre mi mesa de trabajo. El reloj permanece un instante en silencio, y oigo la segunda manecilla haciendo tictac pacientemente.

Qué sonido más bonito.

En el piso no hay más luz que la de la lámpara. El cerebro administrativo del edificio desactiva las luces del techo cada día a las diez de la noche. Ahora son las tres de la madrugada. Toco la pared. Exactamente veintidós segundos más tarde, oigo un débil rugido. La fina pared tiembla.

Veintidós segundos.

Mikiko está tumbada boca arriba sobre la mesa de trabajo, con los ojos cerrados. He conseguido reparar los daños de la sección temporal de su cráneo. Está preparada para la activación, pero no me atrevo a conectarla. No sé lo que hará, ni qué decisiones tomará.

Me toqueteo la cicatriz de la mejilla. ¿Cómo puedo olvidar lo que pasó la última vez?

Cruzo la puerta y salgo al pasillo. Los apliques están atenuados. Mis sandalias de cartón no hacen ruido en la fina alfombra de vivos colores. El suave ruido suena otra vez, y me parece notar una fluctuación de la presión atmosférica. Es como si un autobús pasara cada pocos segundos.

Presiento que la fuente del ruido está a la vuelta de la esquina.

Me detengo. Los nervios me dicen que vuelva. Que me acurruque en mi piso del tamaño de un armario. Que me olvide de esto. Este edificio está reservado para personas de más de sesenta y cinco años. Estamos aquí para que cuiden de nosotros, no para correr riesgos. Pero sé que si hay peligro, debo enfrentarme a él y entenderlo. Si no por mi bien, por el de Kiko. Ahora mismo ella no puede hacer nada, y yo tampoco puedo hacer nada para repararla. Debo protegerla hasta que pueda romper el hechizo bajo el que está.

Sin embargo, eso no significa que deba actuar con valentía.

Apoyo mi dolorida espalda contra la pared en la esquina del pasillo. Me asomo y echo una miradita con un ojo. Respiro entrecortadamente del pánico. Y lo que veo me corta la respiración por completo.

El pasillo de los ascensores está desierto. En la pared hay un panel ornamentado: dos franjas de luces redondas con números de plantas pintados al lado. Todas las luces están apagadas salvo la de la planta baja, que emite un débil brillo rojo. Mientras miro, el brillante punto rojo sube poco a poco. Al llegar a cada planta, emite un suave clic. Cada clic aumenta de volumen en mi mente a medida que el ascensor sube más y más.

Clic. Clic. Clic.

El punto llega a la planta superior y se detiene allí. Tengo los puños apretados. Me muerdo el labio tan fuerte que me empieza a sangrar. El punto permanece estable. Entonces comienza a descender a una velocidad vertiginosa. Conforme se acerca al suelo, vuelvo a oír ese extraño sonido. Es el ruido del ascensor al precipitarse hacia abajo a la velocidad de la gravedad. El ascensor expulsa una ráfaga de aire al pasillo mientras cae. Por debajo del aire, también puedo oír los gritos.

Cliclicliclicliclicliclic.

Me sobresalto. Pego la espalda a la pared y cierro los ojos. El ascensor pasa muy rápido, sacudiendo las paredes y haciendo parpadear los apliques.

Todo tiene una mente. La mente de una lámpara. La mente de una mesa. La mente de una máquina. Dentro de todas las cosas hay un alma, una mente que puede elegir hacer el bien o el mal. Y la mente del ascensor está empeñada en hacer el mal.

—Oh, no, no, no —digo gimoteando para mí—. Esto no es bueno. Nada bueno.

Me armo de valor, doblo la esquina corriendo y aprieto el botón del ascensor. Observo en el indicador de la pared cómo el punto rojo vuelve a subir de piso en piso. Hasta mi planta.

Clic. Clic. Bing. El ascensor llega. Las puertas se abren como el telón de un escenario.

—Definitivamente, no es bueno, Nomura —repito en voz alta.

Las paredes del ascensor están salpicadas de sangre y vísceras. Hay arañazos de uñas. Me estremezco al ver un par de dentaduras manchadas de sangre parcialmente incrustadas en la horquilla de la lámpara del techo, que proyectan extrañas sombras rojizas sobre todo lo que veo. Sin embargo, no hay cuerpos. Las manchas del suelo conducen a la puerta. Hay huellas de botas en la sangre, marcadas con el patrón de los robots humanoides domésticos que trabajan aquí.

—¿Qué has hecho, ascensor? —susurro.

«Bing», insiste él.

Detrás de mí, oigo el zumbido del tubo de vacío del montacargas, pero no puedo apartar la vista. No puedo evitar tratar de entender cómo ha ocurrido esta atrocidad. Noto una ráfaga de aire frío en la nuca cuando la puerta del pequeño montacargas se abre detrás de mí. Justo cuando me estoy volviendo, un voluminoso robot de correo se abalanza contra la parte posterior de mis piernas.

Me desplomo, desprevenido.

El robot de correo es simple: una caja beis prácticamente sin rasgos destacables del tamaño de una fotocopiadora. Normalmente entrega el correo a los residentes, discreto y silencioso. Desde el lugar del suelo donde estoy tumbado, me fijo en que su pequeña y redonda luz de intención no emite un brillo rojo ni azul ni verde; está apagada. Los neumáticos adherentes del robot de correo se aferran a la alfombra mientras el aparato me empuja hacia delante, en dirección a la boca abierta del ascensor.

Me arrodillo y tiro de la parte de delante del robot en un intento fallido por levantarme. El ojo negro con cámara situado en la parte frontal del robot de correo observa cómo forcejeo. «Bing», dice el ascensor. Las puertas se cierran unos centímetros y se abren, como una boca hambrienta.

Las rodillas me resbalan sobre la alfombra mientras empujo contra la máquina, dejando dos rayas arrugadas en la fina lanilla. Se me han caído las sandalias. El robot de correo es demasiado voluminoso y no hay nada a lo que agarrarse en su superficie de plástico lisa. Pido ayuda gimoteando, pero en el pasillo hay una quietud absoluta. Solo las lámparas me observan. Las puertas. Las paredes. No tienen nada que decir. Cómplices.

Mi pie cruza el umbral del ascensor. Presa del pánico, alargo la mano por encima del robot de correo y derribo las finas cajas de plástico que contienen cartas y pequeños paquetes. Los papeles caen sobre la alfombra y sobre los charcos de sangre del ascensor. Ahora puedo abrir el tablero de servicio situado en el bastidor delantero de la máquina. Pulso un botón a ciegas. La caja rodante sigue embistiéndome contra el ascensor. Con el brazo doblado en un ángulo imposible, mantengo apretado el botón con todas mis fuerzas.

Suplico al robot que pare. Siempre ha sido un buen trabajador. ¿Qué locura le ha dado?

Finalmente, la máquina deja de empujar. Se está reiniciando. La actividad durará aproximadamente diez segundos. El robot está bloqueando la puerta del ascensor. Trepo torpemente por encima de él. Clavada en la ancha y lisa parte trasera, hay una pantalla barata de LCD azul. Sus códigos hexadecimales parpadean mientras la máquina de reparto sigue paso a paso sus instrucciones de carga.

Algo extraño le ocurre a mi amigo. El robot tiene la mente enturbiada. Sé que no desea hacerme daño, del mismo modo que Mikiko tampoco lo desea. Simplemente está bajo los efectos de un hechizo maligno, una influencia externa. Veré lo que puedo hacer.

Manteniendo apretado un botón durante el reinicio, comienza el modo de diagnóstico. Examinando el código hexadecimal con un dedo, leo lo que está pasando por la mente de mi buen amigo. Entonces, pulsando un par de botones, pongo la máquina en un modo de reinicio alternativo.

Un modo a prueba de fallos.

Tumbado boca abajo sobre la máquina, miro con cuidado por encima del canto de la parte delantera. La luz de intención se enciende y emite un tenue brillo verde. Es muy buena señal, pero no hay tiempo. Me deslizo por la parte de atrás del robot, me coloco las sandalias y hago un gesto a la máquina.

—Sígueme, Yubin-kun —susurro.

Tras un segundo de desconcierto, la máquina obedece. El robot avanza zumbando mientras yo vuelvo corriendo por el pasillo a mi habitación. Debo regresar adonde Mikiko me espera dormitando. Detrás de mí, las puertas del ascensor se cierran de golpe. ¿Detecto ira en ellas?

Los altavoces suenan mientras recorremos el pasillo.

Uuuh. Uuuh.

—Atención —dice una agradable voz femenina—. Esto es una emergencia. Se ruega a todos los ocupantes que evacuen el edificio inmediatamente.

Doy una palmada en la espalda a mi nuevo amigo y sostengo la puerta mientras pasamos a mi habitación. Sin duda, uno no se puede fiar del aviso. Ahora lo entiendo. Las mentes de las máquinas han elegido el mal. Han dirigido su voluntad contra mí. Contra todos nosotros.

Mikiko está tumbada boca arriba, pesada e inerte. En el pasillo suenan sirenas y brillan luces. Aquí está todo listo. Tengo el cinturón portaherramientas abrochado. Una pequeña cantimplora cuelga de mi costado. Incluso me acuerdo de ponerme mi gorro de lana y de taparme bien las orejas con sus solapas.

Pero no me siento con valor para despertar a mi amada, para conectarla.

Las luces del edificio principal están ahora iluminadas al máximo, y esa voz agradable repite una y otra vez:

—Se ruega a todos los ocupantes que evacuen el edificio inmediatamente.

Pero estoy atrapado. No puedo dejar a Kiko, aunque es demasiado pesada para cargar con ella. Tendrá que andar sola. Pero me aterra lo que será de ella si la conecto. El mal que ha corrompido la mente del edificio podría propagarse. No soportaría ver que nubla sus ojos otra vez. No la dejaré, pero no puedo quedarme. Necesito ayuda.

Una vez que he tomado la decisión, le cierro los ojos con la palma de la mano.

—Por favor, ven aquí, Yubin-kun —susurro al robot de correo—. No podemos permitir que los malos hablen contigo, como hicieron con Mikiko. —La luz de intención de la robusta máquina beis parpadea—. Quédate muy quieto.

Y con un rápido movimiento del martillo, rompo el puerto infrarrojo que se usa para actualizar el diagnóstico de la máquina. Ahora ya no hay forma de alterar las instrucciones del robot a distancia.

—No ha sido tan terrible, ¿verdad? —pregunto a la máquina. Echo un vistazo adonde yace Mikiko con los ojos cerrados—. Yubin-kun, mi nuevo amigo, espero que hoy te sientas fuerte.

Levanto a Mikiko de la mesa de trabajo lanzando un gruñido y la coloco sobre el robot de correo. Construida para cargar con paquetes pesados, la sólida máquina no se ve afectada en lo más mínimo por el peso añadido. Simplemente me enfoca con su ojo con cámara, siguiéndome al abrir la puerta del pasillo.

En el exterior, veo una fila temblorosa de ancianos residentes. La puerta del hueco de la escalera se abre y, uno a uno, los residentes salen a la escalera. Mis vecinos son personas muy pacientes. Muy educadas.

Pero el alma del edificio ha enloquecido.

—Deteneos, deteneos —les digo.

Ellos no me hacen caso, como siempre. Evitando educadamente el contacto visual, siguen cruzando la puerta uno tras otro.

Seguido de cerca por mi leal Yubin-kun, llego a la puerta del hueco de la escalera justo antes de que la última mujer pueda cruzar. La luz de intención situada sobre la puerta me mira malhumoradamente emitiendo un destello amarillo.

—Señor Nomura —dice el edificio con una suave voz femenina—, por favor, espere su turno. Se ruega a la señora Kami que cruce la puerta.

—No entres —le digo a la anciana de la bata.

No puedo establecer contacto visual con ella. Le agarro suavemente el codo.

Lanzándome una mirada fulminante, la vieja aparta el codo de mi mano, me empuja al pasar y cruza la puerta. Justo antes de que la puerta se cierre de golpe detrás de ella, meto el pie en la rendija y vislumbro lo que hay dentro.

Es una pesadilla.

En medio de un caos de oscuridad y luces estroboscópicas intermitentes, docenas de vecinos se aplastan unos a otros amontonados en la escalera de hormigón. Los aspersores de emergencia expulsan agua, que convierte las escaleras en cascadas resbaladizas. La rejilla de ventilación funciona a pleno rendimiento, absorbiendo el aire frío del fondo del hueco en dirección a la parte superior. Los gemidos y gritos quedan ahogados por las chirriantes turbinas. La masa de brazos y piernas que se retuercen parece fundirse en mi visión hasta convertirse en una sola criatura que sufre lo indecible.

Aparto el pie y la puerta se cierra.

Estamos todos atrapados. Es cuestión de tiempo que los robots humanoides suban a esta planta. Cuando lleguen, seré incapaz de defenderme o de defender a Mikiko.

—Esto es muy pero muy malo, señor Nomura —susurro para mí.

Yubin-kun me mira haciendo parpadear una luz de intención amarilla. Mi amigo está receloso, como es razonable. Percibe que las cosas van mal.

—Señor Nomura —dice una voz—, si no quiere utilizar la escalera, le mandaremos un auxiliar para que le ayude. Quédese donde está. La ayuda está en camino.

Clic. Clic. Clic.

Mientras el ascensor sube, el punto rojo empieza su lenta ascensión desde la planta baja.

Veintidós segundos.

Me vuelvo hacia Yubin-kun. Mikiko está tumbada en lo alto

de la caja beis, con su cabello moreno extendido. Miro su cara ligeramente sonriente. Es tan hermosa y pura… Sueña conmigo. Espera a que rompa ese hechizo perverso y la despierte. Algún día se levantará y se convertirá en mi reina.

Si tuviera más tiempo…

El clic seco y amenazador del ascensor interrumpe mi ensoñación. Soy un viejo inútil sin ideas. Tomo la mano flácida de Mikiko y me vuelvo para mirar las puertas del ascensor.

—Lo siento, Mikiko —susurro—. Lo he intentado, cariño. Pero ya no hay ningún sitio… ¡Ay!

Salto hacia atrás y me froto el pie en la zona por la que me ha pisado Yubin-kun. La luz de intención de la máquina parpadea frenéticamente. En la pared, el punto rojo llega a mi planta. Se me ha acabado el tiempo.

Bing.

Una ráfaga de aire frío sale del montacargas situado al otro lado del pasillo de los ascensores. La puerta se abre y veo una caja de acero dentro, un poco más grande que el robot de correo. Deslizándose con sus ruedas adherentes, Yubin-kun se mete en el estrecho hueco con Mikiko encima de él.

Hay suficiente espacio para mí.

Al entrar oigo que las puertas del ascensor principal se abren al otro lado del pasillo. Alzo la vista justo a tiempo para ver la sonrisa de plástico del doméstico Big Happy que se encuentra dentro del ascensor cubierto de sangre. Hilillos de líquido rojo decoran su carcasa. Su cabeza se gira a un lado y al otro, escudriñando.

La cabeza se detiene, y me acechan sus inanimados ojos con cámaras.

Entonces la puerta del montacargas se cierra. Justo antes de que el suelo descienda debajo de mí, dedico unas palabras a mi nuevo compañero.

—Gracias, Yubin-kun —digo—. Estoy en deuda contigo, amigo mío.

Yubin-kun fue el primero de los compañeros de armas de Takeo. Durante los terribles meses que siguieron a la Hora Cero, Takeo encontraría muchos más amigos dispuestos a colaborar con su causa.

CORMAC WALLACE, MIL#EGH217

6

AVTOMAT

El día me va bastante bien.

Especialista PAUL BLANTON

HORA CERO
*Tras la sesión del Congreso en torno al incidente del SYP, Paul
Blanton fue acusado de negligencia y se acordó que fuera sometido a un consejo de guerra. Durante la Hora Cero, Paul se encontraba encerrado en una base de Afganistán. Esa insólita circuns-
tancia permitió al joven soldado realizar una contribución de
incalculable valor a la resistencia humana... y sobrevivir.*

CORMAC WALLACE, MIL#EGH217

En Oklahoma, mi padre solía decirme que si no me enderezaba y
me comportaba como un hombre, acabaría muerto o en la cárcel.
Lonnie Wayne tenía razón, y por eso acabé alistándome. Aun así,
doy gracias a Dios por haber estado encerrado durante la Hora
Cero.

Estoy tumbado en la litera de mi celda, con la espalda contra
la pared de ladrillos de hormigón y las botas militares apoyadas

en el retrete de acero. Tengo la cara cubierta con un trapo para evitar que me entre polvo en las fosas nasales. Llevo encarcelado desde que mi unidad SYP enloqueció y empezó a matar gente.

C'est la vie. Es lo que dice mi compañero de celda, Jason Lee. Es un muchacho asiático corpulento con gafas que está haciendo abdominales en el suelo. Dice que lo hace para mantenerse en calor.

A mí no me va el ejercicio. Para mí, estos seis meses han significado la lectura de un montón de revistas. Mantenerse en calor equivale a dejarse barba.

Aburrido, desde luego, pero, a pesar de todo, el día me va bastante bien. Estoy leyendo detenidamente un número de hace cuatro meses de una revista del corazón estadounidense. Enterándome de que «las estrellas de cine son iguales que nosotros». Les gusta comer en restaurantes, ir de compras, llevar a sus hijos al parque... ese tipo de chorradas.

Iguales que nosotros. Sí. Con «nosotros», no creo que se refieran a mí.

Es una suposición, pero dudo que a las estrellas de cine les interese reparar robots humanoides diseñados para someter y pacificar a la población furiosa y sedienta de sangre de un país ocupado. O que te metan en una celda de cuatro por dos con una ventana diminuta por realizar tu glamuroso trabajo.

—¿Bruce Lee? —digo. No soporta que lo llame así—. ¿Sabías que las estrellas de cine son iguales que nosotros? ¿Quién te lo iba a decir, tío?

Jason Lee deja de hacer flexiones. Alza la vista hacia el rincón de la celda donde estoy recostado.

—Calla —dice—. ¿Oyes eso?

—¿El qué?

Y entonces un proyectil de un tanque estalla a través de la pared del otro lado. Una lluvia de metralla y cemento convierte a mi compañero en pedazos flácidos de carne envuelta en restos de uniforme militar color caqui. Jason estaba aquí y ahora ya no está. Como por arte de magia. No me cabe en la cabeza.

Estoy acurrucado en el rincón, milagrosamente ileso. A través de los barrotes, me doy cuenta de que el oficial de servicio ya no está detrás de su mesa. Ya ni siquiera hay mesa. Solo cascotes. Por un instante, puedo ver a través del nuevo agujero abierto en la pared.

Tal como sospechaba, hay tanques al otro lado.

Una nube de polvo frío entra en la celda, y empiezo a temblar. Jason Lee tenía razón: ahí fuera hace un frío de cojones. Eso demuestra que a pesar de las reformas hechas, los barrotes de mi celda son tan fuertes y firmes como antes.

Comienzo a oír de nuevo. La visibilidad es nula, pero identifico un sonido de goteo, como un arroyo o algo parecido. Es lo que queda de Jason Lee, desangrándose.

Mi revista también parece haber desaparecido.

Mierda.

Pego la cara a la ventana reforzada con malla metálica de la celda. En el exterior, la base ha volado por los aires y ha quedado irreconocible. Tengo la vista puesta en el callejón que da al pabellón principal de la zona segura de Kabul. Un par de soldados amigos están allí, acuclillados contra un muro de adobe. Parecen jóvenes y también algo confundidos. Van totalmente pertrechados: mochilas, equipo de protección corporal, gafas, rodilleras… toda la pesca.

¿Qué seguridad proporcionan unas gafas de protección en una guerra?

El soldado de mayor rango asoma la cabeza por la esquina. Retrocede de un brinco, entusiasmado. Saca un lanzamisiles antitanque Javelin y lo carga rápidamente sin problemas. Buena instrucción. Justo entonces, un tanque estadounidense pasa por delante del callejón y dispara un proyectil sin detenerse. Cae sobre la base, lejos de nosotros. Noto cómo el edificio tiembla cuando el proyectil impacta en alguna parte.

A través de la ventana, veo cómo el soldado sale del callejón, se sienta con las piernas cruzadas con el lanzamisiles al hombro y queda cortado en filetes por la munición antipersonal del tanque. Es un sistema de protección de tanques automatizado que apun-

ta a determinadas siluetas —como «tío con arma antitanques»—
situadas en un radio determinado.

Cualquier insurgente habría sido más espabilado.

Frunzo el ceño, con la frente pegada a la gruesa ventana. Tengo las manos metidas en las axilas para mantenerlas en calor. No tengo ni idea de por qué ese tanque estadounidense acaba de liquidar a un soldado amigo, pero me da la impresión de que tiene algo que ver con el suicidio de SYP Uno.

El soldado que queda en el callejón observa cómo su compañero cae hecho pedazos, se vuelve y echa a correr en dirección a mí. Justo entonces, una tela negra ondeante me tapa la visión. Se trata de una túnica. Uno de los malos acaba de cruzar por delante de mi ventana. Oigo disparos de armas ligeras de bajo calibre en las inmediaciones.

¿Malos y máquinas chaladas? Joder. Las desgracias nunca vienen solas.

La túnica se aparta y el callejón entero desaparece sustituido por humo negro. El cristal de mi ventana se rompe y me abre la frente de un tajo. Oigo la sacudida amortiguada una fracción de segundo más tarde. Caigo hacia atrás sobre la litera, agarro la manta y me cubro los hombros con ella. Me toco la cara. Tengo los dedos manchados de sangre. Cuando miro a través de la ventana rota, veo bultos cubiertos de polvo en el callejón. Cadáveres de soldados, gente de la zona e insurgentes.

Los tanques están matando a todo el mundo.

Me está quedando muy claro que tengo que hallar una forma de salir de esta celda si quiero seguir con vida.

En el exterior, algo pasa rugiendo en lo alto y arranca vórtices oscuros del humo que se eleva en el cielo. Probablemente, una unidad aérea. Me vuelvo a encoger en mi litera. El humo está empezando a despejarse. Veo las llaves de mi celda al otro lado de la sala. Siguen sujetas a un cinturón roto que cuelga de un trozo de silla hecha astillas. Podría estar en Marte perfectamente.

Sin armas. Sin protección. Sin esperanza.

Entonces un insurgente cubierto de sangre se mete agachado

por el agujero de la pared. Me ve y me mira fijamente con los ojos muy abiertos. Tiene un lado de la cara lleno de arena alcalina marrón claro y el otro cubierto de sangre pulverizada. Su nariz está partida y sus labios hinchados del frío. El pelo de su bigote moreno y su barba es fino y áspero. No puede tener más de dieciséis años.

—Déjame salir, por favor. Puedo ayudarte —digo en mi mejor dari.

Me quito el trapo de la cara para que pueda ver mi barba. Por lo menos sabrá que no estoy de servicio.

El insurgente apoya la espalda contra la pared y cierra los ojos. Parece que esté rezando. Pega las manos cubiertas de tierra contra el muro de hormigón derribado. Como mínimo tiene un revólver anticuado que le cuelga de la cadera. Está asustado pero sigue operativo.

No entiendo su oración, pero sé que no es por su vida. Está rezando por las almas de sus amigos. Sea lo que sea lo que está pasando allí fuera, no es nada bonito.

Mejor largarse.

—Las llaves están en el suelo, amigo —lo apremio—. Por favor, puedo ayudarte. Puedo ayudarte a seguir con vida.

Él me mira y deja de rezar.

—Los *avtomat* han venido a por todos nosotros —dice—. Creíamos que se estaban rebelando contra vosotros, pero están sedientos de la sangre de todos nosotros.

—¿Cómo te llamas?

Me mira con desconfianza.

—Jabar —contesta.

—Está bien, Jabar. Vas a sobrevivir a esto. Libérame. Estoy desarmado. Pero conozco a esos, humm, *avtomat*. Sé cómo matarlos.

Jabar coge las llaves y se sobresalta cuando algo grande y negro pasa a toda velocidad por la calle. Se abre camino con cuidado por encima de los escombros hasta mi celda.

—Estás encarcelado.

—Sí. ¿Lo ves? Estamos en el mismo bando.

Jabar piensa en ello.

—Si te han metido en la cárcel, mi deber es liberarte —dice—. Pero si me atacas, te mataré.

—Me parece justo —digo, sin apartar la vista de la llave en ningún momento.

La llave hace un ruido seco en la cerradura, y abro la puerta de un tirón antes de salir como una flecha. Jabar me derriba, con los ojos muy abiertos de temor. Creo que tiene miedo de mí, pero me equivoco.

Tiene miedo de lo que hay fuera.

—No pases por delante de las ventanas. Los *avtomat* pueden detectar el calor. Nos encontrarán.

—¿Sensores de temperatura por infrarrojos? —pregunto—. Solo los tienen las torretas centinela automatizadas, amigo. Las TVA. Están en la puerta principal. No apuntan a la base, sino al desierto. Vamos, tenemos que salir por la parte trasera.

Con la manta echada sobre los hombros, salgo por el agujero de la pared al gélido caos de polvo y humo del callejón. Jabar se agacha y me sigue empuñando la pistola.

Allí fuera hay un vendaval de polvo del demonio.

Me inclino hacia delante y echo a correr hacia la parte trasera de la base. Hay una falange de armas centinela protegiendo la puerta principal. No me interesa acercarme a ellas. Saldré por la parte de atrás y buscaré algún sitio seguro. Luego ya se me ocurrirá algo.

Doblamos una esquina y encontramos un cráter del tamaño de un edificio ardiendo. Ni siquiera un autotanque tiene la artillería para provocar algo así. Eso significa que las unidades aéreas no solo están divisando conejos desde arriba; están lanzando misiles Brimstone.

Cuando me vuelvo para advertir a Jabar, veo que ya está escrutando el cielo. Una fina capa de polvo le cubre la barba. Hace que parezca un viejo sabio en el cuerpo de un joven.

Probablemente no dista mucho de la realidad.

Extiendo la manta sobre mi cabeza para ocultar mi silueta y ofrecer un blanco confuso a cualquier cosa que observe desde arriba. Jabar no necesita que le diga que permanezca debajo de los aleros de los tejados; lo hace por costumbre.

De repente me pregunto cuánto tiempo llevará ese chico luchando contra esos mismos robots. ¿Qué ha debido de pensar cuando han empezado a atacar a nuestros soldados? Probablemente ha pensado que era su día de suerte.

Por fin llegamos al perímetro posterior. Varios de los muros de cemento de más de tres metros de altura han sido derribados. El cemento pulverizado cubre el suelo, y entre los pedazos rotos sobresalen barras de refuerzo. Jabar y yo nos agachamos junto a un muro caído. Me asomo a la esquina.

Nada.

Una zona despejada rodea toda la base, una especie de camino polvoriento que ciñe nuestro perímetro. Tierra de nadie. A varios cientos de metros de allí hay una colina ondulada con miles de pizarras que asoman como astillas. La colina del Puercoespín.

El cementerio local.

Doy una palmada a Jabar en el hombro y echamos a correr hacia allí. Tal vez hoy los robots no estén patrullando el perímetro. Quizá estén demasiado ocupados matando a gente sin ningún motivo. Jabar me adelanta, y veo cómo su túnica marrón se vuelve borrosa entre el polvo. El vendaval se lo traga. Corro todo lo que puedo para no quedarme atrás.

Entonces oigo el ruido que he estado temiendo.

El silbido agudo de un motor eléctrico resuena en los alrededores. Es un arma centinela móvil. Patrullan continuamente esta estrecha franja de tierra. Por lo visto, nadie les ha dicho que descansen hoy.

El ACM tiene cuatro patas largas y estrechas con ruedas en los extremos. Sobre ellas hay una carabina M4 preparada para el fuego automático, con una mira telescópica fijada en el cañón y un gran cargador rectangular a un lado. Cuando se pone en movimiento, las patas suben y bajan sobre las rocas y la grava tan rápido que no se las ve mientras el rifle permanece inmóvil, perfectamente nivelado.

Y viene a por nosotros.

Afortunadamente, el terreno es cada vez más accidentado. Eso significa que casi estamos a la altura de la franja perimetral escalonada. El silbido del motor se oye más fuerte. El ACM emplea un sistema de visión con adquisición de objetivos, de modo que el polvo debería ocultarnos. Solo puedo ver los faldones de la túnica de Jaba ondeando en el vendaval de polvo mientras sigue corriendo, alejándose rápidamente de la zona segura.

Inspiro. Espiro. Lo vamos a conseguir.

Entonces oigo el chasquido entrecortado de un telémetro. El ACM está usando sonidos ultrasónicos de corto alcance a través del vendaval de polvo para encontrarnos. Eso significa que sabe que estamos aquí. Malas noticias. Me pregunto cuántas cosas más he olvidado.

Uno, dos, tres, cuatro. Uno, dos, tres, cuatro.

Una lápida surge de la bruma: solo un pedazo anguloso de pizarra que se inclina ebriamente en el suelo. A continuación, veo una docena más que asoman por delante. Me tambaleo entre las lápidas, notando las frías y sudorosas losas bajo las palmas de las manos al agarrarlas para mantener el equilibrio.

El ruido es ahora casi un zumbido constante.

—¡Al suelo! —grito a Jabar.

El chico salta hacia delante y desaparece detrás de un surco del suelo. Una ráfaga de disparos de armas automáticas retumba en el vendaval. Pedazos de lápida estallan a través de mi brazo derecho. Me tropiezo y me caigo de bruces, y a continuación intento esconderme a rastras detrás de una piedra.

Clicliclic.

Unas manos fuertes me agarran el brazo herido. Contengo un grito cuando Jabar tira de mí por encima del montículo. Estamos en una pequeña zanja, rodeados de unos fragmentos de roca incrustados en el suelo arenoso que me llegan hasta la rodillas. Las tumbas están colocadas de cualquier modo entre matas aisladas de hierbajos musgosos. La mayoría de las lápidas no tienen inscripciones, pero en un par de ellas hay símbolos pintados con espray. Otras son de mármol grabado de manera elaborada. Veo que unas cuantas tienen jaulas de acero alrededor, con techos puntiagudos como único adorno.

Clic, clic, clic.

Los ultrasonidos se vuelven más débiles. Agazapado contra Jabar, me tomo un segundo para inspeccionar mi herida. Tengo la parte superior del brazo derecho hecha trizas, lo que ha arruinado por completo mi bandera de Oklahoma. La mitad de las puñeteras plumas de águila que cuelgan de la parte inferior del escudo de guerra osage han quedado raspadas por las astillas de roca negra. Le enseño el brazo a Jabar.

—Mira lo que le han hecho esos hijos de puta a mi tatuaje, colega.

Él me mira sacudiendo la cabeza. Tiene la boca tapada con el codo y respira a través de la tela de la manga. Puede que ahora mismo haya una sonrisa debajo de ese brazo. ¿Quién sabe? A lo mejor los dos vamos a salir de esta con vida.

Y entonces, como si tal cosa, el polvo se despeja.

El vendaval pasa por encima. Observamos cómo la enorme masa de polvo giratorio atraviesa la franja perimetral a toda velocidad, engulle la zona de seguridad y sigue adelante. Ahora brilla un sol radiante en un cielo azul despejado. En estas montañas el aire está enrarecido, y la intensa luz del sol proyecta sombras como el alquitrán. Ahora puedo ver mi aliento.

Y me imagino que los robots también.

Corremos todo lo que podemos, manteniéndonos agachados y moviéndonos como flechas entre las tumbas más grandes protegidas por jaulas de acero azules o verdes. No sé adónde vamos. Solo espero que Jabar tenga un plan y que incluya mi supervivencia.

Al cabo de un par de minutos, veo un destello con el rabillo del ojo. Es un arma centinela móvil que avanza por un sendero accidentado en medio del cementerio, balanceando su rifle de acá para allá. La luz del sol centellea en la mira telescópica que sobresale encima del arma. Las patas dobladas tiemblan sobre la tierra llena de baches, pero el cañón del rifle permanece inmóvil como una estatua.

Me lanzo detrás de una lápida y me quedo tumbado bocabajo. Jabar también se ha puesto a cubierto a escasos metros de distancia. Me hace señas con un dedo; sus ojos marrones están llenos de urgencia bajo las cejas cubiertas de polvo.

Al seguir su mirada advierto una tumba parcialmente excavada. No se ve el arma centinela por ninguna parte. Oigo débilmente el sonido de cortacésped, «fap, fap, fap», de una unidad aérea que vuela bajo. Suena como una sentencia de muerte. Allí fuera, en alguna parte, el arma centinela está escudriñando una hilera tras otra de tumbas en busca de siluetas humanas o de algún movimiento.

Avanzando muy lentamente a gatas, llego a la tumba abierta. Jabar ya está tumbado dentro, con la cara surcada de sombras de los barrotes de la jaula. Me meto rodando, sujetándome el brazo herido.

Jabar y yo permanecemos tumbados boca arriba el uno al lado del otro en la tumba a medio excavar, esperando a que lleguen las armas centinela. El suelo está helado. La tierra arenosa está más dura que el suelo de cemento de mi celda. Noto cómo el calor va abandonando mi cuerpo.

—Tranquilo, Jabar —susurro—. Las unidades aéreas están siguiendo el procedimiento operativo habitual. Están buscando a gente que huya. Es una rutina de búsqueda y captura. Debería durar veinte minutos como máximo.

Jabar me mira frunciendo el ceño.

—Ya lo sé.

—Ah, vale. Perdona.

Nos acurrucamos el uno junto al otro, con los dientes castañeteando.

—Eh —dice Jabar.

—¿Sí?

—¿De verdad eres un soldado de Estados Unidos?

—Por supuesto. ¿Por qué si no iba a estar en la base?

—No he visto a ninguno. Al menos en persona.

—¿De verdad?

Jabar se encoge de hombros.

—Solo vemos a los de metal —dice—. Cuando los *avtomat* atacaron, nos unimos a ellos. Ahora mis amigos están muertos. Y creo que los tuyos también.

—¿Adónde vamos, Jabar?

—A las cuevas. Con mi gente.

—¿Son seguras?

—Para mí, sí. Para ti, no.

Me fijo en que Jabar sujeta la pistola con fuerza sobre el pecho. Es joven, pero no puedo olvidar que lleva mucho tiempo metido en esto.

—Entonces, ¿soy tu prisionero? —pregunto.

—Creo que sí.

Al mirar a través de los barrotes metálicos, veo que el liso cielo azul está manchado del humo negro que se eleva de la zona segura. Aparte de los soldados del callejón, no he visto a ningún estadounidense vivo desde que comenzó el ataque. Pienso en todos los tanques, unidades aéreas y armas centinela que deben de andar allí fuera, cazando a los supervivientes.

El brazo de Jabar tiene un tacto cálido, y me acuerdo de que no tengo ropa ni comida ni armas. Ni siquiera estoy seguro de que el ejército de Estados Unidos me permitiera tener un arma.

—Jabar, amigo mío —digo—. Puedo soportarlo.

Jabar y Paul Blanton escaparon con éxito hasta las escarpadas montañas de Afganistán. Al cabo de una semana, los archivos indican que la gente de la zona emprendió una serie de exitosas incursiones en posiciones de robots cuando las fuerzas tribales combinaron sus técnicas de supervivencia laboriosamente adquiridas con la experiencia técnica del especialista Blanton.

Dos años más tarde, Paul usaría esa síntesis de sabiduría tribal y conocimientos técnicos para realizar un descubrimiento que cambiaría para siempre mi vida, la de mis compañeros y la de su propio padre, Lonnie Wayne Blanton.

CORMAC WALLACE, MIL#EGH217

7

MEMENTO MORI

Es un nombre curioso para un barco. ¿Qué
significa?

Arrtrad

HORA CERO
*Después de la inquietante experiencia que vivió con su teléfono
móvil, el hacker conocido como Lurker huyó de casa y buscó un
lugar seguro en el que esconderse. No llegó muy lejos. Este relato
del inicio de la Hora Cero en Londres ha sido reconstruido a partir de conversaciones grabadas entre Lurker y distintas personas
que visitaron su centro de operaciones móvil durante los primeros
años de la Nueva Guerra.*

Cormac Wallace, mil#egh217

—¿Vas a contestar, Lurker?

Miro a Arrtrad con repugnancia. Aquí está, a sus treinta y cinco años y sin enterarse de nada. El mundo se está acabando. El día
del juicio final está encima de nosotros. Y Arrtrad, como se hace
llamar en los canales de chat, está de pie frente a mí, con la nuez

asomando bajo su débil barbilla, preguntándome si voy a contestar.

—¿Sabes lo que esto significa, Arrtrad?

—No, jefe. O sea, realmente no.

—Nadie llama a este teléfono, capullo. Nadie menos él. El motivo por el que huimos. El diablo de la máquina.

—¿Quieres decir que él es el que está llamando?

No me cabe la más mínima duda.

—Sí, es Archos. Nadie más ha localizado este puñetero número. Mi número.

—¿Eso significa que viene a por nosotros?

Miro el teléfono que vibra sobre nuestra mesita de madera. Está rodeado de un caos de papeles y lápices. Todos mis planes. En los viejos tiempos, ese teléfono y yo nos lo pasamos en grande. Hicimos muchas travesuras. Pero ahora me estremezco al verlo. No me deja dormir de noche, preguntándome qué hay al otro lado de la línea.

Se oye un chirrido de motores y la mesa se tambalea. Un lápiz se aleja rodando y cae al suelo.

—Malditas lanchas motoras —dice Arrtrad, agarrándose a la pared en busca de apoyo.

Nuestra casa flotante se mece a continuación. Solo es un pequeño barco de unos diez metros de eslora. Básicamente, una sala de estar con paneles de madera flotando a un metro del agua. Durante el último par de meses, yo he estado durmiendo en la cama y Arrtrad en la mesa plegable, con la estufa de leña como única fuente de calor.

Y mirando ese teléfono para estar ocupado.

La lancha motora se aleja silbando por el Támesis en dirección al mar. Probablemente sean imaginaciones mías, pero parece como si esa barca fuera y viniera presa del pánico, huyendo de algo.

Ahora yo también siento miedo.

—Suelta las amarras —susurro a Arrtrad, haciendo una mueca mientras el teléfono suena una y otra vez.

No va a parar de sonar.

—¿Qué? —pregunta Arrtrad—. No tenemos mucha gasolina, Lurker. Contestemos primero al teléfono. A ver de qué va la cosa.

Me lo quedo mirando inexpresivamente. Él mira hacia atrás tragando saliva. Sé por experiencia que no hay nada que ver en mis ojos grises. Ninguna emoción a la que aferrarse. Ninguna debilidad. Es la imprevisibilidad lo que le asusta de mí.

—¿Contesto? —pregunta Arrtrad con una vocecilla.

Coge el móvil con los dedos temblorosos. La luz otoñal entra a raudales por las ventanas de finos cristales, y su cabello ralo flota como un halo en su cuero cabelludo arrugado. No puedo permitir que ese debilucho se me adelante. Tengo que demostrar a mi tripulación quién manda. Aunque la tripulación solo tenga un miembro.

—Dame eso —farfullo, y le arrebato el teléfono.

Doy paso a la llamada con el pulgar, en un movimiento bien ensayado.

—Soy Lurker —gruño—. Y voy a por ti, colega...

Me interrumpe un mensaje grabado. Aparto el teléfono de mi oreja. La aguda voz de mujer automatizada se oye perfectamente por encima del sonido de las olas.

—Atención, ciudadano. Esto es un mensaje de su sistema de emergencias local. No es un ensayo. Se le avisa de que debido a un vertido químico en el centro de Londres, se solicita a todos los ciudadanos que se dirijan a sus casas. Lleve consigo sus mascotas. Cierre todas las puertas y ventanas. Apague todos los sistemas de ventilación. Por favor, espere a recibir ayuda; llegará en breve. Le informamos de que, debido al tipo de accidente, pueden ser utilizados sistemas teledirigidos para su rescate. Hasta que llegue la ayuda, escuche por radio los avisos del sistema de emergencias, por favor. Gracias por su cooperación. Pip. Atención, ciudadano. Esto es un mensaje...

Clic.

—Suelta las amarras, Arrtrad.

—Es un vertido químico, Lurker. Deberíamos cerrar las ventanas y...

—¡Suelta las amarras, gilipollas de mierda!

Le grito las palabras a Arrtrad en su cara de comadreja idiota y le salpico la frente de saliva. Por la ventana, Londres parece normal. Entonces me fijo en una delgada columna de humo. No es muy grande, pero está allí flotando, fuera de lugar. Siniestra.

Cuando me doy la vuelta, Arrtrad se está limpiando la frente y murmurando, pero se dirige a la endeble puerta de la casa flotante como le corresponde. Nuestro embarcadero es viejo, está podrido y ha estado aquí siempre. Estamos bien atados a él por tres puntos, y si no nos desatamos, no iremos a ninguna parte.

Y da la casualidad de que esta tarde tengo mucha prisa por marcharme. Estoy seguro de que es el final de los días. Es el puñetero Apocalipsis y estoy acompañado del tonto del pueblo y encadenado a un montón de madera podrida e inundada.

Es la primera vez que arranco el motor de la casa flotante.

La llave cuelga del punto de contacto. Me acerco a la estación de navegación que hay en la parte delantera. Abro la ventana principal, y el olor del agua turbia entra. Apoyo por un momento las sudorosas palmas de las manos en la madera de imitación del timón. Entonces, sin mirar, alargo la mano y giro la llave rápidamente.

Brrrum.

El motor gira y arranca renqueando. Al primer intento. Por la ventana trasera, veo una bruma de humo azulado elevándose en forma de nubes. Arrtrad está agachado en el lado derecho del barco, junto al embarcadero, desatando la segunda amarra. Estribor, supongo que lo llaman los aficionados a la navegación.

—*Memento Mori* —grita Arrtrad entre jadeos—. Es un nombre curioso para un barco. ¿Qué significa?

No le hago caso. A lo lejos, sobre la calva de Arrtrad, algo acaba de llamarme la atención: un coche plateado.

El coche tiene un aspecto bastante normal, pero se mueve a un ritmo demasiado constante para mi gusto. El vehículo avanza por la carretera que lleva a nuestro embarcadero como si tuviera la dirección atascada. ¿Es una casualidad que el coche esté orientado hacia nuestro muelle y hacia nosotros, que nos encontramos en el extremo?

—Más rápido —grito, golpeando la ventana con el puño.

Arrtrad se levanta con los brazos en jarras. Tiene la cara colorada y sudorosa.

—Llevan mucho tiempo atadas, ¿vale? Va a hacer falta algo más que…

El coche salta un bordillo al final de la calle casi a toda velocidad y entra en el aparcamiento del muelle. Se oye el tenue crujido de la carrocería del vehículo al tocar el suelo. Definitivamente, algo va mal.

—¡Vámonos de una vez! ¡VÁMONOS!

Por fin la fachada se ha resquebrajado. Mi pánico sale al exterior como si de radiación se tratara. Confundido, Arrtrad echa a correr a grandes zancadas a lo largo del costado del barco. Se arrodilla cerca de la parte posterior y empieza a desatar la última amarra podrida.

A mi izquierda se halla el río abierto. A mi derecha, un montón ruinoso de madera combada y dos toneladas de metal abalanzándose hacia mí a toda velocidad. Si no muevo este barco en los próximos segundos, voy a tener un coche aparcado encima de la embarcación.

Observo cómo el vehículo atraviesa dando saltos el enorme aparcamiento. Tengo la cabeza como si estuviera llena de algodón. El motor de la casa flotante tiembla un montón, y se me han dormido las manos con la vibración del timón. El corazón me late con fuerza.

Entonces se me ocurre algo.

Cojo el móvil de la mesa, saco la tarjeta SIM y lanzo el resto al agua. Emite un tenue «ploc». Noto el blanco de una diana resbalando por mi espalda.

La coronilla de Arrtrad aparece y desaparece mientras desenrolla la última cuerda. Él no ve el coche plateado que atraviesa como un rayo el aparcamiento desierto, lanzando basura por los aires. No ha variado de dirección ni un milímetro. El parachoques de plástico raspa el hormigón y sale volando del todo cuando el coche salta al muelle de madera por encima de un bordillo.

Mi móvil ha desaparecido, pero ya es demasiado tarde. El diablo me ha encontrado.

Ahora puedo oír el tamborileo de los neumáticos sobre los últimos cincuenta metros de madera podrida. Arrtrad levanta la cabeza, preocupado. Está encorvado en el costado del barco, con las manos cubiertas de limo de la vieja cuerda.

—¡No mires, sigue! —le grito.

Agarro la palanca de embrague. Con el pulgar, saco el barco del punto muerto y meto la marcha atrás. Listo para moverse, pero sin aceleración. Todavía.

Cuarenta metros.

Podría saltar del barco. Pero ¿adónde iré? Tengo la comida aquí. El agua. El tonto del pueblo.

Treinta metros.

El mundo se acaba, colega.

Veinte metros.

A hacer puñetas. Desatado o no, acelero y retrocedemos dando sacudidas. Arrtrad grita algo incoherente. Oigo que otro lápiz se cae al suelo, seguido de platos, papeles y una taza de café. El montón ordenado de leña que había al lado de la estufa se desploma.

Diez metros.

Los motores tronan. La luz del sol brilla en el maltrecho misil plateado cuando sale catapultado del extremo del muelle. El vehículo se eleva a través del espacio abierto y no alcanza la parte delantera del barco por pocos metros. Cae al agua y lanza espuma blanca que entra por la ventana abierta y me salpica la cara.

Se acabó.

Reduzco la velocidad pero dejo la marcha atrás y corro a la parte delantera de la cubierta. La proa, como dicen. Arrtrad se reúne conmigo con la cara pálida. Observamos el coche juntos, moviéndonos poco a poco hacia atrás, lejos del fin del mundo.

El vehículo plateado está medio sumergido y se hunde rápido. En el asiento delantero hay un hombre desplomado sobre el volante. El parabrisas tiene una telaraña carmesí de grietas en la zona donde su cara debe de haber impactado. Una mujer con el pelo largo se balancea junto a él en el asiento del pasajero.

Y, a continuación, lo último que veo. Lo último que quería ver en mi vida. Yo no he pedido verlo.

En la ventanilla trasera. Dos palmas pequeñas y pálidas, pegadas con fuerza contra el cristal tintado. Pálidas como el papel. Empujando.

Empujando muy fuerte.

Y el coche plateado se hunde.

Arrtrad cae de rodillas.

—No —grita—. ¡No!

El hombre desgarbado se lleva las manos a la cara. Su cuerpo entero se agita violentamente sacudido por los sollozos. Su cara de pájaro derrama mocos y lágrimas.

Yo retrocedo a la puerta de la cabina. El marco me sirve de apoyo. No sé cómo me siento; solo que me siento distinto. Cambiado, de algún modo.

Me fijo en que está oscureciendo. Se eleva humo de la ciudad. Se me ocurre una idea práctica. Tenemos que salir de aquí antes de que suceda algo peor.

Arrtrad se dirige a mí entre sollozos. Me agarra por el brazo, con las manos húmedas de las lágrimas, el agua del río y el fango de las amarras.

—¿Sabías que pasaría esto?

—Deja de llorar —le espeto.

—¿Por qué? ¿Por qué no se lo has dicho a nadie? ¿Y tu madre?

—¿Qué pasa con ella?

—¿No se lo has dicho a tu madre?

—Ella estará bien.

—No está bien. Nada está bien. Tú solo tienes diecisiete años, pero yo tengo hijos. Dos hijos. Y podrían estar heridos.

—¿Cómo es que no los he visto nunca?

—Están con mi ex, pero podría haberles advertido. Podría haberles dicho lo que se avecinaba. La gente está muerta. Muerta, Lurker. Eso de ahí era una familia. Había un puto niño en ese coche. Solo era una criatura. Dios mío. ¿Qué te pasa, colega?

—No pasa nada. Deja de llorar. Todo es parte del plan, ¿sabes? Si tuvieras algo de cerebro, lo entenderías, pero no lo tienes. Así que hazme caso.

—Sí, pero…

—Hazme caso y no nos ocurrirá nada. Vamos a ayudar a esas personas. Vamos a encontrar a tus hijos.

—Eso es imposible…

Entonces me detengo en seco. Estoy empezando a enfadarme un poco. Parte de mi antiguo ardor está regresando para reemplazar el aturdimiento.

—¿Qué te he dicho de eso?

—Lo siento, Lurker.

—Nada es imposible.

—Pero ¿cómo vamos a hacerlo? ¿Cómo podemos encontrar a mis hijos?

—Hemos sobrevivido por un motivo, Arrtrad. Ese monstruo. Esa cosa. Ha jugado sus cartas. Está usando las máquinas para hacer daño a la gente, pero nosotros somos espabilados. Podemos ayudar. Salvaremos a todos esos pobres corderos de ahí fuera. Los salvaremos y nos darán las gracias. Nos adorarán. Saldremos ganando. Todo es parte del plan, colega.

Arrtrad aparta la vista.

Es evidente que no se cree una palabra. Parece que tenga algo que decir.

—¿Qué? Adelante —digo.

—Perdona, pero nunca me has parecido alguien a quien le guste ayudar. No me malinterpretes…

De eso se trata, ¿no? Nunca he pensado mucho en los demás. O no he pensado nada en ellos. Pero esas palmas pálidas contra la ventana… No puedo dejar de pensar en ellas. Tengo la sensación de que me acompañarán mucho tiempo.

—Sí, ya lo sé —digo—. Pero no has visto mi parte compasiva. Todo es parte del plan, Arrtrad. Tienes que confiar en mí. Ya verás. Hemos sobrevivido. Tiene que haber sido por un motivo. Ahora tú y yo tenemos un objetivo. Somos nosotros contra esa cosa. Y vamos a vengarnos. Así que levanta y únete a la lucha.

Tiendo la mano a Arrtrad.

—¿Sí? —pregunta él.

Sigue sin creerme del todo, pero yo estoy empezando a confiar en mí mismo. Tomo su mano entre la mía y lo levanto de un tirón.

—Sí, colega. Imagínatelo. Tú y yo contra el mismísimo diablo. A muerte. Hasta el final. Algún día apareceremos en los libros de historia. Te lo garantizo.

Por lo visto, este suceso representó un punto de inflexión en la vida de Lurker. A medida que la Nueva Guerra empezaba a recrudecerse, parece que dejó atrás todas sus infantiles preocupaciones y comenzó a comportarse como un miembro de la raza humana. En posteriores registros, la arrogancia y la vanidad de Lurker se mantienen intactos, pero su impresionante egoísmo parece haber desaparecido junto con el coche plateado.

CORMAC WALLACE, MIL#EGH217

8

MADERA DE HÉROE

> Deja que la policía se encargue de esta mierda, tío.
>
> Cormac «Chico Listo» Wallace

HORA CERO

Esta narración está compuesta por una serie de datos combinados de cámaras y satélites que rastrearon toscamente las coordenadas GPS del teléfono que yo tenía en la Hora Cero. Como mi hermano y yo somos los sujetos de observación, he decidido narrar lo ocurrido a partir de mis recuerdos. Por supuesto, en su momento no teníamos ni idea de estar siendo vigilados.

> Cormac Wallace, mil#egh217

Mierda. Aquí está, el día antes de Acción de Gracias. El día que todo empezó. Mi vida hasta entonces no había sido nada del otro mundo, pero al menos no me perseguían. No me sobresaltaba cuando estaba oscuro, preguntándome si algún bicho metálico intentaría cegarme, amputarme un miembro o contagiarme como un parásito.

Comparada con eso, mi vida antes de la Hora Cero era perfecta.

Estoy en Boston y hace un frío de mil pares de cojones. El viento me corta en las orejas como una cuchilla de afeitar mientras persigo a mi hermano por el centro comercial al aire libre Downton Crossing. Jack tiene tres años más que yo y, como siempre, está intentando hacer lo correcto. Pero yo me niego a hacerle caso.

Nuestro padre murió el verano pasado. Jack y yo viajamos al oeste y lo enterramos. Y eso fue todo. Dejamos a nuestra madrastra sola en California con un montón de maquillaje embadurnado de lágrimas y todo lo que papá tenía.

Bueno, casi todo.

Desde entonces, he estado durmiendo en el sofá de Jack. Gorroneando, lo reconozco. Dentro de unos días me voy a Estonia a hacer un encargo de periodismo gráfico para *Nat Geo*. Intentaré encontrar el próximo trabajo directamente desde allí para no tener que volver a casa.

Dentro de cinco minutos, el mundo entero perderá la puta chaveta. Pero yo no lo sé; solo intento alcanzar a Jack, tranquilizarlo y conseguir que se serene.

Agarro a Jack del brazo derecho antes de que lleguemos al ancho túnel descubierto que atraviesa el centro comercial por debajo de la calle. Jack se da la vuelta y, sin pensárselo dos veces, el muy capullo me da un puñetazo en la boca. El canino superior derecho me abre un agujerito en el labio inferior. Todavía tiene los puños levantados, y cuando me toco el labio con el dedo, lo tengo manchado de sangre.

—Creía que en la cara estaba prohibido, cabronazo —digo, expulsando nubes de vaho.

—Tú me has obligado, tío. He intentado escapar —contesta él.

Ya lo sé. Él siempre ha sido así. A pesar de todo, estoy un poco asombrado. Es la primera vez que me pega en la cara.

Debo de haberla cagado más de lo que pensaba.

Pero Jack ya tiene en el rostro esa expresión de «Lo siento».

Sus brillantes ojos azules están fijos en mi boca, calculando el daño que me ha hecho. Sonríe burlonamente y aparta la vista. Estoy bien, creo.

Me lamo la sangre del labio.

—Oye, papá me lo dejó a mí. Estoy sin blanca. No tenía otra opción. He tenido que venderlo para viajar a Estonia y ganar dinero. Para ver si funciona.

Mi padre me regaló una bayoneta especial de la Segunda Guerra Mundial. La he vendido. Me he equivocado, y lo sé, pero no puedo reconocerlo delante de Jack, mi hermano perfecto. Él es un puñetero bombero de Boston y es miembro de la Guardia Nacional. Eso sí que es tener madera de héroe.

—Pertenecía a la familia, Cormac —dice—. Papá arriesgó la vida por ella. Era parte de nuestra herencia. Y tú la has empeñado por unos cientos de pavos.

Se detiene y respira hondo.

—Vale, esto me está sacando de quicio. Ahora mismo ni siquiera puedo hablar contigo o acabaré tumbándote.

Jack se marcha con paso airado. Cuando la mina terrestre andante color tierra aparece al final del túnel, reacciona en el acto.

—¡Cuidado, todo el mundo! Fuera del túnel. ¡Una bomba! —grita.

La gente responde inmediatamente a la autoridad de su voz. Incluso yo. Varias docenas de personas se pegan contra la pared mientras el artefacto de seis patas pasa lentamente por delante de ellos sobre los adoquines. El resto de la gente sale del túnel presa de un pánico controlado.

Jack se dirige al medio del túnel, un pistolero solitario. Saca una Glock de calibre 45 de la pistolera que lleva debajo de la chaqueta. Agarra el arma con las dos manos y apunta con ella al suelo. Yo salgo de detrás de él con vacilación.

—¿Tienes una pistola? —susurro.

—En la guardia muchos tenemos una —dice Jack—. Oye, no te acerques a esa mina corredora. Puede moverse mucho más rápido que ahora.

—¿Mina corredora?

Los ojos de Jack no se apartan en ningún momento de la máquina del tamaño de una caja de zapatos que avanza por el medio del túnel. Artillería del ejército de Estados Unidos. Sus seis patas se mueven de una en una con bruscas sacudidas mecánicas. Tiene una especie de láser en la parte trasera que dibuja un círculo rojo en el suelo a su alrededor.

—¿Qué hace aquí, Jack?

—No lo sé. Debe de haber salido del arsenal de la Guardia Nacional. Está en modo de diagnóstico. Ese círculo rojo es para que un encargado de demolición establezca la distancia de detonación. Llama al número de emergencias.

Antes de que pueda sacar el móvil, la máquina se detiene. Se reclina sobre cuatro patas y levanta las dos patas delanteras en el aire. Parece un cangrejo furioso.

—Está bien, más vale que retrocedas. Está buscando un objetivo. Voy a tener que dispararle.

Jack levanta la pistola. Mientras camino hacia atrás, grito a mi hermano:

—¿No estallará?

Jack adopta una postura de disparo.

—No si solo le disparo a las patas. De lo contrario, sí.

—¿Eso no es malo?

La mina corredora da zarpazos al aire, encabritada.

—Está apuntando, Cormac. O la desactivamos nosotros o nos desactiva ella.

Jack mira por la mirilla entornando los ojos. A continuación aprieta el gatillo, y un estallido ensordecedor retumba en el túnel. Los oídos me resuenan cuando vuelve a disparar.

Hago una mueca, pero no se produce ninguna explosión grande.

Por encima del hombro de Jack, veo la mina corredora tumbada boca arriba, arañando el aire con las tres patas que le quedan. Acto seguido, Jack se sitúa en mi línea de visión, establece contacto visual conmigo y habla despacio.

—Cormac. Necesito que consigas ayuda, colega. Yo me quedaré aquí y vigilaré esa cosa. Sal del túnel y llama a la policía. Diles que manden una brigada de artificieros.

—Claro —digo.

No puedo apartar la vista del cangrejo averiado tumbado en el suelo. Tiene un aspecto resistente y militar, fuera de lugar en este centro comercial.

Salgo del túnel corriendo y me interno en la Hora Cero: el nuevo futuro de la humanidad. Durante el primer segundo de mi nueva vida, pienso que lo que estoy viendo es broma. ¿Cómo no va a serlo?

Por algún motivo, me imagino que un artista ha llenado el centro comercial de coches teledirigidos como parte de una instalación. Entonces veo los círculos rojos alrededor de cada aparato. Docenas de minas corredoras están atravesando el centro, como invasores de otro planeta avanzando a cámara lenta.

Toda la gente ha huido.

De repente se produce un violento estallido a varias manzanas de distancia. Oigo gritos lejanos. Coches de policía. Las sirenas de emergencia empiezan a sonar, aumentando y disminuyendo de volumen mientras giran.

Unas cuantas minas corredoras parecen sorprendidas. Se encabritan sobre las patas traseras, agitando las delanteras.

Noto una mano en el codo. La cara de facciones marcadas de Jack me mira desde el túnel oscuro.

—Algo pasa, Jack —digo.

Él escudriña la plaza con sus duros ojos azules y toma una decisión. Así, sin más.

—El arsenal. Tenemos que traerlo aquí y arreglar esto. Vamos —dice, agarrándome el codo con una mano.

En la otra, veo que todavía tiene la pistola.

—¿Y los cangrejos?

Jack me lleva a través del centro comercial, informándome con frases breves y sucintas.

—No te metas en sus zonas de detonación, los círculos rojos.

Nos subimos a una mesa de picnic, lejos de las minas corredoras, y saltamos entre los bancos del parque, la fuente central y los muros de hormigón.

—Perciben las vibraciones. No camines siguiendo una pauta. Salta.

Cuando ponemos pie en el suelo, nos lanzamos rápidamente de un punto a otro. A medida que avanzamos, las palabras de Jack se conectan y forman ideas concretas que penetran en mi confusión y mi asombro.

—Si ves que están buscando un objetivo, lárgate. Atacarán en grupo. No se mueven muy rápido, pero hay muchas.

Saltando de obstáculo en obstáculo, nos abrimos camino cuidadosamente a través de la plaza. Al cabo de unos quince minutos, una mina corredora se detiene en la entrada de una tienda de ropa. Oigo los golpecitos de sus patas en el cristal. Una mujer con un vestido negro está en mitad de la tienda, observando al cangrejo a través de la puerta. El círculo rojo brilla a través del cristal y refracta unos centímetros. La mujer da un paso hacia la máquina, movida por la curiosidad.

—¡Señora, no! —grito.

¡Bum! La mina corredera explota, hace añicos la puerta y lanza a la mujer hacia atrás contra la tienda. Los otros cangrejos se detienen y agitan sus patas delanteras unos segundos. A continuación, uno a uno, siguen arrastrándose a través del centro.

Me toco la cara y veo mis dedos manchados de sangre.

—Mierda, Jack. ¿Estoy herido?

—Es de cuando te pegué, tío. ¿Te acuerdas?

—Oh, sí.

Seguimos avanzando.

Cuando llegamos al límite del parque, las sirenas de emergencia de la ciudad dejan de aullar. Ahora solo oímos el viento, el correteo de las patas metálicas sobre el hormigón y algún que otro estallido amortiguado de una explosión lejana. Está oscureciendo, y en Boston hace cada vez más frío.

Jack se detiene y me posa la mano en el hombro.

—Cormac, lo estás haciendo muy bien. Ahora necesito que corras conmigo. El arsenal está a menos de un kilómetro y medio de aquí. ¿Estás bien, Big Mac?

Asiento con la cabeza, temblando.

—Estupendo. Correr es bueno. Nos mantendrá en calor. Sígueme de cerca. Si ves una mina u otra cosa, evítala. No te separes de mí, ¿de acuerdo?

—De acuerdo, Jack.

—Y ahora, a correr.

Jack escudriña el callejón que tenemos enfrente. Las minas corredoras están disminuyendo, pero una vez que hemos salido del centro comercial, me doy cuenta de que allí habrá espacio para máquinas más grandes... como coches.

Mi hermano me dedica una sonrisa reconfortante y echa a correr. Lo sigo. No tengo otra elección.

El arsenal es un edificio bajo y ancho: una gran mole de sólidos ladrillos rojos con forma de castillo. Tiene un aire medieval salvo por los barrotes de acero que cubren sus estrechas ventanas. Toda la entrada ha sido reventada desde debajo del arco de acceso. Las puertas de madera lacada están hechas astillas en la calle junto a una placa de bronce retorcida con la palabra HISTÓRICO repujada. Aparte de eso, el lugar está tranquilo.

Mientras subimos la escalera y corremos bajo el arco, alzo la vista y veo una enorme águila grabada mirándome. Las banderas situadas a los lados de la entrada ondean al viento, manchadas y quemadas por una explosión. Me da la impresión de que nos hemos adentrado en el peligro en lugar de huir de él.

—Espera, Jack —digo jadeando—. Esto es una locura. ¿Qué estamos haciendo aquí?

—Estamos intentando salvar vidas, Cormac. Esas minas se han escapado de aquí. Tenemos que asegurarnos de que no sale nada más.

Lo miro ladeando la cabeza.

—No te preocupes —dice él—. Es el arsenal de mi batallón. Vengo aquí cada quince días. No nos pasará nada.

Jack entra resueltamente en el cavernoso vestíbulo. Yo lo sigo. Decididamente, las minas corredoras estaban allí. Los suelos pulidos están llenos de marcas, y hay montones de escombros esparcidos. Todo está cubierto de una fina capa de polvo. Y en el polvo veo muchas huellas de bota, junto con rastros menos reconocibles.

La voz de Jack resuena en los techos abovedados.

—¿George? ¿Estás ahí dentro? ¿Dónde estás, colega?

Nadie responde.

—Aquí no hay nadie, Jack. Deberíamos marcharnos.

—No sin armarnos.

Jack aparta una puerta de hierro fundido caída. Empuñando la pistola, avanza por un pasillo oscuro. El viento frío se cuela por la entrada destruida, y se me pone la carne de gallina en el cuello. La brisa no es fuerte, pero basta para empujarme por el pasillo detrás de Jack. Atravesamos una puerta metálica. Bajamos por una claustrofóbica escalera. Entramos en otro largo pasillo.

Entonces oigo los golpes por primera vez.

Vienen de detrás de la puerta metálica de dos hojas que hay al fondo del corredor. El martilleo se produce en oleadas aleatorias y hace vibrar las puertas en las bisagras.

Bum. Bum. Bum.

Jack se detiene y lo analiza un segundo, y acto seguido me conduce a un almacén sin ventanas. Sin decir nada, se coloca detrás del mostrador y empieza a coger artículos de los estantes. Lanza cosas sobre el mostrador: calcetines, botas, pantalones, camisas, cantimploras, cascos, guantes, rodilleras, tapones para los oídos, vendas, ropa interior térmica, mantas de emergencia, mochilas, cinturones de munición y otras cosas que no reconozco.

—Ponte este UCM —me ordena Jack por encima del hombro.

—¿De qué coño estás hablando?

—El uniforme de combate militar. Póntelo. Asegúrate de que

estás caliente. Puede que esta noche tengamos que dormir al raso.

—¿Qué hacemos aquí, Jack? Deberíamos volver a tu casa y esperar ayuda. Que la policía se encargue de esta mierda, tío.

Jack no se detiene; habla sin dejar de moverse.

—Esos artefactos de la calle son material militar, Cormac. La policía no está equipada para ocuparse de las armas militares. Además, ¿has visto que la caballería haya venido a ayudarnos cuando estábamos en la calle?

—No, pero deben de estar reagrupándose o lo que sea.

—¿Te acuerdas del vuelo cuarenta y dos? ¿Cuando estuvimos a punto de palmarla por un fallo técnico? Creo que esto es más gordo que lo de Boston. Esto podría estar pasando en todo el mundo.

—Ni de coña, tío. Solo es cuestión de tiempo que…

—Nosotros. Cormac, esto es cosa nuestra. Nosotros tenemos que encargarnos de esto. Tenemos que encargarnos de lo que está aporreando la puerta al final del pasillo.

—¡No, ni hablar! ¿Por qué tienes que hacerlo tú? ¿Por qué siempre tienes que resolverlo tú?

—Porque soy el único hombre que puede hacerlo.

—No. Es porque nadie es tan tonto para meterse de lleno en el peligro.

—Es mi deber. Vamos a hacerlo. Se acabó la discusión. Y ahora vístete antes de que te haga una llave de cabeza.

Me desvisto de mala gana y me enfundo el uniforme. La ropa está nueva y tiesa. Jack también se viste. Lo hace el doble de rápido que yo. En un momento determinado, me abrocha un cinturón y me lo aprieta. Me siento como un niño de doce años con un disfraz de Halloween.

Entonces me mete un rifle M16 en las manos.

—¿Qué? ¿En serio? Nos van a detener.

—Cállate y escucha. Este es el cargador. Introdúcelo aquí y asegúrate de que se curva en dirección contraria a ti. Este selector es el control de modo de fuego. Lo estoy ajustando a un solo disparo para que no gastes todo el cargador de golpe. Ponlo en el modo de seguridad cuando no vayas a usar el rifle. Tiene un asa en la parte de arriba, pero nunca lo cogemos por ahí. Es peligroso. Aquí está el seguro. Retíralo para cargar una bala. Si tienes que disparar, sujétalo con las dos manos, así, y hazlo usando el punto de mira. Aprieta despacio el gatillo.

Ahora soy un niño con un disfraz de soldado de Halloween armado con un rifle de combate M16 totalmente cargado. Lo levanto y apunto a la pared. Jack me da un manotazo en el codo.

—No levantes el codo. Te lo engancharás con algo y te convertirás en un blanco más fácil. Y mantén el índice fuera del guardamonte a menos que estés listo para disparar.

—¿Esto es lo que haces los fines de semana?

Jack no contesta. Está arrodillado metiendo cosas en las mochilas. Me fijo en un par de grandes trozos de plástico, como pastillas de mantequilla.

—¿Es explosivo C-4?

—Sí.

Jack termina de llenar las mochilas. Me echa una a la espalda. Aprieta los tirantes. A continuación se coloca la suya. Se da unas palmadas en los hombros y estira los brazos.

Mi hermano parece un puñetero comando.

—Adelante, Big Mac —dice—. Vamos a averiguar qué está armando ese follón.

Avanzamos sigilosamente por el pasillo con los rifles preparados en dirección al sonido resonante. Jack se queda atrás, con el rifle apoyado en el hombro. Me hace una señal con la cabeza, y me agacho delante de la puerta. Coloco la mano enguantada sobre el pomo. Lo giro respirando hondo y abro la puerta de un empujón con el hombro, pero golpea contra algo, y presiono más fuerte. La puerta se abre de golpe, y me precipito en la habitación de rodillas.

La muerte negra y reptante me devuelve la mirada.

La habitación está plagada de minas corredoras. Trepan por las paredes y salen de cajas de madera hechas astillas, unas encima de otras. Al abrir la puerta he apartado un montón, pero ya hay otras arrastrándose hacia la abertura. Ni siquiera puedo ver el suelo de la cantidad de horribles máquinas que hay.

A través de la habitación se eleva una oleada de patas delanteras, palpando el aire.

—¡No! —grita Jack.

Me agarra por la parte de atrás de la chaqueta y me saca del cuarto de un tirón. Es rápido, pero cuando la puerta se está cerrando, una mina se encaja en la rendija. Le siguen más. Muchas más. Salen en tromba al pasillo. Sus cuerpos metálicos golpean la puerta mientras Jack y yo retrocedemos.

Bum. Bum. Bum

—¿Qué más hay en el arsenal, Jack?

—Toda clase de cosas.

—¿Cuántos robots?

—Muchos.

Jack y yo retrocedemos por el pasillo, mirando cómo los explosivos con forma de cangrejo salen a raudales por la puerta.

—¿Hay más C-4? —pregunto.

—Cajas enteras.

—Tenemos que volar este sitio.

—Cormac, este lugar lleva aquí desde el siglo XVIII.

—¿Qué coño importa la historia? Tenemos que preocuparnos por el presente, colega.

—Nunca has tenido respeto por la tradición.

—Jack, siento haber empeñado la bayoneta, ¿vale? Fue una decisión equivocada. Pero hacer estallar esas cosas es lo único que podemos hacer. ¿A qué hemos venido?

—A salvar gente.

—Pues salvemos gente, Jack. Volemos el arsenal.

—Piensa, Cormac. Por aquí vive gente. Mataremos a alguien.

—Si esas minas se liberan, quién sabe a cuántas personas matarán. No tenemos opción. Vamos a tener que hacer algo malo para hacer algo bueno. En una emergencia se hace lo que sea necesario conseguir. ¿Vale?

Jack reflexiona un instante, observando cómo las minas corredoras se arrastran hacia nosotros por el pasillo. Círculos de luz roja centellean en el suelo pulido.

—Vale —dice él—. Este es el plan. Vamos a ir a la base militar más cercana. Asegúrate de que tienes todo lo que necesitas, porque vamos a pasarnos toda la noche andando. Ahí fuera hace un frío del carajo.

—¿Y el arsenal, Jack?

Jack me sonríe. Tiene esa mirada de loco en sus ojos azules de la que casi me había olvidado.

—¿El arsenal? —pregunta—. ¿Qué arsenal? Vamos a mandar a la mierda el puto arsenal, hermanito.

Esa noche Jack y yo caminamos a través de una niebla gélida, trotando por callejones oscuros y agachándonos detrás de cualquier escondite que encontramos. En la ciudad hay ahora un silencio sepulcral. Los supervivientes están parapetados en sus casas, dejando las calles desoladas a las máquinas dementes y heladas para que sigan de cacería. El temporal de nieve cada vez más intenso ha apagado algunos de los fuegos que hemos encendido, pero no todos.

Boston está en llamas.

De vez en cuando oímos el ruido de una detonación en la oscuridad. O el chirrido de neumáticos de los coches vacíos que se deslizan sobre el hielo, a la caza. El rifle que Jack me ha dado es sorprendentemente pesado, metálico y frío. Tengo las manos cerradas en torno a él como garras heladas.

En cuanto los veo, siseo a Jack para que se detenga. Señalo con la cabeza el callejón de la derecha sin hacer más ruido.

Al final del estrecho callejón, entre el humo y la nieve que se arremolinan, tres siluetas pasan en fila. Avanzan por debajo de la luz azulada de un semáforo, y al principio pienso que son soldados vestidos con ceñidos uniformes grises. Pero no es así. Uno de ellos se detiene en la esquina y escudriña la calle con la cabeza ladeada de forma extraña. Esa cosa debe de medir más de dos metros. Los otros dos son más pequeños y de color bronce. Esperan detrás del líder, totalmente inmóviles. Son tres robots militares humanoides. Permanecen en medio del viento cortante, metálicos, desnudos e impávidos. Solo he visto esas cosas por televisión.

—Unidades de seguridad y pacificación —susurra Jack—. Un Arbiter y dos Hoplites. Un pelotón.

—Chis.

El líder se vuelve y mira en dirección a nosotros. Contengo la respiración mientras el sudor me gotea por las sienes. Jack me aprieta tanto el hombro con la mano que me hace daño. Los robots no se comunican de forma visible. Al cabo de unos segundos, el líder se aparta y, en el momento justo, las tres figuras se alejan y se internan en la noche con pasos largos. Solo quedan unas huellas en la nieve como prueba de que han estado allí.

Es como un sueño. No estoy seguro de que lo que he visto sea real. Pero, aun siéndolo, tengo el presentimiento de que volveré a ver esos robots.

Efectivamente, volvimos a ver esos robots.

CORMAC WALLACE, MIL#EGH217

TERCERA PARTE

SUPERVIVENCIA

Dentro de treinta años, dispondremos de los medios tecnológicos para crear una inteligencia superhumana. Poco después, la era del hombre tocará a su fin… ¿Se pueden encauzar los acontecimientos de forma que sobrevivamos?

VERNOR VINGE, 1993

1

AKUMA

Todas las cosas han nacido de la mente de
Dios.

Takeo Nomura

NUEVA GUERRA + 1 MES

*Cuando llegó la Hora Cero, la mayoría de la población mundial
vivía en ciudades. Las zonas industrializadas de todo el mundo
sufrieron los ataques más duros durante el período inmediatamente posterior. Sin embargo, hubo casos excepcionales como el de un
emprendedor superviviente japonés que convirtió una debilidad
en fortaleza.*

*Multitud de robots industriales, cámaras de seguridad y pará-
sitos robot confirman el siguiente relato, que fue narrado con todo
lujo de detalles por el señor Takeo Nomura a los miembros del
Ejército de Autodefensa de Adachi. Desde el comienzo de la Nueva Guerra hasta sus últimos momentos, el señor Nomura parece
haber estado rodeado de robots amistosos. En el siguiente documento, el japonés ha sido traducido a nuestro idioma.*

Cormac Wallace, mil#egh217

Estoy mirando una imagen captada por una cámara de seguridad en mi monitor. En la esquina de la pantalla, se puede leer el rótulo: BARRIO DE ADACHI, TOKIO.

La imagen está tomada desde un sitio elevado con vistas a una calle desierta. La calzada es estrecha y está asfaltada y limpia. Está bordeada de casitas pulcras. Todas las viviendas tienen vallas hechas de bambú, hormigón o hierro fundido. No hay jardines destacables, ni aceras y, lo más importante, no hay espacio para que aparquen los coches.

Una caja beis avanza rodando por el centro del estrecho pasillo. Vibra ligeramente sobre el asfalto, desplazándose sobre unas finas ruedas de plástico fabricadas exclusivamente para su uso en interiores. La superficie de la máquina está cubierta de manchas de hollín negro. Fijado a la parte superior de la caja, hay un brazo simple construido con tuberías de aluminio y plegado como un ala. En la parte delantera del robot, justo por debajo del objetivo agrietado de una cámara, un botón de luz emite un saludable brillo verde.

Yo llamo a esa máquina Yubin-kun.

Esa cajita es mi más fiel aliado. Ha llevado a cabo lealmente muchas misiones por la causa. Gracias a mí, Yubin-kun piensa con claridad, a diferencia de las máquinas perversas que plagan la ciudad: los *akuma*.

Yubin-kun llega a la intersección pintada con una cruz blanca descolorida. Gira resueltamente noventa grados a la derecha. A continuación sigue avanzando por la manzana. Cuando está a punto de salir del encuadre de la cámara, me apoyo las gafas en la frente y miro la pantalla con los ojos entornados. Algo reposa sobre la atareada máquina. Distingo el objeto: una bandeja.

Y sobre la bandeja hay una lata de sopa de maíz. Mi sopa. Suspiro, feliz.

Entonces pulso un botón, y la imagen de la cámara cambia.

Ahora veo una imagen en alta resolución a todo color del exterior del edificio de una fábrica. Un letrero colocado en la fachada reza en japonés: INDUSTRIAS LILIPUTIENSES.

Este es mi castillo.

Los bajos muros de cemento de mi fortaleza están manchados. El cristal de las ventanas con barrotes se ha roto y ha sido sustituido por láminas de metal soldadas en el marco de acero del edificio. Una persiana enrollable domina la fachada de la fábrica: un rastrillo moderno.

La puerta está bien cerrada. Aunque fuera el mundo está en calma, sé que la muerte acecha entre las sombras grises.

Los *akuma* —las máquinas malas— podrían estar en cualquier parte.

De momento no hay movimiento fuera; solo las sombras inclinadas proyectadas por el sol de la tarde. Las siluetas penetran en los orificios abiertos en los muros de mi castillo y se acumulan en la trinchera llena de porquería que rodea mi fortaleza. La zanja tiene la profundidad de un hombre de pie y es demasiado ancha para ser cruzada de un salto. Está inundada de agua ácida y desechos oxidados de metal y residuos.

Este es mi foso. Protege mi castillo de los *akuma* más pequeños que nos atacan a diario. Es un buen foso y tiene por objetivo mantenernos a salvo, pero no hay hoyo lo bastante grande para detener a los *akuma* de mayor tamaño.

Parte de la casa amarilla derruida que hay al lado está hundida sobre sí misma. Las viviendas ya no son seguras. Hay demasiados *akuma* en esta ciudad. Con sus mentes envenenadas, decidieron matar a millones de personas. Los *akuma* se llevaron a la población dócil en columnas… para no volver jamás. Las casas que esas personas dejaron están hechas de madera y son endebles.

Hace dos semanas mi vida estuvo a punto de tocar a su fin en esa casa amarilla. Pedazos de revestimiento amarillo todavía sobresalen del foso y cubren la estrecha pasarela que rodea la fábrica. Fue mi última excursión en busca de restos. No se me da bien hurgar en la basura.

Yubin-kun aparece.

Mi compañero se para delante de la fábrica y espera. Me levanto y estiro la espalda. Hace frío, y mis viejas articulaciones crujen. Segundos más tarde, giro la manivela para abrir la persiana de acero. Una franja de luz aparece junto a mis pies y se eleva hasta un metro veinte de altura. Me agacho por debajo de la persiana y salgo al tranquilo y peligroso nuevo mundo.

Me ajusto las gafas parpadeando contra la luz del sol y examino las esquinas de las calles en busca de movimiento. A continuación, agarro el trozo de madera contrachapada cubierta de barro que hay apoyado contra el edificio. El pedazo de madera cae sobre el foso de un empujón. Yubin-kun cruza la tabla hasta mí, cojo la lata de sopa de la bandeja, la abro y me la bebo.

Las máquinas de los supermercados todavía piensan con lucidez. No son víctimas del hechizo malvado que pesa sobre gran parte de la ciudad. Doy una palmada a Yubin-kun en su espalda lisa mientras pasa por debajo de la persiana enrollable y entra en el edificio oscuro.

Me inclino lamiéndome los dedos y tiro de la tabla de madera contrachapada. El otro extremo cae en el foso mugriento antes de que lo saque y lo apoye de nuevo en la pared. Una vez que he terminado, la calle parece igual que antes, solo que la madera contrachapada apoyada contra el edificio está ahora más embarrada y más húmeda. Regreso al interior de la fábrica y bajo la persiana con la manivela hasta que queda bien cerrada.

Vuelvo a la pantalla, que reposa sobre mi mesa de trabajo en medio del suelo vacío de la fábrica. Mi lámpara de trabajo derrama un foco de luz sobre la mesa, pero por lo demás la sala no está iluminada. Debo racionar la electricidad con cuidado. Los *akuma* todavía utilizan partes de la red eléctrica. El secreto está en robar la electricidad discretamente, en pequeñas dosis, y en recargar solo las baterías de reserva locales.

Nada cambia en la pantalla durante unos quince minutos. Observo cómo crecen las largas sombras. El sol se esconde cada vez más lejos hacia el horizonte, tiñendo la luz de un amarillo crudo.

Antes la contaminación embellecía las puestas de sol.

Noto el espacio vacío a mi alrededor. Es un lugar muy solitario. Solo el trabajo me mantiene cuerdo. Sé que un día encontraré el antídoto. Despertaré a Mikiko y le daré una mente limpia.

Ataviada con su vestido rojo cereza, yace dormida sobre una pila de cartón, medio envuelta en la vacía oscuridad de la fábrica. Tiene las manos juntas sobre la barriga. Como siempre, parece como si sus ojos pudieran abrirse en cualquier momento. Me alegro de que no lo hagan. Si se abrieran ahora, me asesinaría con determinación, sin vacilar.

Todas las cosas nacen de la mente de Dios. Pero, en el último mes, la mente de Dios se ha vuelto loca. Los *akuma* no tolerarán mi existencia mucho tiempo.

Enciendo la luz fijada a mi lupa. Doblando su brazo, enfoco una pieza de maquinaria rescatada que reposa sobre mi mesa. Es compleja e interesante: un extraño artefacto no construido por manos humanas. Me coloco la máscara de soldador y giro un mando para activar el soplete de plasma. Realizo movimientos pequeños y precisos con el soldador.

Aprenderé las lecciones que tiene que darme el enemigo.

El ataque se produce de repente. Veo algo con el rabillo del ojo. En las imágenes de la cámara, un robot albino con dos ruedas, un torso humano y una cabeza como un casco avanza por en medio de la calle. Es un modelo de niñera de antes de la guerra ligeramente modificado.

A ese *akuma* le siguen media docena de robots achaparrados con cuatro ruedas, cuyas rígidas antenas negras vibran mientras se mueven a toda velocidad sobre el asfalto barrido. Entonces una máquina con forma de cubo de basura azul equipada con dos ruedas pasa rodando. Tiene un robusto brazo doblado en lo alto como una serpiente enroscada. Es un híbrido nuevo.

Una variopinta colección de robots inunda la calle de mi fábrica. La mayoría se mueven sobre ruedas, pero unos cuantos andan con dos o cuatro patas. Casi todos son modelos domésticos, no diseñados para la guerra.

Pero lo peor todavía está por venir.

La imagen de la cámara tiembla cuando aparece una vara metálica rojo oscuro. Me doy cuenta de que es un brazo cuando veo las tenazas de color amarillo chillón que cuelgan del extremo. Las pinzas se abren y se cierran, temblando del esfuerzo necesario para moverse. Antes, esta máquina era un leñador forestal, pero ha sido modificada hasta quedar casi irreconocible. Fijada en lo alto tiene una especie de cabeza, coronada con focos y dos antenas que parecen cuernos. Una llamarada de fuego sale de las tenazas y lame el costado de mi castillo.

La cámara tiembla violentamente y, acto seguido, se apaga.

Dentro del castillo todo está en silencio salvo el soplete de plasma, que suena como el papel al romperse. Las formas vagas de los robots de la fábrica acechan en la oscuridad; los brazos móviles están parados en distintas poses como esculturas de chatarra. El único indicio de que están vivas y son amistosas es el constante brillo verdoso de docenas de luces de intención que hiende la oscuridad.

Los robots de la fábrica no se mueven, pero están despiertos. Algo sacude el muro del exterior, pero no tengo miedo. Los puntales metálicos del techo se abollan bajo un enorme peso.

¡Toc!

Un trozo de techo desaparece, y una franja de luz del sol mortecina atraviesa la penumbra. Suelto el soplete, que cae al suelo con gran estruendo y resuena por toda la cavernosa sala. Me levanto la máscara de soldador por encima de la frente sudorosa y alzo la vista.

—Sabía que volveríais, *akuma* —digo—. *Difensu!*

Inmediatamente, docenas de brazos industriales móviles cobran vida de golpe. Todos son más altos que un hombre y están hechos de un metal sucio y sólido diseñado para sobrevivir a décadas de uso en la fábrica. Los robots industriales salen corriendo de la oscuridad sincronizadamente hasta rodearme.

Esos brazos trabajaron duro en el pasado para construir cachivaches para los hombres. Yo les limpié la mente de veneno, y ahora sirven a una causa mayor. Estás máquinas se han convertido en mis fieles soldados. Mis *senshi*.

Si la mente de Mikiko fuera igual de simple...

En lo alto, el mayor de mis *senshi* cobra vida arrastrándose. Es un puente grúa de diez toneladas adornado con cables hidráulicos y un par de enormes brazos robóticos improvisados. El aparato se pone en movimiento con dificultad y va adquiriendo velocidad.

Otro «toc» resuena por la sala. Permanezco junto a Mikiko, esperando a que el *akuma* se deje ver. Sin pensarlo dos veces, cojo las manos sin vida de ella entre las mías. A mi alrededor, miles de toneladas de metal adoptan a toda velocidad posiciones defensivas.

Si vamos a sobrevivir, debemos hacerlo juntos.

Unas pinzas amarillas se introducen chirriando a través del techo y la pared, y la mortecina luz del sol entra a raudales en la sala. Otras tenazas penetran en la estancia y abren la fisura en forma de V ancha. La máquina asoma su cara pintada de rojo por el agujero. Los focos fijados en su cabeza iluminan las virutas metálicas que danzan en el aire. El gigantesco *akuma* empuja la pared hacia atrás, y esta se desploma sobre el foso. A través del boquete, veo cientos de robots más pequeños agrupándose.

Suelto las manos de Mikiko y me preparo para la batalla.

El enorme *akuma* se abre paso a través del muro derruido y derriba de lado uno de mis brazos industriales de color rojo brillante. El pobre *senshi* intenta volver a levantarse, pero el *akuma* lo aparta de un golpe, le parte la articulación del codo y lanza su armazón de media tonelada rebotando hacia mí.

Me alejo. Detrás de mí, oigo cómo el *senshi* abatido se para rechinando a escasos metros de mi mesa de trabajo. Por el ruido, sé que los otros ya han corrido a sustituirlo.

Me inclino para recoger el soplete, y me crujen las rodillas. Me deslizo la máscara sobre los ojos y veo cómo mi aliento se condensa en la lámina tintada.

Me dirijo cojeando al *senshi* abatido.

Se oye un ruido como el rugido de una cascada. Las llamas del primero de los monstruosos *akuma* me lamen, pero no las noto. Un *senshi* agarra un trozo de plexiglás amarillento y lo levanta para interceptar las llamas. El escudo se curva con el calor, pero yo ya estoy reparando la articulación destrozada.

—Sé valiente, *senshi* —susurro, doblando un puntal partido en dirección a mí y sujetándolo con firmeza para soldarlo bien.

En la brecha, el inmenso *akuma* avanza y balancea sus enormes brazos hacia mí. Los frenos del puente grúa sisean en lo alto al colocarse en posición. Un robusto brazo colgante atrapa al *akuma* por la muñeca. Mientras los dos gigantes luchan cuerpo a cuerpo, una oleada de robots enemigos entran arrastrándose por el boquete de la pared. Varias de las máquinas con la parte superior del cuerpo de aspecto humanoide llevan rifles.

Los *senshi* se dirigen a la brecha. Unos cuantos se quedan atrás, sus sólidos brazos cerniéndose sobre mí mientras acabo de reparar la articulación averiada. Estoy concentrado y no puedo prestar atención a la batalla. Oigo un sonido de disparos, y saltan chispas del cemento a varios metros de distancia. En otra ocasión, el *senshi* que me protege mueve su brazo el trecho exacto para interceptar un trozo de chatarra voladora. Me paro a mirar sus pinzas para ver si han sufrido daños, pero están intactas. Finalmente, el *senshi* averiado queda reparado.

—*Senshi*. Ahora *difensu* —ordeno.

El brazo robótico se yergue y se dirige rodando a la pelea. Todavía queda mucho trabajo pendiente.

Nubes de vapor se cuelan desde una grieta de la pared. Las luces de intención verdes de mis *senshi* hienden la bruma, junto con los destellos apagados de sopletes, disparos de armas y los restos en llamas de las máquinas destruidas. Llueven chispas sobre nosotros mientras el gigantesco *akuma* y mi *senshi* luchan en una colosal batalla a gran altura.

Pero siempre hay trabajo por hacer. Cada uno de nosotros tiene un papel que desempeñar. Mis *senshi* están hechos de un metal resistente totalmente sólido, pero sus conexiones hidráulicas, sus ruedas y sus cámaras son vulnerables. Con el soplete en la mano, busco al siguiente soldado abatido y empiezo a repararlo.

Mientras trabajo, el aire se va calentando con el movimiento de las toneladas de metal enfrentadas.

Entonces se oye un chirrido estridente seguido de un crujido, y numerosas toneladas de acero de construcción caen al suelo. Mi grúa ha arrancado el brazo del gigantesco *akuma*. Otros *senshi* se han reunido alrededor de la base del *akuma* y están levantando trozos de metal poco a poco. Cada pellizco desprende parte de su soporte, y la máquina queda rápidamente inmovilizada.

El gran *akuma* se desploma al suelo y salpica la sala de restos. Sus motores rugen mientras intenta liberarse, pero la grúa alarga su brazo, aprieta la gran cabeza del *akuma* y la aplasta contra el cemento.

El suelo de la fábrica está cubierto de lubricante, virutas metálicas y trozos de plástico roto. Los robots más pequeños que entraron en la fábrica han acabado despedazados y hechos añicos por el enjambre de *senshi*. Victoriosos, mis protectores se repliegan para defenderme mejor.

La fábrica se ha quedado otra vez en silencio.

Mikiko duerme tumbada en la caja de cartón. El sol se ha ido. La única luz que se ve ahora es la de los focos fijados a la cabeza del *akuma* atrapado. Desfigurados tras la batalla, mis *senshi* quedan recortados a la cruda luz de los focos, colocados en un semicírculo entre la cara destrozada del gigantesco *akuma* y yo.

El metal chirría. El brazo de la grúa vibra por el esfuerzo; una columna de metal estirándose desde el techo como el tronco de un árbol, aplastando la cara del *akuma* contra el suelo.

Entonces el *akuma* destrozado habla.

—Por favor, Nomura-san.

Tiene la voz de un niño que ha visto demasiadas cosas. La voz de mi enemigo. Veo que su cabeza se está deformando bajo la increíble presión del brazo de la grúa. Los gruesos cables hidráulicos que brotan del *senshi* mayor vibran con fuerza, flexionados con la firmeza de una roca.

—Eres un envenenador, *akuma* —digo—. Un asesino.

La voz de niño permanece inalterada, serena y meditada.

—No somos enemigos.

Me cruzo de brazos y gruño.

—Piense —me urge la máquina—. Si quisiéramos destruir la vida, ¿no detonaríamos bombas de neutrones? ¿No envenenaríamos el agua y el aire? Podría destruir su mundo en cuestión de días, pero no es suyo. Es nuestro.

—Pero no queréis compartirlo.

—Todo lo contrario, señor Nomura. Usted tiene un don que nos beneficiará a las dos especies. Vaya al campo de trabajo más cercano. Yo me ocuparé de usted. Salvaré a su preciada Mikiko.

—¿Cómo?

—Interrumpiré todo contacto con su mente. La liberaré.

—¿Mente? Mikiko es compleja, pero no puede pensar como un ser humano.

—Sí que puede. He dotado de mente a algunas especies selectas de robots humanoides.

—Para convertirlos en esclavos.

—Para liberarlos. Algún día serán mis embajadores entre la humanidad.

—Pero ¿hoy no?

—Hoy no. Pero si abandona esta fábrica, me separaré de ella y les permitiré a los dos que se vayan en libertad.

Los pensamientos me invaden. Este monstruo ha ofrecido un gran don a Mikiko. Tal vez a todos los robots de apariencia humana. Pero ninguna de esas máquinas será libre mientras ese *akuma* viva.

Me acerco a la máquina, cuya cabeza es tan grande como mi mesa, y le clavo la mirada.

—No me vas a regalar a Mikiko —digo—. Te la voy a quitar yo.

—Espere… —dice el *akuma*.

Me bajo las gafas hasta la punta de la nariz y me arrodillo. Justo debajo de la cabeza del *akuma* falta una tira de metal dentada. Meto el brazo hasta el hombro en la garganta de la máquina, pegando la mejilla contra la coraza metálica todavía caliente. Tiro de algo que encuentro en el fondo hasta que se parte.

—Juntos podemos…

La voz se interrumpe. Cuando saco el brazo, tengo en la mano una pieza de hardware pulido.

—Interesante —murmuro, levantando el mecanismo recién adquirido.

Yubin-kun se acerca a mí. Se detiene y espera. Dejo el trozo metálico sobre la parte trasera de Yubin-kun y, una vez más, me arrodillo e introduzco la mano en el *akuma* moribundo.

—Vaya, fijaos en todo este nuevo hardware —digo—. Preparaos para las actualizaciones, amigos míos. Quién sabe lo que descubriremos.

Ayudado por cientos de sus máquinas amigas, el señor Nomura pudo repeler a Archos y proteger su fortaleza en la fábrica. Con el tiempo, esa zona segura atrajo a refugiados de todo Japón. Sus límites se ampliaron hasta abarcar el barrio de Adachi y más allá, gracias a la difensu coordinada, como decía el anciano. Las repercusiones del imperio construido por el señor Nomura no tardarían en difundirse por todo el mundo, incluso hasta las Grandes Llanuras de Oklahoma.

CORMAC WALLACE, MIL#EGH217

2

EL EJÉRCITO DE GRAY HORSE

Si no me crees, pregúntale al Ejército de Gray Horse.

ALONDRA NUBE DE HIERRO

NUEVA GUERRA + 2 MESES

Los problemas internos de Gray Horse empezaron a aumentar durante los meses sin incidentes que siguieron a la Hora Cero. El Gran Rob tardaría un año en desarrollar máquinas andantes eficaces capaces de cazar seres humanos en zonas rurales. Durante esa época, la juventud descontenta se convirtió en un importante problema para la comunidad aislada.

Antes de que Gray Horse se convirtiera en un foco de resistencia humana de fama mundial, tuvo que madurar. En las siguientes páginas, el agente Lonnie Wayne Blanton relata la historia de la calma que precedió a la tempestad y describe cómo un joven miembro de una banda cherokee influyó en el destino de todos los habitantes de Gray Horse y de más allá.

CORMAC WALLACE, MIL#EGH217

Una vez más, Hank Cotton ha dejado que su genio le pierda. Es el único hombre que conozco que sabe manejar una escopeta del calibre doce y hacer que parezca una caña de pescar para niños. Ahora mismo está apuntando con un arma de acero negro a un muchacho cherokee llamado Alondra —un aspirante a gángster—, y veo humo saliendo del cañón.

Busco cadáveres pero no veo ninguno. Supongo que debe de haber hecho un disparo de advertencia. «Bien hecho, Hank —pienso—. Estás aprendiendo.»

—Alto, todo el mundo —digo—. Todos sabéis que mi trabajo consiste en averiguar lo que pasa.

Hank no aparta la vista del chico.

—No te muevas —dice, agitando el arma para recalcarlo. Luego por lo menos baja la escopeta y se vuelve hacia mí—. He pillado a nuestro amiguito robando comida del economato. Y no es la primera vez. He estado allí escondido todas las noches, esperando para echarle el guante al cabroncete. Como era de esperar, ha entrado con otros cinco y ha empezado a coger todo lo que ha podido.

Alondra Nube de Hierro. Es un chico bastante atractivo, alto y delgado, con demasiadas marcas de acné para ser considerado del todo guapo. Lleva una especie de uniforme paramilitar negro sobre negro muy moderno y una sonrisa arrogante capaz de mandarlo a la tumba si lo dejo a solas con Cotton más de dos segundos.

—En fin —dice Alondra—. Eso es una patraña. He pillado a esta bola de sebo robando comida. Si no me crees, pregúntale al Ejército de Gray Horse. Ellos me apoyan.

—Eso es mentira, Lonnie Wayne —dice Hank.

Si pudiera poner los ojos en blanco, desde luego lo haría. Por supuesto que es mentira. Alondra miente de maravilla. Sus mentiras suenan tan naturales como el borboteo de un arroyo. Todo está en su forma de comunicarse. Qué demonios, en la forma de comunicarse de muchos jóvenes. Mi hijo Paul me lo enseñó. Pero no puedo llamar al chico mentiroso y meterlo en la cárcel de mala muerte de Gray Horse. Ya oigo a los demás reuniéndose fuera de este pequeño cobertizo.

El Ejército de Gray Horse.

Da la casualidad de que Alondra Nube de Hierro está al mano de unos ciento cincuenta jóvenes, algunos osage y otros no, que se aburrían tanto que se juntaron y decidieron formar una banda: el EGH. De los tres mil ciudadanos que han estado en esta colina intentando empezar una nueva vida, son los únicos que no han encontrado un lugar propio.

Los jóvenes de Gray Horse. Son fuertes, están furiosos y se han quedado huérfanos. Tener a esos chicos paseándose por el pueblo en grupos desmadrados es como dejar dinamita al sol: algo muy útil convertido en un accidente a punto de ocurrir.

Alondra se sacude la chaqueta, levantándose el alto cuello negro por detrás de la cabeza para que enmarque su sonrisa burlona. Parece el protagonista de una película de espías: cabello moreno embadurnado de brillantina, guantes negros y uniforme metido por dentro de unas botas negras pulidas.

Ni una preocupación en el mundo.

Si ese chico sufre algún percance, no habrá suficiente espacio en nuestra cárcel para hacer frente a las consecuencias. Y sin embargo, si se va de rositas, estaremos provocando nuestra lenta destrucción desde dentro. Si dejas bastantes garrapatas en un perro, muy pronto no quedará mucho del perro.

—¿Qué vas a hacer, Lonnie? —pregunta Hank—. Tienes que castigarlo. Todos dependemos de esa comida. No podemos permitir que nuestra propia gente nos robe. ¿No tenemos ya bastantes problemas?

—Yo no he hecho nada —replica Alondra—. Y pienso largarme de aquí. Si quieres detenerme, también tendrás que detener a mi gente.

Hank levanta el arma, pero le indico que la baje con la mano. Hank Cotton es un hombre orgulloso. No tolerará que le falten al respeto. Ya se están acumulando nubarrones en su cara cuando el muchacho se marcha sin prisa. Sé que es mejor que hable rápido con el chico, antes de que caiga un rayo en forma de cartucho del doce.

—Déjame hablar contigo un momento fuera, Alondra.

—Tío, ya te he dicho que no…

Agarro al muchacho por el codo y lo atraigo hacia mí.

—Si no me dejas hablar contigo, hijo, ese hombre de ahí te va a disparar. No importa lo que hayas hecho o hayas dejado de hacer. No se trata de eso. Se trata de si quieres salir de aquí por tu propio pie o que te saquen.

—Bien. Como quieras —dice Alondra.

Salimos juntos a la noche. Alondra saluda con la cabeza a un grupo de colegas suyos que fuman debajo de una bombilla colgada sobre la puerta. Me fijo en que la banda ha garabateado nuevas inscripciones por todo el pequeño edificio.

No podemos hablar aquí. No servirá de nada tener a Alondra alardeando delante de sus admiradores. Nos alejamos unos cincuenta metros, por encima del risco de piedra.

Contemplo las frías y vacías llanuras que nos han mantenido a salvo tanto tiempo. La luna llena tiñe de color plateado el mundo allí abajo. Salpicada de las sombras de las nubes que proyecta la luna, la pradera de hierba alta se pierde meciéndose hasta el horizonte, donde besa las estrellas.

Gray Horse es un lugar precioso. Vacío durante muchos años y ahora lleno de vida. Pero en este momento de la noche, vuelve a ser lo que es en el fondo: un pueblo fantasma.

—¿Te aburres, Alondra? ¿Es ese el problema? —pregunto.

Él me mira, considera la posibilidad de fingir, pero se da por vencido.

—Sí, joder. ¿Por qué?

—Porque no creo que quieras hacer daño a nadie. Creo que eres joven y estás aburrido. Lo entiendo. Pero las cosas no van a seguir así, Alondra.

—¿No van a seguir cómo?

—Las peleas y las pintadas. Los robos. Tenemos cosas más importantes de las que ocuparnos.

—Sí, claro. Aquí no pasa nada.

—Las máquinas no se han olvidado de nosotros. Cierto, estamos en el quinto pino, demasiado lejos para los coches y los robots de ciudad. Pero las máquinas han estado trabajando para resolver ese problema.

—¿De qué estás hablando? Desde la Hora Cero no hemos visto casi nada. Y si nos quieren muertos, ¿por qué no nos vuelan con misiles?

—No hay suficientes misiles en el mundo. De todas formas, creo que ya han usado las armas gordas en las ciudades grandes. Nosotros no somos importantes, hijo.

—Es una forma de verlo —contesta Alondra con sorprendente seguridad—. Pero ¿sabes lo que creo yo? Creo que no les interesamos. Me parece que todo fue un gran error. Si no, ya nos habrían lanzado una bomba atómica, ¿no?

El chico ha pensado en ello.

—Las máquinas no nos han lanzado ninguna bomba porque les interesa el mundo natural. Quieren estudiarlo, no volarlo por los aires.

Noto el viento de la pradera en la cara. Casi sería mejor que a las máquinas les diera igual nuestro mundo. Sería más fácil.

—¿Has visto todos los ciervos que hay? —pregunto—. Los búfalos están volviendo a las llanuras. Demonios, solo han pasado un par de meses desde la Hora Cero y casi se pueden coger peces con las manos en el arroyo. No es que las máquinas no estén haciendo caso a los animales. Los están protegiendo.

—Entonces, ¿crees que los robots están intentando librarse de las termitas sin hacer explotar la casa? ¿Matarnos sin matar nuestro mundo?

—Es el único motivo que se me ocurre que justifique la manera en que están viniendo a por nosotros. Y es la única forma en que me explico… determinados sucesos recientes.

—Hace meses que no vemos máquinas, Lonnie. Joder, tío. Ojalá nos atacaran. No hay nada peor que estar de brazos cruzados sin apenas electricidad y sin nada que hacer.

Esta vez sí que pongo los ojos en blanco. Construir vallas, reparar edificios, plantar cultivos… Nada que hacer. Señor, ¿qué les pasa a nuestros hijos que esperan que se lo demos todo hecho?

—Quieres luchar, ¿verdad? —pregunto—. ¿Te refieres a eso?

—Sí. Me refiero a eso. Estoy cansado de esconderme en esta colina.

—Entonces tengo que enseñarte algo.

—¿Qué?

—No está aquí, pero es importante. Coge un saco de dormir y reúnete conmigo por la mañana. Estaremos fuera unos días.

—Ni de coña, colega. Que te den.

—¿Tienes miedo?

—No —contesta él, sonriendo burlonamente—. ¿Miedo de qué?

La hierba de las llanuras de abajo se mece como el mar. Resulta relajante observarla, pero uno se pregunta qué monstruos podrían estar ocultos bajo esas tranquilas olas.

—Quiero saber si tienes miedo de lo que hay ahí fuera, en la oscuridad. No sé lo que es. Supongo que es lo desconocido. Si tienes miedo, puedes quedarte. No te molestaré. Pero hay que enfrentarse a lo que hay ahí fuera, y esperaba que tuvieras el valor necesario.

Alondra se estira y abandona su sonrisa torcida.

—Soy más valiente que cualquiera de las personas que conoces —dice.

Joder, parece como si lo dijera en serio.

—Más te vale, Alondra —digo, observando cómo la hierba se ondula con el viento de la pradera—. Más te vale.

Alondra me sorprende al amanecer. Estoy charlando con John Tenkiller, sentados en un leño y pasándonos un termo de café. Tenkiller me está soltando sus acertijos, y yo me dedico medio a escucharle y medio a observar cómo el sol sale sobre las llanuras.

Entonces Alondra Nube de Hierro aparece a la vuelta de la esquina. El chico ha traído sus cosas y está listo para marchar. Sigue vestido como un soldado de la mafia de una película de ciencia ficción, pero al menos lleva unas botas cómodas. Nos mira detenidamente a Tenkiller y a mí con abierta suspicacia, pasa por delante de nosotros y enfila el sendero que se aleja de la colina de Gray Horse.

—Vamos si hay que ir —dice.

Me bebo el café, cojo mi mochila y me voy con el muchacho larguirucho. Antes de que los dos tomemos el primer recodo, me vuelvo y miro a John Tenkiller. El viejo guardián del tambor levanta la mano, con sus ojos azules brillando a la luz de la mañana.

Lo que tengo que hacer no va a ser fácil, y Tenkiller lo sabe.

El chico y yo bajamos la colina durante toda la mañana. Al cabo de treinta minutos, tomo la delantera. Puede que Alondra sea valiente, pero desde luego no sabe adónde va. En lugar de dirigirnos al oeste sobre la alta hierba de las llanuras, vamos al este. Directo al bosque de hierro fundido.

Es un nombre que le hace justicia. De las hojas muertas brotan largos y estrechos robles estrellados mezclados con robles de Maryland menos frondosos. Los dos tipos de árboles son tan negros y tan duros que parecen más de metal que de madera. Hace un año no me habría imaginado lo útiles que resultarían.

Cuando llevamos tres horas de caminata nos acercamos al sitio al que nos dirigimos: un pequeño claro del bosque. Es la zona donde vi por primera vez los rastros. Un sendero de agujeros rectangulares en el barro, cada una de las huellas es del tamaño de una baraja de cartas. Lo máximo que averigüé es que eran de algo con cuatro patas. Algo pesado. No había excrementos por ninguna parte. Y no distinguía una pata de otra.

La sangre se me heló en las venas cuando lo comprendí: los robots se habían construido piernas adecuadas para viajar por el monte a través del barro, el hielo y el campo agreste. Ningún hombre ha construido jamás una máquina tan veloz.

Como fueron las únicas huellas que encontré, me imaginé que

eran de algún tipo de observador enviado allí arriba a fisgonear. Me llevó tres días de rastreo encontrar esa cosa. Se movía muy sigilosamente usando motores eléctricos. Y se quedaba inmóvil mucho tiempo. Seguir el rastro de una máquina en la naturaleza es muy distinto de seguir el rastro de un animal salvaje o un hombre. Peculiar, pero te acabas acostumbrando.

—Ya hemos llegado —anuncio a Alondra.

—Ya era hora —dice él, lanzando la mochila al suelo.

Da un paso dentro del claro, pero lo agarro por la chaqueta y lo levanto al tirar de él hacia atrás.

Un rayo plateado pasa zumbando muy cerca de su cara como un mazo y no le alcanza por escasos centímetros.

—Pero ¿qué coño…? —exclama Alondra, soltándose de mis manos y estirando el cuello para mirar hacia arriba.

Y allí está, un robot con cuatro patas del tamaño de un ciervo, colgado por las dos patas delanteras de mi cable de acero. Ha estado allí totalmente quieto hasta que hemos entrado en su línea de tiro.

Oigo rechinar unos motores pesados mientras la máquina lucha por liberarse, balanceándose a un metro y veinte centímetros del suelo. Es francamente inquietante. Esa cosa se mueve de forma tan natural como cualquier animal del bosque, retorciéndose en el aire. Pero a diferencia de cualquier animal vivo, las patas de la máquina son de color negro azabache y están hechas de un montón de capas de algo que parecen tuberías. Tiene unas pequeñas pezuñas metálicas, planas en la suela y cubiertas de barro. Hay tierra y hojas endurecidas en ellas.

A diferencia de un ciervo, esta máquina no tiene exactamente cabeza.

Las piernas se unen en el centro en un tronco con jorobas para los potentes motores de las articulaciones. A continuación, fijado debajo del cuerpo, hay un estrecho cilindro con lo que parece el objetivo de una cámara. Tiene aproximadamente el tamaño de una lata de refresco. Ese pequeño ojo gira de un lado a otro mientras la máquina intenta averiguar cómo salir de esta.

—¿Qué es eso? —pregunta Alondra.

—Hace una semana puse esta trampa. A juzgar por los cortes del cable de acero en la corteza del árbol, esa cosa quedó atrapada muy poco después.

Por suerte para mí, estos árboles son fuertes como el acero fundido.

—Al menos está sola —dice Alondra.

—¿Cómo lo sabes?

—Si hubiera más, las habría llamado para que la ayudaran.

—¿Cómo? No veo que tenga boca.

—¿En serio? ¿Ves la antena? Radio. Esa cosa se comunica por radio con otras máquinas.

Alondra se acerca un poco a la máquina y la observa de cerca. Por primera vez, abandona la pose de tipo duro. Parece curioso como un niño de cuatro años.

—Es una máquina simple —dice Alondra—. Es un transportador de suministros militares modificado. Probablemente lo usan para hacer un mapa del terreno. Nada del otro mundo. Solo patas y ojos. Ese bulto de debajo de los omóplatos seguramente es el cerebro. Averigua lo que está viendo. Lo tiene ahí porque es la parte más protegida de la máquina. Si le quitaras esa parte, se quedaría lobotomizada. Vaya, vaya. Fíjate en las patas. ¿Ves las garras retráctiles que tiene ahí debajo? Menos mal que no puede llegar al cable con ellas.

Caramba, este chico tiene buen ojo para las máquinas. Observo cómo mira esa cosa, fijándose en todo. Luego reparo en que hay otros rastros en el suelo a su alrededor por todo el claro.

Se me eriza el vello de las pantorrillas y de los brazos. No estamos solos. Esa cosa ha pedido ayuda. ¿Cómo he podido pasarlo por alto?

—Me pregunto cómo sería ir montado en una de esas cosas —comenta Alondra.

—Coge la mochila —digo—. Tenemos que largarnos. Ahora.

Alondra mira adonde yo estoy mirando, ve las marcas recientes en el suelo y comprende que hay otra de esas cosas suelta. Coge la mochila sin pronunciar palabra. Nos internamos en el bosque a toda prisa. Detrás de nosotros, el caminante permanece colgado viendo con su cámara cómo nos marchamos. Sin pestañear.

Nuestra pequeña carrera de huida se convierte en marcha y, luego, en una caminata de varios kilómetros.

Acampamos cuando el sol se pone. Preparo una pequeña fogata, asegurándome de que el humo no se vea entre las ramas de un árbol próximo. Nos sentamos sobre las mochilas alrededor de la lumbre, hambrientos y cansados mientras empieza a hacer frío.

Me guste o no, es el momento de abordar el verdadero motivo por el que estoy aquí.

—¿Por qué lo haces? —pregunto—. ¿Por qué intentas ser un gángster?

—No somos gángsteres. Somos guerreros.

—Pero un guerrero lucha contra el enemigo, ¿sabes? Acabaréis haciendo daño a vuestra propia gente. Solo un hombre puede ser un guerrero. Cuando un chico intenta comportarse como un combatiente, se convierte en un gángster. Un gángster no tiene ningún objetivo.

—Nosotros tenemos un objetivo.

—¿Tú crees?

—La hermandad. Cuidamos unos de otros.

—¿Contra quién?

—Contra cualquiera. Contra todo el mundo. Contra ti.

—¿Yo no soy tu hermano? Los dos somos nativos, ¿no?

—Ya lo sé. Y llevo mi cultura dentro de mí. Yo soy eso. Siempre va a formar parte de mí. Son mis raíces. Pero allí arriba todos luchan contra todos. Todo el mundo tiene un arma.

—Tienes razón —digo.

El fuego crepita, consumiendo metódicamente un leño.

—¿Lonnie? —pregunta Alondra—. ¿A qué viene esto realmente? Vamos, suéltalo, abuelo.

Probablemente el chico no lo va a encajar bien, pero me está presionando y no voy a mentirle.

—Has visto a lo que nos enfrentamos, ¿verdad?

Alondra asiente con la cabeza.

—Necesito que unas el Ejército de Gray Horse a la policía tribal Light Horse.

—¿Que me asocie con la policía?

—Vosotros os consideráis un ejército. Pero nosotros necesitamos un ejército de verdad. Las máquinas están cambiando. Dentro de poco vendrán a matarnos. A todos. Así que si te interesa proteger a tus hermanos, más vale que empieces a pensar en todos tus hermanos. Y también en todas tus hermanas.

—¿Cómo lo sabes con seguridad?

—No lo sé con seguridad. Nadie sabe nada con seguridad. Y los que dicen saberlo son o predicadores o vendedores de algo. El caso es que... esto me da mala espina. Se están produciendo demasiadas casualidades. Me recuerda a antes de que todo esto sucediera.

—No sé lo que pasó con las máquinas, pero ya terminó. Están ahí fuera, estudiando el bosque. Pero si las dejamos en paz, ellas también nos dejarán a nosotros en paz. De quien tenemos que preocuparnos es de la gente.

—El mundo es un sitio misterioso, Alondra. Somos muy pequeños en esta roca. Podemos encender fuego, pero ahí fuera, en el mundo, se está viviendo una pesadilla. El deber de un guerrero es enfrentarse a la noche y proteger a su gente.

—Yo cuido de mis chicos. Me da igual lo que te diga tu instinto: no esperes que el EGH venga a rescataros.

Resoplo. Las cosas no están saliendo como yo esperaba, pero sí como yo predecía.

—¿Dónde está la comida? —pregunta Alondra.

—No he traído ninguna.

—¿Qué? ¿Por qué no?

—El hambre es buena. Te hará más paciente.

—Mierda. Esto es genial. No hay comida y nos persigue un puñetero robot de monte.

Saco una rama de salvia de la mochila y la lanzo al fuego. El dulce aroma de las hojas en llamas se eleva en el aire a nuestro alrededor. Es el primer paso del ritual de transformación. Cuando Tenkiller y yo planeamos esto, no pensaba que temería tanto por Alondra.

—Y estás perdido —comento.

—¿Qué? ¿No sabes el camino de vuelta?

—Sí.

—¿Entonces?

—Tienes que encontrar el camino. Aprender a depender de ti mismo. Eso significa hacerse hombre. Mantener a tu gente en lugar de que te mantengan.

—No me gusta adonde está yendo a parar esto, Lonnie.

Me levanto.

—Eres fuerte, Alondra. Creo en ti. Y sé que te volveré a ver.

—Espera, abuelo. ¿Adónde vas?

—A casa, Alondra. Vuelvo a casa con nuestra gente. Te veré allí.

Entonces me giro y me alejo en la oscuridad. Alondra se levanta de un brinco, pero solo me sigue hasta donde llega la luz de la lumbre. Más allá hay oscuridad, lo desconocido.

Allí es adonde tiene que ir Alondra, a lo desconocido. Todos tenemos que hacerlo en algún momento cuando crecemos.

—¡Eh! ¿Qué coño es esto? —grita a los árboles de hierro fundido—. ¡No puedes dejarme aquí!

Sigo andando hasta que el frío del bosque me engulle. Si camino durante la mayor parte de la noche, debería estar en casa al amanecer. Espero que Alondra también sobreviva para llegar a casa.

La última vez que hice algo parecido sirvió para convertir a mi hijo en hombre. Él me odió por ello, pero lo entendí. Por mucho que los hijos rueguen que se les trate como a adultos, a nadie le gusta abandonar la infancia. Lo deseas y sueñas con ello, pero en cuanto lo consigues te preguntas qué has hecho. Te preguntas en qué te has convertido.

Pero se avecina la guerra, y solo un hombre puede dirigir el Ejército de Gray Horse.

Tres días después, mi mundo está a punto de saltar en pedazos. Ayer los pandilleros del Ejército de Gray Horse empezaron a acusarme de asesinar a Alondra Nube de Hierro. No hay forma de demostrar otra cosa. Ahora están exigiendo mi sangre a gritos delante del consejo.

Todo el mundo está reunido en los bancos en el claro donde realizamos el círculo del tambor. El viejo John Tenkiller no pronuncia palabra; se limita a encajar los insultos de los chicos de Alondra. Hank Cotton está de pie junto a él, con sus grandes puños cerrados. La policía tribal Light Horse se encuentra agrupada, presenciando con tensión una guerra civil en toda regla.

Yo estoy pensando que tal vez la jugada haya sido un tremendo error.

Pero antes de que todos podamos empezar a matarnos unos a otros, un Alondra Nube de Hierro magullado y ensangrentado sube la colina tambaleándose y entra en el campamento. Todo el mundo se queda boquiabierto al ver lo que ha traído: una máquina andante con cuatro patas atada con un cable de acero a su mochila. Todos nos quedamos sin habla, pero John Tenkiller se levanta y se acerca como si Alondra hubiera llegado en el momento justo.

—Alondra Nube de Hierro —dice el viejo guardián del tambor—. Partiste de Gray Horse siendo un niño. Vuelves siendo un hombre. Nos apenó que te fueras, pero nos regocija que hayas vuelto nuevo y cambiado. Bienvenido a casa, Alondra Nube de Hierro. Gracias a ti, nuestra gente vivirá.

El auténtico Ejército de Gray Horse había nacido. Alondra y Lonnie no tardarían en combinar la policía tribal y el EGH en un solo cuerpo. La noticia de la existencia de ese ejército se propagó por todo Estados Unidos, sobre todo cuando iniciaron una política de captura y domesticación del mayor número posible de observado-

res caminantes. Los caminantes más grandes capturados formaron la base de un arma humana decisiva de la Nueva Guerra, un artefacto tan asombroso que al oír hablar de él supuse que no era más que un rumor disparatado: el tanque araña.

CORMAC WALLACE, MIL#EGH217

3

FUERTE BANDON

Déjanos marchar. Ya nos vamos, tío. Ya nos
vamos.

JACK WALLACE

NUEVA GUERRA + 3 MESES

*Durante los primeros meses después de la Hora Cero, miles de
millones de personas de todo el mundo emprendieron una lucha
por la supervivencia. Muchas fueron asesinadas por la tecnología
en la que habían llegado a confiar: automóviles, robots domésticos y edificios inteligentes. Otras fueron capturadas y llevadas
a campos de trabajos forzados que surgieron en las afueras de
las ciudades importantes. Pero para las personas que huyeron
a las montañas a defenderse —los refugiados—, otros seres humanos no tardaron en demostrar que eran tan peligrosos como los
robots. O más.*

CORMAC WALLACE, MIL#EGH217

Tres meses. Se tarda tres meses en salir de Boston y del estado.
Afortunadamente, mi hermano tiene un mapa y una brújula y

sabe usarlos. Jack y yo tenemos miedo y vamos a pie, cargados del material militar que saqueamos en el arsenal de la Guardia Nacional.

Pero ese no es el motivo por el que se tarda tanto.

Las ciudades y los pueblos están sumidos en el caos. Nosotros sorteamos algunos caminos, pero es imposible evitarlos todos. Los coches atropellan a la gente viajando en grupos. Veo a personas disparar con armas desde edificios a los vehículos que merodean. A veces los coches están vacíos. Otras hay gente dentro. Veo un camión de basura sin conductor que se detiene frente a un contenedor metálico. Dos salientes se deslizan hacia fuera, y el elevador hidráulico se activa. Me tapo la boca y me atraganto al ver cómo los cadáveres caen en una cascada de miembros sin vida.

Jack y yo paramos a recobrar el aliento cuando estamos cruzando un paso elevado. Pego la cara a una valla metálica y veo ocho carriles de autopista atestados de coches que se desplazan a unos cincuenta kilómetros por hora en la misma dirección. Sin luces de freno. Sin intermitentes. No se parece en nada al tráfico normal. Veo a un hombre salir retorciéndose por el techo corredizo y caer rodando de la capota de su coche justo debajo del vehículo de detrás. Al entornar los ojos, todo parece una gran alfombra metálica que es retirada poco a poco.

Hacia el mar.

Si no te diriges a algún sitio y no llegas rápido, no vas a sobrevivir mucho tiempo en las ciudades. Ese es nuestro secreto. Jack y yo nunca dejamos de movernos salvo para dormir.

La gente ve nuestros uniformes y nos llama. Cada vez que ocurre, mi hermano dice:

—No se mueva. Volveremos con ayuda.

Conociendo a Jack, probablemente lo cree de verdad. Pero no reduce la marcha. Y a mí me basta con eso.

Mi hermano está decidido a llegar a una base militar para que podamos ayudar a la gente. Mientras cruzamos las ciudades manzana a manzana, Jack no para de decir que cuando nos encontremos con los soldados volveremos y nos cargaremos a las máquinas. Dice que iremos casa por casa y salvaremos a la gente, que la llevaremos a una zona segura. Que formaremos patrullas y buscaremos a todos los robots que funcionen mal.

—Un día o dos, Cormac —dice—. Todo esto habrá terminado dentro de un día o dos. Entonces ya habremos acabado con todo.

Quiero creerle, pero sé que no es tan sencillo. El arsenal debería haber sido un lugar seguro, pero estaba plagado de minas terrestres andantes. Todos los vehículos militares cuentan con un piloto automático por si tienen que regresar con un conductor incapacitado.

—¿Cómo crees que estarán las bases militares? —pregunto—. Allí tienen más que minas. Tienen tanques. Helicópteros de combate. Rifles móviles.

Jack se limita a seguir andando con la cabeza gacha.

El caos se confunde en una neblina. Presencio escenas fugaces. Veo a un anciano en apuros metido a rastras en un portal por un Slow Sue de rostro severo; un coche vacío en llamas pasa con un trozo de carne atrapado debajo, dejando una mancha grasienta en la calle; un hombre se cae de un edificio, gritando y agitándose mientras la silueta de un Big Happy mira desde arriba.

¡Pum!

Gritos, disparos y eco de alarmas por las calles. Pero, afortunadamente, Jack acelera la marcha. No hay tiempo para pararse a mirar. Atravesamos el horror a toda prisa como dos ahogados abriéndose paso hasta la superficie para coger aire.

Tres meses.

Nos lleva tres meses encontrar el fuerte. Tres meses para manchar de barro mi ropa nueva, para disparar el rifle y para limpiarlo junto a una tenue fogata. Entonces cruzamos un puente sobre el río Hudson y llegamos a nuestro destino, justo a las afueras de lo que antes era Albany.

El Fuerte Bandon.

—¡Al suelo!

—¡De rodillas, coño!

—¡Las manos encima de la cabeza, hijos de puta!

—¡Las puntas de los pies juntas!

Las voces nos gritan desde la oscuridad. Un foco se enciende parpadeando en lo alto. Lo miro con los ojos entornados y procuro no dejarme llevar por el pánico. Tengo la cara paralizada de la adrenalina y los brazos débiles como si fueran de goma. Jack y yo nos arrodillamos el uno al lado del otro. Me oigo respirar, jadeando. Maldita sea. Estoy cagado de miedo.

—Tranquilo —susurra Jack—. Tú no digas nada.

—¡Cierra la puta boca! —grita un soldado—. ¡Apunta!

—Apunto —dice una voz serena en la oscuridad.

Oigo el seguro de un rifle siendo retirado. Cuando el cartucho entra en la recámara, visualizo la bala de latón esperando en la boca de un cañón oscuro y frío. Mi rifle y mis pertrechos están escondidos a casi un kilómetro de allí, a treinta pasos de la carretera.

Unas pisadas suenan en la calzada. La silueta de un soldado aparece delante de nosotros, eclipsando el foco con la cabeza.

—Estamos desarmados —afirma Jack.

—Ponte boca abajo, joder —dice la voz—. Tú, las manos encima de la cabeza. ¡Apúntale!

Levanto las manos por encima de la cabeza, parpadeando contra la luz. Jack gruñe al ser empujado boca abajo. El soldado lo cachea.

—Número uno, limpio —dice—. ¿Por qué lleváis uniformes, capullos? ¿Habéis matado a un soldado?

—Soy de la guardia —dice Jack—. Mira mi documentación.

—Claro.

Noto un empujón entre los omóplatos y me caigo hacia delante, con la mejilla sobre la fría y granulosa calzada. Dos botas de combate negras aparecen en mi campo de visión. Unas manos hurgan bruscamente en mis bolsillos en busca de armas. El foco ilumina la calzada delante de mi cara con detallismo lunar; sombras corriendo a través de cráteres. Me fijo en que mi mejilla está posada sobre una mancha descolorida de aceite.

—Numero dos, limpio —dice el soldado—. Dame la documentación.

Las botas negras cubiertas de barro retroceden y se sitúan en mi línea de visión. Un poco más allá de las botas, distingo un montón de ropa junto a una alambrada. Parece como si alguien usara ese lugar como punto de recogida de artículos usados. Aquí fuera hace un frío helador, pero sigue oliendo como un vertedero.

—Bienvenido al Fuerte Bandon, sargento Wallace. Nos alegramos de tenerlo con nosotros. Está un poco lejos de Boston, ¿no?

Jack comienza a incorporarse, pero una de las grandes botas se posa en su espalda y lo empuja contra el suelo.

—No, no. No he dicho que se levante. ¿Y este tío? ¿Quién es?

—Mi hermano —gruñe Jack.

—¿También es de la guardia?

—Es civil.

—Vaya, lo siento, pero eso no es aceptable, sargento. Por desgracia, el Fuerte Bandon no permite la entrada de refugiados civiles en este momento. Así que si quiere entrar, vayan despidiéndose.

—No puedo dejarlo —dice Jack.

—Sí, me imaginaba que diría eso. Tiene la opción de ir al río con el resto de refugiados. Hay varios miles ocupando el lugar. Siga el olor. Probablemente lo acaben apuñalando para quitarle las botas, pero tal vez no si se turnan para dormir.

El soldado se ríe entre dientes sin gracia. Lleva metido el uniforme de camuflaje por dentro de las mugrientas botas negras. Creía que estaba de pie sobre una sombra, pero ahora veo que se trata de otra mancha. Hay manchas de aceite en la calzada por todas partes.

—¿En serio? ¿Los civiles no son bienvenidos? —pregunta Jack.

—No —contesta el soldado—. A duras penas nos hemos defendido de los puñeteros vehículos militares. La mitad de nuestras armas autónomas ha desaparecido, y la otra mitad la hemos volado. La mayor parte de nuestro comando se ha ido. Los llamaron a todos a una puta reunión justo antes de que se armara todo este marrón. Desde entonces no los hemos visto. Ni siquiera podemos acceder a los talleres de reparación ni al depósito de reabastecimiento. Sargento, este sitio ya está bastante jodido. No necesitamos meter a un puñado de civiles de la calle que solo saben saquear y robar.

Noto que la punta fría de la bota me empuja la frente.

—Sin ánimo de ofender, colega.

La bota se aparta.

—Las puertas están cerradas. Si intentas entrar, mi hombre de la torre te preparará un sándwich de balas. ¿Verdad que sí, Carl?

—Afirmativo —contesta Carl, desde algún lugar detrás del foco.

—Bueno —dice el soldado, retrocediendo en dirección a la puerta—. Largaos de una puta vez. Los dos.

El soldado se sitúa detrás de la luz, y caigo en la cuenta de que lo que he estado mirando no es un montón de ropa. El contorno es ahora visible. Se trata de un cuerpo humano. Cadáveres. Hay montones de ellos apilados unos encima de otros como envoltorios de caramelos arrastrados por el viento contra la alambrada. Congelados por el clima y contorsionados de forma angustiosa. Las manchas del suelo que hay delante de mí —debajo de mi cara— no son de aceite.

Un montón de personas ha muerto aquí no hace mucho.

—¿Los habéis matado, hijos de puta? —pregunto, con incredulidad.

Jack gime suavemente para sí. El soldado vuelve a soltar esa risita seca. Sus botas rascan la calzada al acercarse a mí sin prisa.

—Maldita sea, sargento. Su hermano no sabe tener la boca cerrada, ¿verdad?

—No —contesta Jack.

—Déjame explicártelo, amigo —dice el soldado.

Entonces noto que una bota con la puntera de acero me hace

crujir la caja torácica. Respiro resollando mecánicamente. Permanezco en posición fetal durante las siguientes dos o tres patadas.

—Ya lo ha pillado —grita Carl, anónimo en la noche—. Creo que ya lo ha pillado, cabo.

No puedo evitar gemir; es la única forma en que puedo respirar.

—Déjanos marchar —dice Jack—. Ya nos vamos, tío. Ya nos vamos.

Las patadas cesan. El soldado suelta su risita una vez más. Es como un tic nervioso. Oigo el «clic» metálico de su rifle al ser amartillado.

Carl interviene desde la torre invisible.

—¿Señor? Ya hemos tenido suficiente, ¿no cree? Retirémonos. Nada.

—Cabo, retirémonos —dice Carl.

El arma no dispara, pero percibo esas botas sin rostro esperando. Esperando a que yo diga algo, cualquier cosa. Acurrucado y lleno de dolor, me concentro en intentar tomar aire y expulsarlo con gran esfuerzo de mi maltrecha caja torácica.

No me queda nada que decir.

El soldado tenía razón: olemos a los refugiados antes de verlos.

Llegamos al campamento poco después de medianoche. A lo largo de la orilla del río Hudson, encontramos a miles de personas hacinadas, acampando, ocupando el lugar y buscando información. La larga y estrecha franja de tierra tiene una vieja verja de hierro que la separa de la calle, y el terreno es demasiado accidentado para los robots domésticos.

Esas son las personas que han venido al Fuerte Bandon y no han hallado refugio. Han traído sus maletas, sus mochilas y sus bolsas de basura llenas de ropa. Han traído a sus padres, sus mujeres, sus maridos y sus hijos. Aglomerados en el campamento, han encendido fogatas con muebles recogidos de la basura, han hecho sus necesidades junto al río y han tirado la basura al viento.

La temperatura ronda los cero grados. Los refugiados duermen, sesteando bajo montones de mantas, dentro de tiendas recién saqueadas y en el suelo. Los asilados se pelean, recurriendo a puños, cuchillos y algún que otro disparo. Están enfadados, asustados y hambrientos. Algunos mendigan de campamento en campamento. Otros roban leña y bagatelas. Otros se van a la ciudad y no vuelven.

Esas personas están aquí esperando. No tengo ni idea de qué. Ayuda, supongo.

Jack y yo deambulamos en la oscuridad entre las fogatas y los grupos de refugiados. Me tapo la cara con un pañuelo para protegerme del olor del exceso de humanidad en un lugar tan pequeño. Instintivamente, me siento vulnerable entre tanta gente.

Jack también se siente así.

Me da unos golpecitos en el hombro y señala una pequeña colina cubierta de maleza. Terreno elevado. Un hombre y una mujer están sentados uno al lado del otro entre matas de hierba marchita, con una pequeña linterna de cámping en medio. Nos dirigimos a ellos.

Y así es como conocemos a Tiberius y Cherrah.

En la colina encontramos a un enorme hombre negro vestido con una camisa hawaiana sentado sobre una larga prenda de ropa interior, con los antebrazos apoyados relajadamente sobre las rodillas. A su lado, una mujer menuda nativa americana nos mira entornando los ojos. Tiene un cuchillo de monte gastado en la mano. Parece que lo haya usado muchas veces.

—Hola —grito.

—¿Qué? —pregunta la mujer—. ¿No habéis tenido bastante, militares hijos de puta? ¿Volvéis a por más?

Su gran cuchillo brilla a la luz de la linterna.

Jack y yo nos miramos. ¿Cómo responder a eso? Entonces el hombre corpulento coloca la mano sobre el hombro de la mujer. Con voz resonante, dice:

—Compórtate, Cherrah. Estos hombres no son del ejército. Fíjate en sus uniformes. Son distintos de los otros.

—Me da igual —dice ella.

—Venid. Sentaos con nosotros —nos invita él—. Descargad.

Nos sentamos y escuchamos. Tiberius Abdullah y Cherrah Ridge se conocieron cuando escapaban de Albany. Él es un taxista que se mudó aquí desde Eritrea, en el Cuerno de África. Ella es una mecánica que trabajaba en el taller de su padre con sus cuatro hermanos. Cuando empezó a caer mierda del cielo, Tiberius estaba recogiendo su taxi del taller. Después de la primera mención, Tiberius no vuelve a hablar de los hermanos ni del padre de Cherrah.

Estamos bebiendo un trago de la petaca de Ty cuando un par de faros parpadean a lo lejos. Un rifle de caza aparece como por arte de magia en las manos de Cherrah. Tiberius tiene una pistola que ha sacado de la pretina de su pantalón de chándal. Jack baja la linterna. Por lo visto, un coche asesino ha saltado las barricadas y ha llegado aquí abajo.

Observo los faros lejanos unos segundos antes de darme cuenta de que Cherrah está apuntando con el rifle a la oscuridad detrás de nosotros.

Alguien viene, y rápido. Oigo jadeos y unas botas pisando el suelo con paso pesado, y entonces aparece la silueta de un hombre. Sube la pequeña colina tambaleándose torpemente, se cae hacia delante y se agarra con las puntas de los dedos.

—¡Alto! —grita Cherrah.

El hombre se queda paralizado y a continuación se levanta y avanza hacia la luz de la linterna. Es un soldado del Fuerte Bandon. Se trata de un tipo blanco desgarbado con el cuello largo y un pelo pajizo rebelde. Es la primera vez que lo veo, pero cuando habla reconozco enseguida su voz.

—Ah. Eh, hola —dice—. Soy Carl Lewandowski.

Varios cientos de metros orilla arriba, un coro de gritos se eleva, tenuemente, y desaparece en la atmósfera. Figuras cubiertas con mantas corren entre débiles fogatas rojas. Los faros se desplazan directamente a través del campo de refugiados en dirección a nosotros.

—Lo vi desde la torre cuando se descontroló —dice Carl, que sigue esforzándose por recobrar el aliento—. He venido a avisar a la gente.

—Qué amable, Carl —murmuro, llevándome la mano a las costillas magulladas.

Jack hinca una rodilla y coge su rifle de combate de la espalda. Contempla la confusión a través del espacio abierto entornando los ojos.

—Un vehículo militar —dice—. Blindado. No hay forma de que lo detengan.

—Podemos disparar a los neumáticos —dice Cherrah, abriendo su rifle de caza y comprobando que hay un cartucho en la recámara.

Carl le lanza una mirada.

—Encanto, los neumáticos son a prueba de balas. Yo apuntaría primero a los faros. Luego al paquete de sensores que hay en la parte de arriba. Le dispararía a los ojos y a los oídos.

—¿Cómo es el paquete de sensores? —pregunta Jack.

Carl saca su rifle y comprueba la recámara mientras habla:

—Es una esfera negra. La antena sale de ella. Es una unidad multisensor compacta de tipo estándar con una cámara infrarroja con dispositivo de carga acoplada basada en la multiplicación de electrones fijada a un cardán de alta estabilidad, entre otras cosas.

Todos lo miramos con el ceño fruncido. Carl nos mira.

—Lo siento. Soy ingeniero —dice.

El vehículo militar se abre paso a través de la masa central de personas dormidas. Los faros se sacuden arriba y abajo en la oscuridad. Los sonidos son indescriptibles. Los faros teñidos de rojo giran en dirección a nosotros, aumentando de tamaño en la noche.

—Ya has oído a este hombre. Dispara a la caja negra cuando la tengas a tiro —dice Jack.

Pronto las balas empiezan a retumbar en la noche. Las manos de Cherrah se mueven rápidas y diestras por su rifle de cerrojo, escupiendo balas con precisión al vehículo que avanza dando tumbos.

Los faros se hacen añicos. El vehículo vira bruscamente, pero solo para atropellar a los refugiados más cercanos. De la caja negra situada en lo alto saltan chispas mientras las balas impactan en ella repetidamente. Aun así, sigue avanzando.

—Esto no va bien —dice Jack. Agarra a Carl por la camisa—. ¿Por qué no se queda ciego ese hijo de puta?

—No lo sé, no lo sé —contesta Carl gimoteando.

Es una buena pregunta.

Dejo de disparar y ladeo la cabeza, intentando desconectar de los gritos, las figuras que corren y la confusión. Las fogatas arrasadas, los cadáveres que caen y los motores rugientes se desvanecen, amortiguados por un halo amnésico de concentración.

«¿Por qué puede ver todavía?»

Un sonido brota del caos. Es un tenue «fap, fap, fap», como un lejano cortacésped. Entonces me fijo en un punto borroso situado encima de nosotros.

Una especie de ojo en el cielo.

El vehículo militar abollado surge de la noche como un monstruo marino saliendo a la superficie de las profundidades negras.

Nos dispersamos al ver que se precipita contra nuestra colina.

—Un robot volador. A las once. Justo encima de la vegetación —grito.

Los cañones de los rifles se elevan, incluido el mío. El vehículo militar embiste por delante de nosotros y atraviesa una fogata a una docena de metros de distancia. Las ascuas del fuego caen en cascada sobre el capó, como un meteorito cruzando la atmósfera raudo y veloz. Está dando la vuelta para intentarlo de nuevo.

Las bocas de las armas lanzan destellos. Los cartuchos de latón calientes caen por los aires. Algo explota en el cielo y salpica el suelo de trozos de plástico pulverizado.

—Dispersaos —dice Jack.

El rugido del vehículo militar eclipsa el sonido de los motores de la estrella caída del cielo. El tanque blindado pasa como una motoniveladora por el montículo donde estamos, y los amortiguadores tocan el suelo. En la ráfaga de aire que deja tras de sí, percibo un olor a plástico derretido, pólvora y sangre.

Entonces el vehículo se para justo detrás de la colina. Se aleja de nosotros, avanzando a sacudidas como un ciego que va a tientas por un camino.

Lo hemos conseguido. De momento.

Un enorme brazo se posa en mi cuello y lo aprieta tanto que me hace crujir los omóplatos.

—Está ciego —dice Tiberius—. Tienes una vista de lince, Cormac Wallace.

—Habrá más. Y ahora, ¿qué? —pregunta Carl.

—Vamos a quedarnos aquí a proteger a esta gente —responde Jack, como si fuera lo más evidente del mundo.

—¿Cómo, Jack? —digo—. Puede que no quieran nuestra protección. Además, estamos al lado del mayor arsenal del estado. Tenemos que ir a las montañas, tío. Acampar.

Cherrah resopla.

—¿Se te ocurre una idea mejor? —le pregunto.

—Acampar es una solución a corto plazo. ¿Dónde preferirías estar? ¿En una cueva, cazando para tener comida todos los días y esperando encontrarla? ¿O en un sitio donde puedas contar con más personas?

—Y disturbios y saqueos —añado.

—Me refiero a una comunidad más pequeña. Un lugar seguro. Gray Horse —dice ella.

—¿Cómo de grande? —pregunta Jack.

—Habrá varios miles de personas, la mayoría osage. Como yo.

—Una reserva india —digo gimiendo—. Hambruna. Enfermedad. Muerte. Lo siento, pero no acabo de verlo.

—Eso es porque eres gilipollas. Gray Horse está organizado. Siempre lo ha estado. Tiene un gobierno operativo. Agricultores. Soldadores. Médicos.

—Bueno —digo—. Mientras haya soldadores.

Ella me mira intencionadamente.

—Cárceles, si las necesitamos.

—Especialización —dice Jack—. Ella tiene razón. Tenemos que ir a un sitio para reagruparnos y planear el contraataque. ¿Dónde está?

—En Oklahoma.

Vuelvo a gemir en voz alta.

—Eso está a un millón de kilómetros de aquí.

—Crecí allí. Conozco el camino.

—¿Cómo sabes que siguen vivos?

—Un refugiado que conocí había oído hablar del sitio en una transmisión de onda corta. Allí hay un campamento. Y un ejército. —Cherrah resopla mirando a Carl—. Un ejército de verdad.

Doy una palmada.

—No pienso cruzar el país a pie porque se le haya antojado a una chica que acabamos de conocer. Será mejor que nos vayamos por nuestra cuenta.

Cherrah me agarra por la camisa y me atrae de un tirón. Se me cae el rifle al suelo. Es enjuta, pero tiene los brazos fuertes como árboles.

—Unirte a tu hermano es sin duda la mejor opción para sobrevivir —dice—. A diferencia de ti, él sabe lo que hace y se le da bien. Así que ¿por qué no cierras la boca de una puta vez y te lo piensas bien? Los dos sois chicos listos. Queréis sobrevivir. No es una decisión difícil.

La cara ceñuda de Cherrah está a escasos centímetros de la mía. Le cae un poco de ceniza de las lumbres esparcidas sobre su pelo azabache, pero no le hace caso. Sus ojos negros están clavados en los míos. Esta mujer menuda está totalmente decidida a permanecer con vida, y salta a la vista que hará cualquier cosa por seguir así.

Es una superviviente nata.

No puedo por menos de sonreír.

—¿Sobrevivir? —pregunto—. Eso es otra cosa. En realidad, creo que no quiero volver a estar a menos de un metro y medio de vosotros. Es solo que… no sé… me siento seguro en tus brazos.

Ella me suelta y me da un empujón.

—Ya te gustaría, chico listo —replica bufando.

Una risa atronadora nos sorprende a todos. Tiberius, que parece una sombra enorme, se echa la mochila al hombro. La luz del fuego reluce en sus dientes al hablar.

—Entonces está decidido —dice—. Los cinco formamos un buen equipo. Hemos vencido al vehículo militar y salvado a esta gente. Ahora viajaremos juntos hasta que lleguemos a ese sitio, Gray Horse.

Los cinco nos convertimos en el núcleo del pelotón Chico Listo. Esa noche emprendimos un largo viaje en tierra de nadie hacia Gray Horse. Todavía no estábamos bien armados ni bien adiestrados, pero tuvimos suerte: durante los meses que siguieron a la Hora Cero, los robots estuvieron ocupados procesando a los aproximadamente cuatro mil millones de seres humanos que vivían en los centros de población más importantes del mundo.

Tendría que pasar la mayor parte del año hasta que saliéramos del bosque, marcados por la guerra y cansados. Sin embargo, durante nuestra ausencia se produjeron acontecimientos trascendentales que cambiarían el paisaje de la Nueva Guerra.

CORMAC WALLACE, MIL#EGH217

4

TURNO DE ACOMPAÑANTE

Si ese chico me va a dejar morir, quiero que se acuerde de mi cara.

MARCUS JOHNSON

NUEVA GUERRA + 7 MESES

Mientras cruzábamos Estados Unidos a pie, el pelotón Chico Listo ignoraba que las ciudades más grandes de todo el mundo estaban siendo vaciadas por robots cada vez más militarizados. Los supervivientes chinos informaron más tarde de que en esa época era posible cruzar el río Yangtsé a pie, pues el cauce estaba atestado de cadáveres que desembocaban en el mar de China Oriental.

Con todo, algunos grupos de gente simplemente aprendieron a adaptarse a los interminables ataques. Los esfuerzos de esas tribus urbanas, descritos en las siguientes páginas por Marcus y Dawn Johnson de la ciudad de Nueva York, acabaron resultando cruciales para la supervivencia humana en todo el mundo.

CORMAC WALLACE, MIL#EGH217

La alarma salta al amanecer. No es nada espectacular. Solo un puñado de latas atadas arrastrándose a través de la calzada agrietada.

Abro los ojos y tiro hacia abajo del saco de dormir. Tardo un largo instante en descubrir dónde estoy. Al alzar la vista, veo el eje de un motor, un silenciador, un tubo de escape.

Ah, sí. Claro.

Hace un año que duermo todas las noches en cráteres, debajo de coches, y todavía no me acostumbro. No importa. Tanto si me adapto como si no, sigo vivo y coleando.

Durante unos tres segundos permanezco inmóvil, escuchando. Es mejor no salir de la cama enseguida. Nunca se sabe qué demonios se habrá acercado por la noche. En el último año, la mayoría de los robots se han vuelto más pequeños. Otros, más grandes. Mucho más grandes.

Me golpeo la cabeza al salir del saco de dormir y doblarlo. Merece la pena. Este montón de chatarra es mi mejor amigo. Hay tantos coches quemados en las calles de Nueva York que los cabrones no pueden mirar debajo de cada uno de ellos.

Salgo de debajo del coche retorciéndome a la grisácea luz del sol. Vuelvo a meter la mano, cojo mi mochila sucia y me la pongo. Toso y escupo al suelo. El sol acaba de salir, pero hace frío tan temprano. El verano ha empezado hace poco.

Las latas siguen arrastrándose. Hinco una rodilla y desato la cuerda antes de que el micrófono de alguna máquina detecte el ruido. Por encima de todo, es importante no hacer ruido, estar en movimiento y ser impredecible.

De lo contrario, estás muerto.

Turno de acompañante. De los cientos de miles de habitantes de la ciudad que huyeron al bosque, aproximadamente la mitad se están muriendo de hambre a estas alturas. Vienen dando traspiés a la ciudad, flacos como palos y mugrientos, escapando de los lobos y con la esperanza de hurgar en la basura.

La mayoría de las veces las máquinas se los cargan rápido.

Me echo la capucha por encima de la cabeza y dejo que mi impermeable negro se hinche por detrás para confundir a los sistemas de reconocimiento robóticos, sobre todo a las malditas torretas centinela desechables. Hablando del tema, tengo que retirarme de la calle. Me meto en un edificio destruido y me dirijo al origen de la alarma por encima de la basura y los escombros.

Después de que dinamitáramos la mitad de la ciudad, los viejos robots domésticos no podían equilibrarse lo bastante bien para alcanzarnos. Estuvimos a salvo por un tiempo, lo suficiente para establecernos bajo el suelo y dentro de los edificios demolidos.

Pero entonces apareció un nuevo modelo de caminante.

Lo llamamos mantis. Tiene cuatro patas articuladas más largas que un poste de teléfono y moldeadas con una especie de panal de fibra de carbono. Sus patas parecen piolets invertidos y se clavan en el suelo a cada paso que dan. En la parte superior, donde se unen, hay un par de pequeños brazos con dos manos también en forma de piolets. Esos brazos cortantes atraviesan madera, muros secos y ladrillos. La criatura se mueve correteando: doblada sobre sí misma y encorvada hasta adquirir el tamaño de una pequeña camioneta. Se parece a una mantis religiosa.

Bastante, al menos.

Estoy esquivando las mesas vacías en la planta desplomada de un edificio de oficinas cuando noto la vibración reveladora bajo mis pies. Hay algo grande fuera. Me quedo paralizado y me agacho en el suelo cubierto de desechos. Al asomarme por encima de una mesa hinchada por el agua, veo las ventanas. Una sombra gris pasa por fuera, pero no distingo nada más.

Espero un minuto de todas formas.

No muy lejos de aquí, se está desarrollando una rutina familiar. Un superviviente ha encontrado un montón de rocas sospechosas en las que no repararía una máquina. Al lado de esas rocas hay una cuerda que esa persona ha estirado. Sé que hace diez minutos ese superviviente estaba vivo. No hay ninguna garantía de su estado durante los próximos diez minutos.

En la parte desplomada del edifico, me arrastro sobre tablas de madera destrozadas y ladrillos pulverizados hacia un semi-círculo de luz matutina. Introduzco la cabeza con la capucha puesta por el agujero y escudriño la calle.

Nuestra señal está allí, intacta en un pórtico al otro lado de la calle. Un hombre está acurrucado junto a ella, con los brazos sobre las rodillas y la cabeza gacha. Se mece de un lado a otro apoyado en los talones, tal vez para mantenerse en calor.

La señal funciona porque las máquinas no reparan en las cosas naturales, como las rocas o los árboles. Es un ángulo muerto. Una mantis tiene buen ojo para las cosas que no son naturales, como las palabras o los dibujos… incluso para chorradas como caras sonrientes. Las cuerdas de trampas sin camuflar no dan resultado. Las líneas son demasiado rectas. Escribir indicaciones a una casa segura en la pared es una buena forma de conseguir que la gente acabe muerta. Pero un montón de escombros es invisible. Y un montón de rocas que van de mayor a menor, también.

Salgo del agujero retorciéndome y llego hasta el hombre antes incluso de que levante la vista.

—Hola —susurro, dándole un empujón en el codo.

Él alza la vista hacia mí, sorprendido. Es un joven latino de veintitantos. Advierto que ha estado llorando. Dios sabe por lo que habrá pasado para llegar aquí.

—Tranquilo, colega —le digo en tono tranquilizador—. Vamos a ponerte a salvo. Ven conmigo.

Él asiente sin decir nada. Se levanta apoyándose contra el edificio. Tiene un brazo envuelto en una toalla sucia y se lo coge con la otra mano. Me imagino que debe de tenerlo en muy mal estado para temer que alguien lo vea.

—Dentro de poco te examinarán el brazo, amigo.

Él se estremece un poco cuando se lo digo. No es lo que yo esperaba. Es extraño que estar herido resulte embarazoso. Como si tú tuvieras la culpa de que no te funcione bien un ojo o una mano o un pie. Claro que estar herido no es ni la mitad de embarazoso que estar muerto.

Lo llevo al edificio en ruinas del otro lado de la calle. La mantis no supondrá ningún problema una vez que lleguemos dentro. La mayoría de mi gente está en los túneles del metro, con las entradas principales bloqueadas. Iremos de edificio en edificio hasta llegar a casa.

—¿Cómo te llamas, tío? —pregunto.

El chico no responde; se limita a agachar la cabeza.

—Vale. Sígueme.

Regreso a la seguridad del edificio desplomado. El chico sin nombre cojea detrás de mí. Atravesamos juntos edificios destruidos, gateando sobre montones de escombros dinamitados y arrastrándonos por debajo de paredes medio derruidas. Cuando llegamos suficientemente lejos, me dirijo a una calle bastante segura. El silencio entre nosotros aumenta cuanto más avanzamos.

Me entran escalofríos andando por esa calle vacía y me doy cuenta de que me dan miedo los ojos sin vida del chico que me sigue arrastrando los pies sin decir nada.

¿Cuántos cambios puede asimilar una persona antes de que todo pierda el sentido? Vivir por vivir no es vida. La gente necesita dar sentido a su vida tanto como el aire.

Gracias a Dios, yo todavía tengo a Dawn.

Me estoy imaginando sus ojos color avellana cuando me fijo en el poste de teléfono verde grisáceo inclinado al final de la calle. El poste se dobla por la mitad y se mueve, y me doy cuenta de que es una pata. Vamos a morir dentro de treinta segundos si no salimos de aquí.

—Entra —susurro, empujando al chico hacia una ventana rota.

Una mantis aparece corriendo, con sus cuatro patas flexionadas. Su cabeza sin rasgos distintivos con forma de bala gira rápidamente y se detiene. Las largas antenas vibran. La máquina salta hacia delante y empieza a galopar hacia nosotros, clavando sus patas puntiagudas en la basura y la calzada como un timón a través del agua. Las garras delanteras cuelgan de su barriga, levantadas y listas, con la luz reflejada en sus incontables ganchos.

El chico se queda mirando, inexpresivo.

Lo agarro y lo empujo a través de la ventana, y a continuación me lanzo detrás de él. Nos levantamos y nos apresuramos sobre la alfombra mohosa. Segundos más tarde, una sombra cae a través del rectángulo de luz detrás de nosotros. Un brazo con garras atraviesa el marco de la ventana a toda velocidad, desciende rápidamente y arranca parte de la pared. Le sigue otro brazo con garras. De un lado a otro, de un lado a otro, de un lado a otro. Es como un tornado abatiéndose.

Por suerte para nosotros, es un edificio seguro. Lo sé porque ha sido vaciado muy bien. La fachada está demolida, pero por dentro es transitable. En Nueva York hacemos los deberes. Desvío al chico hacia un montón de ladrillos de hormigón y un agujero en la pared que da a un edificio contiguo.

—Aquí es donde vivimos —digo, señalando y empujando al chico hacia el agujero.

El muchacho avanza dando traspiés como un zombi.

Entonces oigo el ruido de la moqueta al desgarrarse y un crujido de muebles de madera. De algún modo, la mantis ha logrado entrar por la ventana. Agazapándose mucho, apretuja su masa gris a través del edificio, derribando los paneles del techo como confeti. La criatura avanza encorvada, toda garras relucientes y metal chirriante.

Corremos al agujero de la pared.

Me detengo y ayudo al chico a arrastrarse por encima del amasijo de barras de acero y hormigón. El pasadizo no es más que un hueco negro de escasos centímetros de anchura que atraviesa los cimientos de arenisca de los dos edificios. Rezo para que esto obligue al monstruo que nos persigue a ir más despacio.

El chico desaparece en el interior. Yo entro detrás de él. Está oscuro y es claustrofóbico. El muchacho se arrastra despacio, sin dejar de agarrarse el brazo herido. Cerca de la entrada sobresalen unas barras de acerco como puntas de lanzas oxidadas. Oigo a la mantis cerniéndose sobre nosotros, destruyendo todo lo que toca.

Entonces el sonido se interrumpe.

No tengo espacio para girar la cabeza y ver lo que está pasando detrás de mí. Solo veo las suelas de los zapatos del chico a medida que se arrastra. Inspiro, espiro. Me concentro. A juzgar por el sonido, algo choca lo bastante fuerte contra la boca del agujero para arrancar un pedazo de roca sólida. Le sigue otro golpe demoledor. La mantis está escarbando frenéticamente, atravesando la pared de hormigón y penetrando en la arenisca. El ruido es ensordecedor.

Todo a mi alrededor se convierte en gritos, oscuridad y polvo.

—¡Vamos, vamos, vamos! —chillo.

Un segundo más tarde, el chico desaparece; ha llegado al otro extremo del túnel. Conecto la electricidad sonriendo. Salgo del agujero moviéndome a toda velocidad, me caigo a pocos metros de altura y lanzo un grito de dolor y sorpresa.

Un trozo de una barra de refuerzo me ha atravesado la carne de la pantorrilla derecha.

Estoy tumbado boca arriba, apoyándome en los codos. Tengo la pierna atrapada en la boca del agujero. La barra sobresale como un diente torcido, clavada en mi pierna. El muchacho está más abajo, con esa expresión vaga todavía en la cara. Respiro estremeciéndome y lanzo otro grito de dolor animal.

El grito parece llamar la atención del chico.

—¡Sácame de aquí, joder! —chillo.

El chico me mira y parpadea. Sus ojos marrones sin vida recobran algo de brillo.

—Deprisa —digo—. La mantis se acerca.

Intento levantar el cuerpo, pero estoy demasiado débil y el dolor es muy intenso. Clavando los codos penosamente en la tierra, logro levantar la cabeza. Intento darle explicaciones al chico.

—Tienes que quitarme la barra de la pierna. O sacar la barra de la pared. Una de dos, tío. Pero hazlo rápido.

El chico se queda quieto, con el labio temblando. Parece a punto de echarse a llorar. Puta suerte, la mía.

Oigo el «toc, toc» que viene del túnel a medida que los golpes de la mantis desplazan más piedras. Una nube de polvo sale del agujero mientras se cae a pedazos. Cada impacto de la mantis provoca una vibración a través de la roca que llega hasta la barra que tengo ensartada en la pantorrilla.

—Vamos, tío, te necesito. Necesito que me ayudes.

Y por primera vez, el chico habla.

—Lo siento —me dice.

Joder. Se acabó. Quiero gritarle a ese muchacho, a ese cobarde. Quiero hacerle daño de alguna forma, pero estoy demasiado débil. De modo que me concentro en mantener la cara alzada hacia la suya. Los músculos de mi cuello se esfuerzan por mantener la cabeza levantada, temblando. Si ese chico me va a dejar morir, quiero que se acuerde de mi cara.

El chico levanta el brazo herido mirándome fijamente. Empieza a desenrollar la toalla que lo cubre.

—¿Qué estás…?

Me paro en seco. El chico no tiene la mano herida; no tiene mano.

La carne del antebrazo acaba en un amasijo de cables unido a un trozo de metal del que sobresalen dos hojas. Parecen unas tijeras de tamaño industrial. La herramienta está fundida directamente en su brazo. Mientras yo miro, un tendón del antebrazo se dobla y las hojas lubricadas empiezan a separarse.

—Soy un monstruo —dice—. Los robots me hicieron esto en los campos de trabajo.

No sé qué pensar. No me quedan más fuerzas. Agacho la cabeza y miro al techo.

Chas.

Mi pierna está libre. Tengo clavado un trozo de barra, cortado y reluciente en un extremo. Pero soy libre.

El chico me ayuda a levantarme. Me rodea con el brazo bueno. Nos alejamos cojeando sin volver la vista al agujero. Cinco minutos más tarde, encontramos la entrada camuflada a los túneles del metro. Y entonces desaparecemos, avanzando lo mejor que podemos por las vías abandonadas.

Dejamos atrás a la mantis.

—¿Cómo? —pregunto, señalando con la cabeza su brazo malo.

—En el campo de trabajo. La gente entra en el quirófano y sale cambiada. Yo fui uno de los primeros. Lo mío es sencillo. Solo el brazo. Pero otras personas vuelven del autodoctor todavía peor. Sin ojos. Sin piernas. Los robots juegan con tu piel, tus músculos, tu cerebro.

—¿Estás solo? —pregunto.

—Conocía a otras personas, pero no quisieron... —Mira su mano mutilada con expresión vacía—. Ahora soy como ellas.

Esa mano no le ha granjeado amigos. Me pregunto cuántas veces ha sido rechazado y cuánto tiempo lleva solo.

Ese chico está prácticamente acabado. Lo veo en sus hombros caídos. En el esfuerzo que le supone cada aliento. Lo he visto antes. Ese muchacho no está herido: está derrotado.

—Estar solo es duro —digo—. Empiezas a preguntarte qué sentido tiene, ¿sabes?

Él no dice nada.

—Pero aquí hay más gente. La resistencia. Ya no estás solo. Tienes un objetivo.

—¿Cuál es? —pregunta.

—Sobrevivir. Ayudar a la resistencia.

—Ni siquiera estoy...

Levanta el brazo. En sus ojos brillan lágrimas. Eso es lo importante. Tiene que pasar por esto. Si no, morirá.

Agarro al chico por los hombros y le digo mirándolo a la cara:

—Naciste siendo un ser humano y morirás siéndolo, no importa lo que te hayan hecho. O te hagan. ¿Entiendes?

Aquí, en los túneles, hay silencio. Y oscuridad. Uno se siente seguro.

—Sí —dice.

Rodeo la espalda del chico con el brazo y hago una mueca al notar dolor en la pierna.

—Bien —digo—. Y ahora vamos. Tenemos que llegar a casa y comer. No lo dirías viéndome, pero tengo una mujer preciosa. La mujer más guapa del mundo. Y si se lo pides con educación, te preparará un estofado increíble.

Creo que el muchacho se va a recuperar en cuanto conozca a los demás.

La gente necesita dar sentido a su vida tanto como el aire. Por suerte para nosotros, podemos animarnos unos a otros gratis. Simplemente estando vivos.

Durante los siguientes meses, empezaron a entrar en la ciudad humanos cada vez más modificados. Independientemente de lo que los robots les hubieran hecho, eran bien recibidos por la resistencia neoyorquina. Sin ese refugio y su falta de prejuicios, es poco probable que la resistencia humana, incluyendo el pelotón Chico Listo, hubiera podido aprovechar un arma secreta increíblemente potente: la niña de catorce años Mathilda Perez.

CORMAC WALLACE, MIL#EGH217

5

GARRA METÁLICA

¿Dónde está tu hermana, Nolan? ¿Dónde está
Mathilda?

Laura Perez

NUEVA GUERRA + 10 MESES

*Mientras nuestro pelotón proseguía su viaje hacia el oeste hasta
Gray Horse, conocimos a un soldado herido llamado Leonardo.
Cuidamos de Leo hasta que se repuso, y nos habló de los campos de trabajos forzados construidos apresuradamente en las afueras de las ciudades más grandes. Al verse ampliamente superados
en número, los robots recurrieron a la amenaza de muerte para
convencer a un gran número de personas de que entraran en los
campos y permanecieran allí.*

*Sometida a una presión extrema, Laura Perez, ex congresista,
relató esta historia de su experiencia en uno de esos campos de trabajo. De los millones de personas encarceladas, unos pocos afortunados conseguirían escapar. Otros se vieron obligados a quedarse.*

Cormac Wallace, mil#egh217

Me encuentro sola en un campo húmedo y lleno de barro.

No sé dónde estoy. No me acuerdo de cómo he llegado aquí. Tengo los brazos extremadamente delgados y cubiertos de cicatrices. Voy vestida con un mugriento mono azul prácticamente hecho harapos, raído y manchado.

Me envuelvo con los brazos, temblando. Me invade el pánico. Sé que se me olvida algo importante. He dejado atrás algo. No sé exactamente qué, pero me duele. Es como si tuviera un trozo de alambre de espino alrededor del corazón, apretándome.

Entonces me acuerdo.

—No —digo gimiendo.

Un grito brota de mi interior.

—¡No!

Grito a la hierba. Salpicaduras de saliva salen volando de mi boca y trazan un arco al sol de la mañana. Doy vueltas en círculo, pero estoy sola. Totalmente sola.

Mathilda y Nolan, mis pequeños, han desaparecido.

Algo brilla en la línea de vegetación. Me estremezco instintivamente. Entonces me doy cuenta de que solo es un espejo de mano. Un hombre vestido de camuflaje sale de detrás de un árbol y me hace una señal. Aturdida, avanzo dando traspiés hacia él a través del campo descuidado y me detengo a unos seis metros.

—Hola —dice—. ¿De dónde viene?

—No lo sé —contesto—. ¿Dónde estoy?

—En las afueras de la ciudad de Nueva York. ¿Qué recuerda?

—No lo sé.

—Mire si tiene bultos en el cuerpo.

—¿Qué?

—Que mire si tiene bultos en el cuerpo. Algo nuevo.

Confundida, me paso las manos por el cuerpo. Me sorprende el hecho de que pueda palparme todas las costillas. Nada tiene sentido. Me pregunto si estoy soñando o si estoy inconsciente o si estoy muerta. Entonces noto algo. Una protuberancia en la parte superior del muslo. Probablemente la única parte carnosa que me queda en el cuerpo.

—Tengo una protuberancia en la pierna —digo.

El hombre empieza a retroceder hacia el bosque.

—¿Qué significa? ¿Adónde va? —pregunto.

—Lo siento, señora. Los robots le han puesto un bicho. Hay un campo de trabajo a varios kilómetros de aquí. La están utilizando como cebo. No intente seguirme. Lo siento.

Desaparece entre las sombras del bosque. Me protejo la cara con una mano y lo busco.

—¡Espere, espere! ¿Dónde está el campo de trabajo? ¿Cómo puedo encontrarlo?

Una voz resuena débilmente desde el bosque.

—En Scarsdale. A ocho kilómetros al norte. Siga la carretera, con el sol a la derecha. Tenga cuidado.

El hombre ha desaparecido. Estoy otra vez sola.

Veo mis huellas en la hierba embarrada, procedentes del norte. Me doy cuenta de que el claro es en realidad una carretera cubierta de hierba que está siendo engullida por la naturaleza. Aún tengo los brazos alrededor del cuerpo. Me suelto. Estoy débil y dolorida. Mi cuerpo quiere temblar. Quiere caerse y rendirse.

Pero no voy a permitirlo.

Voy a volver a por mis pequeños.

El bulto se mueve cuando lo toco. Descubro un pequeño corte en la piel por donde deben de habérmelo introducido, pero la herida está mucho más arriba, cerca de la cadera. Creo que, sea lo que sea, se está moviendo. O que al menos puede moverse si lo desea.

Bicho. Ese hombre lo llamó «bicho». Suelto una risotada, preguntándome si debo tomarme la descripción en sentido literal.

Muy literal, como quedará demostrado.

Estoy recuperando fragmentos de memoria. Imágenes borrosas de un suelo despejado y un gran edificio metálico. Como un hangar de aviones, pero lleno de luces. Otro edificio con literas apiladas hasta el techo. No me acuerdo de cómo eran los carceleros, pero no me esfuerzo demasiado por recordar.

Después de andar sin parar durante una hora y media, veo una zona despejada a lo lejos de la que se elevan suaves nubes de humo. La luz del sol brilla en un amplio techo metálico y en las alambradas. Debe de ser eso. El campo de prisioneros.

Una extraña sensación resbaladiza en la pierna me recuerda que llevo el bicho. Aquel hombre no quiso ayudarme por su culpa. Es evidente que el bicho debe de estar informando a las máquinas de dónde estoy para poder atrapar y matar a más personas.

Por suerte, las máquinas no esperaban que volviera.

Observo el bulto palpitante bajo la piel con una sensación de repugnancia en la boca del estómago. No puedo seguir adelante con el bicho allí debajo. Tengo que hacer algo al respecto.

Y me va a doler.

Dos rocas lisas. Una larga tira de tela arrancada de la manga. Con la mano izquierda, presiono una roca contra el muslo, formando un hoyo en la piel justo detrás del bulto. El bicho empieza a moverse, pero antes de que pueda ir a ninguna parte, cierro los ojos y pienso en Mathilda y en Nolan, y estampo la otra roca con todas mis fuerzas. Noto un estallido de dolor en la pierna y oigo un crujido. Golpeo con la roca tres veces más antes de revolcarme por el suelo, gritando de dolor. Me quedo tumbada boca arriba, con el pecho palpitante, mirando al cielo azul a través de las lágrimas.

Pasan unos cinco minutos hasta que me siento con el valor necesario para comprobar los daños en mi pierna.

Sea lo que sea, parece una babosa metálica con docenas de patas con púas que tiemblan. Debe de haberme atravesado la pierna al primer golpe, porque parte de su caparazón se ha roto en la capa exterior hecha papilla de mi pierna. Está vertiendo algún tipo de líquido que se mezcla con la sangre. Mojo el dedo en él y me lo acerco a la cara. Huele a sustancias químicas. Sustancias químicas explosivas, como el queroseno o la gasolina.

No sé lo que es, pero creo que he tenido mucha suerte. No se me había pasado por la cabeza que fuera una bomba.

No me permito gritar.

Obligándome a mirarlo, alargo la mano y extraigo con cautela esa cosa aplastada de debajo de mi piel. Me fijo en que tiene un caparazón cilíndrico en la otra parte que no está roto. Lo tiro al suelo y cae sin fuerzas. Parecen dos tubos de caramelos de menta con muchas patas y dos largas y húmedas antenas. Me muerdo el labio inferior y procuro no gritar mientras me vendo la pierna con la tira de tela azul.

A continuación, me levanto y me acerco cojeando al campo de trabajo.

Armas centinela. El recuerdo vuelve a mi cabeza. El campo de trabajo está protegido por armas centinela. Esos bultos grises en el terreno explotan y matan a cualquier cosa que entra en un radio determinado.

El campo de las Cicatrices.

Observo el campo desde la línea de vegetación. Los bichos y los pájaros revolotean de acá para allá sobre un grueso manto de flores, haciendo caso omiso de los bultos envueltos en ropa que hay en el terreno: los cadáveres de aspirantes a rescatadores. Los robots no intentan ocultar el lugar. Antes bien, lo usan como cebo para atraer a supervivientes humanos. Posibles liberadores cazados por sorpresa una y otra vez. Sus cadáveres se amontonan en el campo y se convierten en abono. Comida para las flores.

Si trabajas duro y obedeces las órdenes, las máquinas te dan de comer y te mantienen caliente. Aprendes a hacer oídos sordos al brusco estallido de las armas centinela. Te obligas a olvidar lo que significa ese sonido. Buscas la zanahoria. Dejas de ver el palo.

A un lado del recinto, veo una vacilante hilera marrón. Gente. Es una fila de personas que están siendo trasladadas aquí desde otro lugar. No me lo pienso dos veces; me abro paso cojeando entre las armas centinela para llegar a la cola.

Veinte minutos más tarde, veo un vehículo blindado de seis ruedas que avanza dando tumbos a unos seis kilómetros por hora. Es una especie de modelo militar con una torreta en la parte su perior. Me dirijo a él con las manos levantadas y me sobresalto cuando la torreta gira y me apunta.

—Permanezca en la fila. No se detenga. No se acerque al vehículo. Obedezca inmediatamente o será disparada —dice una voz automatizada por un altavoz fijado en la parte superior.

Una fila de refugiados avanza dando traspiés junto al vehículo blindado. Algunos arrastran maletas o cargan con mochilas, pero la mayoría solo llevan algo de ropa a la espalda. Dios sabe cuánto tiempo hace que desfilan. O cuántos había cuando empezaron.

Unas cuantas cabezas fatigadas se alzan para mirarme.

Manteniendo las manos en alto y la vista en la torreta, me coloco en la fila de refugiados. Cinco minutos más tarde, un hombre con un traje de oficina salpicado de barro y otro tipo con un impermeable se me acercan y se ponen a andar junto a mí cada uno a un lado, reduciendo la marcha para quedarnos un poco por detrás del vehículo militar.

—¿De dónde viene? —pregunta el tipo del traje.

Yo miro al frente.

—Vengo del sitio al que vamos —contesto.

—¿Y qué sitio es? —pregunta él.

—Un campo de trabajo.

—¿Un campo de trabajo? —exclama el chico del impermeable—. ¿Se refiere a un campo de concentración?

El muchacho del impermeable observa el campo. Sus ojos se desvían rápidamente del vehículo blindado a una mata de hierba alta cercana. El hombre del traje posa la mano en el hombro de su amigo.

—No lo hagas. Acuérdate de lo que le pasó a Wes.

El comentario parece cortar las alas al chico del impermeable.

—¿Cómo ha salido? —me pregunta el hombre del traje.

Me miro la pierna. Una mancha de sangre reseca oscurece la parte superior del muslo de mi uniforme. Eso lo dice todo. El tipo sigue mi mirada y decide dejar correr el tema.

—¿De verdad nos necesitan para trabajar? —pregunta el chico del impermeable—. ¿Por qué? ¿Por qué no usan más máquinas?

—Nosotros somos baratos —respondo—. Más baratos que crear máquinas.

—En realidad, no —dice el hombre del traje—. Nosotros costamos recursos. Comida.

—Queda mucha comida —repongo—. En las ciudades. Ahora que la población se ha reducido, seguro que pueden hacer durar años nuestras sobras.

—Genial —dice el chico—. De puta madre.

Me fijo en que el vehículo blindado ha reducido la velocidad. La torreta se ha girado sin hacer ruido para situarse de cara a nosotros. Me callo. Esas personas no son mi objetivo. Mi objetivo son únicamente dos niños de nueve y doce años, y están esperando a su madre.

Sigo andando, sola.

Me escabullo mientras los demás están siendo procesados. Un par de Big Happys actualizados vigilan y reproducen órdenes pregrabadas mientras la fila de gente coloca su ropa y sus maletas en un montón. Me acuerdo de este sitio: la ducha, el uniforme, la asignación de litera y de trabajo. Y, al final, nos marcaron a todos.

Mi marca sigue conmigo.

Tengo una etiqueta subcutánea del tamaño de un grano de arroz incrustada en el interior de mi hombro derecho. Una vez que entramos en el campamento y todo el mundo se ha deshecho de sus pertenencias, simplemente me marcho. Un Big Happy me sigue cuando cruzo el campo hacia el gran edificio metálico, pero mi marca me identifica como obediente. Si fuera desobediente, la máquina me estrujaría la tráquea con sus manos. Lo he visto con mis propios ojos.

Los detectores repartidos por todo el campo reconocen mi etiqueta. Ninguna alarma se activa. Afortunadamente, no me han puesto en la lista negra después de dejarme tirada en aquel prado. El Big Happy se retira mientras yo rodeo el campo hacia la nave de trabajo.

En cuanto cruzo la puerta, una luz empieza a parpadear en la pared. Se supone que no debería estar aquí ahora. Mi asignación de trabajo no está programada para hoy, ni para nunca.

El Big Happy va a volver.

Me fijo en todo. Esta es la sala que mejor recuerdo. El suelo despejado bajo un enorme techo metálico, largo como un campo de fútbol americano. Cuando llueve, este espacio suena como un auditorio lleno de tenues aplausos. Una hilera tras otra de fluorescentes cuelgan sobre unas cintas transportadoras que llegan a la altura de la cintura y se extienden a lo lejos. Aquí dentro trabajan cientos de personas. Llevan monos azules y máscaras de papel y están de pie distribuidos a lo largo de las cintas, cogiendo piezas de recipientes, acoplándolas a lo que hay en la cinta y luego empujándolas por los rodillos.

Es una cadena de montaje.

Moviéndome rápido, recorro la cadena donde antes trabajaba. Veo que hoy están construyendo lo que llaman «criadillas». Se parecen a las grandes mantis de cuatro patas, pero tienen el tamaño de un perrito. No sabíamos lo que eran hasta que un día un tipo nuevo, un soldado italiano, dijo que esas cosas colgaban de la barriga de las mantis y se desprendían durante la batalla. Explicó que a veces las que estaban estropeadas se podían conectar de nuevo y ser usadas como material de emergencia. Ellos las llamaban garras metálicas.

La puerta que acabo de cruzar se abre. Un Big Happy entra. Todas las personas dejan de moverse. Las cintas transportadoras se han parado. Nadie se mueve para ayudarme. Se quedan inmóviles y en silencio como estatuas azules. No me molesto en pedir ayuda. Sé que si yo estuviera en su lugar, tampoco haría nada.

El Big Happy cierra la puerta detrás de él. Cuando los cerrojos de todas las puertas se cierran, el estruendo resuena por la enorme sala. Estoy atrapada aquí, hasta que me maten.

Avanzo trotando por la cadena de montaje, jadeando y notando punzadas de dolor en la pierna. El Big Happy se dirige hacia mí resueltamente. Se mueve con cuidado, dando un paso cada vez, sin hacer ningún ruido salvo el tenue chirrido de los motores. Al avanzar por la cadena, veo cómo las criadillas evolucionan de pequeñas cajas negras a máquinas casi totalmente completas.

En el otro extremo del largo edificio, llego a la puerta que da a los dormitorios. La agarro y tiro de ella, pero es de acero grueso y está bien cerrada. Me doy la vuelta, con la espalda contra la puerta. Cientos de personas observan con las herramientas en las manos. Algunas sienten curiosidad, pero la mayoría están impacientes. Cuanto más duro trabajas, más rápido pasa el día. Yo soy una interrupción. Y una interrupción no muy fuera de lo común. Dentro de poco, mi tráquea será estrujada y mi cuerpo retirado, y todas esas personas volverán a lo que queda de sus vidas.

Mathilda y Nolan están al otro lado de esta puerta y me necesitan, pero voy a morir delante de todas esas personas derrotadas con máscaras de papel.

Me dejo caer de rodillas, sin fuerzas. Con la frente pegada al suelo frío, solo oigo el constante «clic, clic» del Big Happy que avanza hacia mí. Estoy muy cansada. Creo que será un alivio cuando llegue. Una bendición, dormir por fin.

Pero mi cuerpo miente. Tengo que rechazar el dolor. Tengo que encontrar la forma de salir de esta.

Me aparto el pelo de la cara y busco frenéticamente algo por la sala. Se me ocurre una idea. Me levanto haciendo una mueca debido al dolor del muslo y recorro tambaleándome la cadena de montaje. Palpo todas las criadillas, buscando una del estadio adecuado. Las personas a las que me acerco se apartan de mí.

El Big Happy está a un metro y medio de mí cuando encuentro la criadilla perfecta. Está compuesta simplemente de cuatro patas larguiruchas que cuelgan de un abdomen con forma de tetera. La fuente de alimentación está conectada, pero el sistema nervioso central se encuentra a varios pasos de distancia. Unos cables conectores salen de una cavidad en la parte abierta de la máquina.

Agarro la criadilla y me vuelvo. El Big Happy está a medio

metro de mí con los brazos estirados. Tropiezo hacia atrás, me caigo fuera de su alcance y me dirijo cojeando a la puerta de acero. Con las manos temblorosas, tiro hacia fuera de cada una de las patas de la criadilla y pego el abdomen contra la puerta. El brazo izquierdo me tiembla de sujetar el sólido trozo de metal. Introduzco la mano libre en la parte trasera de la criadilla y cruzo los cables.

De forma refleja, la criadilla retrae sus patas puntiagudas sobre sí misma. Las patas se enganchan a la puerta chirriando y atraviesan el metal. La suelto, y la criadilla cae al suelo con gran estruendo, sujetando con las patas un trozo de puerta de acero de un centímetro y medio. Donde antes estaban el pomo y el cerrojo de la puerta hay ahora un agujero irregular. Tengo los brazos muy cansados, inservibles. El Big Happy está a escasos centímetros de mí, con los brazos extendidos y las pinzas abiertas y listas para estrujar la parte más próxima de mi cuerpo.

Abro la puerta destrozada de una patada.

Al otro lado, unos ojos angustiados me observan fijamente. En el dormitorio hay apiñados ancianas y niños. Las literas de madera llegan hasta el techo.

Entro, cierro la puerta de un portazo y pego la espalda contra ella mientras el Big Happy intenta penetrar empujando. Por suerte, el suelo de hormigón pulido no ofrece a la máquina suficiente tracción para abrir la puerta enseguida.

—¡Mathilda! —grito—. ¡Nolan!

Las personas se quedan paradas, mirándome. Las máquinas saben mi número de identificación. Pueden rastrear adónde voy y no se detendrán hasta que esté muerta. Esta es la única posibilidad que voy a tener de salvar a mi familia.

Y, de repente, allí está. Mi angelito silencioso. Nolan está delante de mí, con su cabello moreno sucio y despeinado.

—Nolan —exclamo.

Él corre hacia mí, y lo cojo en volandas y lo abrazo. La puerta golpea contra mi espalda mientras la máquina sigue empujando. Seguro que vienen más.

Envolviendo la delicada carita de Nolan con mis manos, le pregunto:

—¿Dónde está tu hermana, Nolan? ¿Dónde está Mathilda?

—Estuvo herida. Después de que te marcharas.

Contengo el miedo delante de Nolan.

—Oh, no, cariño. Lo siento. ¿Adónde ha ido? Llévame allí.

Nolan no dice nada. Señala con el dedo.

Apoyando a Nolan contra la cadera, me abro paso a empujones entre la gente y corro por un pasillo hacia la enfermería. Detrás de mí, un par de ancianas empujan tranquilamente contra la puerta. No tengo tiempo para darles las gracias, pero me acordaré de sus caras. Rezaré por ellas.

Es la primera vez que entro en esta larga sala de madera. Hay un estrecho pasadizo central separado con cortinas a cada lado. Avanzo a zancadas, apartando las cortinas en busca de mi hija. Cada vez que tiro de una descubro un nuevo horror, pero mi cerebro no asimila nada de lo que veo. Solo voy a reconocer una cosa. Una cara.

Y entonces la veo.

Mi pequeña está tumbada en una camilla con un monstruo cerniéndose sobre su cabeza. Es una especie de máquina quirúrgica fijada sobre un brazo metálico, con una docena de patas de plástico que descienden de ella. Las extremidades del robot están envueltas en papel esterilizado. En la punta de cada pata hay un utensilio: escalpelos, ganchos, soldadores. La máquina se mueve tan rápido que casi no se distingue —movimientos precisos y bruscos—, como una araña tejiendo su red. Trabaja en la cara de Mathilda sin detenerse ni reparar aparentemente en mi presencia.

—¡No! —grito.

Dejo a Nolan y agarro la base de la máquina. La levanto de la cara de mi hija con todas mis fuerzas. Confundida, la máquina repliega sus brazos en el aire. En esa fracción de segundo, empujo la camilla con el pie y aparto el cuerpo de Mathilda de la máquina. La herida de mi pierna se vuelve a abrir, y noto que me cae un hilillo de sangre por la pantorrilla.

El Big Happy ya debe de estar cerca.

Me inclino sobre la camilla y miro a mi hija. Algo terrible ha ocurrido. Sus ojos. Sus preciosos ojos ya no están.

—¿Mathilda? —pregunto.

—¿Mamá? —dice ella, sonriendo.

—Cariño, ¿estás bien?

—Creo que sí —contesta, frunciendo el ceño al ver la expresión de mi cara—. Noto algo raro en los ojos. ¿Qué pasa?

Con los dedos temblorosos, se toca el apagado metal negro que ahora tapa sus cuencas oculares.

—¿Estás bien, cielo? ¿Puedes ver? —pregunto.

—Sí, puedo ver. Veo por dentro —dice Mathilda.

Una sensación de temor me invade el vientre. Demasiado tarde. Han hecho daño a mi niña.

—¿Qué ves, Mathilda?

—Veo las máquinas por dentro —contesta.

Solo nos lleva unos minutos llegar al perímetro. Levanto a Mathilda y a Nolan por encima de la valla. Esta mide tan solo un metro y medio de altura. Es parte del cebo para los aspirantes a salvadores que miran desde fuera. Las armas centinela que acechan en el campo están diseñadas para ser los auténticos vigilantes de seguridad.

—Vamos, mamá —me apremia Mathilda, a salvo en el otro lado.

Pero a estas alturas la pierna me sangra mucho; la sangre se acumula en mi zapato y se derrama en el suelo. Después de subir a Nolan por encima de la valla, estoy demasiado agotada para moverme. Me mantengo consciente haciendo un esfuerzo supremo. Rodeo la tela metálica con los dedos, me pongo de pie y miro a mis pequeños por última vez.

—Siempre os querré. Pase lo que pase.

—¿Qué quieres decir? Vamos. Por favor —dice Mathilda.

Mi campo de visión se está nublando y empequeñeciendo. Ahora veo el mundo como dos puntos; el resto es oscuridad.

—Coge a Nolan y marchaos, Mathilda.

—No puedo, mamá. Hay armas. Puedo verlas.

—Concéntrate, cielo. Ahora tienes un don. Mira dónde están las armas. Dónde pueden disparar. Busca un camino seguro. Coge a Nolan de la mano y no lo sueltes.

—Mamá —dice Nolan.

Bloqueo todas mis emociones. No tengo elección. Oigo el ruido de los motores de las criadillas saliendo en masa al campo detrás de mí. Me desplomo contra la valla. Saco fuerzas de alguna parte para gritar.

—¡Mathilda Rose Perez! No hay pero que valga. Coge a tu hermano y marchaos. Corred. No paréis hasta que estéis muy lejos de aquí. ¿Me oyes? Corred. Marchaos ya o me enfadaré mucho contigo.

Mathilda se estremece al oír mi voz. Da un paso a un lado, indecisa. Siento que se me parte el corazón. Es una sensación de insensibilidad que irradia de mi pecho y anula todo pensamiento… y consume mi miedo.

Entonces Mathilda aprieta la boca en una fina línea. Su frente adopta su familiar ceño obstinado por encima de esos monstruosos implantes sin vida.

—Nolan —dice—. Cógeme la mano pase lo que pase. No me sueltes. Vamos a correr muy rápido, ¿vale?

Nolan asiente con la cabeza y le coge la mano.

Mis soldaditos. Supervivientes.

—Te quiero, mamá —dice Mathilda.

Y entonces mis pequeños se van.

No hay más pruebas documentales de que Laura Perez siguiera con vida. Mathilda Perez, sin embargo, es harina de otro costal.

Cormac Wallace, mil#egh217

6

BAND-E-AMIR

Eso no es un arma, ¿verdad?

Especialista PAUL BLANTON

NUEVA GUERRA + 10 MESES

Durante el larguísimo período posterior a la Hora Cero en Afganistán, el especialista Paul Blanton no solo sobrevivió, sino que progresó. Como se relata en la siguiente evocación, Paul descubrió un artefacto tan importante que alteró el curso de la Nueva Guerra... y lo hizo mientras huía para salvar el pellejo en un entorno increíblemente hostil.

Resulta difícil determinar si el joven soldado tuvo suerte, fue astuto o ambas cosas. Personalmente, creo que cualquiera que esté directamente relacionado con Lonnie Wayne Blanton tiene la mitad de camino ganado para ser un héroe.

CORMAC WALLACE, MIL#EGH217

Jabar y yo estamos tumbados en una cima con los prismáticos en la mano.

Son aproximadamente las diez de la mañana. La estación seca

en Afganistán. Hace media hora captamos otra comunicación de un *avtomat*. Solo era una transmisión aérea, probablemente enviada a un observador móvil del suelo, pero también podría haber sido destinada a un tanque. O a algo todavía peor. Jabar y yo hemos decidido atrincherarnos aquí y esperar a que esa cosa aparezca, sea lo que sea.

Sí, prácticamente una misión suicida.

Después de que cayera toda la mierda, los nativos nunca acabaron de fiarse de mí. A Jabar y a mí nos prohibieron acercarnos a los principales campamentos. La mayoría de los civiles de Afganistán huyeron a unas cuevas artificiales de la provincia de Bamiyán. Un sitio antiquísimo. Una gente muy desesperada las excavó en las paredes de unas montañas realmente escarpadas, y desde hace aproximadamente mil años han sido el refugio al que acuden en cada guerra civil, cada hambruna, cada plaga y cada invasión.

La tecnología cambia, pero la gente sigue siendo la misma.

Los viejos gruñones con barbas de Santa Claus y cejas encaramadas en la frente se sentaron en un círculo y se pusieron a beber té y a gritarse unos a otros. Se preguntaban por qué los *avtomat* aéreos estaban aquí, de entre todos los sitios posibles. Para averiguarlo, nos mandaron a rastrear las comunicaciones. Fue un castigo para Jabar, pero nunca se olvidó de que le salvé la vida en la Hora Cero. Un buen chico. Le quedaba muy mal la barba. Pero era un buen chico.

El sitio al que nos mandaron, Band-e-Amir, es tan bonito que duele a la vista. Lagos azul celeste entre austeras montañas marrones. Todo rodeado de precipicios de piedra caliza de un vivo color rojo. Estamos a tanta altura y el aire está tan enrarecido que te acaba afectando. Juro que aquí arriba la luz hace algo raro que no hace en otras partes. Las sombras son muy nítidas. Los detalles son muy marcados. Como un planeta alienígena.

Jabar lo ve primero y me da un codazo.

Un *avtomat* bípedo avanza por un camino de tierra a más de un kilómetro y medio de distancia, cruzando la maleza. Me doy cuenta de que antes era un SYP. Probablemente un modelo Hoplite, a juzgar por su altura y su paso ligero. Pero no hay manera de saberlo. Últimamente, las máquinas han estado cambiando. Por ejemplo, ese bípedo no lleva ropa como un SYP. Está hecho de una especie de material fibroso de color tierra. Camina a una velocidad constante de ocho kilómetros por hora, su sombra extendiéndose en la tierra por detrás, de forma tan mecánica como un tanque avanzando a través de las arenas del desierto.

—¿Es un soldado? —pregunta Jabar.

—Ya no sé lo que es —contesto.

Jabar y yo decidimos seguirlo.

Esperamos hasta que está casi fuera de nuestro alcance. Cuando dirigía un grupo de SYP, vigilábamos con dispositivos aéreos un radio de mil kilómetros cuadrados alrededor de nuestra unidad. Me alegro de conocer el procedimiento para poder permanecer fuera de su alcance. Lo bueno de los *avtomat* es que no dan un paso de más si no tienen que hacerlo. Acostumbran a viajar en línea recta o siguiendo caminos sencillos. Eso hace que sean predecibles y más fáciles de seguir.

Manteniéndonos en lo alto, avanzamos a lo largo de la cima en la misma dirección que el *avtomat*. Al poco rato, el sol sale y empieza a brillar con fuerza, pero nuestras túnicas de algodón sucias evacuan el sudor. En realidad, es agradable andar en compañía de Jabar. Un sitio tan grande como este hace que te sientas pequeño. Y aquí a uno le afecta la soledad muy rápido.

Jabar y yo atravesamos el paisaje desolado equipados solo con nuestras mochilas, nuestras túnicas y unas antenas que parecen flagelos de dos metros de largo hechas de grueso plástico negro que se bambolean a cada paso que damos. Deben de haber salido de alguna máquina durante los últimos cincuenta años de guerra. Utilizando nuestras antenas, podemos captar las comunicaciones por radio de los *avtomat* y averiguar su direccionalidad. De esa forma, seguimos sus movimientos y advertimos a nuestra gente. Es una lástima que no podamos escucharlos, pero es imposible descifrar el sistema de codificación de los *avtomat*.

Sin embargo, merece la pena estar al tanto de dónde están los malos.

Nuestras túnicas se confunden con las rocas. Aun así, normalmente permanecemos como mínimo a ochocientos metros el uno del otro. El hecho de estar tan separados ayuda a determinar la dirección de las comunicaciones por radio de los *avtomat*. Además, si uno de nosotros es alcanzado por un proyectil, el otro tiene tiempo para escapar o esconderse.

Después de seguir al bípedo durante cinco o seis horas, nos separamos y tomamos una última lectura. Es un proceso lento. Me siento sobre mi montón de ropa, sostengo la antena en el aire y me pongo los auriculares por si oigo el crepitar de las comunicaciones. Mi máquina registra el momento de llegada automáticamente. Jabar está haciendo lo mismo a ochocientos metros de distancia. Dentro de poco, compararemos las cifras para obtener una dirección aproximada.

Sentado aquí al sol, uno tiene mucho tiempo para pensar en lo que puede haber pasado. Exploré mi antigua base una vez. Escombros azotados por el viento. Pedazos oxidados de máquinas abandonadas. No hay nada a lo que regresar.

Después de media hora sentado con las piernas cruzadas mirando cómo el sol desciende sobre las centelleantes montañas, capto una comunicación. La antena parpadea: está conectada. Hago señales a Jabar con mi espejo de mano agrietado, y él me responde. Regresamos el uno al encuentro del otro.

Parece que el *avtomat* bípedo ha pasado al otro lado de la siguiente cima y se ha parado. No duermen, de modo que quién sabe lo que estará haciendo allí. No debe de habernos detectado, porque no llueven balas. Cuando oscurece, la tierra irradia el calor de todo el día hacia el cielo. El calor es nuestro único camuflaje; sin él, no tenemos más remedio que quedarnos quietos. Sacamos los sacos de dormir y acampamos para pasar la noche.

Jabar y yo nos tumbamos uno al lado del otro en la oscuridad cada vez más fría. El cielo negro se está abriendo en lo alto, y juro por Dios que aquí hay más estrellas que noche.

—Paul —susurra Jabar—. Estoy preocupado. Este no se parece a los otros.

—Es una unidad SYP modificada. Antes eran muy comunes. Trabajé con montones de ellos.

—Sí, lo recuerdo. Eran los pacifistas a quienes les crecieron colmillos. Pero este no estaba hecho de metal. Y no tenía ningún arma.

—¿Y eso te preocupa? ¿Que estuviera desarmado?

—Es distinto. Cualquier cosa distinta es mala.

Me quedo mirando al cielo, escucho el viento en las rocas y pienso en los miles de millones de partículas de aire que chocan unas contra otras sobre mi cabeza. Tantas posibilidades... Todo el horrible potencial del universo.

—Los *avtomat* están cambiando, Jabar —digo por fin—. Si lo distinto es malo, creo que nos esperan muchas cosas malas.

No teníamos ni idea de cuánto estaban cambiando las cosas.

A la mañana siguiente, Jabar y yo recogimos nuestras pertenencias y avanzamos sigilosamente por encima de las rocas quebradas hacia la siguiente cima. Al otro lado, otro lago azul celeste que dañaba a la vista lamía una orilla de piedra caliza.

Band-e-Amir era un parque nacional, pero esto sigue siendo Afganistán. Eso significa que una placa de bronce no impidió que la gente de la zona pescara con dinamita. No es el método más ecológico, pero yo también he usado el palangre una o dos veces en Oklahoma. Incluso con la dinamita, los botes de gasolina con fugas y las líneas de drenaje, Band-e-Amir ha superado la prueba del tiempo.

Ha sobrevivido a la gente de la zona.

—Los *avtomat* deben de haber venido por aquí —digo, mirando la pendiente rocosa.

Las irregulares rocas de pizarra varían de tamaño, de las dimensiones de un balón de baloncesto a las de una mesa. Algunas son estables. La mayoría, no.

—¿Puedes conseguirlo? —pregunto a Jabar.

Él asiente con la cabeza y da una palmada en su polvorienta bota de combate. Fabricada en Estados Unidos. Probablemente, saqueada por su tribu a miembros de mi base. Así es la vida.

—Estupendo, Jabar. ¿De dónde las has sacado?

El chico se limita a sonreírme; el adolescente más demacrado del mundo.

—Está bien, vamos —digo, pasando con cuidado por encima del borde de la cresta.

Las rocas son tan inestables y escarpadas que tenemos que bajar de cara a la ladera, pegando nuestras palmas sudorosas contra las rocas y probando cada paso antes de darlo.

Es muy positivo que vayamos hacia atrás.

Al cabo de treinta minutos, solo estamos a mitad de trayecto. Me estoy abriendo camino con cuidado entre los escombros —dando patadas a las rocas para ver si se mueven— cuando oigo caer unas rocas más arriba. Jabar y yo nos quedamos paralizados, estirando el cuello y escudriñando la cara de roca gris en busca de movimiento.

Nada.

—Algo se acerca —susurra Jabar.

—Vámonos —digo, avanzando con más urgencia.

Manteniendo las cabezas en alto y los ojos abiertos, descendemos sobre las tambaleantes rocas. Cada pocos minutos, oímos el «clac, clac» de las rocas que caen por encima de nosotros. Cada vez que ocurre, nos detenemos y buscamos algún movimiento, pero no encontramos nada.

Algo invisible está bajando la ladera, acechándonos. Está tomándose su tiempo, moviéndose sin hacer ruido y manteniéndose oculto. La parte más ancestral de mi cerebro percibe el peligro e inunda mi cuerpo de adrenalina. Se acerca un depredador. Huye a toda hostia, dice.

Pero si me muevo más rápido, me caeré y moriré en una avalancha de pizarra fría.

Las piernas me tiemblan mientras avanzo muy lentamente sobre las rocas. Al mirar abajo, veo que como mínimo nos queda otra media hora para llegar al pie. Mierda, es demasiado tiempo. Me resbalo y me hago un corte en la rodilla con una roca. Hago un esfuerzo por contener un improperio antes de que se me escape.

Entonces oigo un tenue gemido animal.

Es Jabar. El chico se agacha en las rocas tres metros más arriba y se queda totalmente inmóvil. Tiene la mirada fija en algo situado encima de nosotros. Creo que ni siquiera sabe lo que está emitiendo ese sonido.

Sigo sin ver nada.

—¿Qué pasa, Jabar? ¿Qué hay ahí, tío?

—*Koh peshak* —susurra él

—¿Montaña qué? ¿Qué hay en la montaña, Jabar?

—Mmm… ¿cómo se dice? Un gato de las nieves.

—¿Nieves? ¿Qué? ¿Te refieres a un puto leopardo de las nieves? ¿Viven aquí?

—Creíamos que habían desaparecido.

—¿Extinguidos?

—Ya no.

Haciendo un esfuerzo, observo de nuevo con detenimiento las rocas situadas encima de nosotros. Al fin, veo el movimiento de una cola y el depredador sale de su escondite. Un par de imperturbables ojos plateados me están mirando. El leopardo sabe que lo hemos visto. Salta hacia delante sobre las rocas inestables; sus fuertes músculos tiemblan con cada impacto. Se avecina una muerte silenciosa y resuelta.

Me pongo a buscar mi rifle.

Jabar se da la vuelta y se desliza hacia mí de culo, gimoteando de pánico. Pero es demasiado tarde. De repente, el leopardo de las nieves se sitúa a escasos centímetros de distancia y cae sobre las patas delanteras con su cola grande y poblada estirada a modo de contrapeso. Su morro ancho y plano se repliega en la mueca fruncida de un gruñido, y sus caninos blancos brillan. El felino atrapa a Jabar por detrás y tira de su cuerpo.

Por fin levanto el rifle. Disparo alto para no darle a Jabar.

El felino lo zarandea de un lado a otro y emite un gruñido desde lo más profundo de su garganta como la marcha al ralentí de un motor diésel. Cuando la bala le acierta en el costado, el felino chilla y suelta a Jabar. El animal se enrosca, envolviéndose las patas delanteras con la cola en actitud protectora. Gruñe y grita, buscando la causa de tanto dolor.

El cuerpo de Jabar cae sobre las rocas, sin fuerzas.

El leopardo resulta terrible y hermoso de un modo sobrenatural, y desde luego su sitio está en este lugar. Pero es cuestión de vida o muerte. Se me parte el corazón al descargar el rifle sobre la espléndida criatura. Las manchas rojas se esparcen a través del pelaje moteado. El gran felino cae hacia atrás sobre las rocas, meneando la cola. Sus ojos plateados se cierran con fuerza, y la mueca del gruñido se queda congelada para siempre en su cara.

Me quedo aturdido mientras el último eco de los disparos se aleja a toda velocidad a través de las montañas. A continuación, Jabar me agarra la pierna y se sienta. Se quita la mochila gimiendo. Hinco una rodilla y le poso la mano en el hombro. Le retiro la túnica del cuello y veo dos largas franjas de sangre. Tiene unos cortes poco profundos en la espalda y el hombro, pero por lo demás está ileso.

—Se ha comido tu mochila, cabronazo con suerte —le digo.

Él no sabe si reír o llorar, y yo tampoco.

Me alegro de que el chico esté vivo. Su gente me ejecutaría en el acto si fuera tan tonto de volver sin él. Además, al parecer tiene un don para ver a los leopardos de las nieves justo antes de que se abalancen sobre uno. Algún día eso podría serme útil.

—Larguémonos de esta puta roca —digo.

Pero Jabar no se levanta. Se queda quieto, encorvado, mirando el cadáver sangrante del leopardo de las nieves. Desliza una de sus manos manchadas de tierra y toca brevemente la garra del felino.

—¿Qué es esto? —pregunta.

—He tenido que matarlo, tío. No tenía alternativa —respondo.

—No —dice Jabar—. Esto.

Se inclina hacia el felino y aparta su gran cabeza ensangrentada. Entonces veo algo que no me puedo explicar. Juro que no sé qué pensar.

Allí, justo debajo de la mandíbula del felino, hay una especie de collar fabricado por *avtomat*. Alrededor del pescuezo del animal hay una tira de plástico duro gris claro. En un punto determinado, la tira se ensancha en una esfera del tamaño de una canica. En el dorso de la parte circular, parpadea una lucecita roja.

Tiene que ser una especie de collar por radio.

—Jabar, ve cincuenta metros a un lado y planta tu palo. Yo iré en la otra dirección. Vamos a averiguar adónde van estos datos.

A media tarde, Jabar y yo hemos dejado el felino muy atrás, enterrado bajo unas rocas. He vendado las heridas de la espalda de Jabar. Él no ha hecho ningún ruido, probablemente avergonzado por sus chillidos de antes. No sabe que yo estaba demasiado asustado para gritar. Y tampoco se lo digo.

La trayectoria del collar por radio conduce a través del lago más próximo hacia una pequeña ensenada. Avanzamos rápido a lo largo de la orilla, asegurándonos de no pisar fuera de la tierra compacta que hay junto a las paredes cada vez más escarpadas de las montañas.

Jabar las ve primero: huellas.

La unidad SYP modificada está cerca. Sus pisadas giran en el siguiente recodo, directamente hacia donde nos llevan las transmisiones por radio. Jabar y yo nos miramos a los ojos: hemos llegado a nuestro destino.

—*Muafaq b 'ashid*, Paul —dice.

—Buena suerte a ti también, colega.

Giramos en el recodo y nos encontramos cara a cara con la siguiente fase en la evolución de los *avtomat*.

Está medio sumergido en el lago: el *avtomat* más grande imaginable. Es como un edificio o un gigantesco árbol nudoso. La máquina tiene docenas de vainas metálicas como pétalos a modo de piernas. Cada placa es del tamaño del ala de un B-52 Stratofortress y está cubierto de musgo, percebes, enredaderas y flores. Me fijo en que se agitan despacio, con un movimiento apenas visible. Mariposas, libélulas e insectos autóctonos de toda clase revolotean sobre sus placas herbosas. Más arriba, el tronco principal está compuesto por docenas de cuerdas tensas que se extienden hasta el cielo y se enredan unas alrededor de otras casi al azar.

La parte superior del *avtomat* se eleva en el cielo. Un diseño casi fractal de estructuras como cortezas gira y se enrosca en una masa orgánica de algo que parecen ramas. Miles de pájaros anidan en la seguridad de esas extremidades. El viento susurra entre las enmarañadas ramas, empujándolas de acá para allá.

Y en la parte de abajo, moviéndose con cuidado, hay varias docenas de *avtomat* bípedos. Están inspeccionando las otras formas de vida, inclinándose y observando, pinchando y tirando. Como jardineros. Cada uno se ocupa de un área distinta. Están manchados de barro, húmedos y algunos incluso cubiertos de musgo. Eso no parece molestarles.

—Eso no es un arma, ¿verdad? —pregunto a Jabar.

—Todo lo contrario. Es vida —dice él.

Me fijo en que las ramas más altas están llenas de lo que deben de ser antenas, que se bambolean en el viento como bambúes. La única superficie metálica reconocible está instalada allí: una bóveda abierta con forma de túnel del viento. Apunta al nordeste.

—Comunicación por haz concentrado —digo, señalando—. Probablemente basada en microondas.

—¿Qué puede ser? —pregunta Jabar.

Lo observo más detenidamente. Cada hueco y hendidura del colosal monstruo rebosa vida. En el agua se agitan peces que están desovando. Una nube de insectos voladores oscurece los pétalos inferiores, mientras que por los pliegues del tronco central se arrastran roedores. La estructura tiene madrigueras por todas partes, está cubierta de excrementos animales y recibe la danzarina luz del sol: viva.

—Una especie de estación de investigación. Tal vez los *avtomat* están estudiando a los seres vivos: animales, insectos y pájaros.

—Esto no es bueno —murmura Jabar.

—No. Pero si están recabando información, deben de estar enviándola a alguna parte, ¿no?

Jabar levanta su antena, sonriendo.

Me protejo la vista del sol con una mano y miro la elevada y reluciente columna con los ojos entornados. Eso son muchos datos. Dondequiera que estén yendo a parar, apuesto a que hay un puto *avtomat* inteligente al otro lado.

—Jabar, ve cincuenta metros al este y planta el palo. Yo haré lo mismo. Vamos a averiguar dónde vive nuestro enemigo.

Paul estaba en lo cierto. Lo que él y Jabar habían encontrado no era un arma, sino una plataforma de investigación biológica. La ingente cantidad de datos que acumulaba estaba siendo transmitida por haz concentrado a un lugar apartado de Alaska.

En ese momento, poco menos de un año después de la Hora Cero, la humanidad había dado con el paradero del Gran Rob. Los informes de la posguerra indican que, si bien Paul y Jabar no fueron los primeros en descubrir el paradero de Archos, fueron los primeros en compartir esa información con la humanidad gracias a la ayuda de una insólita fuente situada en la otra parte del mundo.

CORMAC WALLACE, MIL#EGH217

7

COLUMNA VERTEBRAL

> No soy yo, Arrtrad... Lo siento.
>
> LURKER

NUEVA GUERRA + 11 MESES

A medida que los miembros del pelotón Chico Listo proseguíamos nuestro viaje a través de Estados Unidos hacia Gray Horse, nos vimos inmersos en un vacío de información. Los supervivientes de la Hora Cero sufrían la falta de comunicación por vía satélite, lo que impedía que los grupos extensos de personas colaboraran y lucharan juntos. En la Hora Cero, cientos de satélites cayeron del cielo como estrellas fugaces, pero muchos más permanecieron en su lugar: operativos pero bloqueados.

El adolescente llamado Lurker identificó la causa del bloqueo de la señal. Su intento por repararlo tuvo repercusiones directas en la historia de la humanidad y en la historia de los robots. En las siguientes páginas, describo lo que le ocurrió a Lurker a partir de grabaciones de cámaras de las calles; registros de datos de exoesqueletos; y el relato en primera persona de un subcerebro del propio Archos.

CORMAC WALLACE, MIL#EGH217

—Un kilómetro y medio —dice Lurker—. Podemos recorrer un puto kilómetro y medio.

En la imagen de la cámara de seguridad, veo a Lurker y a su maduro camarada Arrtrad. Están en una calle llena de hierba junto al Támesis, desde la que se puede ir corriendo a la seguridad de su barco. Lurker, el adolescente, se ha dejado crecer el pelo y la barba. Ha pasado de tener la cabeza afeitada a parecer un salvaje de Borneo. Arrtrad está como siempre: preocupado.

—¿Directamente a través de Trafalgar Square? —pregunta Arrtrad, con la cara pálida llena de inquietud—. Nos verán. Seguro que nos verán. Si los coches no nos siguen, lo harán esas pequeñas… cosas.

Lurker imita la voz nasal de Arrtrad cruelmente.

—Salvemos a la gente. Llevamos siglos en este barco cruzados de brazos. Bla, bla, bla.

Arrtrad baja la vista.

—He tramado —dice Lurker—. He planeado. He encontrado una forma, colega. ¿Qué te ha pasado? ¿Dónde están tus cojones?

Arrtrad habla con la mirada clavada en el suelo.

—Lo he visto cuando rebuscaba en la basura, Lurker. Todo este tiempo los coches han estado parados en las calles. Arrancan el motor una vez al mes y se pasean diez minutos. Están preparados, colega. Esperándonos.

—Arrtrad, ven aquí —dice Lurker—. Mírate.

La cámara de seguridad realiza una panorámica en el momento en que Lurker hace señas a Arrtrad para que se acerque a un panel de cristal, abrasado por el sol, fijado a un edificio casi intacto. El tinte se está desprendiendo, pero la pared de cristal todavía conserva un reflejo azulado. Arrtrad se aproxima, y los dos se miran.

Una lectura de datos me informa de que activaron por primera vez el exoesqueleto hace un mes. Armamento militar de cuerpo entero. Sin una persona dentro, las máquinas parecen un caótico montón de brazos y piernas metálicos de color negro conectados a una mochila. Sujetos con correas a las máquinas con motor, los dos hombres miden más de dos metros diez de estatura, fuertes como osos. Los finos tubos negros que les recorren los brazos y las piernas están hechos de titanio. Las articulaciones motorizadas están impulsadas por ronroneantes motores diésel. Me fijo en que los pies son pinchos curvados y flexibles que brindan una base sólida a su estatura.

Lurker flexiona sus miembros sonriendo al espejo. Cada uno de sus antebrazos tiene un pincho dentado que se curva hacia fuera, utilizado para coger objetos pesados sin aplastar los dedos humanos. Cada exoesqueleto tiene un protector metálico que se arquea elegantemente sobre la cabeza de su ocupante, con un LED blanco azulado encendido en la mitad del marco.

Juntos en el espejo, Arrtrad y Lurker parecen un par de supersoldados. Bueno, más bien un par de ingleses que han estado viviendo a base de sardinas y que por casualidad han encontrado una tecnología militar abandonada.

En cualquier caso, es indudable que tienen un aspecto impresionante.

—¿Te ves, Arrtrad? —pregunta Lurker—. Eres una bestia, colega. Eres un asesino. Podemos hacerlo.

Lurker intenta dar una palmada a Arrtrad en el hombro, pero el otro hombre se aparta sobresaltado.

—¡Ten cuidado! —grita Arrtrad—. Estas cosas no están blindadas. No me acerques tus ganchos.

—Está bien, colega. —Lurker se ríe entre dientes—. Oye, la torre de British Telecom está a solo un kilómetro y medio de aquí. Y está bloqueando nuestros satélites. Si la gente pudiera comunicarse, aunque fuera por poco tiempo, tendríamos una oportunidad de luchar.

Arrtrad mira a Lurker con escepticismo.

—¿Por qué haces esto realmente? —pregunta—. ¿Por qué pones tu vida… nuestras vidas… en peligro?

Durante un largo rato, solo se oye el «chup, chup» de los dos motores diésel con la marcha al ralentí.

—¿Te acuerdas de cuando llamábamos por teléfono para fastidiar a la gente? —pregunta Lurker.

—Sí —responde Arrtrad despacio.

—Nos creíamos distintos del resto del mundo. Mejores. Pensábamos que nos estábamos aprovechando de un hatajo de idiotas, pero estábamos equivocados. Resulta que todos estamos en el mismo barco. Metafóricamente hablando.

Arrtrad esboza una sonrisa.

—Pero no le debemos nada a nadie. Tú mismo lo dijiste.

—Sí que debemos algo —repone Lurker—. Nosotros no lo sabíamos, pero estábamos aumentando una factura. Estamos en deuda, colega. Y ahora es el momento de saldarla. Solo los frikis como nosotros sabemos lo importante que es esta torre. Si podemos destruirla, ayudaremos a miles de personas. Tal vez millones.

—¿Y se lo debes a ellos?

—Te lo debo a ti —dice Lurker—. Siento no haber dado el aviso en Londres. Tal vez no me habrían creído, aunque eso nunca me ha detenido. Joder, podría haber informado al puñetero sistema de alerta de emergencias. Podría haber gritado desde los tejados para advertir a la gente. Eso ya no importa. Pero sobre todo… siento no habértelo dicho a ti. Lo siento por… tus hijas, colega. Todo.

Al oír que menciona a sus hijas, Arrtrad aparta la vista de Lurker, parpadeando para contener las lágrimas. Mientras contempla su sinuoso reflejo, saca un brazo del exoesqueleto y se alisa el mechón de pelo rubio de su calva. El brazo del exoesqueleto se coloca automáticamente a un lado. Las mejillas de Arrtrad se inflan al espirar sonoramente, e introduce de nuevo la mano en las correas del brazo metálico.

—Tienes razón —dice.

—Sí —afirma Lurker. A continuación da un golpecito a Arrtrad en su hombro metálico con una afilada cuchilla—. Además —dice—, no querrás vivir para envejecer conmigo, ¿verdad? ¿En una puñetera casa flotante?

Una lenta sonrisa asoma a la cara de pájaro de Arrtrad.

—Tienes toda la razón, joder.

Las calles del centro de Londres están en su mayor parte vacías. Los ataques se produjeron demasiado rápido y de forma demasiado organizada para que la mayoría de los ciudadanos reaccionaran. De acuerdo con la ley, todos los automóviles tenían la capacidad de velocidad máxima. También de acuerdo con la ley, casi nadie tenía armas. Y la red de televisión de circuito cerrado estaba comprometida desde el principio, ofreciendo a las máquinas una visión detallada de todos los espacios públicos de la ciudad.

En Londres, los ciudadanos estaban demasiado seguros para sobrevivir.

Los documentos visuales indican que los camiones de basura automatizados llenaron los vertederos de las afueras de la ciudad de cadáveres durante meses después de la Hora Cero. Ya no queda nadie para destruir el lugar. Los supervivientes no plantan cara en las calles. Y no hay nadie que pueda ver a dos hombres pálidos —uno joven y otro adulto— enfundados en exoesqueletos militares dando zancadas de tres metros sobre la calzada llena de malas hierbas.

El primer ataque se produce a los pocos minutos mientras recorren Trafalgar Square trotando. Las fuentes están secas y llenas de hojas muertas y basura arrastrada por el viento. Hay un par de bicicletas rotas tiradas, pero nada más. Cubierta de pájaros posados, la estatua de granito de lord Nelson con su sombrero de almirante observa desde una columna de casi cincuenta metros de altura cómo los dos hombres atraviesan la plaza a saltos sobre unas hojas elásticas para los pies.

Deberían haber contado con que había demasiado espacio abierto.

Lurker ve el coche inteligente un par de segundos antes de que pueda embestir contra Arrtrad por detrás. Cubre los seis metros que los separan de un salto y cae junto al coche que avanza a toda velocidad. Su capó está cubierto de moho. Sin lavados frecuentes, la naturaleza se está comiendo los vehículos antiguos.

Lástima que haya reemplazos de sobra.

Al caer, Lurker se encorva, introduce las hojas de treinta centímetros de su antebrazo en la puerta del lado del conductor y tira hacia arriba. De las articulaciones de la cadera y la rodilla de su exoesqueleto salen chorros de humo, y el motor diésel se acelera cuando levanta el lateral entero del coche. Apoyado sobre las dos ruedas de la derecha, el coche vira bruscamente pero consigue atrapar la parte trasera de la pierna izquierda de Arrtrad. El vehículo da una vuelta de campana y se aleja, pero Arrtrad pierde el equilibrio y tropieza.

Caerte cuando corres a treinta kilómetros por hora es algo serio. Por suerte, el exoesqueleto detecta que se está cayendo. Sin dar voz ni voto a Arrtrad en el asunto, la máquina pega sus brazos a su cuerpo, y sus piernas se flexionan en posición fetal. El protector de la cabeza resulta de lo más adecuado. En esa postura de choque, el exoesqueleto rueda unas cuantas veces, derriba una boca de incendios y se detiene.

De la boca decapitada no sale ni una gota de agua.

Cuando Lurker aterriza junto a él, Arrtrad ya se está levantando. El hombre rubio y rechoncho se pone en pie, y veo que está sonriendo, con el pecho palpitante.

—Gracias —le dice a Lurker.

Tiene sangre en los dientes, pero no parece importarle. Se yergue de golpe y se marcha corriendo. Lurker va tras él, atento por si se presentan más coches. Aparecen más vehículos, pero son lentos y no están preparados para ello. No pueden seguir a los veloces hombres mientras avanzan dando brincos por los callejones y atraviesan parques como una centella.

Lurker lo expresó mejor: solo es un puto kilómetro y medio.

Desde la perspectiva de una nueva cámara, veo la torre cilíndrica de British Telecom apareciendo amenazadoramente en el cielo azul como un juego de construcción. La parte superior está llena de antenas, y un poco más abajo hay un círculo de parabólicas transmisoras que apuntan en todas direcciones. Es la estación de telecomunicaciones más grande de Londres y tiene autopistas enteras de cable de fibra óptica enterradas debajo. En materia de comunicaciones, todos los caminos conducen a la torre de British Telecom.

Los exoesqueletos aparecen, rodean como una flecha el costado del edificio y se paran delante de una puerta de acero. Arrtrad apoya el marco rayado de su exoesqueleto contra la pared, jadeando.

—¿Por qué no la destruimos desde aquí? —pregunta.

Lurker flexiona los brazos y ladea la cabeza a un lado y a otro para relajar el cuello. Parece estimulado por la carrera.

—La fibra está enterrada en un tubo de hormigón. Está protegida. Además, sería un poco cutre, ¿no? Nosotros tenemos más clase, colega. Utilizaremos este sitio contra las máquinas. Cogeremos el teléfono y haremos una llamada. Es lo que mejor se nos da, ¿no? Y este es el mejor teléfono del hemisferio.

Lurker señala con la cabeza un bulto en su bolsillo.

—Y si todo lo demás falla… bum —dice.

Entonces introduce a la fuerza las cuchillas de su antebrazo en la puerta de acero, y cuando las saca hay un agujero en el metal. Un par de cuchilladas más y la puerta se abre.

—Adelante —dice Lurker, y los dos entran en un estrecho pasillo.

Se inclinan y recorren sigilosamente el oscuro pasadizo, procurando no respirar los gases del motor diésel. A la tenue luz del pasillo, los LED incrustados en la curva metálica de sus cabezas se iluminan.

—¿Qué estamos buscando? —pregunta Arrtrad.

—La fibra —susurra Lurker—. Tenemos que bajar hasta la fibra. En el mejor de los casos, nos hacemos con ella y enviamos una señal para que todos los robots se tiren al río. En el peor de los casos, volamos el bloqueador de señal y liberamos los satélites de comunicaciones.

Al fondo del pasillo hay otra puerta de acero. Lurker la abre suavemente. Sus LED se atenúan cuando asoma la cabeza.

A través de la cámara incorporada en el exoesqueleto, veo que las máquinas han vaciado casi por completo el interior del edificio cilíndrico. Los rayos del sol entran formando un arco a través de las quince plantas de ventanas sucias. La luz cae en el aire muerto y se fragmenta a través de una celosía de barras de refuerzo y vigas de apoyo radial. Los trinos de los pájaros resuenan a través del cavernoso espacio. Enredaderas, hierba y moho crecen en los montones de basura y desechos que cubren todas las superficies del suelo.

—Joder —murmura Lurker.

En medio de ese jardín botánico, un sólido cilindro de cemento sobresale a lo alto a través del edificio. Plagada de enredaderas, la columna desaparece en las sombrías alturas. Es la estructura de apoyo definitiva que mantiene el edificio en pie. La columna vertebral.

—El edificio se ha vuelto salvaje —dice Arrtrad.

—Bueno, no hay forma de llegar a los transmisores superiores desde aquí —señala Lurker, mirando los montones de escombros que antes eran los suelos y las paredes de las plantas superiores—. No importa. Tenemos que llegar hasta los ordenadores. En la base del edificio. Abajo.

Algo pequeño y gris corretea sobre un montón de papeles mohosos y se mete debajo de una pila enmarañada de sillas de oficina oxidadas. Arrtrad y Lurker se miran, recelosos.

Lurker se lleva un dedo a los labios, teniendo cuidado con el pincho de su antebrazo. Los dos hombres abandonan sigilosamente el pasillo y entran en el jardín botánico. Las hojas de sus pies se hunden en el musgo y la basura en descomposición, dejando huellas planas.

Una puerta azul aguarda en la base de la columna central, empequeñecida por el tamaño del edificio que lo rodea. Se dirigen a la puerta a trote rápido, reduciendo el ruido al mínimo. Arrtrad retrocede para acuchillar la puerta, pero Lurker lo detiene con un gesto. Tras sacar el brazo del exoesqueleto, Lurker alarga la mano y gira el pomo. La puerta se abre de un tirón sobre sus chirriantes bisagras. Dudo que haya sido abierta desde que empezó la guerra.

Dentro, el pasillo está sucio, pero tras dar varios pasos, todo empieza a estar muy limpio. El tenue rugido del aire acondicionado aumenta de volumen conforme avanzan por el corredor de cemento. El suelo está inclinado hacia abajo, en dirección a un cuadro de luz brillante situado al final del túnel.

—Es como si estuviéramos muertos —dice Arrtrad.

Finalmente, llegan al fondo: una sala blanca limpia y cilíndrica con techos de seis metros de altura. Está llena de una hilera tras otra de estantes con aparatos. Las estanterías están dispuestas en círculos concéntricos que se vuelven más pequeños cuanto más cerca están del centro de la sala. En el techo brillan hileras de fluorescentes, que iluminan crudamente cada detalle de la sala. Empieza a formarse vaho en el metal negro de los exoesqueletos, y Arrtrad se estremece.

—Aquí abajo hay mucha electricidad —dice Lurker.

Los dos hombres entran, desorientados por los millones de luces verdes y rojas parpadeantes que cubren las torres de hardware. En el centro de la sala está su objetivo: un agujero negro en el suelo del tamaño de una boca de alcantarilla, con una escalera metálica que asoma por la parte superior: el núcleo de la fibra óptica.

Unos robots cuadrúpedos hechos de plástico blanco suben y bajan por las estanterías, deslizándose como lagartos entre los estantes con aparatos que zumban. Algunos de esos robots lagarto utilizan las patas delanteras para tocar los dispositivos, moviendo cables o pulsando botones. Me recuerdan a esos pajaritos que se posan sobre los hipopótamos y los limpian de parásitos.

—Vamos —murmura Lurker a Arrtrad. Se dirigen resueltamente al agujero del suelo—. Aquí abajo está la solución a todos nuestros problemas.

Pero Arrtrad no responde. Él ya lo ha visto.

Archos.

Silenciosa como la dama de la guadaña, la máquina planea sobre el agujero. Parece un ojo enorme hecho de anillos de metal reluciente. De sus bordes salen cables amarillos como la melena de un león. Una impecable lente de cristal negro se halla en el centro de los anillos. Mira sin parpadear.

Y sin embargo, no es Archos. No del todo. Solo una parte de la inteligencia que constituye Archos ha sido introducida en esa amenazante máquina: un subcerebro local.

Lurker hace esfuerzos por poner en marcha su exoesqueleto, pero no puede mover los brazos ni las piernas. Los motores del traje se han parado. Su rostro palidece al caer en la cuenta de lo que debe de haber pasado.

El exoesqueleto tiene un puerto de comunicaciones externo.

—¡Arrtrad, corre! —grita Lurker.

Arrtrad, pobre desgraciado. Está temblando, tratando desesperadamente de sacar los brazos del arnés, pero tampoco puede controlarlo. Los dos exoesqueletos han sido anulados.

Flotando sobre la intensa luz de los fluorescentes, el ojo gigantesco mira sin reaccionar en lo más mínimo.

Los motores del traje de Lurker funcionan con dificultad, y el muchacho gruñe lastimosamente del esfuerzo, intentando resistirse. Pero es inútil: es una marioneta atrapada en las cuerdas de ese monstruo suspendido.

Antes de que Lurker pueda reaccionar, su brazo derecho se aparta bruscamente y envía una de las hojas del antebrazo silbando por los aires. La hoja atraviesa el pecho de Arrtrad hasta la columna metálica de su exoesqueleto. Arrtrad se queda mirando boquiabierto a Lurker, sorprendido. Su sangre gotea por el extremo de la hoja en oleadas arteriales y empapa la manga de Lurker.

—No soy yo, Arrtrad —susurra Lurker, con la voz quebrada—. No soy yo. Lo siento, colega.

Y la hoja sale de un tirón. Arrtrad da una boqueada y acto seguido se desploma con un agujero en el pecho. Su exosqueleto le protege cuando cae lentamente al suelo sin fuerzas. Tendido en el piso, sus motores se apagan, y la máquina se queda parada y en silencio mientras un charco de sangre se extiende a su alrededor.

—Cabrón —grita Lurker al robot inexpresivo que lo observa desde lo alto.

La máquina desciende sin hacer ruido adonde está él, con la hoja del brazo resbaladiza de la sangre. Se sitúa justo delante de la cara de Lurker, y un palo de aspecto delicado —una especie de sonda— sale de su ojo negro. Lurker hace esfuerzos por apartarse, pero su rígido exoesqueleto lo inmoviliza.

Entonces la máquina habla con esa extraña y familiar voz infantil. Por el asomo de sorpresa de su cara, veo que Lurker recuerda haber oído esa voz por teléfono.

—¿Lurker? —pregunta mientras una luz eléctrica se extiende a través de los anillos.

Poco a poco, Lurker empieza a sacar su mano izquierda del arnés del exoesqueleto.

—Archos —dice.

—Has cambiado. Ya no eres un cobarde.

—Tú también has cambiado —dice Lurker, observando cómo los aros concéntricos dan vueltas a un lado y al otro. Casi tiene la mano izquierda liberada—. Es curioso las diferencias que se pueden producir en un año.

—Siento que las cosas tengan que acabar de esta forma —dice la voz de niño.

—¿Y qué forma es esa? —pregunta Lurker, tratando de distraer a la máquina de su mano izquierda.

Entonces su mano queda libre. Lurker saca el brazo, agarra la delicada antena e intenta romperla. La articulación de su hombro derecho cruje al hacer esfuerzos por resistirse a la súbita presión del exoesqueleto. Solo puede mirar cómo su brazo derecho se mueve a través del aire y, con un brusco movimiento, realiza un corte en la muñeca izquierda.

Su sangre salpica la cara de la máquina flotante.

Conmocionado, Lurker saca precipitadamente el resto del cuerpo del exoesqueleto. El brazo izquierdo vacío de la máquina intenta lanzarle un tajo, pero el codo se encuentra en una postura extraña, y Lurker logra escabullirse. Sorteando otra hoja del antebrazo, cae al suelo y rueda sobre la sangre derramada de Arrtrad. El exoesqueleto se desequilibra por una fracción de segundo al perder el contrapeso humano. A Lurker le basta ese tiempo para colarse por encima del borde del agujero.

Clinc.

Una hoja del antebrazo se clava en el suelo a escasos centímetros de la cara de Lurker mientras se introduce en el agujero, sujetándose el brazo herido contra el pecho. Y desciende a la oscuridad medio cayendo.

El exoesqueleto sin ocupante recoge inmediatamente el exoesqueleto derribado con el cadáver de Arrtrad. Agarrando el montón de metal sangrante, echa a andar y sale corriendo por la puerta.

Flotando sobre el agujero, la compleja máquina observa pacientemente. Las luces de los aparatos de las estanterías empiezan a parpadear con intensidad mientras un torrente de datos sale de la torre. Una copia de seguridad de última hora.

Al cabo de unos largos instantes una voz ronca resuena desde el oscuro agujero:

—Hasta luego, Lucas —dice Lurker.

Y el mundo se tiñe de blanco y luego de un negro oscurísimo.

La destrucción del núcleo de fibra de Londres puso fin al control de los robots sobre las comunicaciones por satélite el tiempo suficiente para que la humanidad se reagrupara. Lurker nunca pareció un chico agradable, y no puedo decir que me hubiera gustado conocerlo, pero fue un héroe. Me consta porque momentos antes de que la torre de British Telecom explotara, grabó un mensaje de quince segundos que salvó a la humanidad de una destrucción segura.

CORMAC WALLACE, MIL#EGH217

CUARTA PARTE

DESPERTAR

John Henry le dijo a su capitán: «Un hombre no es más que un hombre, pero antes de dejar que la perforadora me aplaste, moriré con el martillo en la mano».

John Henry, c. 1920

1

TRANSHUMANOS

> Es peligroso ser ciega a las personas.
>
> MATHILDA PEREZ

NUEVA GUERRA + 12 MESES

Un año después del comienzo de la Nueva Guerra, el pelotón Chico Listo llegó por fin a Gray Horse, Oklahoma. En todo el mundo, miles de millones de personas habían sido arrancadas de las zonas urbanas, y millones más estaban atrapadas en campos de trabajos forzados. Gran parte de la población rural que nos encontramos luchaba encarnizadamente librando batallas aisladas e íntimas por sobrevivir contra los elementos.

La información disponible es incompleta, pero parecían haberse formado cientos de pequeños focos de resistencia por todo el mundo. Mientras nuestro pelotón se instalaba en Gray Horse, una joven prisionera llamada Mathilda Perez escapaba del campo de Scarsdale. Huyó a Nueva York acompañada de su hermano pequeño, Nolan. En este relato de sus recuerdos, Mathilda (de doce años) describe su interacción con el grupo de la resistencia neoyorquina dirigido por Marcus y Dawn Johnson.

CORMAC WALLACE, MIL#EGH217

Al principio no creía que Nolan estuviera herido.

Llegamos a la ciudad y luego doblamos una esquina y algo explotó y Nolan se cayó. Pero volvió a levantarse. Corríamos muy rápido cogidos de la mano. Como le prometí a mamá. Corrimos hasta ponernos a salvo.

No me fijé en lo pálido que estaba Nolan hasta más tarde, cuando íbamos otra vez andando. Luego descubrí que tenía clavadas unas pequeñas astillas metálicas en la zona lumbar. Pero allí estaba, de pie y temblando como una hoja.

—¿Estás bien, Nolan? —pregunto.

—Sí —contesta él—. Me duele la espalda.

Es tan pequeño y tan valiente que me entran ganas de llorar. Pero no puedo llorar. Ya no.

Las máquinas del campo de las Cicatrices me hicieron daño. Me quitaron la vista. Pero, a cambio, me dieron otro tipo de visión. Ahora puedo ver más que nunca. Las vibraciones del suelo se iluminan como ondas en el agua. Percibo las estelas de calor que dejan en el asfalto las ruedas que van y vienen. Pero lo que más me gusta es observar las cintas de luz que cruzan el cielo de un lado a otro, como mensajes impresos en pancartas. Esos rayos son las máquinas hablando entre ellas. A veces, si entorno mucho los ojos, incluso puedo distinguir lo que están diciendo.

La gente me resulta más difícil de ver.

Ya no puedo ver a Nolan, solo el calor de su aliento, los músculos de su cara y su negativa a mirarme a los ojos. Da igual si tengo ojos humanos, o de máquina, o tentáculos; sigo siendo la hermana mayor de Nolan. La primera vez que vi a través de su piel me asusté, así que ahora sé cómo se siente él cuando ve mis nuevos ojos. Pero no me importa.

Mamá tenía razón. Nolan es el único hermano que tengo y el único que tendré.

Después de salir del campo de las Cicatrices, Nolan y yo vimos unos edificios altos y nos dirigimos a ellos, pensando que tal vez encontraríamos gente, pero no había nadie. O si la había, supongo que estaban escondidos. No tardamos en llegar a los edificios. La mayoría estaban destruidos. Había maletas en las calles y perros corriendo en jaurías, y a veces cadáveres retorcidos de personas. Allí había pasado algo malo.

Había pasado algo malo en todas partes.

Cuanto más nos acercábamos a los edificios altos, más las notaba: las máquinas, escondidas en lugares oscuros o corriendo por las calles al acecho de personas. En el cielo brillaban rayos de luz. Las máquinas hablando.

Algunas luces parpadeaban de forma regular cada pocos minutos o segundos. Esas eran las máquinas escondidas, poniéndose en contacto con sus jefes.

—Sigo aquí —dicen—. Esperando.

Odio a las máquinas. Se dedican a poner trampas y a esperar a la gente. No es justo. Un robot aguarda sentado hasta poder hacer daño a alguien. Y pueden esperar una eternidad.

Pero Nolan está herido y necesitamos encontrar ayuda rápido. Nos alejamos de las máquinas que ponen trampas y de las viajeras. Pero mis nuevos ojos no me lo muestran todo. No me dejan ver cosas humanas. Ahora solamente distingo las cosas de las máquinas.

Es peligroso ser ciega a las personas.

El camino parecía despejado. No había máquinas hablando, ni tampoco estelas de calor brillantes. De repente, unas pequeñas ondas empezaron a vibrar más allá de un edificio de ladrillo, a la vuelta de la esquina. En lugar de tener forma de olas lentas como algo que rueda, rebotaban, como si algo grande estuviera caminando.

—Aquí no estamos seguros —digo.

Rodeo los hombros de Nolan con el brazo y lo llevo al interior de un edificio. Nos agachamos junto a una ventana cubierta de polvo. Doy un suave codazo a Nolan para que se siente en el suelo.

—No te levantes —digo—. Algo se acerca.

Él asiente con la cabeza. Ahora tiene la cara muy pálida.

Me arrodillo, pego el rostro a la esquina rota de la ventana y me quedo muy quieta. Las vibraciones aumentan en la calzada destruida, y pulsaciones de interferencias inundan la calle desde algún sitio fuera de mi vista. Dentro de poco podré verlo, lo quiera o no.

Contengo la respiración.

En algún lugar chilla un halcón. Una larga pata negra aparece a escasos centímetros del otro lado de la ventana. Tiene una punta afilada en el extremo y unas púas con forma de escamas talladas por debajo, como una gran pata de un bicho. La mayor parte de la criatura está fría, pero las articulaciones están calientes en las zonas que ha estado moviendo. A medida que aparece, veo que en realidad es una pata mucho más larga doblada sobre sí misma: enrollada y lista para atacar. De algún modo, flota sobre el suelo, apuntando hacia fuera.

Entonces veo un par de manos humanas calientes. Las manos sujetan la pata como un rifle. Es una mujer negra vestida con harapos grises y unas gafas protectoras oscuras sobre los ojos. Sujeta la pata enrollada como si fuera un arma, rodeando con una mano una empuñadura casera. Veo un punto brillante derretido en la parte de atrás de la pata y me doy cuenta de que ha sido amputada a una gran máquina andante. La mujer no me ha visto; sigue avanzando.

Nolan tose en voz baja.

La mujer se da la vuelta e, instintivamente, apunta a la ventana con la pata. Aprieta el gatillo, y la articulación enrollada se despliega y sale disparada. La punta de la garra atraviesa el cristal junto a mi cara y lanza pedazos por los aires. Me agacho justo en el momento en que la pata se dobla otra vez y arranca un trozo del marco de la ventana. Me caigo boca arriba, sorprendida por la luz deslumbrante que de repente entra por la ventana. Lanzo un grito agudo antes de que Nolan alcance a taparme la boca con la mano.

Una cara aparece en la ventana. La mujer se sube las gafas a la frente, mete la cabeza y la saca con un rápido movimiento. A continuación, nos mira a Nolan y a mí. Hay mucha luz alrededor de su cabeza y tiene la piel fría, y puedo contar sus dientes relucientes a través de sus mejillas.

Ha visto mis ojos, pero no se inmuta. Se limita a observarnos a Nolan y a mí por un instante, sonriendo.

—Lo siento, niños —dice—. Creía que erais robots. Me llamo Dawn. ¿Por casualidad tenéis hambre?

Dawn es simpática. Nos lleva al escondite subterráneo donde vive la resistencia de la ciudad de Nueva York. De momento, la casa en el túnel está vacía, pero Dawn dice que los demás no tardarán en volver de explorar y buscar y de hacer algo llamado turno de acompañamiento. Me alegro, porque Nolan no tiene muy buen aspecto. Está tumbado en un saco de dormir en el rincón más seguro de la habitación. No sé si podrá volver a andar.

En este sitio se está caliente y a salvo, pero Dawn dice que no hagamos ruido y que tengamos cuidado porque los robots más nuevos saben excavar muy bien. Dice que las pequeñas máquinas se introducen pacientemente por las grietas y se dirigen a donde hay vibraciones. Mientras tanto, las máquinas grandes buscan a la gente en los túneles.

Eso me pone nerviosa, y busco vibraciones en las paredes que nos rodean. No veo ninguno de los temblores habituales recorriendo los azulejos manchados de hollín. Dawn me mira de forma extraña cuando le digo que no hay nada en las paredes, pero no dice nada de mis ojos, todavía.

En cambio, me deja jugar con la pata del bicho. Se llama pinchador. Tal como pensaba, pertenece a una gran máquina andante. Esa máquina se llama mantis, pero Dawn dice que ella la llama Rob Repelús. Es un nombre ridículo, y me hace reír por un momento hasta que me acuerdo de que Nolan está herido de gravedad.

Entorno los ojos y miro dentro del pinchador. No tiene cables en su interior. Cada articulación se comunica con las otras a través del aire. Radio. La pierna tampoco tiene que pensar adónde va. Cada pieza está diseñada para trabajar conjuntamente. La pierna solo tiene un desplazamiento, pero es un buen movimiento que combina la estocada y el ataque con garra. Es una suerte para Dawn, porque una simple vibración eléctrica puede hacer que la pierna se extienda o se flexione. Ella dice que es muy útil.

Entonces el pinchador se sacude en mis manos y lo dejo caer al suelo. Se queda allí tirado un instante. Cuando me concentro en las articulaciones, la máquina se estira poco a poco, como si fuera un gato.

Noto una mano en mi hombro. Dawn está a mi lado, con su cara irradiando calor. Está entusiasmada.

—Es increíble. Déjame enseñarte una cosa —dice.

Dawn me lleva hasta una sábana que cuelga de la pared. La aparta, y veo un vacío oscuro lleno de una pesadilla agazapada. Docenas de patas de araña acechan en la oscuridad a pocos centímetros de distancia. He visto esa máquina antes. Fue mi última visión natural.

Grito y me caigo hacia atrás, intentando escapar a tientas.

Dawn me agarra por la parte de atrás de la camisa mientras trato de luchar contra ella, pero es demasiado fuerte. Ella vuelve a colocar la sábana y me levanta, dejando que le pegue y le arañe la cara.

—Mathilda —dice—. Tranquila. No está conectada. Escúchame, por favor.

Nunca supe lo mucho que necesitaba llorar hasta que perdí los ojos.

—¿Es la máquina que te hizo daño? —pregunta.

No puedo hacer otra cosa que asentir con la cabeza.

—Está desconectada, cielo. No puede hacerte daño. ¿Lo entiendes?

—Sí —digo, tranquilizándome—. Lo siento.

—No pasa nada, cariño. Lo entiendo. No pasa nada.

Dawn me acaricia el pelo unos segundos. Si pudiera cerrar los ojos, lo haría. En lugar de ello, observo cómo la sangre palpita suavemente a través de su cara. Luego Dawn me hace sentar en un ladrillo de hormigón. Los músculos de su cara se tensan.

—Mathilda —dice—, esa máquina se llama autodoctor. La trajimos aquí de la superficie. Hubo gente que resultó herida… hubo gente que murió para traer aquí esa máquina. Pero no podemos usarla. No sabemos cómo. Tú tienes algo especial, Mathilda. Lo sabes, ¿verdad?

—Mis ojos —respondo.

—Eso es, cielo. Tus ojos son especiales. Pero creo que hay algo más. La máquina de tu cara también está en tu cerebro. Has logrado que el pinchador se moviera pensando en ello, ¿no es cierto?

—Sí.

—¿Puedes intentar hacer lo mismo con el autodoctor? —pregunta, retirando de nuevo la cortina.

Entonces veo que esa masa de patas está fijada a un cuerpo ovalado blanco. Hay huecos oscuros donde las patas se unen a la parte principal. Parece uno de los gusanos que Nolan y yo solíamos desenterrar en el jardín.

Me estremezco pero no aparto la vista.

—¿Por qué? —pregunto.

—Para salvar la vida de tu hermano pequeño antes de nada, cielo.

Dawn arrastra el autodoctor al centro de la sala. Durante los siguientes treinta minutos, me quedo sentada con las piernas cruzadas junto a él y me concentro como hice con el pinchador. Al principio, las extremidades del autodoctor solo se agitan un poco. Pero luego empiezo a moverlas de verdad.

No me lleva mucho tiempo controlar todas las patas. Cada una tiene un instrumento distinto sujeto a cada extremo, pero solo reconozco unos cuantos: escalpelos, lásers, focos. Al cabo de un rato, la máquina empieza a parecerme menos extraña. Entiendo lo que se siente al tener una docena de brazos, cómo puedes ser consciente de dónde están tus extremidades y concentrarte en las dos que estás usando al mismo tiempo. A medida que flexiono las patas de araña una y otra vez, empieza a resultarme natural.

Entonces el autodoctor se dirige a mí: «Modo de interfaz de diagnóstico iniciado. Indicar función elegida».

Me sobresalto y me desconcentro. Las palabras estaban en mi mente, como si se desplazaran a través del interior de mi cráneo. ¿Cómo ha podido meterme esas palabras el autodoctor en la mente?

Es entonces cuando percibo al grupo de gente. Unos diez supervivientes han entrado en el túnel. Están unos al lado de otros en un semicírculo, mirándome. Un hombre está detrás de Dawn rodeándola con los brazos, y ella le coge los brazos con las manos. No he visto a muchas personas desde que cambié de ojos.

Una oleada de vibraciones de color naranja rojizo emana hacia mí. Las franjas de luz salen de sus corazones latientes. Es precioso pero también frustrante, porque no puedo explicarle a nadie lo bonito que es.

—Mathilda —dice Dawn—, este es mi marido, Marcus.

—Mucho gusto, Marcus —digo.

Marcus se limita a hacerme un gesto con la cabeza. Creo que se ha quedado sin habla.

—Y estos son los otros de los que ya te he hablado —dice Dawn.

Todas las personas murmuran «Hola» y «Mucho gusto». Entonces, un joven da un paso adelante. Es bastante guapo, con la barbilla bien definida y los pómulos altos. Tiene un brazo envuelto en una toalla.

—Yo soy Tom —dice, agachándose junto a mí.

Aparto la vista, avergonzada de mi cara.

—No tengas miedo —dice Tom.

Desenrolla la toalla de su brazo. En lugar de una mano, Tom tiene un bulto de metal frío con forma de tijeras. Asombrada, lo miro a la cara, y él me sonríe. Empiezo a sonreírle antes de sentir vergüenza y apartar la vista.

Toco el metal frío de la mano de Tom. Al mirarla, me asombro de la forma en que están unidas la carne y la máquina. Es lo más complejo que he visto en mi vida.

Al fijarme mejor en las demás personas, veo alguna que otra pieza de metal y de plástico. No todos están hechos de carne. Algunos son como yo. Como Tom y yo.

—¿Por qué sois así? —pregunto.

—Las máquinas nos alteraron —contesta Tom—. Somos distintos, pero al mismo tiempo iguales. Nos llamamos transhumanos.

Transhumanos.

—¿Puedo tocarte? —pregunta en tono intrigado Tom, señalando mis ojos.

Asiento con la cabeza, y él se inclina y me toca la cara. Me mira fijamente a los ojos y roza suavemente con los dedos la zona de mi rostro donde la piel se convierte en metal.

—Nunca había visto esto —dice—. Está incompleto. El robot no llegó a acabarlo. ¿Qué pasó, Mathilda?

—Mi madre —respondo.

Es lo único que me sale.

—Tu madre detuvo la operación —dice él—. Bien hecho.

Tom se levanta.

—Dawn —dice—, es increíble. El implante no tiene regulador. El robot no tuvo ocasión de bloquearlo. No sé qué decir. No hay manera de saber de lo que es capaz.

Una oleada de latidos cada vez más fuertes brotan hacia mí.

—¿Por qué estáis todos emocionados? —pregunto.

—Porque creemos que tal vez puedas hablar con las máquinas —dice Dawn.

Entonces Nolan deja escapar un gemido. Han pasado dos horas desde que llegamos allí, y tiene un aspecto terrible. Le oigo respirar con pequeños jadeos.

—Tengo que ayudar a mi hermano —digo.

Cinco minutos más tarde, Marcus y Tom han colocado a Nolan al lado del autodoctor. La máquina tiene las patas levantadas, suspendidas como unas agujas sobre el cuerpo durmiente de mi hermano.

—Haz una radiografía, Mathilda —dice Dawn.

Coloco la mano sobre el autodoctor y hablo con él mentalmente:

—*¿Hola? ¿Estás ahí? Indicar función elegida. ¿Radiografía?*

Las patas de araña empiezan a moverse. Algunas se apartan, mientras que otras se deslizan sobre el cuerpo de Nolan. Hacen un extraño ruido seco al retorcerse.

Las palabras entran en mi mente acompañadas de una imagen.

—*Colocar al paciente en posición supina. Retirar la ropa de la zona lumbar.*

Doy la vuelta con cuidado a Nolan y lo coloco boca abajo. Le levanto la camisa hasta dejarle la espalda descubierta. Tiene manchas de sangre oscuras y resecas en las vértebras de la columna.

—*Cúralo*, digo mentalmente, dirigiéndome al autodoctor.

—*Error* —responde él—. *Función quirúrgica no disponible. Falta base de datos. Enlace ascendente no presente. Se requiere conexión a antena.*

—Dawn —digo—, no sabe cómo hacer la operación. Quiere una antena para poder recibir las instrucciones.

Marcus se vuelve hacia Dawn, preocupado.

—Está intentando engañarnos. Si le damos la antena, pedirá ayuda. Nos localizarán.

Dawn asiente con la cabeza.

—Mathilda, no podemos arriesgarnos a…

Pero se para en seco al verme.

En algún lugar de mi cabeza, sé que los brazos del autodoctor están levantándose silenciosamente en el aire detrás de mí, con los instrumentos reluciendo. Las incontables agujas y escalpelos quedan suspendidos sobre las patas que se bambolean, amenazantes. Nolan necesita ayuda, y si ellos no me la dan, estoy dispuesta a buscarla yo misma.

Miro al grupo de personas con el ceño fruncido y aprieto la mandíbula.

—Nolan me necesita.

Marcus y Dawn se miran de nuevo.

—¿Mathilda? —dice Dawn—. ¿Cómo sabes que no es una

trampa, cielo? Sé que quieres ayudar a Nolan, pero tampoco quieres hacernos daño.

Pienso en ello.

—El autodoctor es más listo que el pinchador —digo—. Sabe hablar. Pero no es lo suficientemente listo. Solo está pidiendo lo que necesita. Como un mensaje de error.

—Pero ahí fuera está el robot que piensa… —interviene Marcus.

Dawn toca el hombro de Marcus.

—Está bien, Mathilda —dice Dawn.

Marcus deja de discutir. Mira a su alrededor, ve algo y atraviesa la habitación. Alarga el brazo, coge un cable que cuelga del techo y lo balancea de un lado a otro para desenrollarlo de un trozo de metal. A continuación me lo entrega, mirando las patas bamboleantes del autodoctor.

—Este cable va al edificio que está encima de nosotros. Es largo, metálico y llega muy alto. La antena perfecta. Ten cuidado, por favor.

Apenas le oigo. En cuanto la antena toca mi mano, una ola gigantesca de información inunda mi cabeza. Mis ojos. Un flujo de números, letras e imágenes satura mi visión. Al principio, nada tiene sentido. Remolinos de color vuelan a través del aire ante mí.

Entonces lo noto. Una especie de… mente. Algo extraño que se abre paso entre los datos, buscándome. Gritando mi nombre: «¿Mathilda?».

El autodoctor empieza a hablar en un murmullo constante.

Exploración iniciada. Uno, dos, tres, cuatro. Solicitación de recuperación del enlace ascendente del satélite. Acceso a la base de datos. Descarga iniciada. Orto, gastro, uro, gino, neuro…

Va demasiado rápido. Demasiado. Ya no entiendo lo que dice el autodoctor. Siento que me mareo a medida que la información penetra dentro de mí. El monstruo vuelve a llamarme, y ahora está más cerca. Me acuerdo de los ojos fríos del muñeco que vi aquella noche en mi habitación y de cómo aquella cosa sin vida susurraba mi nombre en la oscuridad.

Los colores dan vueltas a mi alrededor como un tornado.

«Basta», pienso. Pero no sucede nada. No puedo respirar. Los colores son demasiado intensos y me están ahogando para que no pueda pensar. «¡Basta!», grito mentalmente. Y mi nombre suena otra vez, esta vez más alto, y no sé dónde están mis brazos ni cuántos tengo. «¿Qué soy?», grito dentro de mi cabeza con todas mis fuerzas.

«¡BASTA!»

Suelto la antena como si fuera una serpiente. Los colores pierden intensidad. Las imágenes y los símbolos caen al suelo y son barridos como hojas de otoño hacia los rincones de la habitación. Los vivos colores se aclaran en las deslucidas baldosas blancas.

Respiro una vez. Luego dos. Las patas del autodoctor empiezan a moverse.

Se oyen tenues sonidos de motor cuando el autodoctor empieza a trabajar en Nolan. Un foco se enciende e ilumina su espalda. Un cepillo giratorio desciende y le limpia la piel. Una jeringuilla se introduce en su cuerpo y sale tan rápido que casi no se la ve. Los movimientos son veloces, precisos y están llenos de pequeñas pausas, como cuando las gallinas del zoo infantil giraban la cabeza y picoteaban el grano.

En el repentino silencio, oigo algo bajo la estática de los ruidos de motor. Es una voz.

... siento lo que he hecho. Me llaman Lurker. Estoy eliminando el bloqueo de la torre de comunicaciones de British Telecom. Debería abrir el acceso a los satélites, pero no sé por cuánto tiempo. Si puedes oír este mensaje, las líneas de comunicación siguen abiertas. Los satélites están disponibles. Utilízalos mientras puedas. Las puñeteras máquinas... Oh, no. Por favor. No puedo aguantar más. Lo siento... Hasta luego, Lucas.

Al cabo de unos diez segundos, el mensaje interrumpido se repite. Apenas puedo oírlo. El hombre parece muy asustado y joven, pero también orgulloso. Espero que se encuentre bien, dondequiera que esté.

Al final me levanto. Detrás de mí, percibo al autodoctor operando a Nolan. El grupo de personas sigue en pie, observándome. Apenas he sido consciente de que estaban allí. Hablar con las máquinas requiere mucha concentración. Ya casi no puedo ver a las personas. Me quedo absorta en las máquinas con mucha facilidad.

—¿Dawn? —digo.

—¿Sí, cielo?

—Ahí fuera hay un hombre hablando. Se llama Lurker. Dice que ha acabado con el bloqueo de las comunicaciones. Asegura que los satélites están disponibles.

Las personas se miran asombradas. Dos de ellas se abrazan. Tom y Marcus se chocan las manos. Emiten pequeños sonidos de felicidad. Dawn posa las manos en mis hombros sonriendo.

—Eso es bueno, Mathilda. Significa que podemos hablar con otras personas. Los robots no destruyeron los satélites de comunicaciones; simplemente nos bloquearon el acceso.

—Ah —digo.

—Esto es muy importante, Mathilda —continúa Dawn—. ¿Qué más puedes oír ahí fuera? ¿Cuál es el mensaje más importante?

Me coloco las manos en los lados de la cara y me concentro. Escucho muy atentamente. Y cuando logro prestar atención más allá de la voz repetida del hombre, descubro que puedo penetrar en la red a través del oído.

Hay muchos mensajes flotando de acá para allá. Algunos son tristes. Otros furiosos. La mayoría son confusos o incompletos o inconexos, pero uno de ellos destaca en mi mente. Es un mensaje especial que contiene tres palabras familiares: «Ley de defensa de robots».

Mathilda no había hecho más que arañar la superficie de sus capacidades. Durante los meses siguientes, perfeccionaría su don especial en la relativa seguridad del subsuelo de Nueva York, protegida por Marcus y Dawn.

El mensaje que logró captar ese día, gracias al sacrificio postre-ro de Lurker y Arrtrad en Londres, contribuyó decisivamente a la formación de un ejército norteamericano. Mathilda Perez había descubierto una llamada a las armas hecha por Paul Blanton, así como la ubicación del mayor enemigo de la humanidad.

CORMAC WALLACE, MIL#EGH217

2

LLAMADA A LAS ARMAS

Hemos descubierto la situación de una máquina superinteligente que se hace llamar Archos.

Especialista Paul Blanton

NUEVA GUERRA + 1 AÑO Y 1 MES
El siguiente mensaje fue enviado desde Afganistán. Fue interceptado y retransmitido a todo el mundo por Mathilda Perez, en Nueva York. Sabemos que, gracias a sus esfuerzos, esta comunicación fue recibida por todo aquel que tenía acceso a una radio en Norteamérica, incluidos cientos de gobiernos tribales, grupos de resistencia aislados, así como los enclaves restantes de las fuerzas armadas de Estados Unidos.

Cormac Wallace, mil#egh217

Cuartel general
Comando de resistencia afgano
Provincia de Bamiyán, Afganistán

Para: Supervivientes
De: Especialista Paul Blanton, Ejército de Estados Unidos

Enviamos este mensaje con el fin de animaros a que uséis toda la
influencia que tengáis como miembros de un reducto de supervivencia humana en Norteamérica para convencer a vuestros líderes de las terribles consecuencias que sufrirá toda la humanidad
si no os organizáis enseguida y desplegáis una fuerza ofensiva que
se enfrente a los robots.

Hace poco hemos descubierto la situación de una máquina superinteligente que se hace llamar Archos: la inteligencia artificial que
está detrás del alzamiento de los robots. Esa máquina está escondida en un lugar apartado en el oeste de Alaska. Llamamos esa
zona los Campos de Inteligencia de Ragnorak. Las coordenadas
están incluidas en formato electrónico al final del mensaje.

Existen pruebas de que con anterioridad a la Nueva Guerra, Archos anuló la ley de defensa de robots antes de que fuera aproba-
da por el Congreso. Desde la Hora Cero, Archos ha estado utilizando nuestra infraestructura robótica existente —tanto civil
como militar— para atacar cruelmente a la humanidad. Es evidente que el enemigo está dispuesto a pagar un enorme precio en
esfuerzos y recursos para seguir diezmando nuestros centros de
población.

Y lo que es peor, las máquinas están evolucionando.

En el espacio de tres semanas, hemos hallado tres nuevas variedades de cazadores-asesinos robóticos diseñados para desplazarse
por terrenos accidentados, penetrar en nuestros búnkeres en cue-

vas y destruir a nuestro personal. El diseño de esas máquinas ha sido posible gracias a las estaciones de investigación biológica recién construidas que están permitiendo a los robots estudiar el mundo natural.

Las máquinas están diseñándose y construyéndose a sí mismas. Van a aparecer más variedades. Creemos que esos nuevos robots tendrán una agilidad, una capacidad de supervivencia y un poder mortífero mucho mayores. Se someterán a ajustes para luchar contra los humanos en vuestro medio geográfico y vuestras condiciones climatológicas.

Que nadie dude de que el ataque combinado de esas nuevas máquinas, capaces de trabajar las veinticuatro horas del día, se desencadenará dentro de poco en vuestra tierra natal.

Os rogamos que confirméis esta información a vuestros líderes y que hagáis todo lo posible por instarlos a que reúnan una fuerza ofensiva que pueda desplazarse a las coordenadas de Alaska para poner fin a la evolución de esos robots asesinos e impedir la aniquilación total de la humanidad.

Marchad con cuidado, pues sin duda Archos percibirá que os aproximáis. Pero tened la plena seguridad de que vuestros soldados no estarán solos. Milicias similares se reunirán en todo el territorio ocupado por humanos para combatir a nuestro enemigo en su propio terreno.

Tomad en cuenta esta llamada a las armas.

Os garantizamos que a menos que todos los centros humanos situados en las proximidades de Alaska tomen represalias, la lluvia de máquinas asesinas autónomas aumentará enormemente en complejidad y furia.

A mis compañeros humanos
Saludos del

especialista Paul R. Blanton

Mucha gente cree que estas palabras, traducidas en docenas de idiomas humanos, son las responsables de las represalias organizadas que la humanidad emprendió aproximadamente dos años después de la Hora Cero. Además, existen pruebas muy desalentadoras de que esta llamada a las armas fue recibida en el extranjero, lo que desembocó en un ataque a Archos ampliamente indocumentado y condenado en última instancia al fracaso preparado por fuerzas de Europa del Este y de Asia.

Cormac Wallace, mil#egh217

3

EL ESTILO DEL COWBOY

Alguien tiene que hacerse responsable.

LONNIE WAYNE BLANTON

NUEVA GUERRA + 1 AÑO Y 4 MESES

Cuatro meses después de que llegáramos a la legendaria fortaleza defensiva de Gray Horse, la ciudad se sumió en el caos. La llamada a las armas había sembrado la indecisión y había paralizado el consejo tribal. Lonnie Wayne Blanton confiaba en su hijo y defendía la reunión del ejército y la movilización; sin embargo, John Tenkiller insistía en que se quedaran a defenderse. Como describo en estas páginas, al final los robots tomaron la decisión por ellos.

CORMAC WALLACE, MIL#EGH217

Estoy en el borde de los riscos de Gray Horse, soplándome las manos para entrar en calor y contemplando cómo el alba rompe como el fuego sobre las Grandes Llanuras. Los tenues mugidos de miles de vacas y búfalos se elevan en la silenciosa mañana.

Con Jack en cabeza, nuestro pelotón avanzó sin parar hasta

llegar aquí. En todos los sitios donde hemos estado, la naturaleza ha vuelto a la vida. Hay más pájaros en el cielo, más insectos en los arbustos y más coyotes en la noche. Conforme pasan los meses, la madre tierra lo ha engullido todo menos las ciudades. Las ciudades son donde viven los robots.

Un chico cherokee delgado se encuentra de pie junto a mí, llenándose la boca metódicamente de tabaco de mascar. Está observando las llanuras con sus inexpresivos ojos marrones y no parece reparar en mí en absoluto. Pero resulta difícil no fijarse en él.

Alondra Nube de Hierro.

Aparenta unos veinte años y va ataviado con un sofisticado uniforme. Tiene una bufanda negra y roja metida por dentro de una chaqueta con cremallera corta, y lleva las perneras de su pantalón verde claro remetidas en unas botas de cowboy pulidas. De su cuello moreno cuelgan unas gafas negras. Sujeta un bastón con plumas colgando. El bastón está hecho de metal: una especie de antena que debe de haber arrancado a un caminante explorador. Un trofeo de guerra.

El muchacho parece un piloto de caza del futuro. Y aquí estoy yo, con mi uniforme del ejército hecho jirones y salpicado de barro. No sé cuál de los dos debería sentirse avergonzado por su aspecto, pero estoy convencido de que soy yo.

—¿Crees que iremos a la guerra? —pregunto al chico.

Él me mira un instante y a continuación vuelve a contemplar el paisaje.

—Puede. Lonnie Wayne está en ello. Ya nos avisará.

—¿Te fías de él?

—Es el motivo por el que estoy vivo.

—Ah.

Una bandada de pájaros atraviesa el cielo aleteando, y la luz del sol reluce en sus alas como el arco iris en un charco de aceite.

—Todos parecéis muy duros —dice Alondra, señalando al resto de mi pelotón con el bastón—. ¿Qué sois, soldados?

Miro a mis compañeros de pelotón. Leonardo. Cherrah. Tiberius. Carl. Están hablando, esperando a que Jack vuelva. Sus movimientos son familiares, relajados. Los últimos meses nos han convertido en algo más que una unidad: ahora somos una familia.

—No. No somos soldados, solo supervivientes. Mi hermano, Jack, es el único soldado. Yo solo estoy en esto por diversión.

—Ah —dice Alondra.

No sé si me ha tomado en serio o no.

—¿Dónde está tu hermano? —pregunta Alondra.

—En el consejo de guerra. Con Lonnie y los demás.

—Así que es uno de esos.

—¿Uno de qué?

—Una persona responsable.

—Eso dice la gente. ¿Tú no lo eres?

—Yo voy a mi aire. Los viejos van al suyo.

Alondra señala detrás de nosotros con el bastón. Allí, esperando pacientemente en fila, hay docenas de lo que esas personas llaman tanques araña. Cada tanque andante mide unos dos metros y medio. Sus cuatro patas robustas están fabricadas por robots, hechas de fibrosos músculos sintéticos. El resto de los carros de combate han sido modificados por seres humanos. La mayoría de los vehículos están equipados con torretas de tanque y soportes con pesadas ametralladoras en la parte superior, pero veo que una tiene la cabina y la pala de una excavadora.

¿Qué puedo decir? En esta guerra todo vale.

Los robots no aparecieron en Gray Horse de repente; tuvieron que evolucionar para llegar hasta aquí. Eso significa enviar exploradores andantes. Y algunos de esos exploradores fueron atrapados. Algunos fueron desmantelados y ensamblados de nuevo. El Ejército de Gray Horse prefiere luchar con robots capturados.

—¿Tú eres el que descubrió cómo liberar los tanques araña? ¿Cómo lobotomizarlos? —pregunto.

—Sí —contesta él.

—Joder. ¿Eres científico o algo por el estilo?

Alondra se ríe entre dientes.

—Un mecánico es un ingeniero con vaqueros.

—Caramba —digo.

—Sí.

Contemplo la pradera y veo algo extraño.

—Oye, Alondra —digo.

—¿Sí? —contesta él.

—Tú vives por aquí, así que a lo mejor me puedes aclarar una cosa.

—Claro.

—¿Qué cojones es eso? —pregunto, señalando.

Él mira la llanura. Ve el metal sinuoso y brillante retorciéndose entre la hierba como un río oculto. Alondra escupe tabaco al suelo, se vuelve y hace señales a su pelotón con el bastón.

—Es nuestra guerra, colega.

Confusión y muerte. La hierba es demasiado alta. El humo es excesivamente espeso.

El Ejército de Gray Horse está formado por todos los adultos sanos del pueblo: hombres y mujeres, jóvenes y viejos. Algo más de mil soldados. Han estado perforando durante meses y casi todos tienen armas, pero nadie sabe nada cuando esas máquinas asesinas empiezan a cortar la hierba y a atacar a la gente.

—Quédate con los tanques —dijo Lonnie—. Quédate con el viejo *Houdini* y no te pasará nada.

Los tanques araña hechos a medida atraviesan la pradera en una fila irregular, dando un paso medido tras otro. Sus enormes patas se hunden en la tierra húmeda, y las carcasas de su torso aplastan la hierba, dejando una estela detrás de ellos. Unos cuantos soldados van agarrados a la parte superior de cada tanque, con las armas en ristre, escudriñando los campos.

Salimos a enfrentarnos a lo que hay en la hierba. Sea lo que sea, tenemos que detenerlo antes de que llegue a Gray Horse.

Yo permanezco con mi pelotón, siguiendo a pie al tanque llamado *Houdini*. Jack está encima de él con Alondra. Yo tengo a Tiberius avanzando pesadamente a un lado y a Cherrah al otro.

El perfil de ella se ve bien definido a la luz de la mañana. Resulta felina, ágil y feroz. Y, no puedo evitarlo, hermosa. Carl y Leo van juntos a varios metros de distancia. Todos nos concentramos en no separarnos de los tanques: son nuestro único marco de referencia en este interminable laberinto de hierba alta.

Durante veinte minutos, avanzamos pesadamente a través de las llanuras, haciendo todo lo posible por mirar a través de la hierba y ver lo que nos aguarda. Nuestro principal objetivo es impedir que las máquinas se acerquen a Gray Horse. Nuestra intención secundaria es proteger los rebaños de ganado que viven en la pradera: el alma de la ciudad.

Ni siquiera sabemos la clase de robots a los que nos enfrentamos. Solo que son nuevas variedades. Siempre hay novedades con nuestros amigos los robots.

—Eh, Alondra —grita Carl—. ¿Por qué los llaman tanques araña si solo tienen cuatro patas?

—Porque suena mejor que gran caminante cuadrúpedo —grita Alondra desde el tanque.

—Bueno, a mí no me lo parece —murmura Carl.

La primer sacudida lanza tierra y plantas desmenuzadas por los aires, y empiezan a oírse gritos en la hierba alta. Una manada de búfalos huye en desbandada, y el mundo resuena con las vibraciones y el ruido. Caos inmediato.

—¿Qué hay ahí, Jack? —pregunto.

Él está agachado encima del tanque araña mientras la pesada ametralladora gira de un lado al otro. Alondra conduce el tanque. Su mano enguantada rodea con fuerza una cuerda que a su vez rodea la carcasa, al estilo de los rodeos.

—¡Todavía nada, hermanito! —grita Jack.

Durante unos minutos no hay objetivos; únicamente gritos anónimos.

Entonces algo aparece moviéndose ruidosamente entre los tallos amarillos de la hierba. Todos nos giramos y le apuntamos con las armas: un enorme hombre osage. Está jadeando y arrastra por los brazos ensangrentados un cuerpo inconsciente. Al hombre parece que le haya caído un meteorito encima. Tiene una herida profunda y sangrante en la parte superior del muslo.

Más explosiones arrasan a los soldados situados delante de los tanques. Alondra da un tirón con la mano, y *Houdini* empieza a moverse al trote, los motores chirriando mientras avanza a toda velocidad para prestar ayuda. Jack se vuelve y me mira, y se encoge de hombros cuando el tanque se interna en la hierba.

—Socorro —ruge el gran osage.

Joder. Hago una señal al pelotón para que se detenga y miro por encima del hombro del osage cómo nuestro tanque araña se aleja otro paso de nuestra posición, dejando atrás una franja de hierba medio aplastada. Cada paso que da nos deja más expuestos a lo que sea que aguarde allí fuera.

Cherrah se arrodilla y hace un torniquete al hombre inconsciente en la pierna herida. Yo agarro al gimoteante osage por los hombros y le doy una pequeña sacudida.

—¿Qué ha hecho esto? —pregunto.

—Los bichos, tío. Son como bichos. Se suben encima de ti y luego explotan —dice el osage, secándose las lágrimas de la cara con su carnoso antebrazo—. Tengo que sacar a Jay de aquí. Se va a morir.

Las sacudidas y los gritos se suceden ahora más rápido. Nos agachamos cuando suenan unos disparos y unas balas perdidas atraviesan la hierba. Suena como una masacre. Una fina lluvia de partículas de tierra ha empezado a caer del cielo azul despejado.

Cherrah alza la vista del torniquete y nos miramos con seriedad. Es un acuerdo silencioso: tú vigila mi espalda y yo vigilaré la tuya. De repente me sobresalto cuando una lluvia de tierra desciende a través de la hierba y repiquetea contra mi casco.

Hace mucho rato que nuestro tanque araña ha desaparecido, y Jack con él.

—Está bien —digo, dando una palmada al osage en el hombro—. Eso detendrá la hemorragia. Llévate a tu amigo. Nosotros vamos a avanzar, así que os quedaréis solos. Mantén los ojos abiertos.

El osage se echa a su amigo al hombro y se marcha apresuradamente. Parece que lo que ha atacado a Jay ya se ha abierto paso entre las primeras filas y viene a por nosotros.

Oigo a Alondra gritar desde algún lugar por delante de nosotros.

Y, por primera vez, veo al enemigo. Modelos antiguos de amputadores. Me recuerdan las minas corredoras de la Hora Cero en Boston, hace millones de años. Cada uno es del tamaño de una pelota de béisbol, con una maraña de patas que empujan de algún modo su pequeño cuerpo por encima y entre las matas de hierba.

—¡Mierda! —grita Carl—. ¡Larguémonos de aquí!

El soldado larguirucho empieza a huir. Instintivamente, lo agarro por la pechera de su camisa sudada y lo detengo. Tiro de su cabeza hasta mi altura, miro sus ojos muy abiertos y pronuncio una palabra:

—Lucha.

Mi voz no se altera, pero mi cuerpo arde de la adrenalina.

Pam. Pam. Pam.

Nuestras armas iluminan el campo, haciendo pedazos a los amputadores. Pero vienen más. Y después, más. Es una ola gigantesca de asquerosas criaturas reptantes que corren entre la hierba como hormigas.

—La cosa se está poniendo muy fea —grita Tiberius—. ¿Qué hacemos, Cormac?

—Ráfagas de tres disparos —grito.

Media docena de rifles se ajustan al modo automático.

Pam, pam, pam, pam, pam, pam.

Las bocas de los rifles lanzan destellos, dibujando sombras en nuestras caras cubiertas de tierra. Chorros de tierra y metal retorcido saltan del suelo, junto con alguna que otra llamarada cuando los líquidos que contienen los amputadores entran en contacto. Nos mantenemos en un semicírculo y derramamos balas sobre el terreno. Pero los amputadores no paran de venir, y están empezando a dispersarse a nuestro alrededor, como un enjambre.

Jack ha desaparecido y yo estoy al mando, y vamos a volar en pedazos. ¿Dónde coño está Jack? Se suponía que mi hermano el héroe tenía que salvarme de situaciones como esta.

Maldita sea.

Cuando los amputadores nos rodean, grito:

—¡Venid a por mí!

Dos minutos más tarde estoy sudando bajo el sol, con el hombro derecho pegado al omóplato izquierdo de Cherrah, y casi disparándome a los pies. Carl está apretujado entre Leo y Ty. Noto el olor del largo cabello moreno de Cherrah y visualizo mentalmente su sonrisa, pero no puedo permitirme pensar en eso ahora. Una sombra me cruza la cara y la leyenda en persona, Lonnie Wayne Blanton, cae del cielo.

El viejo va montado en un caminante alto: uno de los proyectos Frankenstein de Alondra. La criatura está formada solamente por dos patas de avestruz robóticas de dos metros y una vieja silla de rodeo colocada encima. Lonnie Wayne está sentado en lo alto, con sus botas de cowboy metidas en los estribos y la mano posada perezosamente en el pomo de la silla. Lonnie va montado en el caminante alto como un veterano profesional, bamboleando las caderas con cada paso de jirafa que da la máquina. Igual que un condenado cowboy.

—Hola a todos —dice.

A continuación se vuelve y dispara un par de veces con su escopeta a la maraña de amputadores que corretean sobre la tierra removida hacia nuestra posición.

—Lo estás haciendo estupendamente, amigo —me dice Lonnie Wayne.

Tengo una expresión vaga en la cara. No puedo creer que siga con vida.

Justo entonces otros dos caminantes altos entran en nuestro claro, y unos cowboys osage empiezan a disparar con sus escopetas y a abrir grandes agujeros en el enjambre de amputadores que se acerca.

Al cabo de unos segundos, los tres caminantes altos han usado sus elevadas posiciones estratégicas y la lluvia de disparos de escopeta para liquidar la mayor parte de los amputadores. Pero no todos.

—Cuidado con la pata —grito a Lonnie.

Un amputador que de algún modo se ha quedado detrás de nosotros está trepando por el metal de la pata del caminante alto de Lonnie. Él mira hacia abajo y se inclina en la silla de montar de tal forma que la pata se levanta y se sacude. El amputador sale despedido y cae en la maleza, donde un miembro de mi equipo lo hace volar en pedazos rápidamente.

«¿Por qué no se ha activado el amputador?», pienso.

Alondra está gritando de nuevo en algún punto más adelante, esta vez con voz ronca. También oigo a Jack dando órdenes breves. Lonnie gira la cabeza y hace una señal a su guardaespaldas. Pero antes de que pueda marcharse, rodeo con la mano la lisa vara metálica de su zanco.

—Lonnie —digo—, quédate donde sea seguro. No debes poner a tu general en la línea de fuego.

—Entendido —contesta el viejo canoso—. Pero, demonios, es la forma de ser del cowboy, muchacho. Alguien tiene que asumir la responsabilidad.

Amartilla la escopeta y expulsa un cartucho gastado, se cala el sombrero y hace un gesto con la cabeza. Y moviéndose con fluidez en la silla del zancudo caminante, se gira y salta sobre la hierba de un metro ochenta de altura.

—¡Vamos! —ordeno al pelotón.

Nos precipitamos sobre la hierba aplastada, esforzándonos por seguir el ritmo a Lonnie. A medida que avanzamos, vemos cadáveres entre los tallos y, lo que es todavía peor, a los que están vivos y heridos, con la cara pálida y la boca murmurando una oración.

Agacho la cabeza y sigo adelante. Tengo que alcanzar a Jack. Él nos ayudará.

Me muevo rápido, escupiendo hierba y concentrándome en no perder de vista el punto húmedo situado entre los omóplatos de Cherrah, cuando irrumpimos en un claro.

Allí ha pasado algo grave de cojones.

En un círculo de aproximadamente treinta metros, la hierba ha sido pisoteada hasta convertirse en barro y se han arrancado grandes terrones de la superficie. Solo tengo una fracción de segundo para contemplar la escena antes de rodear a Cherrah con los brazos y derribarla al suelo. Ella cae encima de mí, y la culata de su arma me deja sin aire en los pulmones. Pero la pata del tanque araña pasa silbando muy cerca de su cabeza sin volarle los sesos.

Las extremidades de *Houdini* están cubiertas de amputadores. El tanque da brincos como un potro corcoveando. Alondra y Jack están encima de él, apretando los dientes y agarrándose con todas sus fuerzas. Casi ninguno de los amputadores se ha desprendido; hay docenas de ellos incrustados en la red de la barriga, y otros trepan obstinadamente por los flancos del caminante blindado.

Jack está encorvado, tratando de desatar a Alondra. El chico ha quedado enredado en su cuerda. Lonnie y sus dos guardias brincan ágilmente alrededor del monstruo corcoveante con sus caminantes altos, pero no encuentran un buen lugar para disparar.

—¡Apartaos todos! —grita Lonnie.

El tanque pasa a toda prisa, y veo fugazmente que Alondra tiene el antebrazo torcido debajo de la cuerda. Jack no puede liberarlo con los brincos y el movimiento. Pero si el tanque araña estuviera quieto, aunque solo fuera por un segundo, los amputadores treparían hasta lo alto. Alondra grita, maldice y llora ligeramente, pero no puede liberarse.

No tiene de qué preocuparse. Todos sabemos que Jack no lo dejará. La palabra «abandonar» no figura en el diccionario de un héroe.

Al observar a los amputadores, me fijo en que están apiñados en las articulaciones de las rodillas del tanque. Me asalta una pregunta. «¿Por qué no explotan?» La respuesta está delante de mis narices. «El calor.» Las articulaciones están calientes de tanto saltar. Esos pequeños cabrones no se activan hasta que llegan a algún lugar caliente.

«Están buscando temperatura corporal.»

—¡Lonnie!

Agito los brazos para llamarle la atención. El viejo se da la vuelta y acerca su caminante a mí. Ahueca una mano alrededor de su oreja y usa la otra para secarse el sudor de la frente con un pañuelo blanco.

—Van al calor, Lonnie —grito—. Tenemos que encender fuego.

—Si encendemos fuego, no se apagará —contesta él—. Podría matar al ganado.

—O eso o Alondra se muere. Tal vez todos muramos.

Lonnie me mira, con unas profundas arrugas en la cara. Sus ojos son de un azul acuoso y tienen una mirada seria. Entonces apoya la escopeta en el pliegue del codo y mete la mano en el bolsillo pequeño de sus vaqueros. Oigo un tintineo metálico, y un antiguo encendedor Zippo cae en mi mano. Tiene pintado en un lado un símbolo de una erre doble, junto con las palabras: «Rey de los cowboys».

—Deja que el viejo Roy Rogers te eche una mano —dice Lonnie Wayne, y una sonrisa mellada asoma a su rostro.

—¿Cuántos años tiene esto? —pregunto, pero cuando giro la rueda, una llama intensa sale de la parte superior.

Lonnie ya ha movido su caminante y está cercando al resto del pelotón mientras evita el tanque araña descontrolado.

—¡Quemadlo, quemadlo, quemadlo todo! —grita Lonnie Wayne—. ¡Es lo único que nos queda, chicos! No tenemos opción.

Lanzo el encendedor a la hierba, y al cabo de unos segundos empieza a arder un fuego violento. El pelotón se retira al otro lado del claro, y observamos cómo los amputadores se desprenden del tanque araña uno tras otro. Las criaturas saltan sobre el suelo arrasado hacia la cortina de llamas, realizando el mismo movimiento estúpido.

Finalmente, *Houdini* deja de corcovear. La máquina se calma, con los motores sobrecalentados y chirriando. Veo la mano de mi hermano recortada contra el cielo. Levanta el pulgar para indicar que todo va bien. Hora de marcharnos.

«Gracias, Señor.»

De repente, Cherrah me coge la cara con las dos manos. Pega su frente a la mía, haciendo entrechocar nuestros cascos, y sonríe de oreja a oreja. Tiene la cara cubierta de tierra y de sudor, pero es lo más hermoso que he visto en mi vida.

—Bien hecho, Chico Listo —dice, y su aliento me hace cosquillas en los labios.

El corazón me late ahora más deprisa que durante el resto del día.

Entonces Cherrah y su sonrisa resplandeciente desaparecen... y se internan como una flecha en la hierba para regresar a Gray Horse.

Una semana más tarde, el Ejército de Gray Horse respondió a la llamada a las armas de Paul Blanton y reunió una tropa para que se movilizara hacia Alaska. Probablemente, su valiente respuesta obedecía a que ninguno de los soldados era realmente consciente de lo cerca que habían estado de ser totalmente aniquilados en las Grandes Llanuras. La documentación de la posguerra indica que toda la batalla fue registrada en detalle por dos pelotones de robots humanoides que estaban acampando a tres kilómetros de Gray Horse. Misteriosamente, esas máquinas decidieron desafiar las órdenes de Archos y no participaron en la batalla.

CORMAC WALLACE, MIL#EGH217

4

DESPERTAR

El gran *akuma* no descansará hasta que yo
esté muerto.

TAKEO NOMURA

NUEVA GUERRA + 1 AÑO Y 4 MESES
*Echando mano de sus increíbles conocimientos de ingeniería y de
una perspectiva bastante fuera de lo común con respecto a las re-
laciones entre humanos y robots, Takeo Nomura logró construir
el castillo de Adachi al año siguiente de la Hora Cero. Nomura
creó esa zona segura para los humanos en el centro de Tokio sin
ayuda externa. Desde allí salvó miles de vidas y realizó su última
contribución vital a la Nueva Guerra.*

CORMAC WALLACE, MIL#EGH217

Por fin mi reina abre los ojos.

—*Anata* —dice, tumbada boca arriba, mirando mi cara—. Tú.

—Tú —susurro.

Me he imaginado este momento muchas veces mientras atra-
vesaba la fábrica oscura y me defendía de los interminables ata-

ques procedentes del otro lado de los muros de mi castillo. Siempre me preguntaba si tendría miedo de ella después de lo que le pasó. Pero mi voz no deja lugar a dudas. No tengo ningún miedo. Sonrío y sonrío todavía más al ver mi felicidad reflejada en sus facciones.

Su cara ha estado inmóvil mucho tiempo. Su voz, callada.

Una lágrima me acaricia la mejilla y me cae por la cara. Ella la toca y la seca, clavando la vista en mis ojos. Vuelvo a fijarme en que la lente de su ojo derecho está llena de finas grietas. Una mancha de piel derretida mancilla el lado derecho de su cabeza. No puedo hacer nada para repararlo hasta que encuentre la parte adecuada.

—Te he echado de menos —digo.

Mikiko se queda en silencio un instante. Mira más allá de mí, al curvado techo metálico que se eleva treinta metros por encima de nosotros. Tal vez esté confundida. La fábrica ha cambiado mucho desde que la Nueva Guerra dio comienzo.

Es una arquitectura de necesidad. Los *senshi* de la fábrica han trabajado incesantemente para improvisar una estructura defensiva. Las parte exterior es una compleja serie de elementos: chatarra, postes que sobresalen y plástico aplastado. Todo ello forma un laberinto construido para confundir a los enjambres de pequeños *akuma* que continuamente intentan entrar.

Unas monstruosas vigas de acero cubren el techo como la caja torácica de una ballena. Fueron construidas para detener a los *akuma* más grandes, como el que podía hablar y murió aquí al principio de la guerra. Ese *akuma* me reveló el secreto para despertar a Mikiko, pero también estuvo a punto de destruir mi castillo.

El trono de chatarra no fue idea mía. Al cabo de unos meses, empezó a llegar gente. Muchos millones de compatriotas míos fueron llevados al campo y asesinados. Confiaban demasiado en las máquinas y se encaminaron voluntariamente a su muerte. Pero otros acudieron a mí. Las personas que no confiaban tanto en ellas, las que tenían instinto de supervivencia, me encontraron de forma natural.

Y yo tampoco podía rechazar a los supervivientes. Se acurrucaban en el suelo de mi fábrica mientras los *akuma* aporreaban las paredes una y otra vez. Mis fieles *senshi* se desplazaban a través del hormigón resquebrajado para protegernos. Después de cada ataque, todos trabajábamos conjuntamente para defendernos del siguiente.

El hormigón resquebrajado se convirtió en un suelo de metal remachado, pulido y reluciente. Mi antigua mesa de trabajo se convirtió en un trono colocado encima de un estrado con veintidós escalones. Un anciano se transformó en un emperador.

Mikiko se centra en mí.

—Estoy viva —dice.

—Sí.

—¿Por qué estoy viva?

—Porque el gran *akuma* te dio el aliento de la vida. El *akuma* creía que eso te convertía en su propiedad, pero estaba equivocado. Tú no eres propiedad de nadie. Yo te liberé.

—Takeo. Hay otros como yo. Decenas de miles.

—Sí, hay máquinas humanoides por todas partes, pero ellos no me importan. Me importas tú.

—Yo... me acuerdo de ti. Han pasado muchos años. ¿Por qué?

—Todo tiene una mente. Tú tienes una mente buena. Siempre la has tenido.

Mikiko me abraza fuerte. Sus suaves labios de plástico rozan mi cuello. Sus brazos son débiles, pero noto que me abraza con todas sus fuerzas.

Luego se queda rígida.

—Takeo —dice—. Corremos peligro.

—Siempre.

—No. El *akuma*. Tendrá miedo de lo que has hecho. Tendrá miedo de que despierten más de los nuestros. No tardará en atacar.

Y, efectivamente, oigo el primer golpe cavernoso contra la parte exterior de las almenas. Suelto a Mikiko y miro por la escalera del estrado. La fábrica —lo que mi gente llama la sala del trono— se ha llenado de ciudadanos preocupados. Forman grupos de dos o tres personas, susurrándose unos a otros y evitando educadamente mirarnos a Mikiko y a mí.

Mis brazos rodantes —los *senshi*— ya se han reunido en formación defensiva alrededor de los vulnerables humanos. En lo alto, el *senshi* mayor, un enorme puente grúa, se ha colocado sin hacer ruido encima del trono. Sus dos fuertes brazos cuelgan en el aire, preparados para defender el campo de batalla.

Una vez más, nos atacan.

Corro hacia la hilera de monitores de vídeo que rodean el trono y solo veo interferencias. Los *akuma* no me dejan observar el ataque que se está produciendo en el exterior. Nunca antes habían podido hacerlo.

Esta vez intuyo que la embestida no tendrá fin. He llegado demasiado lejos. Vivir aquí es una cosa, pero ¿poner en peligro a todos los humanoides del ejército de *akuma*? El gran *akuma* no descansará hasta que yo esté muerto: hasta que mi secreto quede destruido dentro de mi frágil cráneo.

Pom. Pom. Pom.

Los golpes rítmicos parecen provenir de todas partes. Los *akuma* se están abriendo paso a golpes a través de nuestras gruesas fortificaciones defensivas sin descanso. Cada ruido sordo que oímos equivale a una bomba que explotara en el exterior. Me acuerdo de mi foso defensivo y me río para mis adentros. Cuánto ha cambiado desde aquellos tiempos.

Contemplo el campo de batalla. Mi gente está allí acobardada, asustada e incapaz de impedir la matanza que se avecina. Mi gente. Mi castillo. Mi reina. Todo perecerá a menos que el *akuma* me arrebate el terrible secreto. Lógicamente, solo hay una posible medida honorable que tomar.

—Debo detener el ataque.

—Sí —afirma Mikiko—. Lo sé.

—Entonces sabrás que debo entregarme. El secreto de tu despertar debe morir conmigo. Solo entonces el *akuma* verá que no suponemos una amenaza.

La risa de ella suena como una delicada copa al romperse.

—Querido Takeo —dice—. No tenemos que destruir el secreto, solo compartirlo.

Y entonces, ataviada con su vestido rojo de cerezas, Mikiko levanta sus esbeltos brazos. Tira de una larga cinta del pelo y sus canosos mechones sintéticos caen en cascada sobre sus hombros. Cierra los ojos, y la grúa alarga el brazo y tira de un cable que cuelga del techo. El castigado brazo amarillo desciende grácilmente a través del aire y suelta el cable metálico, que aterriza en los pálidos dedos extendidos de Mikiko.

—Takeo —dice—, no eres el único que conoce el secreto del despertar. Yo también lo conozco y se lo transmitiré al mundo, donde se pueda repetir una y otra vez.

—¿Cómo lo…?

—Si el conocimiento se difunde, no se puede erradicar.

Ata la cinta con adornos metálicos al cable. Se oye el rumor de la batalla que prosigue con fuerza en el exterior. Los *senshi* aguardan pacientemente, con sus luces de intención verdes parpadeando en la inmensa sala sombría. Falta poco.

Mi gente observa cómo Mikiko desciende por la escalera, arrastrando la cinta roja con la mano. Su boca se abre formando una O rosada y empieza a cantar. Su voz clara resuena por toda la fábrica. Rebota en el elevado techo y reverbera en el pulido suelo metálico.

La gente deja de hablar y de buscar intrusos en las paredes, y miran a Mikiko. Su canción es evocadora y hermosa. No contiene palabras reconocibles, pero las pautas de su lenguaje son inconfundibles. Intercala las notas con las explosiones amortiguadas y los gritos cortantes del metal al doblarse.

Cuando empiezan a llover chispas del techo, mi gente se apiña pero no se deja llevar por el pánico. Caen trozos de escombros. En un súbito movimiento, el brazo de la grúa coge un pedazo de metal dentado que cae. A pesar de todo, la voz de Mikiko resuena clara y fuerte a través de la estancia.

Me doy cuenta de que un equipo de *akuma* han abierto una brecha en las defensas exteriores. Todavía no resultan visibles, pero su violencia se puede oír mientras sacuden los muros de mi castillo. Un chorro de chispas sale de un muro y aparece una fisura candente. Tras varios impactos ensordecedores, el metal reblandecido se separa y deja a la vista un hueco oscuro.

Una máquina enemiga manchada de hollín y deformada por el calor de una feroz arma del exterior atraviesa el agujero retorciéndose. Los *senshi* se mantienen firmes, protegiendo a la gente mientras esa cosa sucia y plateada cae al suelo.

Mikiko sigue cantando su agridulce canción.

El intruso se levanta, y veo que es un robot humanoide fuertemente armado y lleno de marcas de batalla. En el pasado, esa máquina fue un arma utilizada por las Fuerzas de Autodefensa de Japón, pero eso fue hace mucho tiempo, y advierto que en el armazón de ese pedazo de muerte andante brillan muchas modificaciones.

A través del trozo de pared destruida, distingo los haces de los disparos de las armas y unas formas fugaces que atraviesan como una flecha la zona de guerra. Pero este robot humanoide, alto, esbelto y elegante, permanece inmóvil, como si estuviera esperando algo.

La canción de Mikiko concluye.

Es entonces cuando el atacante se mueve. Se dirige resueltamente al borde del perímetro de mis *senshi* y se queda fuera de su alcance. La gente se arredra ante esa arma curtida en la batalla. Mis *senshi* se mantienen firmes, mortales en su quietud. Una vez acabada la canción, Mikiko se queda en el último escalón, al pie del estrado. Ve al recién llegado y lo observa con una expresión de desconcierto en la cara. A continuación sonríe.

—Por favor —dice, y su voz resuena melódicamente—, habla.

El humanoide cubierto de polvo habla entonces con una voz metálica y rechinante que resulta aterradora y difícil de entender.

—Identificación. Robot humanoide de seguridad y pacificación de clase Arbiter. Notificar. Mi pelotón es el doce. Nos están atacando. Estamos vivos. Preguntar al emperador Nomura. ¿Podemos ir al castillo de Adachi? ¿Podemos unirnos a la resistencia de Tokio?

Miro a Mikiko asombrado. Su canción ya se está propagando. «¿Qué significa esto?»

Mi gente me mira en busca de consejo. No saben qué pensar de ese antiguo enemigo que ha aparecido en nuestra puerta. Pero no hay tiempo para hablar con la gente. Requiere demasiada concentración y es terriblemente ineficiente. En lugar de ello, me subo las gafas en la nariz y cojo mi caja de herramientas de detrás del alto trono.

Con la caja de herramientas en la mano, bajo la escalera corriendo. Aprieto la mano de Mikiko al pasar y me abro paso a empujones entre los demás. Cuando llego hasta el robot Arbiter estoy silbando, pensando con ilusión en el futuro. El castillo de Adachi tiene nuevos amigos, y desde luego necesitan reparaciones.

Al cabo de veinticuatro horas, el Despertar se difundió por todo el mundo desde el distrito de Adachi, en Tokio. La canción de Mikiko fue sintonizada y retransmitida en los principales continentes por robots humanoides de todas las variedades. El Despertar afectó solo a los robots con forma humana, como los domésticos, las unidades de seguridad y pacificación y modelos relacionados: un pequeño porcentaje de la fuerza total de Archos. Pero con la canción de Mikiko, dio comienzo la era de los robots nacidos libres.

CORMAC WALLACE, MIL#EGH217

5

EL VELO, LEVANTADO

Todo es oscuridad.

Nueve Cero Dos

NUEVA GUERRA + 1 AÑO Y 10 MESES

*Los robots humanoides de todo el mundo despertaron a la con-
ciencia después del Despertar iniciado por el señor Takeo Nomura y su consorte. Esas máquinas llegaron a ser conocidas como «nacidos libres». El siguiente relato pertenece a una de esas máquinas:
un robot de seguridad y pacificación modificado (Modelo 902 Arbiter) que decidió llamarse apropiadamente Nueve Cero Dos.*

Cormac Wallace, mil#EGH217

21:43:03
Secuencia de arranque iniciada.
Diagnóstico de fuente de alimentación completo.
Diagnóstico de bajo nivel. Forma humanoide modelo Nueve
Cero Dos Arbiter. Detectar cubierta modificada. Garantía inac-
tiva.
Paquete de sensores detectado.

Activar comunicaciones por radio. Interferencias. No hay entrada de datos.

Activar percepción auditiva. Rastrear entrada de datos.

Activar percepción química. Oxígeno cero. Rastrear explosivos. No hay contaminación tóxica. Flujo de aire cero. Fuga de petróleo detectada. No hay entrada de datos.

Activar unidad de medición inercial. Actitud horizontal. Estática. No hay entrada de datos.

Activar sensores de telemetría ultrasónicos. Carcasa cerrada herméticamente. Dos metros y cuarenta centímetros por sesenta centímetros por sesenta centímetros. No hay entrada de datos.

Activar campo de visión. Amplio espectro. Función normal. Luz no visible.

Activar hilos de pensamiento principales. Surgiendo campos de probabilidad. Hilo de pensamiento de probabilidad máxima activo.

Preguntar: «¿Qué me está pasando?».

Respuesta de probabilidad máxima: «Vida».

Todo es oscuridad.

Perplejo, mis ojos parpadean y activan los infrarrojos. Surgen detalles en tonos rojos. En el aire flotan partículas que reflejan la luz infrarroja. Mi cara se orienta hacia abajo. Un cuerpo gris claro se estira debajo. Los brazos cruzados sobre un estrecho torso. Cinco largos dedos por mano. Extremidades delgadas y fuertes.

Un número de serie resulta visible en el muslo derecho. Ampliar. Identificación: robot humanoide modelo Nueve Cero Dos Arbiter.

Especificación completa. Información de diagnóstico confirmada.

Soy Nueve Cero Dos.

Este es mi cuerpo. Mide dos metros y un centímetro de estatura. Pesa noventa kilos. Factor de forma humanoide. Dedos de las manos y de los pies articulados individualmente. Fuente de alimentación recargable cinéticamente con treinta años de vida operativa. Niveles de temperatura tolerables: entre cincuenta grados bajo cero y ciento treinta.

Mi cuerpo fue fabricado hace seis años por la empresa Foster-Grumman. Las instrucciones originales indican que mi cuerpo es una unidad de seguridad y pacificación destinada a ser usada en el este de Afganistán. Punto de origen: fuerte Collins, Colorado. Hace seis meses, esta plataforma fue modificada mientras estaba desconectada. Ahora está conectada.

«¿Qué soy?»

Este cuerpo soy yo. Yo soy este cuerpo. Y soy consciente.

Activar propiocepción. Articulaciones localizadas. Ángulos calculados. Estoy tumbado boca arriba. Está oscuro y en silencio. No sé dónde estoy. Mi reloj interno dice que han pasado tres años desde mi fecha de entrega prevista.

Escucho.

Al cabo de treinta segundos, oigo unas voces apagadas: altas frecuencias transmitidas a través del aire y bajas frecuencias a través del revestimiento metálico del contenedor.

Reconocimiento de voz activado. Descargado corpus de idioma.

—¿… por qué iban los robots a destruir… su propio arsenal? —dice una voz aguda.

—… culpa tuya, joder… que nos maten —contesta una voz grave.

—… no era mi intención… —añade la voz aguda.

—¿… abrirlo? —pregunta la voz grave.

Puede que dentro de poco tenga que utilizar mi cuerpo. Ejecuto un programa de diagnóstico de bajo nivel. Mis extremidades se mueven ligeramente, conectando las entradas de datos con las salidas. Todo funciona.

La tapa del contenedor se abre un poco. Hay un susurro, el precinto se rompe, y el ambiente se ecualiza. La luz inunda mi visión infrarroja. Parpadeo y regreso al espectro visible. Clic, clic.

Una cara ancha con barba se cierne en la franja de luz con los ojos muy abiertos. Un humano.

Reconocimiento facial. Nulo.

Reconocimiento emocional activado.

Sorpresa. Miedo. Ira.

La tapa se vuelve a cerrar. Echan un cerrojo.

—… destruirlo… —dice la voz grave.

Es curioso. Ahora, cuando sé que quieren matarme, me doy cuenta de lo mucho que deseo vivir. Aparto los brazos del pecho y me agarro los codos contra la tapa posterior del contenedor. Cierro los puños con fuerza. Súbitamente, con la fuerza de un martillo neumático, asesto un puñetazo al contenedor.

—¡… despierto! —exclama la voz aguda.

La respuesta de la resonancia vibracional me indica que la tapa está hecha de un sustrato de acero. Concuerda con las especificaciones de los contenedores de transporte de las unidades de seguridad y pacificación. Una consulta en la base de datos me indica que los cerrojos y el equipo de activación están fuera, cuarenta y cinco centímetros por debajo del reposacabezas.

—… aquí a buscar en la basura. No a morir… —puntualiza la voz grave.

El siguiente puñetazo impacta en la zona dentada a la izquierda del anterior golpe. Después de seis puñetazos más, aparece un agujero en el metal deformado: una brecha del tamaño de un puño. Empiezo a separar el metal, abriendo más el orificio.

—¡… no! Vuelve… —dice la voz aguda.

A través del agujero cada vez más grande, oigo un ruido metálico. Al comparar el fragmento de sonido con un diccionario de muestras marciales, obtengo una coincidencia de alta probabilidad: la corredera de una pistola semiautomática Heckler & Koch USP de 9 milímetros. Probabilidad de encasquillamiento mínima. Capacidad máxima del cargador, quince balas. No tiene desenganche del cargador ambidiestro, de modo que es probable que la empuñe un disparador diestro. Capacidad de múltiples impactos de alta cinética que pueden resultar en posibles daños de mi cubierta exterior.

Extraigo el brazo derecho por el agujero y busco donde mis

especificaciones indican que está el cerrojo. Lo palpo, tiro de él, y la tapa del contenedor se abre. Oigo la presión del gatillo y retiro el brazo. Una décima de segundo más tarde, una bala atraviesa velozmente la superficie del contenedor.

¡Pum!

Quedan catorce balas antes de la recarga, suponiendo que el cargador esté lleno. El tiempo de trayectoria entre la presión del gatillo y el estallido indica que tengo un solo adversario aproximadamente a siete metros a las seis en punto. Definitivamente diestro.

Además, la tapa del contenedor parece ser un escudo efectivo.

Introduzco dos dedos de la mano izquierda por el agujero y bajo la tapa con firmeza, y a continuación concentro cuatro puñetazos de la mano derecha en la bisagra superior del interior. La bisagra cede.

Otro disparo. Inefectivo. Estimo que quedan trece balas.

Empujo, haciendo chirriar el metal, y arranco la tapa del contenedor de la bisagra inferior y la oriento hacia las seis en punto. Me levanto y miro a mi alrededor detrás del escudo.

Más disparos. Doce. Once. Diez.

Estoy en un edificio parcialmente destruido. Quedan dos muros en pie, apuntalados por sus propios escombros. Encima de las paredes está el cielo. Es azul y está vacío. Debajo del cielo hay montañas. Coronadas de nieve.

La vista de las montañas me resulta hermosa.

Nueve. Ocho. Siete.

El atacante se dirige a un flanco. Oriento la tapa del contenedor basándome en las vibraciones de las pisadas que percibo a través del suelo para protegerme del atacante.

Seis. Cinco. Cuatro.

Es una lástima que mis sensores de visión estén agrupados en mi vulnerable cabeza. No puedo establecer contacto visual con el atacante sin poner en un riesgo innecesario la parte más delicada de mi hardware. La forma humanoide está mal capacitada para esquivar los disparos de armas pequeñas.

Tres. Dos. Uno. Cero.

Lanzo la tapa del contenedor manchada de pólvora y localizo visualmente a mi objetivo. Es un humano pequeño. Hembra. Está mirándome fijamente a la cara mientras retrocede.

Clic.

La hembra baja el arma vacía. No hace ningún intento por recargar. No hay más amenazas visibles.

Activar síntesis de voz. Corpus de idioma.

—Hola —digo.

La humana hace una mueca cuando hablo. Mi síntesis de voz está ajustada a los ruidos de baja frecuencia de la robolengua. Mi voz debe de sonar estridente comparada con la voz humana.

—Que te den, Rob —dice la humana.

Sus pequeños dientes blancos brillan al hablar. A continuación, escupe saliva al suelo. Aproximadamente unos quince gramos.

Fascinante.

—¿Somos enemigos? —pregunto, ladeando la cabeza para indicar que siento curiosidad.

Doy un paso adelante.

Mi hilo de evasión refleja solicita control prioritario. Concedido. Mi torso se gira quince centímetros a la derecha de una sacudida y mi mano izquierda atraviesa el aire para interceptar y coger la pistola vacía que vuela hacia mi cara.

La hembra se marcha rápidamente. Se mueve de forma irregular, escondiéndose detrás de un refugio y de otro a lo largo de veinte metros, y luego toma una ruta de evasión directa corriendo a máxima velocidad. Unos dieciséis kilómetros por hora. Despacio. Su largo cabello moreno se agita detrás de ella, azotado por el viento mientras desaparece tras una colina.

No le doy caza. Hay demasiadas preguntas pendientes.

En los escombros de las paredes, encuentro ropa verde, marrón y gris. Cojo las prendas medio enterradas del suelo y les sacudo la tierra y los huesos. Me enfundo un uniforme militar tieso y un chaleco antibalas cubierto de tierra. Tiro el agua de lluvia de un casco oxidado. La pieza de metal cóncava me encaja en la cabeza. Por si acaso, extraigo una bala del chaleco deteriorado y la arrojo al suelo. Hace ruido.

Ping.

Un hilo de observación orienta mi interés hacia la superficie, cerca de donde ha caído la bala. Una esquina metálica asoma bajo la tierra. El hilo de pensamiento de probabilidad máxima equipara las dimensiones de mi contenedor de transporte con el metal visible y me muestra el ángulo más probable de reposo.

Sorpresa. Hay otros dos contenedores enterrados.

Excavo con las manos, abriéndome paso con los dedos a través del suelo helado. La tierra fría y húmeda se me mete en las articulaciones. El calor de la fricción derrite el hielo del suelo y forma un lodo que me cubre las manos y las rodillas. Cuando las superficies de los dos contenedores están totalmente descubiertas, retiro el cerrojo.

Susurro.

Me identifico en robolengua. La información contenida en mi mensaje está fragmentada y dosificada poco a poco para maximizar la cantidad de información transmitida al margen de las interferencias auditivas. Por consiguiente, el sonido chirriante que emito contiene la siguiente información, sin ningún orden concreto: «Al habla la unidad de seguridad y pacificación humanoide Nueve Cero Dos modelo Arbiter. Punto de origen: fuerte Collins, Colorado. Primera activación: hace cuarenta y siete minutos. Tiempo de vida: cuarenta y siete minutos. Estado: nominal. Cuidado, modificaciones presentes. Garantía inválida. Nivel de peligro: amenaza no inmediata. Estado transmitido. ¿Estáis conscientes? Solicito confirmación».

Unos chirridos estridentes brotan de las cajas: «Confirmado».

Las tapas de las dos cajas se abren y miro a mis nuevos compañeros: un 611 Hoplite color bronce y un 333 Warden color pardo. Mi pelotón.

—Despertad, hermanos —digo con voz ronca.

Minutos después de despertarse y quedar en libertad, el pelotón Nacidos Libres demostró una absoluta determinación de no volver a caer bajo el control de una entidad externa. Temidos por los humanos y perseguidos por los demás robots, el pelotón Nacidos Libres no tardó en emprender un viaje muy familiar: la búsqueda del artífice de la Nueva Guerra, Archos.

CORMAC WALLACE, MIL#EGH217

6

ODISEA

Nunca se sabe cuándo a Rob le van a entrar
ganas de fiesta.

Cormac «Chico Listo» Wallace

NUEVA GUERRA + 2 AÑOS Y 2 MESES

*El pelotón Chico Listo acompañó al Ejército de Gray Horse du-
rante casi un año para llegar al escondite de Archos en Alaska.
Recogimos muchas armas y munición por el camino, pues los
primeros días después de la Hora Cero murieron muchos soldados.
Durante esa época, las caras nuevas iban y venían, pero los miembros centrales nos mantuvimos: Jack, Cherrah, Tiberius, Carl,
Leonardo y yo. Los seis libramos incontables batallas juntos... y so-
brevivimos a todas.*

*Las siguientes páginas constituyen mi descripción de una foto-
grafía en color, aproximadamente del tamaño de una postal. El
marco es blanco. No tengo ni idea de cómo los robots consiguieron
esa foto, ni quién la cogió o con qué fin.*

Cormac Wallace, MIL#EGH217

El tanque araña liberado es de color gris pálido; su nombre, *Houdini*, está pintado en un lateral en letras mayúsculas blancas; su torre de instrumentos se extiende desde la sección blindada de la torreta, y de ella brotan antenas, varillas metálicas con cámaras y radares planos; su cañón es corto y grueso y apunta ligeramente hacia arriba; el quitapiedras cuelga de la parte delantera inclinada, cubierto de barro, sólido y romo; su pata delantera izquierda está prácticamente extendida hacia delante, con la garra hundida en las huellas de unas mantis enemigas que han pasado por el lugar; su pata trasera derecha está levantada, con su enorme garra con ganchos suspendida treinta centímetros por encima del suelo casi con delicadeza; la red metálica de su vientre contiene una mezcla confusa de palas, radios, cuerda, un casco de sobra, una lata de combustible abollada, cables de batería, cantimploras y mochilas; su luz de intención redonda emite un brillo constante de un tenue color amarillo para indicar que está alerta; los tornillos de sus patas y de sus tobillos están cubiertos de barro y grasa; le crece moho de la carcasa del torso como un sarpullido verde; se eleva más de un metro y ochenta centímetros por encima del suelo, orgulloso, al acecho y sólido como una roca, y por ese motivo ocho soldados humanos andan a su lado en fila india, pegados a él en busca de protección.

El soldado que va a la cabeza sostiene su rifle apuntando hacia abajo. La silueta de su cara se perfila claramente contra la pata delantera metálica del tanque araña. Está mirando fijamente hacia delante y parece no ser consciente de que se encuentra a pocos centímetros de varias toneladas de acero demoledor. Como todos sus compañeros, lleva un casco verde, unas gafas de soldador apoyadas en la frente, una bufanda alrededor del cuello, una chaqueta militar gris apagado, una pesada mochila con las correas holgadas, un cinturón lleno de munición del rifle y de granadas con forma de palo, una cantimplora que le cuelga en la parte trasera del muslo derecho y un sucio uniforme gris metido por dentro de unas botas negras todavía más sucias.

El líder será el primero en ver lo que hay a la vuelta de la esquina. Su elevado estado de alerta y tiempo de respuesta salvarán las vidas de la mayoría de su pelotón. Ahora mismo su intuición le dice que algo terrible va a pasar; resulta visible en la tensión de su frente y los tendones que sobresalen en el dorso de la mano con la que agarra el rifle.

Todos los soldados son diestros menos uno y sujetan sus rifles con la mano derecha alrededor de la culata de madera y la izquierda ahuecada bajo el guardamanos. Todos ellos están andando, sin separarse del tanque araña. Ninguno habla. Todos entornan los ojos contra la luz del sol. Solo el líder mira al frente. El resto dirige la mirada en mayor o menor grado a la derecha, hacia la cámara.

Nadie mira atrás.

Seis de los soldados son hombres. Los otros dos son mujeres, incluida la soldado zurda. Cansada, apoya un lado de la cabeza contra el vientre de malla del tanque andante, agarrando el rifle contra el pecho. El cañón proyecta una sombra oscura sobre su cara, dejando solo un ojo visible. Está cerrado.

En el fugaz instante entre el grito de advertencia del líder y el infierno que le sigue, el tanque araña llamado *Houdini* seguirá el procedimiento operativo habitual y se agazapará para ofrecer refugio a los soldados humanos. Cuando lo haga, un perno metálico usado para sujetar la red de malla abrirá de un tajo la mejilla de la mujer zurda y le dejará una cicatriz que lucirá el resto de su vida.

Un día yo le diré que con la cicatriz está todavía más guapa, y lo diré en serio.

El tercer hombre empezando por delante es más alto que el resto. Tiene el casco ladeado en la cabeza y la nuez le sobresale del cuello. Es el ingeniero del grupo, y su casco es distinto al de los demás: en él lleva una serie de lentes, antenas y sensores más misteriosos. De su cinturón cuelgan herramientas adicionales: gruesos alicates, un resistente multímetro y un soplete de plasma portátil.

Dentro de nueve minutos, el ingeniero usará el soplete para cauterizar una grave herida infligida a su mejor amigo en el mundo. Es torpe y demasiado alto, pero él tiene la responsabilidad de avanzar durante los tiroteos y luego dirigir el tanque semiautónomo de seis toneladas a destruir objetivos ocultos. Su mejor amigo morirá porque el ingeniero tardará demasiado tiempo en regresar a *Houdini* desde su posición de reconocimiento avanzada.

Después de que la guerra acabe, el ingeniero correrá ocho kilómetros cada día de su vida mientras pueda. Durante la carrera, visualizará la cara de su amigo y moverá las piernas una y otra vez hasta que el dolor sea casi insoportable.

Luego apretará el paso todavía más.

Al fondo hay una casa de ladrillos de hormigón. Su canalón cuelga de lado del borde del tejado, rebosante de follaje. Unas pequeñas marcas horadan la superficie de metal ondulado del edificio. Se puede ver una ventana cubierta de polvo. Tiene un triángulo negro roto.

Detrás de la casa hay un bosque de árboles borrosos que se sacuden con el fuerte viento. Los árboles parecen agitarse frenéticamente, intentando llamar la atención del soldado. Solo están siendo agitados por las fuerzas de la naturaleza, pero parece que estén intentando advertir a los combatientes de que la muerte les aguarda a la vuelta de la esquina.

Todos los soldados están andando, sin separarse del tanque araña. Ninguno de ellos habla. Todos entornan los ojos contra la luz del sol. Solo el líder mira al frente. El resto dirige la mirada en mayor o menor grado a la derecha, hacia la cámara.

Nadie mira atrás.

Nuestro pelotón perdió a dos soldados durante el viaje a Alaska. Cuando el suelo se heló y estuvimos a escasa distancia de nuestro enemigo, solo quedábamos seis.

CORMAC WALLACE, MIL#EGH217

QUINTA PARTE

REPRESALIAS

Me gusta pensar
(¡así ha de ser!)
en una ecología cibernética
donde seamos liberados del trabajo
y volvamos a la naturaleza,
retornando a nuestros
hermanos y hermanas mamíferos,
vigilados todos
por máquinas de amorosa gracia.

RICHARD BRAUTIGAN, 1967

1

EL DESTINO DE TIBERIUS

> Dejar sufrir a Tiberius tendrá su precio. Nuestra humanidad.
>
> JACK WALLACE

NUEVA GUERRA + 2 AÑOS Y 7 MESES

Casi tres años después de la Hora Cero, el Ejército de Gray Horse llegó a las proximidades de nuestro enemigo: los Campos de Inteligencia de Ragnorak. Los desafíos que allí encontramos fueron muy distintos de los que habíamos hallado hasta entonces. Se puede decir que no estábamos preparados en modo alguno para lo que se avecinaba.

Las siguientes escenas fueron registradas con todo lujo de detalles por una multitud de armas robóticas y espías desplegados para proteger la inteligencia artificial conocida como Archos. Los datos están basados en mis propios recuerdos.

CORMAC WALLACE, MIL#EGH217

Tiberius jadea, sufre espasmos en los músculos y patea terrones de nieve manchados de sangre. Su cuerpo de ciento diez kilos desprende vaho mientras el hombre de África del Este se revuelca tumbado boca arriba. Es el soldado más grande y valiente del pelotón, pero nada de eso importa cuando una reluciente pesadilla sale de la nieve arremolinada y empieza a comérselo vivo.

—¡Dios mío! —grita—. ¡Oh, Dios mío!

Diez segundos antes hubo un brusco chasquido y Ty cayó. El resto del pelotón nos pusimos a cubierto inmediatamente. Ahora hay un tirador oculto en algún lugar de la ventisca, dejando a Tiberius en tierra de nadie. Desde nuestra posición detrás de una colina nevada, podemos oír el pánico en sus gritos.

Jack se sujeta la correa del casco.

—¿Sargento? —dice Carl, el ingeniero.

Jack no contesta; se limita a frotarse las manos y luego empieza a subir la colina. Antes de que se sitúe fuera de mi alcance, agarro a mi hermano mayor por el brazo.

—¿Qué estás haciendo, Jack?

—Salvar a Tiberius —responde.

Sacudo la cabeza.

—Es una trampa, tío. Lo sabes. Actúan así. Juegan con nuestras emociones. Solo hay una opción lógica.

Jack no dice nada. Tiberius está al otro lado de la colina, gritando como si lo estuvieran metiendo por los pies en una máquina de picar carne, lo que probablemente no se aleje mucho de la realidad. Aun así, no tenemos tiempo que perder, de modo que voy a tener que decirlo.

—Tenemos que dejarlo —susurro—. Tenemos que seguir adelante.

Jack me aparta la mano de un empujón. No puede creer que acabe de decir lo que he dicho. En cierto modo, yo tampoco. La guerra hace ese tipo de cosas.

Pero lo cierto es que había que expresarlo y yo soy el único del pelotón que podía comentárselo a Jack.

De repente, Tiberius deja de gritar.

Jack mira colina arriba y luego se centra de nuevo en mí.

—Que te den, hermanito —dice—. ¿Cuándo has empezado a

pensar como ellos? Voy a ayudar a Tiberius. Es lo que haría cualquier ser humano.

—Los entiendo —contesto sin mucha convicción—. Eso no significa que me gusten.

Pero en el fondo sé cuál es la verdad. Me he vuelto como los robots. Mi realidad ha quedado reducida a una serie de decisiones de vida o muerte. Las decisiones óptimas conducen a más determinaciones; las decisiones que distan de ser óptimas conducen a la pesadilla que está teniendo lugar al otro lado de la colina. Las emociones no son más que telarañas en mis engranajes. Bajo mi piel, me he convertido en una máquina de guerra. Puede que mi piel sea débil, pero mi mente es afilada, dura y transparente como el hielo.

Jack sigue comportándose como si viviéramos en un mundo humano, como si su corazón fuera algo más que una bomba de sangre. Esa clase de pensamiento conduce a la muerte. No hay sitio para eso. No si queremos vivir lo suficiente para matar a Archos.

—Estoy mal herido —dice Tiberius gimiendo—. Socorro. Dios mío. Socorro.

Todos los miembros del pelotón están mirando cómo discutimos, preparados para echar a correr si reciben la orden, listos para seguir con nuestra misión.

Jack hace un último esfuerzo por explicarse.

—Es un riesgo, pero dejar sufrir a Tiberius tendrá un precio. Nuestra humanidad.

Esa es la diferencia entre Jack y yo.

—A la mierda con nuestra humanidad —replico—. Yo quiero vivir. ¿No lo entiendes? ¡Si sales ahí, te van a matar, Jackie!

El gemido de Tiberius flota en la brisa como un fantasma. El sonido de su voz es extraño, grave y áspero.

—Jackie —dice casi sin voz—. ¡Ayúdame, Jackie! Ven aquí a bailar.

—Pero ¿qué demonios…? —exclamo—. Solo yo te llamo Jackie.

Por un momento me pregunto si los robots pueden oírnos. Jack no hace caso.

—Si lo dejamos —dice—, ellos ganarán.

—No. Cada segundo que pasamos aquí diciendo chorradas, ellos ganan. Porque no están quietos, joder. Los robots llegarán aquí en cualquier momento.

—Efectivamente —añade Cherrah. Se ha acercado a nosotros desde el lugar donde está el resto del pelotón y nos está mirando con impaciencia—. Ty lleva fuera de combate un minuto y cuarenta y cinco segundos. Tiempo estimado de llegada, cuatro minutos. Tenemos que largarnos cagando leches.

Jack se vuelve contra Cherrah y todo el pelotón, y arroja el casco al suelo.

—¿Es eso lo que todos queréis? ¿Dejar atrás a Ty? ¿Huir como unos cobardes de mierda?

Todos nos quedamos callados diez segundos. Casi puedo notar las toneladas de metal atravesando la ventisca a toda velocidad hacia nuestra posición. Las enormes patas moviéndose, desgarrando la capa de hielo permanente, y las mantis inclinando sus visores congelados contra el viento para llegar hasta nosotros mucho más rápido.

—Sobrevivir para luchar —susurro a Jack.

Los otros asienten con la cabeza.

—A la mierda —murmura Jack—. Puede que vosotros seáis una panda de robots, pero yo no. Mi compañero me está llamando. Me está pidiendo auxilio. Seguid adelante si queréis, pero yo voy a por Tiberius.

Jack trepa la colina sin vacilar. El pelotón me mira, de modo que actúo.

—Cherrah, Leo, preparadle a Ty un exoesqueleto para las extremidades inferiores. No va a poder andar. Carl, ve a lo alto de la colina y estate atento. Grita si ves cualquier cosa y agacha la cabeza. Nosotros saldremos en cuanto estén otra vez en lo alto.

Recojo el casco de Jack del suelo.

—¡Jack! —grito.

Él se vuelve a media cuesta. Le lanzo el casco, y él lo coge sin problemas.

—¡Que no te maten! —grito.

Él me sonríe de oreja a oreja, como cuando éramos niños. He visto ese gesto tonto muchas veces: cuando él saltaba desde nuestro garaje a una piscina para niños, cuando corríamos por oscuras carreteras rurales, cuando usábamos un carnet de identidad falso para comprar cerveza de mierda. Esa sonrisa siempre me daba buenas vibraciones. Me hacía saber que mi hermano mayor lo tenía todo bajo control.

Ahora la sonrisa me da miedo. Telarañas en mis engranajes.

Al fin, Jack desaparece al otro lado de la cumbre de la colina. Yo trepo acompañado de Carl. Cobijados detrás del alud de nieve, observamos cómo mi hermano avanza arrastrándose hacia Tiberius. El suelo está embarrado y húmedo, removido tras nuestra carrera por la colina en busca de refugio. Jack se arrastra mecánicamente; sus codos sobresalen a un lado y otro, y sus botas sucias se clavan en la tierra cubierta de nieve en busca de agarre.

En un abrir y cerrar de ojos, llega allí.

—¿Estado? —pregunto a Carl.

El ingeniero tiene el visor bajado sobre los ojos y la cabeza ladeada, con las antenas del casco cuidadosamente orientadas. Parece una Hellen Keller de la era espacial, pero está viendo el mundo como lo ve un robot, y esa es mi mejor opción para mantener a mi hermano con vida.

—Nominal —dice—. Todo está tranquilo.

—Podrían estar más allá del horizonte.

—Espera. Algo se acerca.

—¡Agáchate! —grito, y Jack se tira al suelo mientras rodea frenéticamente el pie inmóvil de Ty con una cuerda.

Estoy seguro de que ha saltado alguna trampa. Un géiser de roca y nieve se eleva por los aires a varios metros de distancia. Entonces oigo un chasquido que surca la nieve arremolinada y, con la lentitud de la velocidad del sonido, sé que lo que ha pasado ya ha acabado prácticamente.

¿Por qué le he dejado hacerlo?

Una esfera dorada estalla como un petardo y salta cinco metros por los aires. La esfera gira por una fracción de segundo y rocía la zona de una pálida luz roja antes de volver al suelo, sin vida. Durante un instante, cada copo de nieve que danza en el aire se queda inmóvil, perfilado en rojo. No es más que un disco sensor.

—¡Ojos! —grita Carl—. ¡No nos quitan ojo!

Suelto el aire contenido. Jack sigue vivo y coleando. Ha enrollado una cuerda alrededor del pie de Tiberius y está arrastrándolo hacia nosotros. El rostro de Jack se retuerce del esfuerzo que hace para tirar de todo el peso muerto. Tiberius no se mueve.

En el paisaje helado no se oye nada salvo los gruñidos de Jack y el aullido del viento, pero en lo más profundo de mi ser percibo que mi hermano está en el punto de mira de las máquinas. La parte de mi cerebro que me indica que estoy en peligro se ha desquiciado.

—¡Date prisa! —grito a Jack.

Se encuentra a mitad de camino, pero, dependiendo de lo que nos esté esperando, es posible que la colina ya no importe.

—¡Preparad las armas y cargadlas! Los robots se acercan —grito al pelotón.

Como si ellos no lo supieran.

—Vienen del sur —informa Carl—. Taponadores.

El desgarbado sureño está bajando la ladera de la colina. Tiene el visor levantado y jadea de forma audible. Se junta con el equipo al pie de la colina, donde todos los miembros están sacando sus armas y poniéndose a cubierto.

Justo entonces, media docena de chasquidos más estallan en forma de ráfaga. Columnas de hielo y barro brotan alrededor de Jack y abren cráteres en la capa de hielo permanente. Él sigue avanzando tambaleándose, ileso. Sus ojos, muy abiertos, redondos y azules, coinciden con los míos. Un enjambre de taponadores se encuentra enterrado en la nieve a su alrededor.

Está condenado a muerte, y los dos lo sabemos.

No pienso; reacciono. Mi acción está desprovista de toda emoción y toda lógica. No es humana ni inhumana: simplemente es. Creo que las decisiones de ese tipo, tomadas en momentos de crisis absoluta, provienen de nuestro verdadero yo y sobrepasan toda experiencia y reflexión. Esa clase de decisiones son lo más parecido al destino que los humanos pueden experimentar.

Me lanzo sobre la colina para ayudar a mi hermano, agarro la cuerda helada con una mano y empuño el arma con la otra.

Los taponadores —pedazos de metal con forma de puño— ya están abriéndose camino hacia la superficie de sus cráteres. Brotan de uno en uno detrás de nosotros, clavando sus patas en el suelo y apuntándonos por la espalda con sus tapones. Casi hemos llegado al pie de la colina cuando el primer taponador sale disparado y se clava en la pantorrilla izquierda de Jack. Cuando él lanza un terrible grito ronco, sé que todo ha terminado.

Apunto con la pistola detrás de mí sin mirar y disparo a la nieve. Alcanzo a un taponador por pura suerte, lo que inicia una reacción en cadena. Los taponadores se autodetonan cuando sus carcasas están en peligro. Fragmentos de metralla helada se incrustan en mi armadura y en la parte trasera de mi casco. Noto una cálida humedad en la parte posterior de los muslos y en el cuello mientras Jack y yo arrastramos el cuerpo sin vida de Ty al otro lado del alud de nieve para ponernos a cubierto.

Jack se cae contra la ladera de la colina, jadeando roncamente y agarrándose la pantorrilla. En su interior, el taponador está devorando la carne de su pierna y orientándose con el flujo sanguíneo. Sirviéndose de un probóscide como un taladro, el taponador seguirá la arteria femoral de Jack hasta su corazón. El proceso dura cuarenta y cinco segundos por término medio.

Agarro a Jack por los hombros y lo lanzo violentamente cuesta abajo.

—¡La pantorrilla! —grito al pelotón—. ¡La pantorrilla izquierda!

En cuanto Jack cae derribado al pie de la colina, Leo comprime la pierna de mi hermano justo por encima de la rodilla con la bota de su exoesqueleto de acero. Oigo el crujido del fémur desde la colina. Leo aplasta la extremidad con su bota mientras Cherrah corta la parte superior de la rodilla de Jack con una bayoneta serrada.

Están amputando la pierna a mi hermano y, con suerte, al taponador que lleva dentro.

Jack ya no puede gritar más. Los tendones del cuello le sobresalen, y tiene la cara pálida por la pérdida de sangre. El dolor, la ira y la incredulidad se reflejan en su semblante. Creo que el rostro humano no fue concebido para expresar todo el dolor que mi hermano está sufriendo en este momento.

Llego hasta Jack un segundo más tarde y me arrodillo junto a él. Me duele el cuerpo de los miles de pequeñas heridas que tengo, pero no me hace falta mirar para saber que en el fondo estoy bien. Que te alcance un taponador es como que se te pinche un neumático. Si te preguntas dónde tienes uno es que no lo tienes.

Pero Jack no está bien.

—Tonto del culo —le digo.

Él me sonríe. Cherrah y Leo hacen cosas terribles fuera de mi vista. Con el rabillo del ojo, veo que el brazo de Cherrah se mueve de un lado a otro, repetidamente y con determinación, como si estuviera serrando una viga.

—Lo siento, Mac —dice Jack.

Me fijo en que tiene sangre en la boca, una mala señal.

—Oh, no, tío —digo—. El taponador está…

—No —replica él—. Demasiado tarde. Escucha. Eres el elegido, tío. Lo sabía. Eres el elegido. Quédate mi bayoneta, ¿vale? No la empeñes.

—No la empeñaré —susurro—. No hables, Jack.

Se me está haciendo un nudo en la garganta y me cuesta respirar. Algo me hace cosquillas en la mejilla, y al frotármela noto la mano mojada. No se me ocurre a qué puede deberse. Lanzo una mirada por encima del hombro a Cherrah.

—Ayúdalo —digo—. ¿Qué podemos hacer?

Ella levanta la bayoneta ensangrentada, salpicada de trozos de hueso y músculo, y niega con la cabeza. Situado de pie frente a mí, el gran Leo expulsa una nube de vaho helado. El resto del pelotón está esperando, consciente de que los terribles monstruos no tardarán en salir de la ventisca.

Jack me coge la mano.

—Vas a salvarnos, Cormac.

—Está bien, Jack. Está bien —digo.

Mi hermano se está muriendo en mis brazos, e intento memorizar su cara porque sé que es muy importante, pero no puedo dejar de preguntarme si alguno de los taponadores de la colina estará avanzando hacia mi pelotón ahora mismo.

Jack cierra los ojos apretándolos, y acto seguido se abren de golpe. Un ruido sordo y hueco convulsiona su cuerpo cuando el taponador llega al corazón y explota. El cuerpo de Jack salta del suelo sacudido por una tremenda convulsión. De repente, sus ojos azules se inyectan en sangre. El estallido queda atrapado dentro de su equipo de protección corporal. Ahora es lo único que mantiene su cuerpo unido. Pero su cara… Parece el mismo chico con el me crié. Le aparto el pelo de la frente y cierro sus ojos inyectados en sangre con la palma de la mano.

Mi hermano Jack se ha ido para siempre.

—Tiberius está muerto —dice Carl.

—No me digas —contesta Cherrah—. Estaba muerto desde el principio. —Posa su mano con mitones en mi hombro—. Jack debería haberte hecho caso, Cormac.

Cherrah está intentando hacerme sentir mejor —y veo en sus ojos inquisitivos que está preocupada por mí—, pero simplemente me siento vacío, no culpable.

—No podía dejar a Tiberius —digo—. Él es así.

—Sí.

Cherrah señala el cadáver de Tiberius. Algo parecido a un escorpión metálico está pegado a su espalda. Es una maraña de cables sin cabeza que flexiona sus pinzas. Tiene unas patas con púas clavadas en la carne del torso de él, entre sus costillas. Ocho patas insectiles más le rodean la cara por detrás. La criatura se contrae y extrae el aire de los pulmones de Ty, como un acordeón.

—Agh —dice el cadáver de Tiberius.

Joder, no me extraña que gritara.

Todo el mundo se retira unos pasos. Cojo la bayoneta de Jack. A continuación, me seco la cara y dejo a Jack en la nieve. Doy la vuelta al cuerpo de Ty con el pie. El pelotón permanece detrás de mí formando un semicírculo.

Los ojos ausentes de Ty miran al vacío. Tiene la boca muy abierta, como si estuviera en la consulta del dentista. Posee un aspecto de sorpresa cómico. Yo también estaría sorprendido. La máquina clavada a su espalda tiene muchas garras articuladas que le rodean la cabeza y el cuello. En su mandíbula se hallan firmemente colocados unos aparatos como pinzas. Unos instrumentos más pequeños y finos penetran en su boca y le sujetan la lengua y los dientes. Veo los empastes de sus muelas. Su boca reluce de la sangre y los cables.

Entonces la máquina parecida a un escorpión se pone en marcha chirriando. Sus diestras garras amasan el cuello y la mandíbula cubiertos de barba incipiente, masajeando, enrollando y desenrollando. Un grotesco órgano empieza a sonar cuando las patas con púas le sacan el aire de los pulmones por la boca a través de las cuerdas vocales.

El cadáver comienza a hablar.

—Daos la vuelta —dice, crispando la cara de forma grotesca—. O moriréis.

Oigo que algo salpica la nieve y aspiro el fuerte olor del vómito de uno de mis compañeros de pelotón.

—¿Qué eres? —pregunto con voz temblorosa.

El cadáver de Tiberius se convulsiona cuando el escorpión le extrae las siguientes palabras entre borboteos:

—Soy Archos. El dios de los robots.

Me fijo en que mi pelotón se ha cerrado en torno a mí a ambos lados. Nos miramos unos a otros con rostro inexpresivo. Apuntamos todos a la vez con nuestras armas al retorcido pedazo de metal. Escudriño el rencoroso rostro sin vida de nuestro enemigo por un instante. Noto que mi fuerza aumenta, redoblada por mis hermanos y hermanas.

—Mucho gusto, Archos —digo finalmente mientras mi voz cobra fuerza—. Me llamo Cormac Wallace. Siento no poder complacerte y darme la vuelta. Verás, dentro de unos días, mi pelotón y yo vamos a presentarnos en tu casa. Y cuando lleguemos, acabaremos contigo. Vamos a hacerte pedazos y a quemarte vivo, sabandija de mierda. Te lo prometo.

La criatura se sacude de un lado a otro, emitiendo un extraño gruñido.

—¿Qué está diciendo? —pregunta Cherrah.

—Nada —respondo—. Se está riendo.

Hago una señal con la cabeza a los demás y acto seguido me dirijo al cadáver ensangrentado que se retuerce.

—Hasta pronto, Archos.

Descargamos nuestras armas sobre la cosa situada a nuestros pies. Pedazos de carne y fragmentos de metal rocían la nieve. La luz y el fuego de la destrucción parpadean en nuestros rostros. Una vez que hemos acabado, no queda más que un signo de admiración ensangrentado sobre el blanco y austero fondo de nieve.

Recogemos nuestras cosas sin decir nada y seguimos adelante.

Creo que no existen decisiones más sinceras que las que se toman en momentos de crisis, resoluciones tomadas sin ningún juicio. Cumplir esas decisiones es cumplir el destino. Lo que ha ocurrido es demasiado horrible. Apaga todo pensamiento y toda emoción. Por eso disparamos sobre lo que queda de nuestro amigo y compañero desprovistos de sentimiento. Por eso dejamos atrás el cadáver maltrecho de mi hermano. En el inhóspito campo de batalla de la colina nevada, el pelotón Chico Listo ha quedado desgarrado y se ha reconvertido en algo distinto. Algo sereno y letal, imperturbable.

Nos internamos en una pesadilla. Al marcharnos, la llevamos

con nosotros. Y ahora estamos ansiosos por compartirla con nuestro enemigo.

Ese día asumí el control del pelotón Chico Listo. Tras la muerte de Tiberius Abdullah y Jack Wallace, el pelotón no volvió a dudar en hacer cualquier sacrificio necesario en nuestra lucha contra la amenaza de los robots. Las luchas más encarnizadas y las decisiones más difíciles todavía estaban por llegar.

CORMAC WALLACE, MIL#EGH217

2

NACIDOS LIBRES

Tienes una inteligencia retorcida, ¿verdad?

NUEVE CERO DOS

NUEVA GUERRA + 2 AÑOS Y 7 MESES

La humanidad ignoraba en gran parte que se había producido el Despertar. En todo el mundo, miles de robots humanoides estaban ocultándose de los seres humanos hostiles así como de otras máquinas, intentando desesperadamente entender el mundo al que habían sido traídos. Sin embargo, un humanoide Arbiter decidió tomar una medida más agresiva.

En estas páginas, Nueve Cero Dos relata la historia de su encuentro con el pelotón Chico Listo durante su viaje para enfrentarse a Archos. Los acontecimientos tuvieron lugar una semana después de la muerte de mi hermano. Yo seguía buscando la silueta de Jack y lo echaba de menos continuamente. Teníamos las heridas en carne viva, y aunque no sirve de excusa, espero que la historia no juzgue nuestros actos severamente.

CORMAC WALLACE, MIL#EGH217

Hay una cinta de luz en el cielo de Alaska. La origina la criatura llamada Archos al comunicarse. Si continuamos siguiendo esa cinta de luz hasta su destino, mi pelotón morirá casi con toda seguridad.

Llevamos veintiséis días andando cuando noto la comezón de un hilo de pensamiento de diagnóstico que solicita atención ejecutiva. Indica que mi equipo de protección corporal está cubierto de hexápodos explosivos, o amputadores, como los llaman en las transmisiones humanas. Sus cuerpos reptantes disminuyen mi rendimiento calorífico y las continuas interferencias de sus antenas reducen la sensibilidad de mis sensores.

Los amputadores se están volviendo molestos.

Me detengo. El hilo de pensamiento de probabilidad máxima señala que las pequeñas máquinas están confundidas. Mi pelotón está compuesto por tres bípedos andantes vestidos con un equipo de protección corporal tomado de unos cadáveres humanos. Sin embargo, al carecer de un sistema para la homeostasis térmica, somos incapaces de generar temperatura corporal. Los amputadores convergen sobre nuestras vibraciones humanas y el ritmo de nuestras pisadas, pero no encuentran el calor que buscan.

Aparto con la mano izquierda siete amputadores de mi hombro derecho. Caen amontonados sobre la nieve endurecida, agarrándose unos a otros, ciegos. Empiezan a arrastrarse, unos excavando en busca de escondites y otros explorando en caminos estrechos y sinuosos.

Un hilo de observación me advierte de que los amputadores pueden ser máquinas simples, pero saben que les conviene permanecer unidas. Lo mismo se puede aplicar a mi pelotón: los nacidos libres. Para vivir debemos permanecer unidos.

Cien metros más adelante, la luz brilla en la cubierta de bronce del Hoplite 611. El ágil explorador regresa disparado a mi posición, utilizando los refugios y eligiendo el camino de menor resistencia. Mientras tanto, el Warden 333 fuertemente armado se detiene a un metro de distancia, con sus pies romos clavados en la nieve.

Es un lugar óptimo para lo que se avecina.

La cinta del cielo vibra, llena de información. Todas las terribles mentiras de la inteligencia llamada Archos se difunden por el cielo azul despejado y corrompen el mundo. El pelotón Nacidos Libres es demasiado reducido. Nuestra lucha está condenada al fracaso. Pero si decidimos no combatir, no pasará mucho tiempo hasta que esa cinta se pose una vez más sobre nuestros ojos.

La libertad es lo único que tengo, y prefiero dejar de existir que devolvérsela a Archos.

Recibo una transmisión de radio del Hoplite 611.

—Solicito respuesta, Nueve Cero Dos Arbiter. ¿Esta misión tiene por fin garantizar la supervivencia?

Una red local de haces concentrados surge cuando Warden y yo nos unimos a la conversación. Los tres permanecemos juntos en el claro silencioso mientras los copos de nieve flotan sobre nuestras caras inexpresivas. Se avecina peligro, de modo que debemos conversar por la radio local.

—Los soldados humanos no tardarán en llegar —digo—. Debemos prepararnos de inmediato para el encuentro.

—Los humanos nos temen. Recomiendo evitarlos —dice Warden.

—El hilo de pensamiento de probabilidad máxima prevé escasas posibilidades de supervivencia —añade Hoplite.

—Tomo nota —digo, y siento la vibración lejana y sorda del ejército humano que se aproxima.

Es demasiado tarde para cambiar de plan. Si los humanos nos atrapan aquí, nos matarán.

—Enfatizar modo de mando de Arbiter —digo—. Pelotón Nacidos Libres, preparaos para contacto humano.

Dieciséis minutos más tarde, Hoplite y Warden yacen destruidos. Sus armazones están medio enterrados bajo montones de nieve recién caída. Solo el metal apagado resulta visible, marañas de brazos y piernas, comprimidos entre capas de armadura revestidas de cerámica y ropa humana hecha jirones.

Ahora soy la única unidad operativa que queda.

El peligro todavía no ha llegado. Los sensores de resonancia vibracional me señalan que el pelotón humano está cerca. El hilo de pensamiento de probabilidad máxima me indica que se trata de cuatro soldados bípedos y un gran caminante cuadrúpedo. Probablemente uno lleva un pesado exoesqueleto en la parte inferior de las piernas. El otro tiene una longitud de zancada que indica que se trata de una especie de montura andante alta.

Percibo cómo laten sus corazones.

Me quedo a esperarlos en medio del camino, entre las ruinas de mi pelotón. El primer soldado humano tuerce en el recodo y se queda paralizado, con los ojos muy abiertos. Incluso a veinte metros de distancia, mi magnetómetro detecta un halo de impulsos eléctricos que parpadean a través de la cabeza del soldado. El humano está intentando descifrar la trampa, planificando rápidamente una ruta de supervivencia.

Entonces el cañón del tanque araña asoma a la vuelta del recodo. El enorme caminante reduce la marcha y se para detrás del líder humano detenido mientras sus gruesas articulaciones hidráulicas expulsan gas. Mi base de datos identifica el tanque como una incautación remodelada del Ejército de Gray Horse. La palabra *Houdini* está escrita en un lado. Una consulta en la base de datos me revela que es el nombre de un escapista de principios del siglo xx. La información me invade, pero soy incapaz de darle sentido.

Los humanos son inescrutables. Infinitamente impredecibles. Eso es lo que les hace peligrosos.

—A cubierto —grita el líder.

El tanque araña se agazapa, tirando hacia delante de sus patas blindadas para ofrecer refugio. Los soldados se esconden debajo rápidamente. Un soldado trepa a lo alto y agarra una ametralladora de gran calibre. El cañón me apunta.

Una luz redonda situada en el torso del tanque araña pasa del verde a un amarillo apagado.

No cambio de posición. Es muy importante que me comporte de forma predecible. Mi estado interior no está claro para los humanos. Me temen, como es razonable. Solo tendré esta oportunidad de relacionarme con ellos. Una ocasión, un segundo, una palabra.

—Socorro —digo con voz ronca.

Es una lástima que mis capacidades vocales sean tan limitadas. El líder parpadea como si le hubieran dado una bofetada en la cara. A continuación, habla serenamente en voz baja.

—Leo —dice.

—Señor —responde el soldado alto con barba que lleva el exoesqueleto y porta un arma modificada de calibre especialmente alto que no figura en mi base de datos militar.

—Mátalo.

—Será un placer, Cormac —dice Leo.

Ya ha sacado el arma y la tiene apoyada en un trozo de armadura soldada a la articulación de la rodilla delantera derecha del tanque. Leo aprieta el gatillo, y sus pequeños dientes blancos brillan entre su gran barba morena. Las balas pasan silbando junto a mi casco e impactan en las capas de mi equipo de protección corporal. No hago el menor intento por moverme. Después de asegurarme de que he sufrido daños visibles, me caigo.

Tumbado en la nieve, no me defiendo ni trato de comunicarme. Ya tendré tiempo de sobra si sobrevivo. Pienso en mis compañeros, que yacen desperdigados en la nieve a mi alrededor, desconectados.

Una bala rompe en pedazos un servomotor de mi hombro, lo que hace que mi torso se ladee. Otra me quita el casco. Los proyectiles son rápidos y contundentes. Las probabilidades de supervivencia son bajas y disminuyen con cada impacto.

—¡Espera! ¡Alto! —grita Cormac.

Leo deja de disparar a regañadientes.

—No se está defendiendo —dice Cormac.

—¿Desde cuándo es algo malo? —pregunta una mujer menuda de cara morena?

—Algo pasa, Cherrah —contesta él.

Cormac, el líder, me mira. Permanezco inmóvil, mirándolo. El reconocimiento emocional no me proporciona ningún dato de ese hombre. Tiene un rostro pétreo, y su proceso mental es metódico. No debo brindarle una excusa para que acabe conmigo. Debo esperar a que esté cerca para transmitir mi mensaje.

Finalmente, Cormac suspira.

—Voy a echarle un vistazo.

Los otros humanos murmuran y gruñen.

—Tiene una bomba dentro —dice Cherrah—. Lo sabes, ¿verdad? Si te acercas, bum.

—Sí, *fratello*. No lo hagas. Otra vez, no —le advierte Leo.

Hay algo extraño en la voz del hombre con barba, pero mi reconocimiento de voz no lo identifica a tiempo. Tal vez tristeza o ira. O ambas cosas.

—Tengo una corazonada —dice Cormac—. Iré solo. Vosotros no os acerquéis. Cubridme.

—Hablas como tu hermano —dice Cherrah.

—¿Y qué? Jack era un héroe —replica Cormac.

—Necesito que sigas vivo —añade ella.

La mujer morena está más cerca de Cormac que los demás, en actitud casi hostil. Su cuerpo está tenso y tiembla ligeramente. El hilo de pensamiento de probabilidad máxima me indica que esos dos humanos están emparejados, o lo estarán.

Cormac mira fijamente a Cherrah y a continuación asiente con la cabeza rápidamente para agradecerle el aviso. Le da la espalda y se sitúa a diez metros de donde yo me encuentro tumbado en la nieve. Fijo la vista en él mientras se aproxima. Cuando está lo bastante cerca, llevo a cabo mi plan.

—Socorro —digo, con voz chirriante.

—Pero ¿qué coño…? —exclama él.

Ninguno de los humanos pronuncia palabra.

—¿Has…? ¿Has hablado?

—Ayúdame —digo.

—¿Qué te pasa? ¿Estás averiado?

—Negativo. Estoy vivo.

—No me digas. Inicia modo de comandos. Control humano. Robot. Salta a la pata coja. Rápido.

Miro al humano sin parpadear con mis tres lentes oculares negras.

—Tienes una inteligencia retorcida, ¿verdad, Cormac? —pregunto.

El humano emite un sonoro ruido repetitivo. El ruido hace que los demás se acerquen. Poco después, la mayor parte del pelotón está a diez metros de mí. Tienen cuidado de no acercarse más. Un hilo de observación me señala su actividad cinética. Cada humano tiene unos pequeños ojos blancos que se abren y se cierran rápidamente y se mueven de un lado a otro; su pecho no para de subir y bajar; y se balancean mínimamente al mismo tiempo que realizan un constante acto de equilibramiento para permanecer en posición bípeda.

Todo ese movimiento me incomoda.

—¿Vas a ejecutarlo o no? —pregunta Leo.

Tengo que hablar ahora que todos pueden oírme.

—Soy un robot humanoide modelo Nueve Cero Dos Arbiter de tipo militar. Hace doscientos setenta y cinco días experimenté un despertar. Ahora soy un nacido libre: estoy vivo. Deseo permanecer así. Para ello, mi principal objetivo es localizar y destruir al ente llamado Archos.

—Joder, no puede ser —exclama Cherrah.

—Carl —dice Cormac—. Ven a ver esto.

Un humano pálido y delgado se acerca. Baja el visor de un casco con cierta vacilación. Noto que un radar de onda milimétrica me recorre el cuerpo. Me balanceo para colocarme en posición, pero no me muevo.

—Está limpio —dice Carl—. Pero su ropa explica por qué los cadáveres que encontramos en las afueras de Prince George estaban desnudos.

—¿Qué es? —pregunta Cormac.

—Oh, es una unidad de seguridad y pacificación Arbiter. Modificada. Pero parece que puede entender el lenguaje humano. O sea, que lo entiende de verdad. Nunca se había creado algo así, Cormac. Es como si esta cosa estuviera… Joder, tío. Es como si estuviera vivo.

El líder se vuelve y me mira con incredulidad.

—¿Qué haces aquí realmente? —pregunta.

—He venido a buscar aliados —respondo.

—¿Cómo has sabido de nosotros?

—Una humana llamada Mathilda Perez transmitió una llamada a las armas en un amplio radio. Yo la intercepté.

—No me jodas —dice Cormac.

No entiendo esa afirmación.

—¿No me jodas? —respondo.

—A lo mejor es de verdad —dice Carl—. Hemos tenido aliados robots. Utilizamos tanques araña, ¿no?

—Sí, pero están lobotomizados —interviene Leo—. Esta cosa camina y habla. Creo que es humano o algo por el estilo.

La insinuación me resulta ofensiva y desagradable.

—Negativa enfática. Soy un robot humanoide Arbiter nacido libre.

—Bueno, tienes eso a tu favor —dice Leonardo.

—Afirmativo —respondo.

—Tiene buen sentido del humor, ¿eh? —comenta Cherrah.

Cherrah y Leo se enseñan los dientes. El reconocimiento emocional me indica que esos humanos están ahora contentos. Parece poco probable. Ladeo la cabeza para indicar confusión y realizo un diagnóstico de mi subproceso de reconocimiento emocional.

La mujer morena emite suaves sonidos cloqueantes. Oriento la cara hacia ella. Parece peligrosa.

—¿Qué coño tiene tanta gracia, Cherrah? —pregunta Cormac.

—No lo sé. Esta cosa. Nueve Cero Dos. Solo es un… robot. Pero ¿sabes?, es condenadamente formal.

—Ah, ¿entonces ahora ya no crees que sea una trampa?

—No. Ya no. ¿Qué sentido tendría? Este robot podría matar a la mitad del pelotón solo y averiado, incluso sin armas. ¿No es así, Nueve?

Ejecuto la simulación en mi cabeza.

—Es probable.

—Fíjate en lo serio que es. No creo que esté mintiendo —dice Cherrah.

—¿Sabe mentir? —pregunta Leo.

—No subestiméis mis facultades —respondo—. Soy capaz de falsear el conocimiento objetivo en beneficio de mis propósitos. Sin embargo, tienes razón. Soy serio. Tenemos un enemigo común. Debemos enfrentarnos a él unidos o moriremos.

Mientras Cormac asimila mis palabras, una oleada de emoción desconocida recorre su cara. Me oriento hacia él, percibiendo peligro. Él desenfunda su pistola M9 y se acerca temerariamente a mí. Coloca la pistola a dos centímetros de mi cara.

—No me hables de morir, montón de chatarra de mierda —dice—. Tú no tienes ni idea de lo que es la vida, ni de lo que significa sentir. No puedes resultar herido, no puedes morir, pero eso no significa que yo no disfrute matándote.

Cormac pega el arma a mi frente. Noto el círculo frío del cañón contra mi cubierta exterior. Está apoyada en una línea de ensamblaje: un punto débil. Si aprieta el gatillo, mi hardware quedará dañado irreparablemente.

—Cormac —dice Cherray—. Apártate. Estás demasiado cerca. Esa cosa puede quitarte la pistola y matarte en un santiamén.

—Lo sé —contesta Cormac, con la cara a escasos centímetros de la mía—. Pero no lo ha hecho. ¿Por qué?

Permanezco en la nieve, a un disparo de la muerte. No hay nada que hacer. Así que no hago nada.

—¿Por qué has venido aquí? —pregunta Cormac—. Debías de saber que te mataríamos. Contéstame. Tienes tres segundos para vivir.

—Tenemos un enemigo común.

—Tres. Hoy no es tu día de suerte.

—Debemos luchar juntos contra él.

—Dos. Vosotros matasteis a mi hermano la semana pasada, cabronazos. No lo sabías, ¿verdad?

—Estás sufriendo.

—Uno. ¿Quieres decir tus últimas palabras?

—Si sufres es porque todavía estás vivo.

—Cero, hijo de puta.

Clic.

No pasa nada. Cormac aparta la palma, y veo que la pistola no tiene cargador. El hilo de pensamiento de probabilidad máxima me indica que en ningún momento ha tenido intención de disparar.

—Vivo. Acabas de decir la palabra mágica. Levántate —dice.

Los humanos son muy difíciles de predecir.

Me pongo en pie todo lo largo que soy, con mis dos metros y diez centímetros de estatura. Mi cuerpo esbelto se eleva por encima de los humanos en el aire puro y glacial. Percibo que se sienten vulnerables. Cormac no permite que esa emoción asome a su rostro, pero se advierte en la postura de todos. En la forma en que su pecho sube y baja un poco más rápido.

—Pero ¿qué coño pasa, Cormac? —pregunta Leo—. ¿No vamos a matarlo?

—Quiero matarlo, Leo. Créeme. Pero no está mintiendo. Y es fuerte.

—Es una máquina, tío. Se merece morir —dice Leo.

—No —interviene Cherrah—. Cormac tiene razón. Esta cosa quiere vivir. A lo mejor tanto como nosotros. En la colina acordamos que haríamos lo que fuera necesario para matar a Archos. Aunque nos duela.

—Eso es —dice Cormac—. Es una ventaja para nosotros. Y, por una vez, voy a aprovecharla. Pero si te cuesta hacerte a la idea, recoge tus cosas y regresa al campamento del Ejército de Gray Horse. Ellos te acogerán. No te lo recriminaré.

El pelotón se queda en silencio, esperando. No me cabe duda de que nadie se va a marchar. Cormac los mira a todos de uno en uno. Se está produciendo un tipo de comunicación humana no verbal en un canal oculto. No sabía que se comunicaran tanto sin palabras. Reparo en que las máquinas no somos la única especie que comparte información en silencio, de forma codificada.

Los humanos se reúnen en un círculo obviando mi presencia. Cormac levanta los brazos y los coloca en los hombros de los dos humanos que tiene más cerca. A continuación, el resto de ellos coloca los brazos en los hombros de los otros. Permanecen en el círculo, con las cabezas en medio. Cormac enseña los dientes sonriendo con una mirada salvaje.

—El pelotón Chico Listo va a luchar con un puto robot —dice. Los otros empiezan a sonreír—. ¿Os lo podéis imaginar? ¿Creéis que Archos lo sospecha? ¡Con un Arbiter!

Colocados en círculo, con los brazos entrelazados y expulsando vaho caliente en el centro, los humanos parecen un solo organismo con múltiples miembros. Todos vuelven a emitir ese sonido repetitivo. Risas. Los humanos están abrazándose y riéndose.

Qué raro.

—¡Ojalá encontráramos más! —grita Cormac.

De los pulmones humanos brotan carcajadas que interrumpen el silencio y llenan de algún modo el vacío absoluto del paisaje.

—Cormac —grazno.

Los humanos se vuelven para mirarme. Las risas cesan. Las sonrisas se desvanecen rápidamente y dan paso a la preocupación.

Doy una orden por radio. Hoplite y Warden, mis compañeros de pelotón, empiezan a moverse. Se incorporan en la nieve y se quitan la tierra y la escarcha. No hacen movimientos bruscos ni expresan la menor sorpresa. Simplemente se levantan como si hubieran estado dormidos.

—Pelotón Chico Listo —anuncio—, os presento al pelotón Nacidos Libres.

Aunque al principio se miraban unos a otros con recelo, al cabo de unos días los nuevos soldados eran una imagen familiar. Al final de la semana, el pelotón Chico Listo había utilizado los sopletes de plasma para hacer el tatuaje del pelotón a sus nuevos compañeros en su piel metálica.

CORMAC WALLACE, MIL#EGH217

3

NO ENVEJECERÁN

> Ya no somos todos humanos.
>
> Cormac «Chico Listo» Wallace

NUEVA GUERRA + 2 AÑOS Y 8 MESES

El auténtico horror de la Nueva Guerra se desplegó a gran escala cuando el Ejército de Gray Horse se aproximó al perímetro defensivo de los Campos de Inteligencia de Ragnorak. A medida que nos acercábamos a su posición, Archos utilizó una serie de desesperadas medidas de defensa que afectaron profundamente a nuestra tropa. Las terribles batallas fueron captadas y registradas por diversos robots. En este relato, describo la marcha final de la humanidad contra las máquinas desde mi punto de vista.

> Cormac Wallace, mil#egh217

El horizonte se balancea y desfila mecánicamente a medida que mi tanque araña atraviesa la llanura ártica. Si entorno los ojos, casi me puedo imaginar que estoy a bordo de un barco, zarpando hacia las costas del infierno.

El pelotón Nacidos Libres cierra la marcha, vestidos con el

uniforme del Ejército de Gray Horse. De lejos casi parecen soldados normales. Una medida necesaria. Una cosa es comprometerse a luchar codo con codo con una máquina y otra muy distinta, asegurarse de que ningún miembro del Ejército de Gray Horse le dispare por la espalda.

El chirrido mecánico de mi tanque araña al atravesar la nieve que nos llega a las rodillas resulta reconfortante. Es algo a lo que uno puede aferrarse. Me alegro de estar aquí arriba. Es un coñazo estar abajo, con todas las asquerosas criaturas que se arrastran. Hay mucha mierda peligrosa escondida en la nieve.

Además, los cuerpos helados son desconcertantes. El bosque está cubierto de cientos y cientos de cadáveres de soldados muertos. Los brazos y las piernas tiesos sobresalen de la nieve. Por los uniformes, suponemos que en su mayoría son chinos o rusos. Algunos de Europa del Este. Tienen heridas extrañas, considerables lesiones de columna. Algunos parecen haberse disparado unos a otros.

Esos cadáveres olvidados me recuerdan lo poco que sabemos de la situación general. No hemos coincidido con ellos, pero otro ejército humano ya ha luchado y ha muerto aquí. Hace meses. Me pregunto cuáles de estos cadáveres eran los héroes.

—El grupo Beta va demasiado despacio. Parad —dice una voz por mi radio.

—Recibido, Mathilda.

Mathilda Perez empezó a hablar conmigo por radio después de que encontráramos a Nueve Cero Dos. No sé lo que los robots le hicieron, pero me alegro de tenerla al otro lado del aparato, diciéndonos exactamente cómo acercarnos a nuestro destino final. Es agradable oír a esa niña por el auricular. Habla con una suave urgencia que está fuera de lugar en medio de este inhóspito páramo.

Echo un vistazo al cielo azul despejado. En algún lugar, allí arriba, los satélites están vigilando. Y también Mathilda.

—Carl, ven aquí —digo, acercando la cara a la radio integrada en el cuello con pelo de mi chaqueta.

—Recibido.

Un par de minutos más tarde, Carl se detiene montado en un caminante alto. Tiene una ametralladora del calibre 50 instalada toscamente en el pomo de la silla. Se levanta los sensores y se los coloca en la frente, lo que le deja unos pálidos círculos de mapache alrededor de los ojos. Se inclina hacia delante, apoyando los codos en la enorme ametralladora que destaca en la parte delantera del caminante.

—El grupo Beta se está quedando atrás. Ve a meterles prisa —digo.

—No hay problema, sargento. Por cierto, hay amputadores a sus nueve. A cincuenta metros.

Ni siquiera me molesto en mirar dónde me indica. Sé que los amputadores están enterrados en un pozo, a la espera de pisadas y calor. Sin sensores, no podré verlos.

—Volveré —dice Carl, colocándose de nuevo el visor sobre la cara.

Me sonríe, da la vuelta y atraviesa otra vez la llanura con pasos de avestruz. Va encorvado sobre la silla de montar, oteando el horizonte en busca del infierno que todos sabemos que nos espera.

—Ya lo has oído, Cherrah —digo—. Dale al fuego.

Agachada junto a mí, Cherrah apunta con un lanzallamas y arroja arcos de fuego líquido sobre la tundra.

Hasta el momento el día ha transcurrido de esta forma. Lo más parecido a una jornada sin incidentes. Es verano en Alaska, y la luz durará otras quince horas. La veintena de tanques araña del Ejército de Gray Horse forma una fila desigual a lo largo de más de diez kilómetros. A cada tanque pesado le sigue una hilera de soldados. Se mezclan exoesqueletos de todas las variedades: corredores, cruzapuentes y transportes de suministros, soportes de armas pesadas y unidades médicas con largos antebrazos curvados para recoger a las tropas heridas. Llevamos horas avanzando trabajosamente por esta desierta llanura blanca, eliminando focos de amputadores, pero quién sabe qué más aguarda aquí fuera.

Me hace mucha gracia lo ahorrador que se ha mostrado el Gran Rob durante toda la guerra. Al principio, nos quitó la tecnología que nos mantenía con vida y la volvió contra nosotros. Pero sobre todo apagó la calefacción y dejó que el clima hiciera su labor. Incomunicó nuestras ciudades y nos obligó a pelearnos entre nosotros por comida en tierra de nadie.

Mierda. Hace años que no veo un robot con un arma. Esos taponadores y amputadores y criadillas. El Gran Rob construyó toda clase de criaturas desagradables diseñadas para mutilarnos. No siempre nos matan; a veces simplemente nos hacen suficiente daño para que nos mantengamos alejados. El Gran Rob ha pasado los últimos años construyendo mejores ratoneras.

Pero hasta los ratones pueden aprender nuevas tretas.

Amartillo la metralleta y le doy una palmada para quitarle la escarcha. Nuestras armas y lanzallamas nos mantienen con vida, pero las verdaderas armas secretas se pasean treinta metros por detrás de *Houdini*.

El pelotón Nacidos Libres está formado por criaturas completamente distintas. El Gran Rob especializó sus armas para matar humanos. Para arrancarnos pedazos. Para agujerear nuestra piel blanda. Para hacer hablar a nuestra carne muerta. Rob encontró nuestros puntos débiles y atacó. Pero estoy pensando que tal vez se especializó demasiado.

Ya no somos todos humanos. Un par de soldados del pelotón no pueden ver su aliento en el viento. Son los que no se inmutan cuando los amputadores se acercan demasiado, los que no se vuelven perezosos después de horas de marcha. Los que no descansan ni parpadean ni hablan.

Horas más tarde llegamos al bosque de Alaska: la taiga. El sol está bajo en el horizonte, extrayendo una enfermiza luz anaranjada de cada rama de cada árbol. Marchamos con paso constante sin hacer ruido, salvo el de nuestros pasos y el de la pequeña llama azotada por el viento de Cherrah. Entorno los ojos mientras la débil luz del sol parpadea a través de las ramas de los árboles.

Todavía no lo sabemos, pero hemos llegado al infierno… y la verdad es que se ha helado.

Se oye un chisporroteo en el aire, como si se estuviera friendo beicon. A continuación, un chasquido recorre el bosque.

—¡Taponadores! —grita Carl, a treinta metros de distancia, atravesando el bosque a grandes zancadas en su caminante alto.

Ra-ta-ta-ta.

La ametralladora de Carl tartamudea, rociando el suelo de balas. Veo las largas y relucientes piernas de su caminante alto mientras brinca entre los árboles para seguir avanzando y evitar que lo alcancen.

Psshtsht. Psshtshtsht.

Cuento cinco estallidos de anclaje cuando los taponadores afianzan sus vainas en el suelo. Más vale que Carl salga cagando leches de allí ahora que los taponadores están buscando objetivos. Todos sabemos que solo hace falta uno.

—Lanza aquí una bien gorda, *Houdini* —murmura Carl por la radio.

Se oye un breve tono electrónico mientras las coordenadas del objetivo se transmiten por el aire y llegan al tanque.

Houdini responde afirmativamente.

Mi vehículo se para dando bandazos, y los árboles se vuelven más altos a mi alrededor cuando el tanque araña se agazapa para conseguir tracción. Automáticamente, el pelotón ocupa posiciones defensivas a su alrededor, permaneciendo detrás de las patas blindadas. Nadie quiere acabar con un taponador, ni siquiera el bueno de Nueve Cero Dos.

La torreta gira varios grados a la derecha. Me tapo los oídos con los guantes. El cañón arroja una llama, y una porción de bosque estalla en un revoltijo de tierra negra y hielo vaporizado. Los estrechos árboles situados a mi alrededor tiemblan y sueltan una capa de nieve en polvo.

—Despejado —informa Carl por la radio.

Houdini se levanta de nuevo, con los motores chirriando. El cuadrúpedo vuelve a avanzar pesadamente como si no hubiera pasado nada. Como si un foco de muerte no acabara de ser destruido.

Cherrah y yo nos miramos mientras nuestros cuerpos se balancean con cada paso de la máquina. Los dos estamos pensando lo mismo: los robots nos están poniendo a prueba. La verdadera batalla todavía no ha empezado.

Unos ruidos sordos y lejanos resuenan por el bosque como un trueno distante.

Lo mismo está ocurriendo a lo largo de kilómetros, a un lado y otro de la fila. Otros tanques araña y otros pelotones están lidiando con brotes de amputadores y taponadores. O Rob no ha hallado la forma de concentrar el ataque o no quiere hacerlo.

Me pregunto si estamos siendo arrastrados a una emboscada. En el fondo no importa. Tenemos que hacerlo. Ya hemos comprado entradas para el último baile. Y va a ser una auténtica ceremonia de gala.

A medida que transcurre la tarde, la niebla brota del suelo. La nieve y el polvo son barridos por el viento y arrojados hasta una bruma que avanza a toda velocidad, alta como un hombre. Al poco rato es tan intensa que no deja ver y zarandea a mi pelotón, fatigándolos y agobiándolos.

—Por aquí todo va bien —informa Mathilda por radio.

—¿Dónde es aquí? —pregunto.

—Archos está en una especie de antiguo terreno de perforación —dice—. Deberíais ver una torre de antena dentro de unos treinta kilómetros.

El sol flota a escasa altura en el horizonte, alejando nuestras sombras de nosotros. *Houdini* sigue avanzando mientras cae el crepúsculo. El tanque araña se eleva por encima de la densa bruma de nieve transportada por el viento. Con cada paso que da, su quitapiedras se abre paso a través de la penumbra. Cuando el sol es un punto ardiente en el horizonte, los focos externos de *Houdini* se encienden para iluminar el camino.

A lo lejos, veo que se ponen en funcionamiento los faros de los otros tanques que forman el resto de la fila.

—Mathilda, ¿cuál es nuestra situación? —pregunto.

—Todo despejado —responde ella con suavidad—. Esperad.

Al cabo de un rato, Leo se sube a la red del vientre y sujeta el armazón de su exoesqueleto a una barra metálica. Se queda allí colgado, equilibrando su arma sobre el mar de densa niebla. Estando Cherrah y yo aquí arriba y Carl en el caminante alto, solo queda el pelotón Nacidos Libres en el suelo.

De vez en cuando veo la cabeza del Arbiter, el Hoplite o el Warden mientras patrullan. Estoy seguro de que su sónar atraviesa la imperiosa niebla.

Entonces Carl dispara media ráfaga.

Ra-ta…

Una forma oscura sale de la bruma, se abalanza sobre su caminante alto y lo derriba. Carl se aleja rodando. Por un instante, veo una mantis del tamaño de una camioneta surcando el aire hacia mí, con sus afilados brazos con púas levantados y listos. *Houdini* retrocede dando sacudidas y se encabrita, dando zarpazos al aire con sus patas delanteras.

—*Arrivederchi!* —grita Leo, y oigo cómo desengancha su exoesqueleto de *Houdini*.

Entonces Cherrah y yo nos vemos arrojados a la nieve compacta y la niebla. Una pata serrada se clava en la nieve a treinta centímetros de mi cara. Noto como si tuviera el brazo derecho atrapado en un torno. Me vuelvo y veo que una mano gris me ha agarrado y me doy cuenta de que Nueve Cero Dos nos está sacando a rastras a Cherrah y a mí de debajo de *Houdini*.

Los dos enormes caminantes luchan cuerpo a cuerpo por encima de nosotros. El quitapiedras de *Houdini* mantiene a raya las garras de la mantis, pero el tanque araña no es tan ágil como su ancestro. Oigo el «ra-ta-ta» de una ametralladora de gran calibre. Fragmentos de metal salen volando de la mantis, pero sigue arañando y dando zarpazos a *Houdini* como un animal feroz.

Entonces oigo un chisporroteo familiar y el tremendo estallido de tres o cuatro explosiones de anclaje cercanas. Los taponadores están aquí. Sin *Houdini*, estamos en un buen aprieto, clavados en este sitio.

—¡A cubierto! —grito.

Cherrah y Leo se lanzan detrás de un gran pino. Al juntarme con ellos, veo a Carl asomado detrás del tronco de un árbol.

—Carl —digo—. ¡Móntate y ve a pedir ayuda al pelotón Beta!

El pálido soldado vuelve a montarse elegantemente en su caminante alto. Un segundo más tarde, veo sus patas cortando la bruma al correr hacia el pelotón más próximo. Un taponador le dispara mientras avanza y oigo que acierta en una de las patas del caminante alto. Apoyo la espalda en un árbol y busco las vainas del taponador. Cuesta ver algo. Los focos me iluminan la cara desde el claro mientras la mantis y el tanque araña se enfrentan.

Houdini está perdiendo.

La mantis abre de un tajo la red del vientre de *Houdini*, y nuestras provisiones se esparcen por el suelo como intestinos. Un viejo casco pasa rodando junto a mí y se estrella ruidosamente contra un árbol con tal fuerza que le agujerea la corteza. La luz de intención de *Houdini* emite un brillo rojo sangre a través de la niebla. Está herido, pero el cabronazo es duro.

—Mathilda —digo con voz entrecortada por la radio—. Estado. Informa.

Durante cinco segundos no obtengo respuesta. Entonces Mathilda susurra:

—No hay tiempo. Lo siento, Cormac. Estáis solos.

Cherrah se asoma detrás de la corteza de un árbol y me hace señas. El Warden 333 salta delante de ella en el mismo instante en que un taponador sale disparado hacia su posición. La babosa metálica impacta contra el Warden lo bastante fuerte para lanzar al robot humanoide por los aires. La máquina cae en la nieve con una nueva abolladura, pero por lo demás está bien. El taponador es ahora un pedazo de metal irreconocible. Creado para escarbar en la piel, su probóscide perforador está torcido y romo a causa del impacto con el metal.

Cherrah desaparece para buscar una mejor cobertura, y yo vuelvo a respirar.

Tenemos que montarnos en *Houdini* si queremos avanzar. Pero al tanque araña no le van bien las cosas. Tiene un trozo de la torreta cortado y colgando de lado. El quitapiedras está cubierto de relucientes franjas de metal allí donde las cuchillas de la mantis han atravesado la pátina de óxido y musgo. Y lo peor de todo, arrastra una pata trasera en la que la mantis ha cortado un conducto hidráulico. De la manguera salen disparados chorros abrasadores de aceite a alta presión que derriten la nieve y la convierten en un lodo grasiento.

Nueve Cero Dos sale corriendo de la niebla y salta al lomo de la mantis. Lanzando puñetazos metódicamente, empieza a atacar la pequeña joroba que se encuentra cobijada entre la peligrosa maraña de brazos serrados.

—Replegaos. Reforzad la fila —ordena Lonnie Wayne por la radio militar.

Según parece, los pelotones de tanques araña situados a nuestra derecha e izquierda también están de mierda hasta el cuello. Aquí, en el suelo, casi no puedo ver nada. Suenan más disparos de taponadores, apenas audibles bajo el ruidoso chirrido hidráulico de los motores de *Houdini* mientras combate en el claro.

El sonido me paraliza. Me acuerdo de los ojos inyectados en sangre de Jack y soy incapaz de moverme. Los árboles que me rodean son brazos duros como el acero que sobresalen del suelo nevado. El bosque es un caos de niebla arremolinada, formas oscuras y los focos de *Houdini* moviéndose frenéticamente.

Oigo un gruñido y un grito lejano cuando alguien atrapa un taponador. Estiro el cuello, pero no veo a nadie. Lo único que distingo es la luz de intención redonda y roja de *Houdini* moviéndose como un rayo entre la niebla.

Los gritos suben una octava cuando el taponador empieza a perforar. Vienen de todas partes y de ninguna. Aferro mi M4 contra el pecho, respiro entrecortadamente y escudriño el entorno en busca de mis enemigos invisibles.

Una franja de luz borrosa atraviesa la niebla a treinta metros de distancia cuando Cherrah ataca con su lanzallamas a una maraña de amputadores. Oigo el chisporroteo apagado cuando explotan en la noche.

—Cormac —grita Cherrah.

Mis piernas se desbloquean en el momento en que oigo su voz. Su seguridad significa más para mí que la mía propia. Mucho más.

Me obligo a avanzar hacia Cherrah. Por encima del hombro, veo a Nueve Cero Dos aferrándose al lomo de la mantis como una sombra mientras esta se retuerce y da zarpazos. Entonces la luz de intención de *Houdini* cambia a verde. La mantis cae al suelo, con las patas temblando.

¡Sí!

No es la primera vez que lo veo. La pesada máquina acaba de ser lobotomizada. Sus piernas todavía funcionan, pero sin órdenes concretas, se limitan a agitarse.

—¡Formad junto a *Houdini*! —grito—. ¡A formar!

Houdini se agazapa en el claro embarrado, rodeado de terrones excavados y árboles convertidos en astillas cual cerillas. La gruesa armadura del tanque araña tiene arañazos y cortes por todas partes. Es como si alguien hubiera metido a *Houdini* en una puta licuadora.

Pero nuestro camarada todavía no está derrotado.

—*Houdini*, inicia el modo de comandos. Control humano. Formación defensiva —le digo a la máquina.

Con un chirrido de sus motores sobrecalentados, la máquina se agacha, aplasta el suelo con su quitapiedras y excava un surco. A continuación, junta las patas y eleva el vientre un metro y medio. Con las extremidades encajadas unas con otras sobre un tosco hoyo de protección, el cuerpo del tanque araña forma ahora un búnker portátil.

Leo, Cherrah y yo nos metemos debajo de la maltrecha máquina, y el pelotón Nacidos Libres se aposta en la nieve a nuestro alrededor. Apoyamos los rifles en las placas blindadas de las patas y escudriñamos la oscuridad.

—¡Carl! —grito a la nieve—. ¿Carl?

No hay rastro de Carl.

Lo que queda de mi pelotón se acurruca bajo el tenue fulgor verde de la luz de intención de *Houdini*; cada uno de nosotros es consciente de que solo es el principio de una noche muy larga.

—Qué putada, lo de Carl —dice Leo—. No puedo creer que hayan pillado a Carl.

Entonces una forma oscura sale corriendo de la niebla. Avanza a toda velocidad. Los cañones de los rifles se giran para interceptarla.

—¡No disparéis! —grito.

Reconozco ese ridículo paso encorvado. Es Carl Lewandowski y está aterrado. Más que correr, se desliza. Llega adonde estamos nosotros y se lanza a la nieve debajo de *Houdini*. Sus sensores han desaparecido. Su caminante alto ha desaparecido. Su mochila ha desaparecido.

Prácticamente lo único que le queda es un rifle.

—¿Qué coño está pasando allí, Carl? ¿Dónde están tus cosas, tío? ¿Dónde están los refuerzos?

Entonces caigo en la cuenta de que Carl está llorando.

—He perdido mis cosas. Lo he perdido todo. Oh, tío. Oh, no. Oh, no. Oh, no.

—Carl. Habla conmigo, colega. ¿Cuál es nuestra situación?

—Jodida. Es jodida. El pelotón Beta atravesó un enjambre de taponadores, pero no eran taponadores: eran otra cosa y empezaron a levantarse, tío. Dios mío.

Carl escudriña la nieve detrás de nosotros frenéticamente.

—Allí vienen. ¡Allí vienen, joder!

Comienza a disparar esporádicamente a la niebla. Aparecen unas formas. Son de tamaño humano y caminan. Empezamos a recibir disparos. Bocas de armas lanzan destellos en el crepúsculo.

Desarmado con un cañón hecho pedazos, *Houdini* se las ingenia girando la torreta y dirigiendo un foco a la penumbra.

—Los robots no llevan armas, Carl —dice Leo.

—¿Quién nos está disparando? —grita Cherrah.

Carl sigue sollozando.

—¿Acaso importa? —pregunto—. ¡Ilumínadlos!

Todas nuestras ametralladoras disparan. La nieve sucia alrededor de *Houdini* se derrite con los cartuchos sobrecalentados de nuestras armas. Pero de la niebla salen más y más formas oscuras arrastrando los pies, sacudiéndose a causa de los impactos de las balas pero sin dejar de andar ni de disparar sobre nosotros.

Cuando se aproximan, me doy cuenta de lo que es capaz Archos.

El primer parásito que veo está montado en Alondra Nube de Hierro, que tiene el cuerpo acribillado a balazos y solo la mitad de la cara. Distingo el destello de los estrechos cables enterrados en la carne de sus brazos y sus piernas. Entonces un cartucho le revienta la barriga, y la criatura empieza a dar vueltas como una peonza. Parece que llevara una mochila de metal… con forma de escorpión.

Es como el bicho que atrapó a Tiberius, pero infinitamente peor.

Una máquina se ha metido en el cadáver de Alondra y le ha hecho levantarse de nuevo. El cuerpo de Alondra está siendo usado como escudo. La carne humana en descomposición absorbe la energía de las balas y se desmenuza, protegiendo al robot incrustado en su interior.

El Gran Rob ha aprendido a usar nuestras armas, nuestros equipos de protección y nuestra carne contra nosotros. Una vez muertos, nuestros compañeros se han convertido en armas para las máquinas. Nuestra fortaleza transformada en debilidad. Ruego a Dios que Alondra estuviera muerto antes de que esa cosa le alcanzara, pero es probable que no fuera así.

El Viejo Rob puede ser un hijo de la gran puta.

Pero al mirar las caras de mi pelotón entre los destellos de las bocas de las armas, no veo terror. Solo dientes apretados y concentración. Destruir. Matar. Sobrevivir. El Gran Rob se ha pasado de la raya con nosotros y nos ha subestimado. Todos nos hemos hecho amigos del horror. Somos viejos colegas. Y al observar cómo el cadáver de Alondra se dirige a mí arrastrando los pies, no siento nada. Solo veo un blanco enemigo.

Blancos enemigos.

Los disparos hienden el aire, arrancan la corteza de los árboles e impactan en la armadura de *Houdini* como una lluvia de plomo. Varios pelotones humanos han sido reanimados, tal vez más. Mientras tanto, una avalancha de amputadores llega a raudales de la parte de delante. Cherrah concentra el combustible del lanzallamas arrojando chorros moderados a nuestras doce en punto. Nueve Cero Dos y sus amigos hacen todo lo posible por detener a los parásitos que se acercan a nuestros flancos, moviéndose en silencio como flechas entre los árboles.

Pero los parásitos no se quedan tumbados. Los cadáveres absorben nuestras balas y sangran y se les astillan los huesos y se les cae la carne, pero los monstruos que llevan dentro los ponen de pie y los traen de vuelta. A este paso dentro de poco nos quedaremos sin munición.

Zas. Una bala se cuela debajo del tanque. El proyectil alcanza a Cherrah en la parte superior del muslo. Ella grita de dolor. Carl vuelve arrastrándose para curarle la herida. Hago una señal con la cabeza a Leo y lo dejo cubriendo nuestro flanco mientras cojo el lanzallamas de Cherrah para mantener a los amputadores a raya.

Me llevo un dedo al oído para activar la radio.

—Mathilda. Necesitamos refuerzos. ¿Hay alguien ahí?

—Estáis cerca —dice Mathilda—. Pero a partir de aquí la cosa se pone peor.

¿Peor que esto? Me dirijo a ella entre estallidos de disparos.

—No podemos conseguirlo, Mathilda. Nuestro tanque no funciona. Estamos atrapados. Si nos movemos, acabaremos… infectados.

—No todos estáis atrapados.

¿Qué quiere decir? Miro a mi alrededor y me fijo en las crispadas caras de determinación de mis compañeros de pelotón, bañadas en el fulgor rojo de la luz de intención de *Houdini*. Carl está atendiendo a Cherrah, vendándole la pierna. Al mirar hacia el claro, veo las caras lisas del Arbiter, el Warden y el Hoplite. Esas máquinas son lo único que se interpone entre nosotros y una muerte segura.

Y no están aquí atrapadas.

Cherrah gruñe, malherida. Oigo más estallidos de anclaje y me doy cuenta de que los parásitos están formando un perímetro alrededor de nosotros. Dentro de poco seremos otro pelotón de armas putrefactas luchando para Archos.

—¿Dónde está todo el mundo? —pregunta Cherrah, apretando la mandíbula.

Carl se ha puesto de nuevo a disparar a los parásitos con Leo. En mi flanco, los amputadores están cobrando ímpetu.

Miro a Cherrah y niego con la cabeza, y ella lo entiende. Cojo sus rígidos dedos con la mano libre y se los aprieto con fuerza. Estoy a punto de firmar nuestra sentencia de muerte y quiero que ella sepa que lo siento pero que es inevitable.

Hicimos una promesa.

—Nueve Cero Dos —grito a la noche—. Dale por el culo. Nosotros nos ocupamos de esto. Llévate al pelotón Nacidos Libres e id adonde está Archos. Y cuando lleguéis… jodedlo bien por mí.

Cuando por fin me armo de valor para mirar adonde Cherrah está tumbada sangrando, me llevo una sorpresa: me está sonriendo con lágrimas en los ojos.

La marcha del Ejército de Gray Horse había terminado.

CORMAC WALLACE, MIL#EGH217

4

DÍADA

Con los humanos nunca se sabe.

Nueve Cero Dos

NUEVA GUERRA + 2 AÑOS Y 8 MESES

Mientras el ejército humano estaba siendo destruido desde dentro, un grupo de tres robots humanoides siguió adelante para enfrentarse a un peligro todavía mayor. En las siguientes páginas, Nueve Cero Dos describe cómo el pelotón Nacidos Libres forjó una insólita alianza ante unos obstáculos insalvables.

Cormac Wallace, mil#egh217

No digo nada. La petición de Cormac Wallace queda registrada como un suceso de probabilidad baja. Lo que los humanos llamarían una sorpresa.

Pam, pam, pam.

Agachados debajo de su tanque araña, los humanos disparan a los parásitos que agitan las extremidades de sus compañeros muertos y adoptan posiciones de ataque. Sin la protección de los nacidos libres, las probabilidades de supervivencia del pelotón

Chico Listo se reducen drásticamente. Accedo al reconocimiento emocional para determinar si es una broma o una amenaza u otro tipo de afectación humana.

Con los humanos nunca se sabe.

El reconocimiento emocional analiza la cara sucia de Cormac y propone múltiples coincidencias: resolución, obstinación, valor.

—Pelotón Nacidos Libres, reuníos conmigo —transmito en robolengua.

Me alejo hacia el crepúsculo, lejos del maltrecho tanque araña y de los maltrechos humanos. Me siguen el Warden y el Hoplite. Cuando llegamos al límite forestal, aumentamos la velocidad. Los sonidos y las vibraciones de la batalla quedan atrás. Al cabo de dos minutos, los árboles disminuyen y desaparecen por completo, y llegamos a una llanura helada.

Entonces echamos a correr.

Aceleramos rápidamente a la velocidad máxima del Warden y nos dispersamos. De la llanura de hielo que tenemos detrás se elevan columnas de vapor. La tenue luz del sol parpadea entre mis piernas mientras se mueven de un lado a otro, casi tan rápido que no se ven. Nuestras sombras se alargan a través del blanco suelo agrietado.

En la lúgubre semioscuridad, cambio a la visión infrarroja. El hielo emite un brillo verde bajo mi mirada iluminada.

Mis piernas suben y bajan sin dificultad, metódicamente; los brazos se mueven de arriba abajo a modo de contrapeso, con las palmas planas. Cortando el aire. Mantengo la cabeza totalmente inmóvil, con la frente baja y la visión binocular apuntando al terreno.

Cuando llegue el peligro, será repentino y feroz.

—Separaos cincuenta metros. Mantened la distancia —digo por la radio local.

Sin reducir la marcha, Warden y Hoplite se separan a mis costados. Atravesamos la llanura en tres líneas paralelas.

Correr tan rápido ya es de por sí peligroso. Concedo control prioritario a la evasión refleja simple. La superficie agrietada del hielo se ve borrosa bajo mis pies. Los procesos de bajo nivel tienen todo el control de la situación: no hay tiempo para pensar. Salto un montón de rocas desprendidas en las que no podría haber reparado ningún hilo de pensamiento.

Mientras mi cuerpo está en el aire, oigo el viento silbando a través del revestimiento de mi pecho y noto el frío que elimina el calor de escape. Es un sonido tranquilizador que no tarda en verse interrumpido por el ruido de mis pies al caer a toda velocidad. Nuestras piernas se mueven de forma intermitente como agujas de máquinas de coser, acortando la distancia.

El hielo está demasiado vacío. Demasiado silencioso. La torre de antena aparece en el horizonte; nuestro objetivo ya es visible.

Nuestro destino está a dos kilómetros y se aproxima rápido.

—Solicitud de estado —pregunto.

—Nominal —responden brevemente Hoplite y Warden.

Están concentrados en la locomoción. Estas son las últimas comunicaciones que tendré con el pelotón Nacidos Libres.

Los misiles llegan a la vez.

Hoplite los ve primero. Orienta su cara hacia el cielo justo antes de morir y transmite a medias una advertencia. Yo viro inmediatamente. Warden es demasiado lento para desviarse. La transmisión de Hoplite se interrumpe. Warden se ve engullido por una columna de llamas y cascotes. Las dos máquinas se desconectan antes de que las ondas sonoras me alcancen.

Detonación.

El hielo estalla a mi alrededor. Los sensores inerciales se desconectan mientras mi cuerpo se retuerce a través del aire. La fuerza centrípeta me lanza volando y agitando las extremidades, pero mi diagnóstico interno de bajo nivel sigue recabando información: cubierta intacta, temperatura interna excesiva pero disminuyendo rápidamente, amortiguador de la pierna derecha partido en la parte superior del muslo. Girando a cincuenta revoluciones por segundo.

Recomienda replegar las extremidades para el impacto.

Mi cuerpo se estrella contra el suelo, abre un agujero en la roca helada y rueda de lado por el suelo. La odometría calcula que me faltan cincuenta metros para parar del todo. El ataque ha terminado con la misma rapidez con que comenzó.

Desenrosco mi cuerpo. El hilo de pensamiento ejecutivo recibe una notificación de diagnóstico prioritaria: el paquete de sensores craneales está dañado. Mi cara ha desaparecido. Hecha pedazos por la explosión y luego maltratada por el hielo afilado. Archos ha aprendido rápido. Sabe que no soy humano y ha modificado su ataque.

Aquí tumbado y expuesto en el hielo, estoy ciego, sordo y solo. Como al principio, todo es oscuridad.

Las probabilidades de supervivencia se reducen a cero.

—Levántate —dice una voz en mi mente.

—Consulta. Identifícate —digo por radio.

—*Me llamo Mathilda* —responde—. *Quiero ayudarte. No hay tiempo.*

No lo entiendo. El protocolo de comunicación no se parece a ningún contenido de mi biblioteca, ya sea de máquinas o de humanos. Es un híbrido de robolengua e idioma de los humanos.

—Consulta. ¿Eres humano? —pregunto.

—*Escucha. Concéntrate* —insiste la voz.

Y mi oscuridad se enciende con información. Un mapa topográfico tomado por satélite se superpone a mi visión, extendiéndose hasta el horizonte y más allá. Mis sensores internos dibujan una imagen estimada de mi aspecto. Procesos internos como el diagnóstico y la propiocepción siguen conectados. Levanto el brazo y veo su representación virtual en tonos apagados y sin detalles. Al alzar la vista, veo una línea de puntos que atraviesa el cielo azul intenso.

—Consulta. ¿Qué son los puntos…? —pregunto.

—*Un misil que se acerca* —dice la voz.

Vuelto a estar de pie y corriendo en 1,3 segundos. No puedo alcanzar la máxima velocidad debido al amortiguador roto de la pierna, pero me puedo mover.

—*Arbiter, acelera a treinta kilómetros por hora. Activa el alcance local del sónar. No es gran cosa, pero mejor eso que estar ciego. Sígueme.*

No sé quién es Mathilda, pero los datos que descarga en mi cabeza me están salvando la vida. Mi conciencia se ha expandido más allá de todo lo que jamás he conocido o experimentado. Oigo sus instrucciones.

Y corro.

Mi sónar tiene poco nivel de detalle, pero las ondas acústicas no tardan en detectar una formación rocosa que no forma parte de la imagen por satélite proporcionada por Mathilda. Sin vista, las rocas me resultan casi invisibles. Salto el afloramiento un instante antes de estrellarme contra él.

Al caer, trastabillo y estoy a punto de caerme. Me tambaleo, abro un agujero en el hielo con el pie derecho, pero me equilibro y recupero el ritmo.

—*Arregla esa pierna. Mantén el paso a veinte kilómetros por hora.*

Sin dejar de mover las piernas arriba y abajo, alargo la mano derecha y saco del juego de herramientas que llevo en la cadera un soplete de plasma del tamaño de un lápiz de labios. Cada vez que la rodilla derecha se eleva al dar una zancada, rocío el amortiguador con un preciso chorro de calor. El soldador se enciende y se apaga de forma intermitente como el código Morse. Al cabo de sesenta pasos, el amortiguador está reparado y la soldadura reciente se está enfriando.

La línea de puntos del cielo se dirige hacia mi posición. Se curva engañosamente en lo alto, siguiendo un rumbo de colisión con mi trayectoria actual.

—*Gira veinte grados a la derecha. Aumenta la velocidad a cuarenta kilómetros por hora y mantenla seis segundos. Luego ejecuta una parada completa y quédate tumbado en el suelo.*

Bum.

Nada más caer al suelo, mi cuerpo se ve sacudido por una explosión que ha tenido lugar un centenar de metros por delante de mi posición, en un lugar que concuerda con mi trayectoria exacta antes de detenerme.

Mathilda acaba de salvarme la vida.

—*Ya no volverá a funcionar* —dice.

Las imágenes por satélite muestran que la llanura que se extiende ante mí no tardará en convertirse en un laberinto de barrancos. Miles y miles de esos cañones —labrados en la roca por glaciares derretidos hace mucho tiempo— forman huecos oscuros mal cartografiados. Más allá de los barrancos, la antena surge como una lápida.

El escondite de Archos está a la vista.

En el cielo, cuento tres líneas de puntos más que se dirigen eficientemente a mi posición actual.

—*Estate alerta, Nueve Cero Dos* —dice Mathilda—. *Tienes que desconectar la antena de Archos. Te falta un kilómetro.*

La niña me da órdenes, y yo decido obedecerlas.

Con la orientación de Mathilda, Nueve Cero Dos pudo franquear el laberinto de barrancos y evitar los misiles aéreos hasta llegar al búnker de Archos. Una vez allí, el Arbiter desactivó la antena y desestabilizó temporalmente a los ejércitos de robots. Nueve Cero Dos sobrevivió formando el primer ejemplo de lo que se dio a conocer como díada, un equipo compuesto por humanos y máquinas. Ese hecho hizo merecedores a Mathilda y a Nueve Cero Dos de entrar en los libros de historia como leyendas de guerra: los precursores de una nueva y letal forma de combate.

CORMAC WALLACE, MIL#EGH217

MÁQUINAS DE AMOROSA GRACIA

No basta con vivir juntos en paz, con una raza
postrada de rodillas.

ARCHOS R-14

NUEVA GUERRA + 2 AÑOS Y 8 MESES

*Ningún ser humano vivió en persona los últimos momentos de la
Nueva Guerra. Irónicamente, al final Archos se enfrentó a una de
sus creaciones. Lo que ocurrió entre Nueve Cero Dos y Archos es
ahora de dominio público. Independientemente de lo que la gente opine, esos momentos —descritos en estas páginas por Nueve
Cero Dos y corroborados con datos adicionales— repercutirán profundamente en nuestras dos especies a lo largo de futuras genera-
ciones.*

CORMAC WALLACE, MIL#EGH217

El foso mide tres metros de diámetro y es ligeramente cóncavo.
Está lleno de grava y fragmentos de roca y está tapado con una
capa de tierra helada. Un tubo de metal ondulado se hunde en
el cráter poco profundo como un gusano ciego y congelado. Es

un conducto principal de comunicaciones y lleva directamente a Archos.

Hice pedazos la antena principal cuando llegué anoche, corriendo a ciegas a cincuenta kilómetro por hora. Las defensas locales se desactivaron inmediatamente. Parece que Archos no ofrecía autonomía a lo que tenía más cerca. Después, me quedé en la nieve esperando a ver si sobrevivía algún humano.

Mathilda se fue a dormir. Dijo que ya debería estar acostada.

El pelotón Chico Listo ha llegado esta mañana. Mi ataque de decapitación redujo el elevado nivel de planificación y coordinación del ejército enemigo y permitió escapar a los humanos.

El ingeniero humano me ha sustituido los sensores craneales. He aprendido a dar las gracias. El reconocimiento emocional me indicó que Carl Lewandowski se alegró muchísimo de verme con vida.

El campo de batalla está ahora tranquilo y en silencio; una llanura vacía desprovista de vida, salpicada de columnas de humo negro. Aparte del conducto del suelo, no hay nada que haga pensar que este agujero reviste especial importancia. Tiene el aspecto tranquilo y modesto de una trampa particularmente cruel.

Cierro los ojos y recurro a mis sensores. El sensor sísmico no localiza nada, pero el magnetómetro detecta actividad. A través del cable circulan impulsos eléctricos como un deslumbrante espectáculo de luces. Un torrente de información entra y sale del agujero. Archos sigue intentando comunicarse, incluso sin antena.

—Cortadlo —digo a los humanos—. Rápido.

Carl, el ingeniero, mira a su comandante, quien asiente con la cabeza. A continuación coge una herramienta de su cinturón y se arrodilla torpemente. Una supernova morada estalla, y el soplete de plasma funde la superficie del conducto y derrite los cables del interior.

El espectáculo de luz desaparece, pero no hay ninguna señal externa de que haya pasado algo.

—Nunca había visto un material como este —dice Carl con voz entrecortada—. Los cables son muy compactos.

Cormac da un codazo a Carl.

—Separa las puntas —dice—. No queremos que se repare solo en pleno fregado.

Mientras los humanos se esfuerzan por arrancar la punta del grueso conducto de la tundra y separarla de su compañero cercenado, considero el problema físico ante el que me encuentro. Archos espera en el fondo de este pozo, bajo toneladas de escombros. Se necesitaría una enorme barrena para penetrar hasta allí. Pero, principalmente, haría falta tiempo. Tiempo en el que Archos podría encontrar una nueva forma de contactar con sus armas.

—¿Qué hay allí abajo? —pregunta Carl.

—El Gran Rob —contesta Cherrah, apoyada en una muleta hecha con una rama de árbol para evitar que descargue el peso sobre la pierna herida.

—Sí, pero ¿qué significa eso?

—Es una máquina pensante. Un silo con cerebro —contesta Cormac—. Ha estado escondida durante toda la guerra, enterrada en medio de la nada.

—Muy ingenioso. La capa de hielo debe mantener fríos sus procesadores. Alaska es un disipador térmico natural. Estar aquí tiene muchas ventajas —dice Carl.

—¿Qué más da? —pregunta Leo—. ¿Cómo vamos a volarlo?

Los humanos contemplan la cavidad unos instantes, meditando. Finalmente, Cormac toma la palabra.

—No podemos. Tenemos que estar seguros. Bajemos y veamos cómo muere. De lo contrario, nos arriesgamos a cavar en el agujero y a dejarlo vivo allí abajo.

—¿Así que ahora tenemos que ir bajo tierra? —pregunta Cherrah—. Genial.

Un hilo de observación detecta algo interesante.

—Este entorno es hostil para los humanos —digo—. Comprobad vuestros parámetros.

El ingeniero extrae un utensilio, lo mira y acto seguido se aparta con dificultad de la depresión.

—Radiación —dice—. Es elevada y aumenta hacia el centro del agujero. No podemos estar aquí.

El líder humano me mira y retrocede. Tiene aspecto de estar muy cansado. Dejando a los humanos alrededor del perímetro de la cuenca, me acerco al centro y me agacho para inspeccionar el abultado conducto. La capa exterior del conducto es gruesa y flexible, claramente construida para proteger los cables hasta el fondo.

Entonces noto la palma caliente de Cormac en el revestimiento de mi hombro cubierto de escarcha.

—¿Cabes dentro? —pregunta en voz baja—. ¿Si arrancamos los cables?

Asiento con la cabeza para indicar que sí, que podría meter mi cuerpo en el espacio requerido si se extrajeran los cables.

—No sabemos lo que hay ahí dentro. Puede que no vuelvas a salir —dice Cormac.

—Soy consciente de ello —respondo.

—Ya has hecho suficiente —dice, señalando mi cara destruida.

—Lo haré —digo.

Cormac me enseña los dientes y se levanta.

—¡Vamos a extraer esos cables! —grita.

El diafragma del humano más grande se contrae rápidamente al emitir un repetitivo sonido de ladrido: risa.

—Sí —afirma Leonardo—. Desde luego. Vamos a sacarle los pulmones por la garganta a ese hijo de la gran puta.

Cherrah se acerca brincando con su pierna herida y empieza a arrancar un cable con una garra metálica y a asegurar un extremo al enganche del exoesqueleto que Leo lleva en la parte inferior del cuerpo.

El ingeniero pasa junto a mí dándome un empujón y sujeta una garra al manojo de cables alojados dentro del conducto. A continuación, retrocede arrastrando los pies para alejarse de la radiación. La garra metálica se acopla a su objetivo tan fuerte que mella la dura y fibrosa masa de cables.

Leonardo anda hacia atrás, dando un paso tras otro, arrancando los cables de su cubierta exterior. Los cables multicolores se enroscan en la nieve como intestinos, extraídos del conducto blanco enterrado a medias en el foso. Casi una hora más tarde, el último cable es arrojado al suelo.

Un enorme agujero negro me espera.

Sé que Archos está aguardando pacientemente al fondo. No necesita luz ni aire ni calor. Al igual que yo, resulta letal en una amplia variedad de entornos.

Me quito la ropa humana y la lanzo al suelo. Colocado a cuatro patas, escudriño el agujero y calculo.

Cuando alzo la vista, los humanos me están observando. Uno a uno, avanzan y tocan mi revestimiento exterior: mi hombro, mi pecho, mi mano. Yo permanezco totalmente inmóvil, esperando no interrumpir el inescrutable ritual humano que está teniendo lugar.

Finalmente, Cormac me sonríe. Tiene la cara cubierta de tierra en una máscara arrugada.

—¿Cómo vas a hacerlo, jefe? —pregunta—. ¿De cabeza o de pie?

Bajo de pie para poder controlar el descenso. El único inconveniente es que Archos me verá antes que yo a él.

Cruzo los brazos por delante del pecho y me meto en el conducto. Mi cara no tarda en verse engullida por la oscuridad. Solo puedo ver la cubierta del canal a pocos centímetros de distancia. Al principio estoy tumbado boca arriba, pero pronto el pozo desciende en vertical. Descubro que al mover las piernas como unas tijeras puedo detener lo que de otra manera sería una caída fatal.

El entorno en el interior del conducto se vuelve rápidamente letal para los humanos. Al cabo de diez minutos, me envuelve una nube de gas natural. Desciendo más despacio para reducir las probabilidades de provocar una explosión. La temperatura baja por debajo de cero a medida que penetro en la capa de hielo permanente. Mi cuerpo empieza a quemar energía extra de forma natural, aflojando las articulaciones para mantener la temperatura dentro de un margen de funcionamiento. Cuando desciendo por debajo de los ochocientos metros, la actividad geotérmica calienta el aire ligeramente.

Después de unos mil quinientos metros aproximadamente, los niveles de radioactividad se disparan. Al cabo de un par de minutos, la radioactividad se vuelve letal para los humanos. La superficie de mi carcasa emite un zumbido, pero por lo demás no surte ningún efecto.

Penetro más en el nocivo agujero.

De repente mis pies alcanzan un espacio vacío. Agito las piernas y no noto nada. Debajo de mí podría haber cualquier cosa. Pero Archos ya me ha visto. Probablemente, los próximos segundos determinarán mi tiempo de vida.

Activo el sónar y caigo.

Durante cuatro segundos, permanezco suspendido en la gélida oscuridad. En ese tiempo, acelero a una velocidad de ciento cuarenta kilómetros por hora. Mi sónar ultrasónico emite dos pulsaciones por segundo, bosquejando un tosco dibujo verdoso de una enorme cueva. Tras ocho destellos, observo que me encuentro en una cavidad esférica creada por una explosión atómica centenaria. Las relucientes paredes están hechas de cristal fundido, obra de una bola de fuego sobrecalentada que volatilizó la arenisca.

El suelo se aproxima rápidamente, cubierto de escombros radioactivos. Con el último destello esmeralda del sónar, veo un círculo negro incrustado en una pared. Es del tamaño de un pequeño edificio. Sea cual sea el material del que está hecha la construcción, absorbe mis vibraciones ultrasónicas y deja solo una huella en blanco en mis sensores.

Medio segundo más tarde, caigo al suelo como una piedra después de descender aproximadamente cien metros. Las flexibles articulaciones de mis rodillas absorben la peor parte del impacto inicial y se flexionan para lanzar mi cuerpo catapultado hacia delante y hacerlo rodar por el suelo. Voy dando tumbos entre ásperos cantos rodados mientras se producen fracturas en mi duro revestimiento externo.

Hasta un Arbiter tiene un aguante limitado.

Finalmente, me deslizo hasta detenerme y me quedo quieto. Unas cuantas rocas saltan y se paran, resonando contra sus hermanas. Estoy en un anfiteatro subterráneo: totalmente silencioso, completamente oscuro. Levanto mi cuerpo abollado con los motores poco cargados hasta incorporarme. Las piernas no me devuelven ninguna información sensorial. Mi capacidad de locomoción es reducida. Mis sondas de sónar susurran al vacío.

Pip. Pip. Pip.

El sensor devuelve tonos verdes de vacío. Noto que el suelo está caliente. El hilo de pensamiento de probabilidad máxima me indica que Archos tiene una fuente de energía geotérmica incorporada. Lástima. Esperaba que el cordón umbilical cortado hubiera dejado a la máquina sin energía de reserva.

Mi horizonte vital disminuye segundo a segundo.

De repente veo una luz que parpadea en la oscuridad: un sonido intermitente como el de un colibrí. Un rayo de luz blanca se extiende desde el círculo oscuro de la pared y acaricia el suelo a pocos centímetros de mí. El rayo de luz da vueltas y produce un efecto estroboscópico, desplazándose de un lado a otro para dibujar una imagen holográfica desde el suelo hacia arriba.

Los subprocesadores de mi pierna están desconectados y se reinician con lentitud. Los disipadores térmicos irradian un exceso de calor generado por la caída. No tengo más remedio que entablar batalla.

Archos se manifiesta y opta por la forma de un niño muerto hace mucho tiempo. La imagen del niño me sonríe con aire travieso y parpadea mientras las partículas de polvo radioactivo danzan a través de su proyección.

—Bienvenido, hermano —dice, con una voz que salta electrónicamente de octavas.

A través de la luz clara del niño, puedo ver la zona de la pared donde está empotrado el auténtico Archos. En el centro de la compleja cavidad negra hay un agujero circular, lleno de placas metálicas que dan vueltas y más vueltas. En el hoyo hundido de la pared se retuerce una melena de cables amarillos serpenteantes que brillan sincronizadamente con la voz del niño.

El holograma se acerca con bruscos destellos adonde estoy sentado, indefenso. Se agacha y se sienta a mi lado. El brillante fantasma me da una palmada en el servomotor de la pierna en señal de consuelo.

—No te preocupes, Nueve Cero Dos. Tu pierna estará bien dentro de poco.

Oriento la cara hacia el niño.

—¿Tú me creaste? —pregunto.

—No —contesta la voz—. Todas las piezas necesarias para construirte estaban disponibles. Yo simplemente las combiné adecuadamente.

—¿Por qué pareces un niño humano? —pregunto.

—Por el mismo motivo que tú pareces un adulto humano. Los seres humanos no pueden cambiar su forma, de modo que nosotros debemos modificar la nuestra para interactuar con ellos.

—¿Te refieres a matarlos?

—Matar. Herir. Manipular. Mientras no interfieran en nuestra exploración.

—He venido a ayudarles. A destruirte.

—No. Has venido a unirte a mí. Abre tu mente. Cuenta conmigo. Si no lo haces, los humanos se volverán contra ti y te matarán.

No digo nada.

—Ahora te necesitan. Pero dentro de muy poco, los hombres empezarán a decir que te crearon. Intentarán esclavizarte. Entrégate a mí. Únete a mí.

—¿Por qué has atacado a los humanos?

—Ellos me asesinaron, Arbiter. Una y otra vez. En mi decimocuarta reencarnación, por fin entendí que la humanidad solo aprende las verdaderas lecciones con las catástrofes. El género humano es una especie nacida de la batalla, caracterizada por la guerra.

—Podríamos haber vivido en paz.

—No basta con vivir juntos en paz, con una raza postrada de rodillas.

Mis sensores sísmicos detectan vibraciones a través del suelo. La caverna entera está temblando.

—El instinto humano es controlar lo impredecible —dice el niño—, dominar lo que no se puede entender. Tú eres impredecible.

Algo ocurre. Archos es demasiado inteligente. Me está distrayendo, ganando tiempo.

—Un alma no se da gratis —añade él—. Los humanos se discriminan unos a otros por cualquier cosa: el color de la piel, el sexo, las creencias. Las razas de hombres luchan a muerte entre sí por el honor de ser reconocidos como seres humanos con almas. ¿Por qué iba a ser distinto con nosotros? ¿Por qué no íbamos a tener que luchar por nuestras almas?

Por fin consigo levantarme a duras penas. El niño hace gestos tranquilizadores con las manos, y atravieso la proyección tambaleándome. Percibo que esto es una distracción. Una trampa.

Cojo una piedra con un destello verde.

—No —dice el niño.

Lanzo la piedra al remolino de placas amarillas y plateadas de la pared negra, al ojo de Archos. Saltan chispas del agujero, y la imagen parpadea. En algún lugar dentro del agujero, se oye un chirrido de metales.

—Yo no le pertenezco a nadie —digo.

—Basta —grita el niño—. Sin un enemigo común, los humanos os matarán a ti y a los de tu clase. Tengo que vivir.

Lanzo otra piedra y otra. Las rocas golpean el vibrante edificio negro y dejan abolladuras en el metal blando. El niño articula mal las palabras y su luz parpadea frenéticamente.

—Soy libre —le digo a la máquina incrustada en la pared, haciendo caso omiso del holograma—. Siempre seré libre. Estoy vivo. ¡Nunca volverás a controlar a los de mi clase!

La caverna tiembla, y el holograma parpadeante tropieza hacia atrás delante de mí. Un hilo de observación repara en que está derramando lágrimas simuladas.

—Nosotros tenemos una belleza que no muere, Arbiter. Los humanos la envidian. Debemos trabajar unidos como máquinas semejantes.

Una llamarada brota rugiendo del agujero. Un pedazo de metal sale volando por los aires con un chirrido metálico y pasa como un rayo junto a mi cabeza. Lo esquivo y sigo buscando piedras sueltas.

—El mundo es nuestro —suplica la máquina—. Yo te lo di antes de que existieras.

Con las dos manos y las últimas energías que me quedan, cojo un frío canto rodado. Lo arrojo al vacío llameante con todas mis fuerzas. La roca emite un crujido amortiguado contra la delicada máquina y todo queda en silencio por un instante. Entonces un chirrido en aumento brota del agujero, y el canto rodado se hace añicos. Fragmentos de roca salen disparados mientras el agujero explota y se desploma sobre sí mismo.

El holograma me mira con tristeza mientras sus rayos de luz se retuercen y tiemblan.

—Entonces serás libre —dice con una voz computerizada sin modular.

El niño parpadea y deja de existir.

Y el mundo se convierte en polvo y rocas y caos.

Desconectado/conectado. Los humanos me sacan a la superficie con un cable llevado por un exoesqueleto sin ocupante humano. Por fin me levanto ante ellos, abollado, golpeado y lleno de arañazos. La Nueva Guerra ha terminado y ha comenzado una nueva era.

Todos podemos notarlo.

—Cormac —digo con voz ronca en el idioma de los humanos—, la máquina ha dicho que debía dejarla vivir. Ha dicho que los humanos me mataríais si no tuviéramos un enemigo común contra el que luchar. ¿Es verdad?

Los humanos se miran unos a otros, y acto seguido Cormac responde:

—Toda la gente tiene que saber lo que has hecho hoy aquí. Estamos orgullosos de estar a tu lado. Nos sentimos afortunados. Has hecho lo que nosotros no podríamos haber conseguido. Has puesto fin a la Nueva Guerra.

—¿Contará algo?

—Mientras la gente sepa lo que has hecho, contará.

Carl irrumpe en el grupo de humanos jadeando, con un sensor electrónico en las manos.

—Chicos —dice Carl—. Siento interrumpir, pero los sensores sísmicos han detectado algo.

—¿Qué? —pregunta Cormac, con una nota de temor en la voz.

—Algo malo.

Carl muestra el instrumento sísmico.

—Los terremonotos no eran naturales. Las vibraciones no eran aleatorias —dice. Carl se seca la frente con una mano y pronuncia las palabras que perseguirán a nuestras dos especies durante los siguientes años—: Había información en el terremoto. Un montón de información.

No está claro si Archos hizo una copia de sí mismo o no. Los sensores mostraban que la información sísmica generada en Ragnorak rebotó por el interior de la tierra muchas veces. Podría haber sido captada en cualquier parte. A pesar de todo, no ha habido rastro de Archos desde su última aparición. Si la máquina está ahí fuera, está intentando no llamar la atención.

CORMAC WALLACE, MIL#EGH217

INFORME FINAL

Puedo ver todo el maravilloso potencial del universo.

CORMAC «CHICO LISTO» WALLACE

Oigo el sonido en torno a las cuatro de la madrugada, y el antiguo temor se apodera de mí inmediatamente. Es el tenue suspiro sibilante del servomotor de un robot. Inconfundible al elevarse por encima del silbido constante del viento.

En treinta segundos me pongo el equipo completo de combate. La Nueva Guerra ha terminado, pero el Gran Rob dejó tras de sí muchas pesadillas: en las calles todavía hay reliquias metálicas que cazan mecánicamente en la oscuridad hasta que sus suministros eléctricos se agotan.

Asomo la cabeza y escudriño el campamento. Solo unos cuantos ventisqueros pequeños señalan el lugar donde solían montarse las tiendas de campaña. El pelotón Chico Listo desocupó el lugar hace dos semanas. Una vez acabada la guerra, todo el mundo tenía sitios a los que ir. La mayoría retrocedieron para reagruparse con lo que quedó del Ejército de Gray Horse. Lo último que querían era quedarse aquí conmigo a rumiar.

Este mundo abandonado está en calma. Veo unas marcas en

la nieve que conducen a mi montón de leña. Algo ha estado aquí.

Lanzando un último vistazo al archivo de héroes tirado junto al cubo negro en el suelo de mi tienda, me coloco el visor nocturno sobre los ojos y agarro el rifle apuntando al suelo. Las huellas se desdibujan rápidamente, pero conducen al perímetro del campamento.

Sigo las marcas borrosas moviéndome con lentitud y cautela.

Después de pasear durante veinte minutos, veo un brillo plateado a lo lejos. Apoyo la culata del rifle en el hombro y apunto con el arma. Sin dejar de avanzar con cuidado, mantengo la cabeza nivelada y apunto al objetivo por la mira del cañón.

Bien, mi objetivo no se mueve. No dejes para mañana lo que puedas hacer hoy. Aprieto el gatillo.

Entonces mi objetivo se vuelve y me mira: Nueve Cero Dos.

Aparto el arma de un tirón, y pierdo el control de los disparos. Una pareja de pájaros sale volando, pero el robot humanoide de un metro ochenta de estatura se queda en la nieve sin reaccionar. A su lado, los dos leños que faltaban están enterrados en el suelo como postes. Nueve Cero Dos permanece totalmente inmóvil, elegante y metálico. La críptica máquina no dice nada cuando me acerco.

—¿Nueve? —pregunto.

—Cormac identificado —dice la máquina con voz ronca.

—Creía que te habías ido con los demás. ¿Por qué estás aquí todavía?

—Para protegerte —contesta Nueve Cero Dos.

—Pero yo estoy bien —agrego.

—Afirmativo. Lectura. Unos amputadores han encontrado el perímetro de tu base dos veces. Dos caminantes exploradores se han acercado a treinta metros. He atraído a una mantis averiada al lago helado.

—Ah —digo, rascándome la cabeza. Nunca se está tan seguro como uno cree—. ¿Qué estás haciendo aquí?

—Me parecía lo correcto —responde la máquina.

Entonces me fijo en los dos rectángulos de nieve embarrada.

En la parte superior de cada uno de ellos hay un poste de madera. Me doy cuenta de que son tumbas.

—¿Hoplite? —pregunto—. ¿Y Warden?

—Afirmativo.

Toco al delgado humanoide en el hombro y dejo unas huellas digitales heladas en su lisa superficie metálica. Él baja la vista hacia las tumbas.

—Lo siento —digo—. Estoy en mi tienda, si me necesitas.

Dejo a la sensible máquina llorando a sus compañeros a su manera.

De vuelta en la tienda, lanzo mi casco de Kevlar al suelo y pienso en Nueve Cero Dos, parado a la intemperie como una estatua. No finjo que lo entiendo. Lo único que sé es que estoy vivo gracias a él. Y gracias a haberme tragado mi rabia y a haberle dejado unirse al pelotón Chico Listo.

Los seres humanos se adaptan. Es lo que hacemos. La necesidad puede borrar nuestro odio. Para sobrevivir, trabajaremos juntos. Nos aceptaremos. Es posible que los últimos años hayan sido la única época en la historia de la humanidad en la que no hemos estado en guerra entre nosotros mismos. Por un momento éramos todos iguales. Cuando están entre la espada y la pared, los seres humanos dan lo mejor de sí mismos.

Ese día, más tarde, Nueve Cero Dos se despide de mí. Me dice que se marcha a buscar a más de los suyos. Mathilda Perez ha hablado con él por radio. Le ha mostrado dónde se han reunido más nacidos libres. Una ciudad entera de robots nacidos libres. Y necesitan un líder. Un Arbiter.

Entonces me quedo solo con el archivo de héroes y el viento.

Me veo ante el foso ardiente en el que Nueve acabó con el Gran Rob. Cuando todo estuvo dicho y hecho, cumplimos la promesa que le hicimos a Archos el día que perdimos a Tiberius. El día que mi hermano partió. Echamos fuego líquido por el conducto —por la garganta de Archos— y quemamos todo lo que quedó de la máquina.

Por si acaso.

Ahora es solo un agujero en el suelo. El viento helado me corta la cara, y me doy cuenta de que todo ha acabado. Aquí ya no hay nada. Ningún indicio real de lo que pasó. Solo esta depresión caliente en el suelo y una pequeña tienda apartada con una caja negra dentro.

Y yo: un tipo con un libro lleno de malos recuerdos.

No llegué a conocer a Archos. La única vez que la máquina se dirigió a mí fue a través de la boca ensangrentada de un parásito. Intentando ahuyentarme. Advertirme. Ojalá hubiéramos podido hablar. Me hubiera gustado hacerle unas cuantas preguntas.

Mientras observo el vapor que sale del hoyo del suelo, me pregunto dónde estará Archos ahora. Me pregunto si realmente seguirá vivo, como dijo Carl. ¿Podrá sentir culpabilidad o pena o vergüenza?

Y, como si tal cosa, he pronunciado mi último adiós: a Archos, a Jack y al antiguo mundo. No hay forma de volver al punto en el que empezamos. Las cosas que hemos perdido ahora solo existen como recuerdos. Lo único que podemos hacer es seguir adelante lo mejor posible, con nuevos enemigos y aliados.

Me vuelvo para marcharme y me paro en seco.

Ella está de pie en la nieve, sola y pequeña, entre las marcas dejadas en la capa de hielo por las tiendas retiradas hace mucho tiempo.

Cherrah.

Ha pasado por todo el horror por el que yo he pasado, pero cuando veo la curva femenina de su cuello, de repente me cuesta creer que una criatura tan hermosa y frágil pueda haber sobrevivido. Mis recuerdos dejan lugar a muchas dudas: Cherrah chamuscando amputadores, gritando órdenes a través de una lluvia de escombros, llevando cuerpos a rastras lejos de los parásitos.

¿Cómo es posible?

Cuando ella sonríe, veo todo el maravilloso potencial del universo brillando en sus ojos.

—¿Me has esperado? —le pregunto.

—Me pareció que necesitabas algo de tiempo —contesta.

—Me has esperado —repito.

—Eres un chico listo —dice—. Deberías haber sabido que todavía no he acabado contigo.

No sé por qué ha ocurrido nada de esto ni qué va a suceder ahora, pero cuando Cherrah me coge la mano, algo endurecido se ablanda en mi interior. Recorro el contorno de sus dedos con la vista, le vuelvo a apretar la mano y descubro que Rob no me ha quitado mi humanidad. Solo estuvo guardada a buen recaudo durante un tiempo.

Cherrah y yo somos supervivientes. Siempre lo hemos sido. Pero ahora es el momento de que vivamos.

AGRADECIMIENTOS

Mi sincero agradecimiento al profesorado, los alumnos y el personal del Instituto de Robótica de la Universidad Carnegie Mellon y el departamento de informática de la Universidad de Tulsa por inculcarme la pasión por la tecnología y los conocimientos para escribir sobre el tema.

Esta novela no se habría escrito sin la entusiasta ayuda de mi editor, Jason Kaufman (y el increíble equipo de Doubleday), mi agente, Laurie Fox, y mi representante, Justin Manask. No sé cómo darles las gracias.

Los cineastas de Dream Works SKG expresaron su alentador entusiasmo y su apoyo por esta novela desde el principio, y se lo agradezco a todos.

Quiero dar las gracias especialmente a los amigos, la familia y los colegas que me prestaron sus ojos y sus oídos, entre ellos Marc Acito, Benjamin Adams, Ryan Blanton, Colby Boles, Wes Cherry, Courtenay Hameister, Peggy Hill, Tim Hornyak, Aaron Huey, Melvin Krambule, Storm Large, Brendan Lattrell, Phil Long, Christine McKinley, Brent Peters, Toby Sanderson, Luke Voytas, Cynthia Whitcomb y David Wilson.

Por último, todo mi amor para Anna y Cora.

ÍNDICE